W0396589

VI KEELAND / PENELOPE WARD

Men of Manhattan

My Best Friend's Sister

Die Romane von Vi Keeland und Penelope Ward bei LYX:

Perfect Player
Sweet Player
Park Avenue Player
British Player

Hate Notes
The Story of a Love Song
Sleepless in Manhattan
Can't Stop the Feeling

Die *The-Law-of-Opposites-Attract*-Reihe:
Men of Manhattan – The Rules of Dating
Men of Manhattan – My Best Friend's Sister
Men of Manhattan – More Than One Night *(erscheint im Juli 2024)*

Die One-More-Reihe:
One More Chance
One More Promise
One More Kiss
One More Time

Das Rush-Duett:
Rebel Soul
Rebel Heart

Christmas Deal *(exklusiv als E-Book)*
Merry Kissmas *(exklusiv als E-Book)*

Außerdem von Vi Keeland:
Heart Play

Außerdem von Penelope Ward (exklusiv als E-Book):
Off Limits – Wenn ich von dir träume
Hate You, Love You
Our Second Chance
Anti-Boyfriend
Hot Crush – Mit dir gibt es keine Regeln
Dare You to Love Me
Moody – Nur du siehst mich
Cross the Line – Ich kann uns nicht vergessen

Weitere Romane der Autorinnen sind bei LYX in Vorbereitung.

VI KEELAND / PENELOPE WARD

MEN OF MANHATTAN

MY BEST FRIEND'S SISTER

Roman

Ins Deutsche übertragen
von Antje Görnig

LYX

LYX in der Bastei Lübbe AG

NACHHALTIG PRODUZIERT

Die Bastei Lübbe AG verfolgt eine nachhaltige Buchproduktion. Wir verwenden Papiere aus nachhaltiger Forstwirtschaft und verzichten darauf, Bücher einzeln in Folie zu verpacken. Wir stellen unsere Bücher in Deutschland und Europa (EU) her und arbeiten mit den Druckereien kontinuierlich an einer positiven Ökobilanz.

FSC
www.fsc.org
MIX
Papier | Fördert gute Waldnutzung
FSC® C014496

Die Originalausgabe erschien 2023 unter dem Titel
»The Rules of Dating My Best Friend's Sister«.

Textredaktion: Christiane Wirtz
Umschlaggestaltung: © Guter Punkt, München | www.guter-punkt.de
unter Verwendung von Motiven von © iStock/Getty Images Plus
(Sanneberg/M A X I M/Muenz)
Satz: Greiner & Reichel, Köln
Gesetzt aus der Adobe Caslon
Druck und Verarbeitung: GGP Media GmbH, Pößneck

Printed in Germany
ISBN 978-3-7363-2032-1

1 3 5 7 6 4 2

Weitere Informationen unter:
lyx-verlag.de
luebbe.de | lesejury.de

Liebe Leser*innen,

Men of Manhattan – My Best Friend's Sister
enthält Elemente, die triggern können.
Deshalb findet ihr auf der letzten Seite
eine Triggerwarnung.

Achtung: Diese enthält Spoiler für das gesamte Buch!

Wir wünschen uns für euch alle
das bestmögliche Leseerlebnis.

Euer LYX-Verlag

1. KAPITEL

HOLDEN

Was zum Teufel ist das?

Ich nahm den Umschlag, den mir meine Eltern geschickt hatten, und sah mir dann noch einmal den kleineren Umschlag an, den ich darin gefunden hatte. Den großen hatte eindeutig meine Mutter beschriftet. Aber die Handschrift auf dem anderen war meiner verdammt ähnlich, nur schlampiger. Ich hatte mir jedoch nichts selbst zugeschickt, und bestimmt nicht an die Adresse meiner Eltern in Philadelphia. Und warum würde mir jemand etwas an meine Heimatadresse schicken und mich als Absender angeben?

Dann dämmerte es mir schlagartig.

Heilige Scheiße!

Das kann nicht sein, oder?

Ich hatte den Umschlag tatsächlich selbst beschriftet, und zwar vor langer Zeit!

In der zehnten Klasse hatte uns Mr Wolf, mein Lehrer für kreatives Schreiben, die Aufgabe gestellt, in einem Brief an uns selbst im Alter von dreißig zu beschreiben, was uns seinerzeit wichtig gewesen war. Wir hatten die Briefe frankiert und abgegeben, und er hatte versprochen, sie uns im Jahr unseres dreißigsten Geburtstags zuzuschicken. Natürlich hatte ich damals noch bei meinen Eltern gewohnt und meinen Brief entsprechend adressiert.

Heilige Scheiße. Ich konnte mich nicht mehr daran erinnern, was ich geschrieben hatte, und war ziemlich neugierig darauf, es herauszufinden. Mit fünfzehn hatte ich nicht gerade durch gutes Benehmen geglänzt. Also riss ich den Umschlag auf und faltete einen schäbigen Zettel auseinander.

Alter,
falls du es vergessen hast – weil du uralt bist, wenn du diesen Brief bekommst: Mr Wolf hat von uns verlangt, dass wir einen Brief an uns selbst schreiben. Wir sollen erzählen, was uns wichtig ist, weil er denkt, dass unsere Prioritäten anders aussehen, wenn wir dreißig sind. Es ist die einzige Hausaufgabe in diesem Jahr, die mir gefällt, vor allem weil es um mich geht, und ich bin absolut großartig. Dann mal los …
Was ist Holden Catalano heute wichtig? Das ist eine ziemlich einfache Frage. BLOWJOBS. Verdammt geile Sache. Letzten Monat hat Laurie Rexler mir einen gegeben, und seitdem kann ich an nichts anderes mehr denken. Sie ist in der Elften, und sie meinte, sie hätte es zum ersten Mal gemacht. Aber das nehme ich ihr nicht ab, dafür konnte sie es viel zu gut. Jedenfalls sind Blowjobs hammermäßig. Wahrscheinlich gibt es deshalb so viele Ausdrücke dafür: Fellatio, Französisch, Oralsex, Schenkelschnorcheln, Mundkoitus und so weiter … Für Hausaufgaben gibt es nur EIN Wort. Warum wohl? Weil Hausaufgaben ätzend sind und BLOWJOBS der HAMMER sind.
Anmerkung: Mr Wolf, Sie haben gesagt, Sie öffnen die Briefe nicht. Aber falls doch, hoffe ich, dass Sie oft einen Blowjob kriegen. Besonders von Miss Damarco von der Klasse gegenüber. Denn sie ist verdammt heiß und sieht aus, als hätte sie es voll drauf. Ich wette, sie schluckt sogar. Laurie Rexler tut es nicht … noch nicht. Aber ich arbeite daran. Wenn wir uns noch einen Brief schreiben müssen, lasse ich Sie wissen, wie es gelaufen ist.

Jetzt aber zurück zu mir und was mir heute wichtig ist … Das Schlagzeug ist mit den BLOWJOBS gleichauf. Ohne Musik könnte ich nicht leben. Und da sind natürlich meine Kumpels Colby, Ryan, Owen und Brayden. Sie stehen bei mir auch ziemlich weit oben. Aber das dürfen sie nicht wissen, sonst ziehen sie mich mindestens vier Wochen lang auf, weil ich gesagt habe, dass sie mir wichtig sind.

Außerdem …

Freiheit

Meine Haare (die ich mit dreißig hoffentlich noch habe)

Meine Eltern

Und schließlich das Schlagzeug (Ich weiß, das habe ich schon erwähnt, aber es ist der Anfang und das Ende von allem. Ein Blowjob beim Trommeln steht jetzt auf meiner To-do-Liste ganz oben. Wieso bin ich nicht schon früher darauf gekommen?)

Was ist mir sonst noch wichtig? Ich traue mich fast nicht, es aufzuschreiben, weil ich Angst habe, dass ich den Brief irgendwo liegen lasse und Ryan ihn in die Finger bekommt. Aber Mr Wolf meinte, wenn man in einem Brief nicht ehrlich zu sich sein kann, wird man nie dazu in der Lage sein. Also muss ich Lala erwähnen, alias Laney Ellison, die kleine Schwester meines besten Freunds Ryan. Sie ist das einzige Mädchen, mit dem ich wirklich über das Leben reden kann. Ich habe sie schon immer gemocht. Aber sie ist anderthalb Jahre jünger als ich, und Ryan würde mich FERTIGMACHEN, wenn ich etwas in der Richtung unternehme. Und ich kann es ihm nicht mal verübeln. Denn Lala Ellison hat etwas weitaus Besseres verdient als mich, verdammt. Sie ist eine Intelligenzbestie, ein echtes Genie. Wahrscheinlich wird sie eines Tages ein Heilmittel gegen Krebs entwickeln oder so. Aber obwohl sie für mich tabu ist, bedeutet sie mir wahnsinnig viel. Ich mag sie so sehr, dass sie, wenn

ich alles neu sortiere, sogar vor den BLOWJOBS stehen würde. Und das will etwas heißen, oder?
Ich schätze, das ist so ziemlich alles. Ansonsten gibt es nicht viel, was mir wichtig ist. Jetzt wird mir langweilig. Ich habe schon mehr geschrieben als in den letzten zwei Jahren zusammen.
Bis dann,
Holden

PS: Wenn du es bis jetzt nicht auf das Cover des Rolling Stone *geschafft hast, verpass dir bitte einen Arschtritt.*

PPS: Wenn Lala Single ist, wenn du das liest, und du es immer noch nicht bei ihr versucht hast, bist du ein Riesenfeigling.

»Das wird aber auch Zeit.« Colby schüttelte den Kopf. »Wir wollten schon ohne dich anfangen. Ich komme doch nur noch einmal im Monat raus, seit ich in den Ketten der Ehe gefangen bin. Ich muss die Chance nutzen und will zügig zum feuchtfröhlichen Teil nach unserem Meeting übergehen.«

Ich schüttelte den Kopf. Der Mann laberte nur dummes Zeug. *In den Ketten der Ehe gefangen* … von wegen. Er war der glücklichste verheiratete Mann, den ich kannte, und hatte eine der coolsten Frauen, die mir je begegnet waren. Aber weil ich spät dran war, ließ ich ihn mit seinem Scheiß davonkommen und schüttelte Owen und Brayden die Hand, bevor ich mich an den Tisch setzte. Meine drei besten Freunde und ich waren gemeinsam Eigentümer eines Mietshauses. Einmal im Monat trafen wir uns in der Bar um die Ecke zu einer geschäftlichen Besprechung, die meist nur eine halbe Stunde dauerte. Danach betranken wir uns in der Regel.

»Tut mir leid, dass ich zu spät bin«, sagte ich. »Der Band-Transporter hatte mal wieder eine Panne.«

Eine der Kellnerinnen brachte mir ein Bier, ohne dass ich darum bitten musste.

Ich zwinkerte ihr zu. »Danke, meine Schöne.« Dann hob ich die Flasche und stieß mit den anderen an – unsere Art, die Versammlung zu eröffnen.

»Eine Frage, bevor wir anfangen«, sagte Owen. »Habt ihr auch die Briefe bekommen, die wir in der zehnten Klasse an uns selbst schreiben mussten?«

Colby nickte lachend. »Sind eure endlich angekommen? Ich habe meinen schon letztes Jahr bekommen, weil ich älter bin als ihr. Ich habe eine Menge über meine Haare geschrieben und darüber, wie wichtig es ist, seine Bong sorgfältig zu reinigen.«

Wir schmunzelten.

»Ich sollte es euch eigentlich nicht verraten, weil ihr mich dafür fertigmachen werdet«, sagte Owen. »Aber ich habe geschrieben, dass mir mein SAT-Testergebnis wichtig ist. Und eine halbe Seite habe ich den Brüsten von Mrs Wagner gewidmet. Ich hatte völlig vergessen, wie verknallt ich in sie war.«

Ich runzelte die Stirn. »Mrs Wagner? Die Mathelehrerin? Die war doch mindestens fünfzig.«

Owen nahm die Serviette, auf der seine Flasche stand, zerknüllte sie und warf sie nach mir. »Sie war keine fünfzig, du Idiot. Sie war um die dreißig und hatte einen tollen Vorbau.«

»Sorry«, sagte ich achselzuckend. »Ich war wohl zu beschäftigt mit den Mädchen, die so alt waren wie wir. Du weißt schon, weil ich nämlich im Gegensatz zu dir in der Lage war, die aufzureißen.«

»Leck mich.« Owen kippte die Hälfte seines Biers hinunter und nickte in meine Richtung. »Was stand in deinem Brief? Du hast davon geträumt, ein Auto zu haben, das wirklich funktioniert, wenn ich mich recht erinnere.« Er stieß Brayden, der neben ihm saß, mit dem Ellbogen an. »Manches ändert sich nie.«

Ich durfte auf keinen Fall verraten, dass ich über Ryans kleine Schwester Lala geschrieben hatte. Sonst hätte ich eins auf die Nase oder eine Standpauke bekommen, wahrscheinlich beides. Und ich wollte ganz gewiss nicht erzählen, dass ich am vergangenen Abend zu viel getrunken und versucht hatte, sie anzurufen. *Gott sei Dank war sie nicht zu erreichen gewesen.* Was zur Hölle hätte ich überhaupt gesagt, nachdem wir so lange nichts voneinander gehört hatten?

»In meinem Brief ging es um die wirklich wichtigen Dinge im Leben, meine Herren«, erklärte ich. »Ich war offenbar sehr reif für mein Alter, denn meine Prioritäten haben sich nicht geändert.«

Brayden nickte grinsend. »Dein Thema war Wichsen, hm?«

»Nein, du Blödmann. Ich habe über Trommeln und Blasen geschrieben.«

Die Jungs lachten.

»Klingt plausibel«, meinte Owen.

Ich zeigte auf Brayden. »Was hast du geschrieben?«

Er grinste. »Ich habe ganze zwei Sätze geschrieben: *Es ist mir wichtig, weniger Hausaufgaben zu machen. Deshalb ist mein Brief hier zu Ende.*«

Ich schüttelte den Kopf. »Typisch.«

Wir bestellten noch eine Runde Bier und kamen zur Sache. Colby sprach von den alten Klimageräten im Haus, die er durch neue mit einer besseren Energieeffizienz ersetzen wollte. Die Kosten dafür würden sich nach seiner Berechnung in nur zwei Jahren durch den geringeren Stromverbrauch amortisieren. Owen berichtete von einem Haus in unserer Straße, das für viel mehr verkauft worden war, als wir geschätzt hätten, und ich reichte die Kostenvoranschläge für ein neues Dach herum, das wir dringend brauchten.

Wir hatten gerade begonnen, über eine Erhöhung der Mieten wegen der Renovierung zu reden, als mein Handy in meiner Tasche summte. Ich zog es heraus, und mein Herz machte einen Sprung. Lalas Name leuchtete auf dem Display auf. Zuerst wollte ich die Mailbox rangehen lassen, aber dann hätte ich die ganze Nacht kein Auge zugetan und gegrübelt, ob mit ihr alles okay war. Es war schlimm genug, dass ich mir gestern die Kante hatte geben müssen, um nicht mehr an sie zu denken und überhaupt einschlafen zu können.

Ich entschuldigte mich also und ging nach draußen, um den Anruf anzunehmen.

»Hallo?«

»Holden?«

»Ja?«

»Hier ist Laney … Lala.«

Ich versuchte, cool zu bleiben. »Oh, hey Lala. Lange nichts gehört. Wie geht's dir?«

»Ich habe gestern einen Anruf von dir verpasst und wollte nur nachhören, ob alles okay ist.«

Mist. »Äh … tut mir leid. Muss ein Hosentaschenanruf gewesen sein oder so«, log ich, ohne mit der Wimper zu zucken. »Ich habe es gar nicht gemerkt.«

»Oh, das ist witzig. Weil ich nämlich vorhatte, dich am Wochenende anzurufen.«

»Echt?«

»Ja. Ich komme nächste Woche kurz nach New York. Ich habe ein Bewerbungsgespräch für ein Forschungsstipendium und dachte, ich komme mal bei euch vorbei, um Hallo zu sagen und mir euer Haus anzugucken. Ihr wohnt da doch noch alle zusammen, oder?«

»Stimmt. Wann kommst du?«

»Am Mittwoch. Das Gespräch ist am Donnerstagmorgen.«

»Wo übernachtest du?«

»Ich habe noch kein Hotel gebucht. Ich habe erst gestern Nachmittag den Anruf bekommen.«

»Dann übernachte bei mir.« Ich schüttelte den Kopf. »Ich meine, du kannst bei uns übernachten. Eine der Wohnungen im Haus haben wir für Kurzzeitvermietungen vorgesehen. Wir testen gerade Airbnb. Die Einkünfte sind höher, und der Bedarf scheint da zu sein.«

»Oh, wow. Meinst du, sie ist Mittwoch auf Donnerstag frei?«

Wenn nicht, storniere ich die Reservierung. »Ganz bestimmt.«

»Okay. Das wäre super. Dann kann ich euch sehen und muss nicht stundenlang mein Hotel suchen. In Manhattan bin ich echt verloren.«

»Kommst du mit dem Auto oder mit dem Zug?«

»Mit dem Auto, denke ich.«

»Ich schicke dir die Infos zu einem Parkplatz in der Nähe unseres Hauses, der nicht zu teuer ist.«

»Perfekt. Vielen Dank, Holden. Ich freue mich auf euch.«

Nach dem Gespräch starrte ich eine Weile auf mein Handy. *Zufälle gibt es nicht*, sagte meine Mutter immer. Ich hatte nie genauer über den Spruch nachgedacht, aber in dem Moment hoffte ich irgendwie, dass sie recht hatte …

Ich war mindestens zwei Jahre lang nicht mehr auf Facebook gewesen. Doch genau da landete ich, als ich um Mitternacht betrunken nach Hause kam und den Brief, den ich an mich geschrieben hatte, noch weitere drei Male gelesen hatte. Insbesondere einen Satz las ich immer wieder:

Wenn Lala Single ist, wenn du das liest, und du es immer noch nicht bei ihr versucht hast, bist du ein Riesenfeigling.

Ich gab »Laney Ellison« in die Suchleiste ein und betrachtete stirnrunzelnd das Profilbild, auf dem sie und ihr Dr. Nerd zu sehen waren. Ich holte mir noch ein Bier. Das Foto stammte offenbar vom Tag ihrer Verlobung, denn dieser Wissenschaftler in Strickjacke hatte einen Arm um ihre Schulter gelegt, und sie hielt die Hand in die Kamera, um ihren Ring zu zeigen. Ich sah ihn mir in der Vergrößerung an, während ich einen großen Schluck trank.

Ein winziges Steinchen. Lala verdient einen fetten Klunker.

Meine Abneigung gegen Dr. Nerd wuchs, weil er ihr keinen anständigen Ring gekauft hatte.

»Knauseriger Mistkerl«, brummelte ich und sah mir ihre restlichen Fotos an.

Das nächste Bild war von ihrer Promotion an der Brown University. Sie hielt ihre Urkunde in der Hand, und ihre Eltern standen stolz neben ihr. Ich vergrößerte das Bild und entdeckte das kleine Kreuz an ihrem Hals. Es hatte Ryan gehört, ein Geschenk seiner Eltern zu seiner Erstkommunion, die er am selben Tag empfangen hatte wie ich. Er hatte es ständig getragen. Nach seinem Tod hatte Lala es an sich genommen, aber ich hatte nicht gewusst, dass sie es immer noch trug. Eine Überraschung war es jedoch nicht. Die beiden waren ein einzigartiges Geschwisterpaar gewesen. Ryan und Lala hatten sich immer gut verstanden, auch in jüngeren Jahren, lange vor seiner Diagnose. Er hatte im Hinblick auf sie einen starken Beschützerinstinkt gehabt. Deshalb hatte er mich, als er im Sterben lag, gebeten, ein wachsames Auge auf seine kleine Schwester zu haben. Und nun schaute mein Freund wahrscheinlich gerade zu mir herunter und verfluchte mich allein dafür, dass ich ihr im Internet nachstellte.

Ich klickte auf das nächste Bild und riss die Augen auf. *Nicht zu fassen. Bully lebt noch!*

Ryan hatte sich die fette Bulldogge zu Highschool-Zeiten zugelegt, sie musste inzwischen mindestens fünfzehn Jahre alt sein. Ich konnte nicht glauben, dass sie immer noch gesund und munter war. Lala kniete auf dem Bild vor dem Weihnachtsbaum und hatte einen Arm um Bully gelegt. Der Hund trug einen Weihnachtspullover. Wenn Ryan nicht schon sauer war, weil ich seine kleine Schwester stalkte, dann war er es ganz sicher beim Anblick seines Hundes *in einem Pullover*.

Ich prostete mit meiner Flasche Richtung Himmel. »Entschuldige, Kumpel, das habe ich nicht gewusst.«

In der nächsten Viertelstunde sah ich die restlichen Fotos durch, obwohl ich vermutlich die meiste Zeit bei einem bestimmten verweilte. Es war eins von Lala im Bikini. Sie war schon immer sehr hübsch gewesen und hatte eine gute Figur gehabt, aber seit ich damals in ihrem Garten heimliche Blicke auf sie im Badeanzug geworfen hatte, war viel Zeit vergangen, und das dünne Mädchen hatte sich in eine Frau mit gefährlichen Kurven verwandelt. Mit Kurven, denen ich nicht zu nah kommen durfte, wenn ich keine Schwierigkeiten bekommen wollte.

Als ich das allerletzte Bild anklickte, stockte mir der Atem. Ryan und Lala saßen am Strand auf einem Stück Treibholz, und ich hatte dieses Foto gemacht. Nach seiner dritten Chemo hatte Ryan keine Haare mehr auf dem Kopf gehabt. Er hatte eigentlich noch ein paar Tage im Krankenhaus bleiben sollen, doch er hatte die Ärzte dazu überredet, ihn früher zu entlassen, um seinen zweiundzwanzigsten Geburtstag mit seinen Leuten verbringen zu können. Ich, Owen, Brayden, Colby, Ryan und Lala waren nach Ocean City gefahren, wo wir schon nach dem Highschool-Abschluss gefeiert hatten. Wir waren den ganzen Tag am Strand gewesen und hatten ein Lagerfeuer gemacht, das erst nach Sonnenaufgang erloschen war. Diesen

Tag würde ich nie vergessen, vor allem weil es der letzte gute Tag mit Ryan gewesen war. In der Nacht darauf war er verstorben.

Bei diesem Gedanken klappte ich meinen Laptop zu. Das Gute an diesem Foto war wohl, dass es mich davon abhielt, Lala weiter zu stalken. Nachdem mich das Bikinifoto von ihr angetörnt hatte, war das letzte wie eine kalte Dusche gewesen. Und genau das hatte ich gebraucht. Lala Ellison war tabu für mich, die einzige Frau auf der Welt, der ich niemals zu nahe kommen durfte. Na ja, zumindest bis sie in der nächsten Woche hierherkam … und in der Wohnung übernachtete, die zufällig gleich neben meiner lag.

Klopf, klopf, klopf.

Mannomann, ich bekam wahrhaftig feuchte Hände. Wie alt war ich – zwölf?

Lala hatte sich vor ein paar Stunden für etwa fünf Uhr am Nachmittag angemeldet, und die Uhr an der Mikrowelle zeigte 17:01. Das letzte Mal war ich so nervös gewesen, als wir mit der Band auf einem Festival vor zehntausend Leuten gespielt hatten. Ich musste mir die Hände an der Hose abwischen.

»Hey.« Ich öffnete lächelnd die Tür.

Aber mein Lächeln schwand auf der Stelle, als ich feststellte, dass Lala nicht allein war. Jemand stand neben ihr.

Lala schaute die dralle Rothaarige an und zeigte mit einem zögernden Lächeln zwischen ihnen beiden hin und her. »Wir waren zusammen im Aufzug und sind auf derselben Etage ausgestiegen. Und wie sich herausstellte, haben wir beide das gleiche Ziel.«

Fiona – die Frau, die ich vergangenes Wochenende in einer Bar kennengelernt hatte – zuckte die Achseln. »Entschuldige, dass ich hier einfach so reinschneie, aber ich war in der Nähe und dachte, ich checke einfach, ob du da bist. Ich habe neulich etwas bei dir vergessen.«

»Ach?«

Sie zeigte augenzwinkernd in die Wohnung. »Ich glaube, sie hängen noch an deinem Bettpfosten.« Fiona schaute zu Lala und wieder zu mir. »Kann ich sie mir schnell holen? Dann bin ich auch direkt wieder weg.«

Weil ich nicht wusste, was ich sonst tun sollte, trat ich zur Seite und ließ Fiona herein. Lala blieb mit ihrem Koffer vor der Tür stehen. Ich langte kopfschüttelnd nach dem Griff. »Entschuldige. Komm bitte herein.«

Bevor ich ihren Koffer in den Flur rollen und die Tür schließen konnte, kam Fiona aus meinem Schlafzimmer zurück. Sie hielt ein Paar Handschellen hoch. »Gefunden.«

Ich schloss die Augen. *Großartig. Einfach großartig.*

2. KAPITEL

LALA

Die Tür fiel hinter dem Rotschopf ins Schloss. Als ich mich zu Holden umdrehte, hätte man eine Stecknadel fallen hören können.

»Ich kann es erklären …«, sagte er schließlich.

Ich hob lachend die Hände. »Das kannst du bestimmt, aber ich glaube, ich will es nicht hören.«

Holden fuhr sich mit der Hand durch seine Strubbelmähne. »Kann ich verstehen.«

Dann wurde er rot. Er schien verlegen zu sein, was mich überraschte, denn es war ja nicht so, als wären seine Frauengeschichten ein Geheimnis.

»Also, das war echt eine misslungene Begrüßung.« Er breitete die Arme aus. »Herzlich willkommen in unserem Haus, Lala.«

»Danke. Ich freue mich wahnsinnig, hier zu sein.« Als er mich umarmte, begann mein Körper zu kribbeln.

Ich spürte, wie schnell sein Herz schlug, was ich interessant fand. Und ihn umwehte dieser köstliche Frisch-aus-der-Dusche-Duft – Seife und Eau de Cologne –, der sich mit seinem berauschenden Eigengeruch vermischte. Er erinnerte mich an das letzte Mal, da wir einander derart nah waren – als wir auf der Hochzeit von Colby und Billie miteinander getanzt hatten.

Ich sah mich um. »Deine Wohnung ist so, wie ich sie mir vorgestellt habe, Catalano.«

Er zog eine Augenbraue hoch. »Wieso?«

»Schlagzeug in der Ecke, schwarze Möbel …«

»Bitte sag jetzt nicht: Handschellen am Bettpfosten.«

Ich seufzte. »Das auch.«

Er schloss wieder die Augen, offenbar war es ihm wirklich peinlich. Dann schenkte er mir ein wunderschönes Lächeln.

Ich hatte schon immer eine Schwäche für Holden. Nicht nur in körperlicher Hinsicht. In unserer Jugend hatten wir viel miteinander geredet. Ryan hatte von diesen vertraulichen Gesprächen nichts gewusst. Zu dem einen oder anderen Zeitpunkt war ich wohl in jeden von Ryans Freunden einmal verschossen gewesen, aber nicht so sehr wie in Holden, und das hat auch nie aufgehört. Doch er wäre der Letzte, den mein Bruder sich für mich gewünscht hätte. Holden war einfach nicht beziehungstauglich, auch wenn sich die Frauen – mich selbst eingeschlossen – nicht an ihm sattsehen konnten. Als wir noch Teenager waren, hatte Ryan in einem Sommer mitbekommen, wie ich Holden anhimmelte. Er hatte mich beim Glotzen erwischt, als Holden aus unserem Pool geklettert war und sich abgetrocknet hatte. Mein Bruder hatte mich gewarnt, »nicht mal daran zu denken«. Ryan liebte Holden, aber wahrscheinlich hätte ihn der Gedanke an mich und ihn als Paar umgebracht – wenn er nicht schon tot wäre.

»Also …« Holden klatschte in die Hände. »Sollen wir nach nebenan gehen?«

»Ja, ich bin schon gespannt. Danke nochmals für die Übernachtungsmöglichkeit.«

»Ist doch selbstverständlich. Für Ryans kleine Schwester tun wir alles.«

»Danke, aber *klein* bin ich nicht mehr.«

»Ist mir nicht entgangen.« Er lächelte.

Mir lief ein Schauer über den Rücken, als ich Holden in den Flur folgte und er mir die Tür zu dem Apartment öffnete.

Ich sah mich um. *Wow.* Die Wohnung war fantastisch.

Im Wohnzimmer standen nagelneue cremefarbene Ledermöbel. Einige dicke Strickdecken auf den Sofas schufen eine gemütliche und zugleich moderne Atmosphäre. Alles roch noch ganz neu. An den offenen Wohnbereich schloss sich die Küche an, und die helle Granitarbeitsfläche passte ausgezeichnet zu den Erdtönen im restlichen Apartment.

»Das habt ihr wirklich super hingekriegt. Es ist wunderschön.«

»Ja, danke. Wie gesagt, wir testen zurzeit die Vermietung bei Airbnb aus. Du hast Glück, dass die Bude gerade frei war.«

»Aber echt.« Ich ging in die Küche. »Oh, Gott sei Dank. Eine Kaffeemaschine mit Kapseln. Ich habe schon überlegt, ob ich morgen früh genug Zeit habe, um mir einen Kaffee zu besorgen.«

»Wenn du irgendetwas brauchst, ich bin direkt nebenan«, entgegnete er.

Wie könnte ich das vergessen? »Vielen Dank.«

Dass sich Holdens Wohnung *direkt nebenan* befand, machte mich nervös und gab mir zugleich ein wohliges Gefühl.

»Dann erzähl mal von dem Nerd-Abenteuer, das dich hergeführt hat.«

Ich verschränkte die Arme vor der Brust. »Du meinst das Bewerbungsgespräch für das Forschungsprojekt.«

»Ich will dich doch nur aufziehen. Aber du bist einfach viel zu schlau. Neben dir haben wir Jungs immer viel dümmer ausgesehen, als wir eigentlich sind.« Er seufzte. »Aber im Ernst, erzähl mir davon.«

»Bei dem Gespräch geht es um ein Stipendium zur Erforschung der Auswirkungen von Dopamin in Bezug auf Alzheimer.«

»Interessant.« Er kratzte sich am Kinn. »Dopamin ist so was wie ein Sexualhormon, oder?«

Das kam ihm natürlich als Erstes in den Sinn. »Es ist ein Neurotransmitter, den der Körper herstellt. Es wirkt sich darauf aus, wie wir Freude empfinden. Zu viel oder zu wenig davon kann schädlich sein. Aber ja, es wird unter anderem in Reaktion auf sexuelle Stimulierung produziert.«

»Moment mal, heißt das, zu viel Dopamin ist nicht unbedingt gut? Kann man dadurch den Verstand verlieren?«

»Nun, im Übermaß ist alles schlecht, nicht wahr? Aber diese Studie beschäftigt sich mehr mit dem Zusammenhang von Dopaminmangel und erhöhtem Alzheimerrisiko.«

Er nickte. »Ah. Je mehr Sex man hat, desto geringer ist also die Wahrscheinlichkeit, Alzheimer zu bekommen?«

Ich räusperte mich. »Die Forschung scheint in diese Richtung zu weisen, ja.«

»Verdammt. Dann bin ich gerüstet. Mein Verstand bleibt messerscharf.« Holden zwinkerte mir zu.

Ich verdrehte die Augen. »Sex ist für vieles gut und birgt nur wenige Risiken – wenn man vorsichtig ist.«

»Ich bin immer vorsichtig«, versicherte er mir mit ernster Miene.

»Gut.«

»Vor allem mit Colby als Beispiel«, fügte er hinzu.

Colby hatte, fünf Jahre bevor er mit Billie zusammengekommen war, eine Frau bei einem One-Night-Stand geschwängert. Seine Tochter Saylor war zwar ein Geschenk, aber die Geschichte war eine harte Lektion für uns Jungs gewesen: Ein Fehler konnte das ganze Leben verändern.

Holden legte den Kopf schräg. »Erzähl mir mehr über die positiven Auswirkungen von Sex.«

»Meinst du das ernst?«

»Ja, schon. Aber in erster Linie macht es mir Spaß zuzusehen, wie du rot wirst – so wie jetzt gerade.«

Ich fasste mir an die Wangen. »Wirklich?«

»Ein bisschen. Aber ich bin wirklich neugierig. Ich habe noch nie über Hormone und so weiter nachgedacht, und über die langfristigen Auswirkungen. Aber es ist gut zu wissen, dass Sex auch einen gesundheitlichen Nutzen hat.«

»Die Ausschüttung von Oxytocin und Dopamin beim Orgasmus senkt den Spiegel des Stresshormons Cortisol.«

Er nickte. »Deshalb ist man hinterher so entspannt.«

»Genau.«

»Aber ich habe nicht gewusst, dass diese Hormone das Gehirn schützen können. Ist ja Wahnsinn.«

»Fast jede Entscheidung, die wir treffen, wirkt sich auf unsere allgemeine Gesundheit aus – beispielsweise was wir unserem Körper zuführen, also Essen oder so.« Ich lächelte. »Weißt du, was sonst noch den Dopaminspiegel erhöht?«

»Was?«

»Musik.«

»Ah. Cool. Noch ein Plus für mich.«

»Die Gänsehaut, die du bei einem Konzert bekommst? Dafür ist Dopamin ebenfalls größtenteils verantwortlich.«

»Aber wie du sagtest, zu viel kann schlecht sein, oder?«

»Zu viel Dopamin kann tatsächlich negative Auswirkungen haben, wie innere Unruhe, Schlaflosigkeit und einen übersteigerten Geschlechtstrieb.«

»Dann werde ich also ein perfektes Gedächtnis haben, aber weiter als geiler Bock durchs Leben gehen, mit gelegentlichen Panikattacken.« Er nickte. »Verstanden. Klingt gut.«

Ich lachte.

»Danke für die Aufklärung, Lala. Du bist so clever.« Holden lächelte. »Es ist schön, dich wiederzusehen. Es kommt mir vor wie eine halbe Ewigkeit.«

Soll ich es ansprechen? »Ja, ich glaube, das letzte Mal haben wir uns auf Colbys Hochzeit gesehen, oder?«

»Ja.« Er nickte bedächtig. »Ein Jahr. Viel zu lange her.«

Er sah mir in die Augen, und ich musste sofort an unseren gemeinsamen Tanz denken. Warren war zur Toilette gegangen, und als ich aufsah, hatte Holden plötzlich vor mir gestanden. Ich hatte gebetet, dass Warren nicht zurückkehrte und mich mit Holden tanzen sah. Es war ein langsameres Lied gewesen, und ich hatte nicht gewollt, dass er irgendetwas Unanständiges vermutete. Aber das rührte vielleicht nur da her, dass *ich* unanständige Gedanken hatte. Und genau in dem Moment, als der Tanz zu Ende war, hatte Holden die Tanzfläche verlassen, und Warren war wiederaufgetaucht. Mein Verlobter hatte also nichts von dem Tanz mit meinem Jugendschwarm mitbekommen.

Es war, als wäre es nie passiert – nur dass ich den ganzen Abend daran gedacht hatte. Ich hatte immer wieder zu Holden hinübergeschaut und mich schuldig gefühlt, weil dieser Tanz irgendwie besonders gewesen war, auch wenn ich es nicht genau benennen konnte. Mochte mich Holden *auf diese Art*? Nein, das glaubte ich nicht, aber er schien mit voller Absicht in dem Moment aufgetaucht zu sein, als Warren gegangen war. Vielleicht war ihm die sentimentale Atmosphäre der Hochzeit an die Nieren gegangen. Hochzeiten sind wichtige Ereignisse. Sie lassen uns erkennen, dass das Leben kurz ist. Vielleicht hatte ihn die Musik auch berührt, weil er Ryan vermisste. Und da ich seine Schwester war, hatte er möglicherweise deshalb in diesem Moment meine Nähe gesucht.

»Jedenfalls …«, unterbrach Holden meine Gedanken, »wollen dich heute Abend eine Menge Leute gern sehen. Colby und Billie laden alle zum Dinner ein. Ich soll dich mitbringen. Wir sind schon ein bisschen spät dran, glaube ich.«

Ich rieb mir den Bauch. »Oh ja, das klingt großartig. Ich sterbe vor Hunger. Warte, ich bin gleich fertig.«

Ich sprang schnell ins Bad, dann gingen wir zu Colbys Wohnung.

Seine Tochter Saylor öffnete die Tür und hüpfte begeistert auf und ab. »Lala!«

»Hallo, Süße. Es freut mich unheimlich, dass du dich an mich erinnerst.« Ich bückte mich, um sie zu umarmen. »Unfassbar, wie groß du geworden bist.«

Wir waren uns nur ein paarmal begegnet, aber auf der Hochzeit hatten wir schöne Stunden miteinander verbracht. Saylors Mutter war kein Bestandteil ihres Lebens. Nach der Heirat hatte Colbys Frau Billie die Mutterrolle übernommen, und es schien wunderbar zu funktionieren.

Saylor berührte meine Haare. »Du hast so tolle Locken!«

Ich schüttelte meine blonde Mähne auf. »Ich weiß! Ein verrückter Wuschelkopf.«

»So schön wild, gefällt mir«, bemerkte Holden von hinten.

»Danke«, sagte ich etwas verlegen.

Billie kam auf mich zu und umarmte mich. »Wir dachten schon, du kommst nie, Lala! Wo warst du denn so lange?«

Sie war eine supercoole Frau, die ich unbedingt besser kennenlernen wollte. Ihr gehörte das Tattoostudio im Erdgeschoss. So hatten sie und Colby sich kennengelernt.

»Tut mir leid!«, sagte ich. »Es war unheimlich viel Verkehr, und dann hat mir Holden noch das Apartment gezeigt.«

»Es ist meine Schuld. Ich habe sie eine Weile festgehalten.«

Festgehalten? Angesichts seiner Wortwahl kamen mir ziemlich anschauliche Bilder in den Sinn.

Ich räusperte mich. »Das Apartment ist toll. Ich kann euch gar nicht genug dafür danken, dass ihr mich hier wohnen lasst.«

Owen – auch am Abend noch im Dreiteiler – kam, um mich zu umarmen. »Machst du Witze? Das ist Ryans Haus. Du wirst hier immer eine Bleibe finden. Auch wenn wir Holden rauswerfen müssen, um Platz zu schaffen.«

»Ich würde ihn persönlich vor die Tür setzen«, sagte Brayden, der mich als Nächster in die Arme schloss.

Die Jungs hatten mir wirklich gefehlt. Sie erinnerten mich so sehr an meinen Bruder, und ich spürte Ryans Anwesenheit regelrecht.

Colby tauchte als Letzter auf. Er war in der Küche gewesen und stellte eine Schüssel mit irgendetwas Leckerem auf den Esstisch.

»Hey, Lala!« Er wischte sich die Hände ab und umarmte mich.

Kurz darauf saßen wir alle am Tisch und genossen das Dinner, bestehend aus Pasta, Hackbällchen, Salat und Knoblauchbrot. Saylor verkündete stolz, dass sie den Salat ganz allein gemacht habe.

Beim Essen fragte mich Colby ein bisschen aus.

»Also, Lala …«, sagte er. »Da Ryan nicht hier ist, wirst du verstehen, dass wir die Rolle der fürsorglichen großen Brüder übernehmen müssen. Leider kriegst du gleich vier zum Preis von einem.«

»Vier Brüder, hm? Das ist … eine Menge.« Ich schmunzelte.

»Ich habe vier Onkel!«, rief Saylor. »Drei hier und einen im Himmel.«

Ich lächelte. »Da hast du recht.«

»Ich muss dir also ein paar Fragen stellen«, fuhr Colby fort.

»Erstens weiß ich im Grunde nicht viel über Warren. Ich habe ihn ja auf der Hochzeit gesehen, und er scheint ein netter Kerl zu sein, aber im Grunde kenne ich ihn nicht. Erzähl mir von ihm. Warum ist ausgerechnet er der Richtige, wo es so viele Männer auf der Welt gibt?«

»Ach, lass sie ihn Ruhe.« Billie gab ihm einen Klaps auf den Arm. »Sie muss niemandem ihre Gefühle erklären. Manchmal kann man gar nicht genau sagen, warum man jemanden liebt. Wenn es so ist, dann ist es einfach so.« Sie lächelte mich an.

»Entschuldige.« Colby zuckte mit den Schultern. »Ich halte die Frage für berechtigt.«

Ich schaute zu Holden, der wiederum mich ansah. Er schien wie alle anderen auf eine Antwort zu warten.

Ich wischte mir den Mund ab und wandte mich Billie zu. »Ist schon okay. Er hat recht. Ryan hätte mich das schon längst gefragt. Er hätte darauf bestanden, Zeit mit Warren zu verbringen und ihn auf Herz und Nieren zu prüfen.«

Brayden verschränkte die Arme. »Okay, warum sollten wir ihn also akzeptieren?«

»Mal überlegen …« Ich hielt kurz inne. »Er ist superklug. Und witzig. Ihm liegt wirklich etwas an mir. Er gibt mir Sicherheit. Und er ist ehrlich, was mir *sehr* wichtig ist …« Ich blickte in die Runde.

»Das war's?«

Billie schlug ihm wieder auf den Arm. »Was willst du mehr?«

»Er heilt doch Krebs oder so, stimmt's?«, fragte Owen.

»Er ist Krebsforscher, ja.«

Holden spielte mit den Nudeln auf seinem Teller. »Ich will jetzt nicht wie ein Idiot klingen, aber was tut ein Krebsforscher genau? Ich meine, er geht morgens zur Arbeit, und was dann?«

Ich straffte die Schultern. »Nun, ein typischer Tag sieht bei Warren so aus, dass er zum Beispiel Krebszellen unter dem Mikroskop beobachtet und prüft, wie sie mit einem bestimmten Organismus interagieren. Man muss viele Stunden Arbeit investieren und immer wieder neue Versuche durchführen, um Schritt für Schritt herauszufinden, was das Zellwachstum einschränkt und was nicht.«

»Ein sehr ehrenhafter Beruf«, sagte Billie.

»Ja, er ist ein ehrenhafter Nerd«, fügte Holden hinzu.

Ich zog eine Augenbraue hoch. »Na, dann passen wir ja gut zusammen, du hast mich auch immer als Nerd bezeichnet.«

»Ja, aber du weißt ja, es ist liebevoll gemeint«, sagte Holden augenzwinkernd.

Colby schaute von ihm zu mir. Hoffentlich spürte er meine seltsamen Gefühle für Holden nicht. Er hatte uns beim Tanzen beobachtet und war anscheinend der Einzige gewesen, dem wir aufgefallen waren.

Nach dem Dessert stand ich vom Tisch auf. »Ihr müsst Saylor bestimmt ins Bett bringen, und ich möchte mich noch auf das Gespräch morgen vorbereiten. Es ist besser, wenn ich jetzt verschwinde.«

Billie stand auch auf. »Wir machen das öfter, wenn du das Stipendium bekommst. Vielleicht einmal in der Woche.«

Ich nickte. »Das wäre schön.«

Holden erhob sich und begleitete mich zur Tür. Als er sie öffnete und in den Flur trat, sah ich ihn fragend an. »Du gehst auch?«

»Ja, das Essen ist vorbei, oder?«

Ich verabschiedete mich schnell von den anderen und folgte ihm den Flur hinunter.

Vor meiner Tür blieb Holden stehen und gab mir die Schlüssel. Als ich sie entgegennahm, berührten sich unsere Finger.

Er hielt einen Moment inne, dann fragte er plötzlich: »Willst du noch auf einen Drink mit zu mir kommen?«

Mein Magen kribbelte. Warum rief eine einfache Frage eine solche Reaktion in mir hervor? Es war nur ein Drink. Aber irgendwie kam mir alles, was mit Holden zu tun hatte, gefährlich vor. Es lag nicht daran, dass ich ihm nicht vertraute – oder mir selbst. Ich hielt es nur nicht für eine gute Idee, die Gedanken, die seit meiner Ankunft durch meinen Kopf schwirrten, noch zu befeuern.

»Lieber nicht«, entgegnete ich. »Ich muss noch auspacken, und morgen früh will ich topfit sein.«

»Stimmt. Natürlich.« Er schaute auf seine Schuhe. »Dann ein andermal.« Er seufzte. »Wenn du den Job bekommst, und das wirst du. Denn du bist Lala.«

»Ich wünschte, ich hätte deine Zuversicht.«

»Du kriegst das hin.« Er lächelte und ließ meinen Blick einen Moment lang nicht los.

Ja. Zwischen uns bestand wirklich eine eigenartige Spannung. Ich hatte sie schon auf Colbys Hochzeit und im Lauf der Jahre immer mal wieder gespürt. Ich wusste nur nicht, ob er sie auch spürte.

Ich hob die Hand. »Also … Gute Nacht.«

»Nacht, Lala.«

Holden wartete, bis ich in der Wohnung war. Als die Tür hinter mir ins Schloss fiel, atmete ich erleichtert auf. *Endlich allein.*

Ich stellte mich unter die heiße Dusche, was ich dringend gebraucht hatte, und trocknete mir die Haare. Danach wäre ich am besten direkt zu Bett gegangen, aber ich war noch zu aufgedreht. Ich warf einen Blick in den Kühlschrank, der zu meiner Überraschung nicht leer war. Ich fand Kaffeesahne und eine Schachtel darin, und als ich sie öffnete, hatte ich mit einem Mal einen Kloß im Hals: ein Dutzend Donuts mit Vanillefüllung und Schokoglasur – die hatte Ryan am liebsten gemocht. Auf der Schachtel klebte ein Zettel.

Ryan sagt: »Du schaffst das, Schwesterchen. Zeig's ihnen!«
Mir kamen die Tränen, und ich griff nach meinem Telefon.

Lala: Sind die von dir? Die Donuts?
Holden: Ich dachte, du brauchst was zum Frühstück.
Lala: Du hast mich zum Weinen gebracht. Danke. Das war total lieb.
Holden: Keine Ursache, Süße.

Nun kribbelte es am ganzen Körper. Ich war eine einzige heulende, kribbelnde Katastrophe. *Meine Güte.* Ich hatte einen Verlobten. Ich durfte nicht so auf Holden reagieren. Vielleicht lag es nur an der Aufregung. Wenn ich das Stipendium bekam und mich in New York eingelebt hatte, würden sich meine Gefühle beruhigen. Und überhaupt, selbst wenn ich keinen Verlobten hätte, wäre Holden Catalano keine Option für mich. Jemanden wie ihn konnte ich nicht in meinem Leben gebrauchen. Der Moment, den wir auf der Hochzeit miteinander hatten, sorgte in meinem Kopf offensichtlich immer noch für Chaos.

Nachdem ich einen der Donuts verschlungen hatte, putzte ich mir die Zähne und ging zu Bett. Ich war einmal mehr beeindruckt von dem großartigen Apartment, als ich die bequeme Memoryschaum-Matratze unter mir spürte. Ich stellte den Wecker meines Handys und testete kurz den Alarmton, um auf der sicheren Seite zu sein.

Als ich meinen Kopf auf das Kissen legte, hörte ich ein Klopfen an der Wand. Zuerst dachte ich, ich bilde es mir nur ein, aber dann klopfte es wieder.

Ich nahm mein Handy erneut zur Hand.

Lala: Bist du das?

Die drei Punkte bewegten sich, während er schrieb.

Holden: Was meinst du?

Dann noch ein Klopfen.

Lala: Das Klopfen an der Wand!
Holden: Welches Klopfen?

Es passierte wieder.

Lala: Hast du das gehört?
Holden: Natürlich, ich mache es ja.
Lala: Holden! LOL
Holden: Wusstest du, dass unsere Schlafzimmer aneinandergrenzen?
Lala: Jetzt weiß ich es.
Holden: LOL
Lala: Oh Gott, ich bekomme es doch hoffentlich nicht mit, wenn du jemanden zu Gast hast, oder?
Holden: Ich werde mich bemühen, auf deine Anwesenheit Rücksicht zu nehmen.
Lala: Danke im Voraus für deine Bereitschaft, nicht so laut zu sein.
Holden: Laut wird es nur bei meinen Sexpartys, aber die sind bloß einmal im Monat.
Lala: Sexpartys?
Holden: Peitschen. Ketten. (Handschellen.) Das volle Programm. Dopamin im Überfluss.

Meint er das ernst?

Holden: LOL. Ich scherze nur. Keine Sexpartys.

Lala: Bei dir weiß man nie.

Holden: Den Witz habe ich praktisch verschwendet, weil ich nicht sehen konnte, wie du rot geworden bist.

Lala: Seufz. Ich muss schlafen.

Holden: Okay. Ich werde dich nicht mehr stören.

Lala: Nacht, Holden.

Holden: Nacht, Lala.

Ich zwang mich, die Augen zu schließen. Eigentlich hätte ich beim Einschlafen meine Antworten noch einmal durchgehen sollen, die ich für das Bewerbungsgespräch vorbereitet hatte, doch stattdessen malte ich mir aus, bei einer Sexparty an Holdens Bett gekettet zu sein.

3. KAPITEL

HOLDEN

Schnupper. Schnupper.

Wie zur Hölle konnte ein Bettlaken noch nach jemandem riechen, der schon vier Tage weg war?

Aber egal, ich musste es ignorieren, denn es war meine Aufgabe, das Apartment für den neuen Airbnb-Mieter herzurichten, der morgen einziehen würde. Ich ging um das Bett herum, zog das Spannbettlaken ab und knüllte es zusammen.

Doch als ich es mir unter den Arm klemmte, stieg mir der Duft erneut in die Nase.

Ich sah mich um, als könnte außer mir noch jemand in der Wohnung sein, dann vergrub ich die Nase im Laken.

Einmal tief einatmen. Verflucht noch mal, musste sie so gut riechen, wie sie aussah, diese *verdammte Lala Ellison?*

Die Frau machte mich verrückt. Ich hatte an nichts anderes mehr denken können, seit ich den Brief an mich selbst erhalten hatte, und seit Lala hier übernachtet hatte, hatte ich keine Nacht mehr ruhig geschlafen. Prompt musste ich gähnen.

Ein kleines Nickerchen könnte ich jetzt wirklich vertragen. Ich betrachtete das Laken in meiner Hand. *Nein. Tu es nicht.*

Aber warum nicht, verdammt?, fragte ein anderer Teil meines Gewissens. Es war bloß ein Bett. Und es war neu und bequem – im Gegensatz zu meinem, das ich in den letzten paar

Monaten zweimal reparieren musste. Ich brauchte einfach nur eine Mütze voll Schlaf.

Ja, natürlich. Mach dir ruhig was vor!

Es war aber doch einleuchtend, oder? Ich war müde, stand vor einem schönen neuen Bett und hatte ein fast sauberes Laken in der Hand. Ich konnte es einfach wieder aufziehen. Ich musste nicht einmal alle vier Ecken befestigen – zwei würden genügen. So hatte ich weiß Gott schon häufig geschlafen. Niemand würde von meinem kleinen Nickerchen erfahren.

Aber du weißt es, du mieser Lakenschnüffler.

»Halt verdammt noch mal die Klappe.«

Jetzt begann ich auch noch, Selbstgespräche zu führen. *Großartig, einfach großartig.* Ich brauchte wirklich dringend Schlaf. Und so verdrängte ich meine albernen Gedanken, zog das Laken auf und legte mich hin.

Ich atmete tief ein …

Weil man das so machte, wenn man erschöpft war und einschlafen wollte – und nicht, weil es nach Lala roch.

Das Lächeln in meinem Gesicht, während ich dreieinhalb Stunden schlief, hatte übrigens auch nichts mit Lala zu tun.

»Was geht ab, Ladys?«, begrüßte ich die Jungs, als ich zu unserem allmonatlichen Pokerabend in Owens Wohnung kam. Sie saßen schon an ihren Stammplätzen. Ich stellte einen Zwölferpack Coors Light auf den Tisch und nahm mir eins.

Owen hatte die Karten in der Hand und brannte schon darauf, sie auszuteilen. »Du bist verdammt spät, das geht ab.«

»Tut mir leid.« Ich öffnete meine Flasche und warf den Verschluss als Einsatz in die Mitte. »Ich hab gerade ein herrliches Nickerchen gemacht. Deshalb hatte ich auch keine Zeit mehr, Bargeld zu holen, und muss wohl oder übel hiermit bezahlen.«

Brayden schüttelte den Kopf. »Du bist mir vielleicht einer. Du hast nie Bargeld bei dir, und du legst dich nachmittags aufs Ohr.«

Ich zeigte grinsend auf mein Gesicht. »Ich brauche meinen Schönheitsschlaf. Wie soll ich die Frauen sonst dazu kriegen, dass sie mir Drinks kaufen, wenn ich kein Bargeld habe?«

Colby schmunzelte. »Gib mir ein Bier, Blödmann.«

Ich hielt ihm die Flasche hin wie ein Kellner, der Champagner serviert. »Ich hoffe, der Jahrgang ist dir recht.«

Owen begann, die Karten zu verteilen. »Du bist ziemlich gut gelaunt. Ich nehme an, du warst nicht allein im Bett?«

Ich trank einen Schluck Bier und lehnte mich mit einem lauten »Aaah« zurück. »Doch, ganz allein, mein Freund. Ich freue mich einfach nur, hier bei meinen besten Kumpels zu sein.«

Colby schnippte seinen Bierverschluss in die Luft. Er prallte gegen meine Stirn und landete mitten auf dem Tisch.

Ich grinste. »Dann ist mein Einsatz wohl zwei Dollar.«

Owen gab jedem fünf Karten und legte den restlichen Stapel zur Seite. »Weiß einer von euch, wie viele Reservierungen wir für das Airbnb-Apartment bereits haben?«

»Ich glaube, wir haben am Monatsende noch eine, aber das war's vorläufig. Wir haben den Reservierungskalender lediglich für sechs Monate geöffnet.«

»Können wir diese Reservierung stornieren?«

Ich zuckte mit den Achseln. »Der Kunde wird sich ärgern, aber ja, wir haben die Möglichkeit zu stornieren. Warum?«

Owen blickte in die Runde. »Weil Lala das Stipendium bekommen hat.«

Ich erstarrte. »Woher weißt du das?«

»Sie hat mich heute angerufen. Sie soll schon Montag anfangen. Es ist ein staatliches Stipendium, was bedeutet, dass sie bis Ende des Monats beginnen müssen, das Geld auszugeben, sonst wird es vom Budget für das kommende Jahr abgezogen. Sie wollte wissen, ob wir ihr das Apartment vermieten können. Ich habe ihr versprochen zurückzurufen, sobald ich die Verfügbarkeit geprüft habe, aber ich wollte euch vorher fragen, was ihr davon haltet, es ihr mietfrei zu überlassen. Es ist ja nur ein halbes Jahr, und wir hätten dieses Haus nicht, wenn Ryan uns nicht seine Lebensversicherung vermacht hätte. Es erscheint mir angemessen.«

Die Jungs nickten alle.

»Absolut«, sagte Brayden.

Ich war jedoch noch mit Owens erstem Satz beschäftigt. »Warum hat sie dich angerufen und nicht mich?«

Er zuckte die Achseln. »Wahrscheinlich, weil ich netter bin und besser aussehe. Oh, und ich bin ein Erwachsener, *der keinen Mittagsschlaf hält.*«

Ich war beleidigt, weil Lala sich an Owen gewandt hatte, aber als Colby mich mit wissender Miene ansah, überspielte ich es, so gut ich konnte. »Ja, klar. Ist schon okay.«

»Wir sind uns also einig und lassen sie mietfrei hier wohnen?«, hakte Owen noch einmal nach.

Alle nickten.

»Na gut«, sagte er. »Dann rufe ich sie nachher an und sage ihr, dass sie das Apartment so lange haben kann, wie sie es braucht.«

»Hey. Gut, dass du zu Hause bist.«

Owen stand bei mir vor der Tür. »Was gibt's?«

»Lala kommt so gegen zwei hier an, und mich hat gerade ein Kunde angerufen, der sich jetzt gleich eine Wohnung anschauen möchte, an der er großes Interesse hat, und ich habe schon ein Angebot von einer anderen Agentur. Eigentlich wollte ich Lala und Warren beim Tragen helfen. Könntest du vielleicht für mich einspringen?«

Ich fühlte mich schlecht dabei, Nein zu sagen, aber Dr. Nerd sollte doch in der Lage sein, das Gepäck selbst zu tragen. Das Apartment war voll möbliert, also war es ja nicht so, als hätte er größere Sachen zu schleppen.

»Tut mir leid.« Ich zuckte die Achseln. »Ich habe was vor.«

»Mist. Okay. Dann versuche ich es bei Brayden und Colby.«

»Na dann, viel Erfolg heute.«

»Danke, Mann.«

Owen wandte sich zum Gehen, dann drehte er sich noch einmal um. »Übrigens habe ich Frick und Frack, die höllischen Teenager von der 410, gestern Abend wieder auf dem Dach erwischt. Diesmal hatten sie mehrere Eimer Wasser dabei und wollten sie arglosen Fußgängern auf den Kopf schütten.«

»Im Ernst? Vor zwei Tagen hat sich Mrs Martin von der 408 bei mir darüber beschwert, dass bei ihnen die ganze Nacht laute Musik lief. Als ich nach oben ging, um dem Spuk ein Ende zu bereiten, waren sie allein zu Hause. Ich dachte, ich hätte sie ein bisschen eingeschüchtert, aber das hat wohl nicht geklappt. Hast du die Mutter in der letzten Zeit gesehen?«

»Nein. Und wir haben diesen Monat auch keine Miete bekommen.«

Ich schüttelte den Kopf. »Vom Alter her brauchen sie eigentlich kein Kindermädchen mehr, aber sie sind noch nicht alt genug, um allein zu leben. Ich schaue nachher mal, ob die Mutter da ist, und rede mit ihr.«

»Danke.«

Als ich die Tür schloss, fühlte ich mich wie ein Riesenstück Scheiße, weil ich mich gedrückt hatte. Das Letzte, was ich brauchte, war eine Begegnung mit Lala und ihrem Verlobten. Da sie gleich nebenan einzog, würde ich zwangsläufig mitbekommen, wenn sie kamen, und dann würde ich mich noch beschissener fühlen, wenn ich mich in meiner Wohnung versteckte. Deshalb musste ich mich aus dem Staub machen und suchte in meinen Kontakten nach jemandem, mit dem ich mich verabreden konnte. Ich musste nicht lange suchen.

Ich hatte mich bisher ein paarmal mit Anna getroffen, und erst letzte Woche war ich ihr zufällig in der U-Bahn begegnet. Sie hatte gesagt, ich solle ihr schreiben, und das tat ich jetzt. Ich lud sie zur Nachmittagsvorstellung ins Kino ein, obwohl ich keine Lust hatte, mir einen Film anzusehen. Sie antwortete schnell und begeistert, und ich fühlte mich umso mieser.

Weil ich bei Lalas Ankunft unbedingt aus dem Haus sein wollte, duschte ich kurz und beschloss, einen gemütlichen Spaziergang zu dem Kino zu machen, wo ich Anna in einer Stunde treffen wollte. Doch als ich aus der Haustür trat, gab es einen Tumult auf der Straße. Ein Mann stand schreiend und mit den Armen rudernd hinter seinem Auto, mit dem er vorwärts schon halb in eine Parklücke eingebogen war. Ein anderer Wagen, der rückwärts auf die Lücke zugesteuert war, stand schräg daneben. Erst als eine Frau aus diesem Wagen stieg und die Tür zuknallte, begriff ich, dass es Lala war, die hier angebrüllt wurde. *Scheiße.* Ich rannte hinüber, als der andere Fahrer auf sie zumarschierte.

»Hey.« Ich stellte mich schützend vor sie und hob die Hände. »Immer langsam, Kollege. Was ist hier los?«

Lala zeigte auf den Typen. »Ich wollte rückwärts in die Lücke fahren, und er ist plötzlich aus dem Nichts aufgetaucht und will mir den Platz wegschnappen. Er war definitiv noch nicht hinter mir, als ich zurückgesetzt habe.«

Ich musterte den Mann. Er hatte eine Glatze, einen dicken Bauch und ein rotes Gesicht. »Hören Sie, die Lady zieht gerade in dieses Haus hier ein.«

»Ist mir doch schnuppe«, gab er zurück. »Ich habe die Lücke zuerst gesehen.«

Lala stemmte die Hände in die Hüften. »Haben Sie nicht!«

»Kommen Sie, Kollege. Auch wenn Sie zuerst da waren, können Sie nicht einfach ein Gentleman sein und ihr den Parkplatz überlassen?« Ich zeigte auf das Gepäck auf dem Rücksitz. »Sie hat eine Menge Zeug, das reingetragen werden muss.«

Er verschränkte die Arme vor der Brust. »Sie können mich mal.«

»Sehr freundlich.« Ich schüttelte den Kopf. »Wie ich sehe, sind Sie ein richtiger Schatz.«

Lala öffnete die Heckklappe ihres Wagens. »Gut, wenn Sie nicht wegfahren, lasse ich mein Auto eben hier stehen und trage jetzt meine Kartons hoch. Ich habe ziemlich viele, und es wird eine Weile dauern – falls Sie warten wollen, bis ich fertig bin.«

»Äh, Lala.« Ich beugte mich zu ihr und raunte ihr zu: »Ich weiß nicht, ob du deinen Wagen so stehen lassen solltest.«

Sie schürzte die Lippen und zerrte einen Karton aus dem Auto. »Sei's drum.«

Ich sah den Mann achselzuckend an. »Sie haben gehört, was die Lady gesagt hat.« Dann schnappte ich mir ein paar Kartons und ging mit Lala zur Haustür. Der Typ brüllte irgendwas von »abschleppen lassen«.

Lala drehte sich um und erwiderte: »Verpiss dich, Glatzkopf!«

Im Aufzug grinste ich sie an. »Das war echt krass.«

Sie stellte ihren Karton ab und zeigte mir ihre bebenden Hände. »Daran war wohl das Adrenalin schuld. Guck mal, wie ich jetzt zittere. Ich bin nämlich ein ziemlicher Feigling.«

Ich schmunzelte. »Da wäre ich nicht drauf gekommen.«

Auf unserer Etage angekommen, bedeutete ich Lala mit dem Kinn, als Erste auszusteigen. Und dann, auf halbem Weg den Flur hinunter, platzte der unterste Karton auf, den ich in den Armen hielt, und der gesamte Inhalt fiel heraus.

»Scheiße.«

Lala und ich stellten alles ab, und ich versuchte vergeblich, das Klebeband wieder anzudrücken, wo es sich gelöst hatte.

Ich schüttelte den Kopf. »Das hält nicht. Dieser Karton muss in die Mitte der anderen beiden, damit der Boden nicht auseinandergehen kann. Dann können wir die Sachen wieder reinpacken und schaffen es hoffentlich bis zu deiner Tür.«

»Gute Idee.«

Wir verstauten alles wieder in dem Karton und stellten den dritten obendrauf. Lala nahm ihren Karton, und wir machten fünf, sechs Schritte, dann gab dieses blöde Ding den Geist auf, und wieder lagen ihre Sachen am Boden.

»Oh nein!« Lala bückte sich. »Kann Klebeband schlecht werden?«

»Wenn es alt ist. Dann trocknet es aus und klebt nicht mehr. Wie alt ist denn das Klebeband, das du verwendet hast?«

Sie verzog das Gesicht. »Ich habe es in Ryans Schrank gefunden. Es war wahrscheinlich von der Aktion übrig, als wir ein paar Monate nach seinem Tod einen Teil seiner Kleidung gespendet haben.«

Oh, Mist. »Hast du es für alle Kartons genommen?«

Sie nickte und biss sich auf die Unterlippe.

Ich schmunzelte. »Ich habe Packband in meiner Wohnung. Wir nehmen es gleich mit nach unten und bringen die anderen Kartons in Ordnung, bevor wir sie hochtragen.«

Wir packten den zweiten aufgeplatzten Karton neu und schafften es, unsere Ladung ohne weitere Probleme ins Apartment zu bringen.

Ich ging das Packband holen und kehrte kurz darauf wieder zurück. »Wollte Warren dir nicht beim Einzug helfen?«

»Er ist total im Stress wegen eines Projekts, und ich dachte, ich komme allein klar.«

Der dritte Minuspunkt für Dr. Nerd. Der zweite war der armselige Verlobungsring, den er ihr gekauft hatte, und der erste ... Nun, der erste war seine pure Existenz.

Ich runzelte die Stirn. »Komm, wir gehen wieder runter.«

»Kann ich noch schnell zur Toilette?«

Ich zeigte auf die Tür. »Bitte.«

Während sie im Bad verschwand, ging ich nach nebenan und holte uns zwei Flaschen Wasser. Als sie herauskam, bot ich ihr eine an.

»Oh, vielen Dank. Ich habe einen Wahnsinnsdurst. Vor der Abfahrt habe ich nichts getrunken, weil ich nicht an einem Rastplatz anhalten und mein ganzes Zeug unbewacht lassen wollte.«

»Das war gut.« Ich öffnete die Flasche und trank ein paar Schlucke. »Bereit für die nächste Runde? Der nette Mann da unten kocht wahrscheinlich inzwischen vor Wut.«

Doch als wir aus dem Haus traten, grinste der Idiot über das ganze Gesicht. Seine gute Laune hatte sicher mit dem Abschleppwagen zu tun, auf den Lalas Auto gerade verladen wurde. Ich lief zu dem Kerl an der Kurbel.

»Hey, warten Sie, Mann. Die Eigentümerin des Wagens ist hier.« Ich zeigte auf den Verursacher des Problems. »Dieser Typ wollte ihr den Parkplatz wegnehmen und hat Streit angefangen. Wir waren höchstens zehn Minuten weg. Sie zieht in das Haus da ein, und ihre ganzen Sachen müssen nach oben. Haben Sie ein bisschen Verständnis. Wir fahren den Wagen weg, sobald sie ihn vom Haken lassen, versprochen.«

Der Fahrer des Abschleppwagens stemmte einen Fuß gegen die Stoßstange. »Ich weiß nicht, Officer Agostino, was meinen Sie? Soll ich Verständnis haben für die Dame hier?«

Das Sackgesicht lächelte boshaft. »Auf keinen Fall. Weg mit der Karre, Johnny.«

Oh, verdammt. Ich ließ den Kopf hängen. *Das Arschloch ist ein Cop …*

Ich seufzte und wandte mich an Johnny. »Können wir Ihnen nicht einfach den Einsatz bezahlen, und Sie lassen den Wagen wieder runter, und wir fahren ihn weg? Ersparen Sie uns doch wenigstens die Fahrt zum Abschlepphof.«

Der Fahrer sah den Cop erneut an. Der Blödmann schüttelte mit einem strahlenden Lächeln den Kopf, als hätte er sich lange nicht mehr so gut amüsiert.

Als der Fahrer Lalas Wagen aufgeladen hatte, gab er mir eine Visitenkarte. »Ich mache wahrscheinlich erst mal Mittag, das kann also eine Weile dauern.«

»Können wir wenigstens die Kartons herausnehmen, bevor Sie fahren? Das fliegt doch sonst alles im Wagen herum.«

»Das geht leider nicht.« Er ging nach vorn.

Ich sah Lala an. »Es tut mir leid.«

»Ist ja nicht deine Schuld.« Sie zeigte auf den Cop. »Sondern seine.«

Der Officer stieg mit einem selbstgefälligen Grinsen ein. »Ich wünsche euch beiden noch einen beschissenen Tag.«

Danach wurde es nicht besser. Lala und ich fuhren mit einem viel zu teuren Uber nach Brooklyn, um ihr Auto abzuholen. Aber als wir dort ankamen, war es noch nicht da. Fast eine Stunde später trudelte der verdammte Abschleppwagen endlich ein. Dann wollten wir bezahlen, aber Kreditkarten waren nicht erwünscht, und weder Lala noch ich hatten genug Bargeld dabei. Also mussten wir sechs Blöcke zum nächsten Geldautomaten laufen. Als wir mit den dreihundertfünfzig Dollar zurückkehrten, die unverschämterweise von uns verlangt wurden, wollte der Zuständige Lala den Wagen nicht übergeben, weil sie die Zulassung nicht dabeihatte. Und nachdem wir ihn schließlich davon überzeugt hatten, dass Lala keine Autodiebin war, die der Abschleppfirma ihre eigene elf Jahre alte Karre klauen wollte, sprang der Motor nicht an.

»Die haben dein Auto kaputtgemacht. Ich werde diesen Fahrer umbringen.« Ich wollte aussteigen, aber Lala hielt mich fest.

»Nein, das glaube ich nicht, Holden.« Sie schüttelte den Kopf. »Heute Morgen musste ich den Nachbarn bitten, mir Starthilfe zu geben. Er meinte, es sei wahrscheinlich die Lichtmaschine.«

»Oh. Verstehe.« Ich sah mich um, aber es war keine Menschenseele zu sehen. »Ich gehe schnell noch mal ins Büro und frage, ob uns jemand helfen kann. Bin sofort wieder da.«

Aber unsere Pechsträhne riss nicht ab. Der Wagen sprang nicht an, obwohl wir die Batterie aufluden und es eine halbe Stunde lang mit Starthilfe versuchten.

Schließlich klappte ich die Motorhaube von Lalas Auto zu und wischte mir die Hände an der Hose ab, bevor ich der Frau, die uns geholfen hatte, die Hand reichte. »Vielen Dank für Ihre Bemühungen. Kennen Sie hier in der Nähe einen Automechaniker, der einen nicht abzockt?«

Sie nickte. »Die Werkstatt *Banner* ist etwa anderthalb Kilometer die Straße hinunter auf der rechten Seite. Der Mann ist fair.«

»Könnten Sie den Wagen dorthin abschleppen?«

Sie schaute auf die Zeitanzeige ihres Handys. »Es ist Sonntag und fast achtzehn Uhr. Jetzt hat er zu. Ich kann den Wagen gleich morgen früh hinbringen lassen, aber ich muss es Ihnen in Rechnung stellen.«

Ich blies die Wangen auf und sah Lala an.

Sie zuckte die Achseln. »Was bleibt mir anderes übrig? Aber was ist mit meinen Kisten? Ich habe nicht mal eine Zahnbürste und Kleidung für die Arbeit für morgen.«

»Ich rufe Dylan an, den Bassisten meiner Band. Vielleicht kann er uns und das Gepäck abholen. Er wohnt in Brooklyn, und der Band-Transporter steht bei ihm in der Einfahrt.«

Dylan konnte uns tatsächlich helfen, doch bis wir zu Hause waren und alles ausgeladen hatten, war es schon fast halb neun.

Lala sah sich in ihrem vollgestellten Wohnzimmer um. »Könntest du bitte meine Nummer wählen? Ich habe keine Ahnung, wo mein Handy ist. Ich hoffe, ich habe es nicht im Transporter liegen gelassen.«

Ich hielt mein Telefon hoch. »Das würde ich ja machen, aber der Akku ist schon seit Stunden leer.«

Lala schlug sich die Hand vor den Mund und lachte. »Oh, mein Gott, Holden. Wenn ich nicht über diesen Tag lache, den wir hinter uns haben, dann müsste ich jetzt heulen.«

Ich lächelte. »Ein richtiger Scheißtag, was?«

»Ich habe einem Cop gesagt, er soll sich verpissen, und ihn Glatzkopf genannt!«

Wir mussten beide lachen, und ich wies mit dem Kopf zur Tür. »Komm, gehen wir zu mir. Ich suche das Ladekabel, damit wir dein Telefon finden können, und du holst uns ein kaltes Bier aus dem Kühlschrank.«

»Das klingt himmlisch. Danke.«

Doch kaum hatten wir Lalas Apartment verlassen, wurde mir klar, dass wir noch meilenweit von »himmlisch« entfernt waren: Eine Frau stand vor meiner Tür – eine Frau, die ich, wie mir komplett entfallen war, vor Stunden am Kino hätte treffen sollen.

Anna sah mich an, dann Lala. Sie presste ihre Lippen zusammen.

Mist, das wird jetzt ziemlich unschön.

»Du bist *so ein Arschloch*. Nicht zu fassen, dass ich extra hergekommen bin, weil mir Sorgen gemacht habe, dass dir etwas passiert ist, nachdem du mich sitzen gelassen hast und nicht ans Telefon gegangen bist.« Sie schaute zu Lala. »Genieß es für eine Nacht, denn mehr wirst du nicht kriegen.« Damit stürmte sie davon.

»Anna, warte! Entschuldige! Es ist etwas dazwischengekommen, und mein Handy war leer, und dann …«

Sie zeigte mir über die Schulter den Mittelfinger und ging einfach weiter.

»Das tut mir sehr leid«, sagte Lala. »Ich wusste nicht, dass du verabredet warst.«

Ich schüttelte den Kopf. »Mein Fehler. Ich habe total vergessen, dass ich mit ihr ins Kino wollte.«

»Nett, dass du es auf deine Kappe nimmst, aber darf ich dich wenigstens zum Essen einladen? Es ist das Mindeste, was ich tun kann, nachdem ich deinen Tag durcheinandergebracht und dein Date ruiniert habe.«

»Nur wenn ich Bier und Wein beisteuern darf.«

Sie lächelte. »Abgemacht.«

Wir bestellten chinesisches Essen und aßen es gleich aus der Schachtel, während Lala auspackte und ich die Kartons zerlegte. Trotz der ganzen Schwierigkeiten an diesem Tag fühlte ich mich ihr heute so nah wie früher in unserer Jugend.

»Darf ich dich etwas fragen?«

»Klar. Wenn ich dich auch etwas fragen kann.« Sie hielt mir ihre Schachtel Hühnchen und Brokkoli hin. »Willst du den Rest? Ich bin satt.«

Ich sah sie mit zusammengekniffenen Augen an. »Hast du reingespuckt?«

Sie stutzte. »Was? Nein!«

Ich nahm ihr schmunzelnd die Schachtel aus der Hand. »War nur ein Witz.«

Lala verdrehte die Augen, aber sie lächelte, als sie den letzten Karton mit dem Teppichmesser öffnete. »Was wolltest du mich fragen?«

»Warum hast du Owen angerufen, um nach dem Apartment zu fragen, und nicht mich?«

Lala erstarrte. »Äh … Ich weiß nicht. Wahrscheinlich war er der Erste von euch, auf den ich in meinen Kontakten gestoßen bin.«

Das ergab keinen Sinn, denn sowohl mein Vorname als auch mein Nachname kamen im Alphabet vor Owen. Doch sie vermied plötzlich den Augenkontakt, und weil ich nicht wollte, dass es wieder merkwürdig zwischen uns wurde, ließ ich das Thema auf sich beruhen.

»Du bist dran«, sagte ich.

»Hm?« Lala zog die Nase kraus. »Womit?«

»Du hast gesagt, ich darf dich etwas fragen, wenn du mir auch eine Frage stellen darfst. Jetzt bist du an der Reihe.«

»Oh.« Sie nahm einen Stoß Handtücher aus dem Karton und ging ins Bad. »Okay, es gibt etwas, das ich gern wissen würde«, sagte sie, als sie zurückkehrte.

»Schieß los.« Ich steckte mir ein Stück Hühnchen in den Mund.

»Mit wie vielen Frauen schläfst du so im Monat? Ich meine, das war jetzt schon die zweite, die ich bei dir gesehen habe.«

Ich verschluckte mich an einem Stück Hühnchen.

Lala riss die Augen auf, holte eine Flasche Wasser und hielt sie mir vor die Nase. »Trink. Oder muss ich den Heimlich-Handgriff machen?«

Ich hustete noch ein paarmal, dann gelang es mir aber, den Bissen hinunterzuschlucken. Ich hatte Tränen in den Augen.

»Falsche Röhre«, sagte ich und nahm die Flasche.

Lala sah mir beim Trinken zu. »Gott sei Dank! Ich habe den Heimlich-Handgriff seit der achten Klasse nicht mehr gemacht. Ich weiß gar nicht, ob ich es noch kann.«

Es dauerte noch eine Weile, bis das Brennen in meiner Kehle nachließ, doch ich bekam zumindest wieder Luft.

»Tut mir leid«, sagte sie. »Ich hätte dir nicht so eine persönliche Frage stellen sollen.«

»Nein, schon gut. Du kannst mich alles fragen.« Obwohl ich keine Ahnung hatte, wie ich ihre Frage beantworten sollte. Wie oft hatte ich pro Monat Sex? Es war ja nicht so, als würde ich mitzählen, aber egal, welche Zahl ich ihr nannte, sie würde mich für einen Hurenbock halten.

»Das variiert von Monat zu Monat. Manchmal läuft gar nichts, und manchmal gehe ich ein paarmal aus.«

»Bringst du jedes Mal, wenn du ausgehst, eine Frau mit nach Hause?«

Scheiße. Ich hatte es nur noch schlimmer gemacht. »Nein, nicht immer.« Einmal hatte ich mich vor vier Monaten nicht gut gefühlt und war schon früh allein nach Hause gegangen.

Sie schüttelte den Kopf und hob die Hände. »Ich wollte dir nicht zu nahe treten.«

Ich zuckte die Achseln. »Schon okay.«

Sie sah mich einige Sekunden lang an. »Dann bist du bestimmt ziemlich gut darin …«

Meine Augenbrauen schossen nach oben.

Lala schlug die Hände vor den Mund und wurde rot. »Oh mein Gott. Ich kann nicht glauben, dass ich das gerade gesagt habe. Es ist nur … Du weißt schon, Übung macht den Meister.«

Ich lächelte. »Ich liebe es, dass du immer noch rot wirst, wenn du verlegen bist, genau wie früher.«

»Tja, offensichtlich habe ich es auch nicht abgelegt, peinliche

Dinge laut auszusprechen. Entschuldige meine Aufdringlichkeit. Ich weiß nicht, was über mich gekommen ist.«

»Ist schon gut.«

Als Lala den letzten Karton ausgepackt hatte, zerlegte ich ihn. Jetzt waren wir fertig, aber ich wollte noch nicht schlafen gehen.

»Hast du Lust auf ein Glas Wein? Ich habe weißen und roten da.«

Lala zögerte, doch dann antwortete sie lächelnd: »Na klar. Das wäre super.«

»Rot oder weiß?«

»Weiß.«

Ich nickte. »Ich bringe nur noch schnell die Kartons zum Container.«

»Okay.«

Als ich wieder nach oben kam, ging ich in meine Wohnung und holte eine Flasche Pinot Grigio und zwei Gläser. Doch statt nach nebenan zu gehen, öffnete ich das Küchenfenster und kletterte auf die Feuertreppe.

»Hallo Lala!«, rief ich in Richtung ihres Fensters. Als sie nicht auftauchte, versuchte ich es noch einmal lauter. »Hey, Ellison! Mach das Fenster auf!«

Wenige Sekunden später streckte sie den Kopf heraus. »Ich wusste nicht, von wo du mich rufst.«

Ich winkte ihr zu. »Komm raus auf deine Feuertreppe.«

Sie schaute nach unten. »Ist das nicht zu gefährlich?«

»Nicht so gefährlich wie unsere nächtlichen Ausflüge auf euer Dach, als wir noch klein waren.«

Lala lächelte und kletterte aus dem Fenster. Ihre Fluchttreppe und meine waren höchstens einen halben Meter voneinander entfernt. Ich schenkte zwei Gläser Wein ein und reichte ihr eins durch die Geländerstäbe.

Sie nahm es entgegen und schaute in den Himmel. »Gott, ich bin wirklich oft auf das Dach geklettert, um mir die Sterne anzusehen.«

»Ich weiß. Ich bin mitgekommen, wenn ich bei euch übernachtet habe und Ryan vor mir eingeschlafen ist. Du hattest immer dein Astronomiebuch und Buntstifte dabei.«

Sie nippte an ihrem Wein. »Ich hatte Spaß daran, die Sterne aufzuschreiben, die ich identifizieren konnte, und sie farbig nach den Sternbildern zu markieren, zu denen sie gehören.«

»Großer Bär, Kassiopeia, Orion, Großer Hund, Zentaur, Carina«, zählte ich auf. »Carina war dein Lieblingssternbild. Du wolltest sogar so heißen und deinen Namen ändern.«

Lala sah zu mir herüber. »Unglaublich, dass du dich daran erinnerst.«

»Mir ist vieles in Erinnerung geblieben von diesen Nächten, in denen wir uns unterhalten haben …« Ich hätte an diesem Punkt besser aufgehört, weil ich ohnehin schon mehr gesagt hatte, als gut war, aber ich hatte von jeher Probleme damit, Grenzen zu setzen. »Weißt du, du warst damals für mich das erste Mädchen, bei dem ich das Gefühl hatte, ich selbst sein zu können. Ich habe dir allen möglichen Quatsch erzählt, was ich irgendwann mal machen will, und du hast mir nie das Gefühl gegeben, blöd zu sein. Du hast mir zugehört und mir vielmehr das Gefühl gegeben, dass alles möglich ist.«

Lala nickte. »Meinst du, Ryan hat davon gewusst?«

»Nie und nimmer«, sagte ich. »Sonst hätte er mich verprügelt.«

»Warum? Wir haben uns doch nur freundschaftlich unterhalten.«

»Erstens habe ich seine kleine Schwester aufs Dach gelassen, statt sie wieder ins Haus zu holen. Und zweitens kannte mich

Ryan gut. Am Anfang hatte ich bei einem hübschen Mädchen immer gute Absichten, aber dabei blieb es nicht immer.«

»Du … fandest mich hübsch?«

»Natürlich. Nur ein Blinder hätte das nicht so gesehen.«

Lala schaute mit einem verlegenen Lächeln in ihr Weinglas. »Ich fand dich auch irgendwie heiß.«

Ich grinste. »Ich weiß.«

Ihre Augen weiteten sich. »Ich weiß? Was soll das heißen?«

»Ich habe gemerkt, wie du mich abgecheckt hast, wenn ich aus dem Pool geklettert bin und so. Manchmal auch von deinem Zimmerfenster aus, wenn du dachtest, es könnte dich niemand sehen.«

Lala schlug die Hände vors Gesicht. »Oh mein Gott.« Sie lachte. »Und ich habe mich damals für unheimlich clever gehalten.«

Ich beugte mich über das Geländer. »Ich werde dir ein kleines Geheimnis verraten.«

»Was?«

»Erinnerst du dich daran, dass Ryan und ich öfter in der Garage die Gewichte eures Vaters gestemmt haben, bevor wir in den Pool gesprungen sind?«

»Ja, ihr habt euch danach im Pool abgekühlt.«

Ich schüttelte den Kopf. »Falsch. Ich habe Ryan dazu gebracht, vorher eine Runde mit mir zu pumpen, um muskulöser auszusehen, für den Fall, dass du mich siehst.«

»Oh, wow.« Lala leerte ihr Weinglas. »Das habe ich tatsächlich nicht gewusst.«

Ich hielt die Flasche hoch. »Möchtest du noch?«

Lala biss sich auf die Unterlippe. Sie schien darüber nachzudenken – zumindest bis ihr Telefon klingelte. Sie schaute auf das Display, und ihre wunderschöne Miene veränderte sich.

»Danke für das Angebot, aber ich sollte da rangehen. Es ist Warren, und ich muss ohnehin morgen früh raus.«

Obwohl mir schwer ums Herz wurde, zwang ich mich zu lächeln. »Ja, natürlich.«

Wir standen beide auf.

»Danke noch mal für alles, was du heute für mich getan hast«, sagte sie. »Und für den Wein und das Gespräch.« Sie reichte mir ihr leeres Glas. »Gute Nacht, Holden.«

»Gute Nacht, Lala.«

Zurück in meiner Wohnung stellte ich die Weinflasche auf die Küchentheke und mein Glas in die Spüle. Als ich ihres hineinstellen wollte, fiel mir der Lippenstiftabdruck am Rand auf.

Tu es nicht, Schwachkopf.

Warum nicht? Ich hatte ja auch schon in ihrer Bettwäsche geschlafen.

Ich biss die Zähne zusammen und wandte mich zum Gehen. Ich wollte die Küche verlassen – wirklich. Aber morgen würde ich sowieso sauer auf mich sein, weil ich unangemessene Dinge zu Lala gesagt hatte. Da kam es auf ein bisschen mehr Selbstverachtung auch nicht an. Also nahm ich die Weinflasche und füllte Lalas Glas, um genau an der Stelle daraus zu trinken, wo sich der Abdruck befand.

Als ich ausgetrunken hatte, machte ich mich bereits zur Schnecke.

Was zum Teufel kommt als Nächstes, Holden? Willst du ihr die Unterwäsche klauen, um sie zu beschnüffeln?

4. KAPITEL

LALA

Am Ende meiner ersten Woche in New York aß ich mit meiner neuen Kollegin Tia außerhalb des Instituts des Gesundheitsministeriums zu Mittag, wo ich in den nächsten Monaten meine Forschungen betreiben würde. Ich hatte ihr gerade von meiner mietfreien Wohnung erzählt.

»Unglaublich, dass sie dich kostenlos da wohnen lassen. Das ist unheimlich nett von ihnen.«

»Ja, die Jungs sind für mich wie Brüder.« *Na ja, bis auf einen.* Holden war eher ein scharfer, gut aussehender Stiefbruder. Doch wie mein Körper auf diesen Mann reagierte, hatte nichts Geschwisterliches.

»*Wie* Brüder, sagst du, aber drei von ihnen sind Singles?«

Ich räusperte mich. »Stimmt.«

»Und du hast mit keinem etwas gehabt?«

Ich kniff die Augen zusammen. »Ich bin verlobt.« Sie wusste von Warren, und mir war nicht klar, was die Frage sollte.

»Ich weiß, aber ich meine früher.«

Ich schüttelte den Kopf. »Nein.«

»Ist keiner dabei, der gut aussieht?«

»Sie sehen eigentlich alle super aus.«

»Was du nicht sagst …« Sie wischte sich etwas Mayo aus dem Mundwinkel. »Dann sollte ich wohl bei Gelegenheit mal auf einen Drink bei dir vorbeikommen.« Sie zwinkerte mir zu.

Ich lächelte, obwohl mir nicht gefiel, in welche Richtung meine Gedanken gewandert waren. Ich hatte nichts dagegen, Tia mit Brayden oder Owen bekannt zu machen, aber Holden wollte ich von ihr fernhalten. Und das war lächerlich. Holden Catalano ließ sich nicht halten. Holden gehörte der Welt, verdammt. Er hatte jede Woche eine andere Frau.

Nach dem Essen verging der Nachmittag wie im Flug. Gott sei Dank war schon Freitag, denn meine erste Woche bei dem neuen Projekt war ziemlich anstrengend gewesen. Nach anfänglichen Wirren wegen des Raums, der mir für meine Arbeit zur Verfügung gestellt werden sollte, hatte ich schließlich einen Platz in einer Ecke des Gebäudes gefunden. Und mir waren mehrere Assistenten versprochen worden, doch bislang hatte ich nur Tia. Die Dinge waren also recht schleppend in Gang gekommen.

Gegen sechzehn Uhr kam ich von der Arbeit nach Hause. Ich konnte es nicht erwarten, die Beine hochzulegen und das Wochenende mit einem Glas Wein einzuläuten. Oder ich würde mir eine Packung Eiscreme aufmachen und den Nachtisch vor dem Dinner genießen. Wieso eigentlich *oder*? Wein *und* Eis vor dem Sushi vom Lieferservice klang perfekt.

Doch nach dem Duschen wurde nichts aus meinem Plan, einen entspannten Abend zu verbringen, denn irgendwo in der Wohnung piepte es. Ich ging von Zimmer zu Zimmer, bis ich herausfand, dass es der Feuermelder an der Decke im Flur war. Ich stieg auf einen Stuhl, aber es gab keinen Knopf zum Ausschalten. Wahrscheinlich musste die Batterie gewechselt werden, was ohne Schraubenzieher nicht möglich war.

Holden wollte ich nicht bemühen. Irgendwie war es mir gelungen, den Kontakt zu ihm die ganze Woche zu vermeiden. Es überraschte mich eigentlich, dass wir uns nicht zufällig begegnet waren, weil er gleich nebenan wohnte, und dass auch er nicht bei mir vorbeigekommen war. Nach unserem Gespräch auf der Feuertreppe – bei dem wir uns unsere frühere Schwärmerei füreinander gestanden hatten – wollte ich nicht ohne triftigen Grund bei ihm anklopfen. Ich hatte nach fast jeder Begegnung mit ihm Schuldgefühle, obwohl nie etwas passiert war. Ich hatte Gewissensbisse wegen meiner Gedanken, die ich scheinbar nicht kontrollieren konnte.

Nachdem ich das Piepen fast eine Stunde ertragen hatte, knickte ich ein und griff zum Telefon.

Holden meldete sich beim dritten Klingeln. »Lala Ellison … Wie geht's?«

»Hallo.«

»Ich hab schon an dich gedacht«, sagte er. »Wie ist deine erste Woche gelaufen?«

Ich schnaufte. »Heftig. Einiges ist nicht nach Plan gelaufen. Aber das wird hoffentlich nächste Woche besser.«

»Verdammt. Okay. Na, zum Glück ist Freitag.«

»Ja, echt. Ich wollte mich heute Abend einfach entspannen, aber einer der Feuermelder piept die ganze Zeit. Es macht mich wahnsinnig. Ohne Schraubenzieher kann ich ihn nicht öffnen. Ich dachte, du …«

»Ah, du rufst also nicht nur an, um Hallo zu sagen«, neckte er mich.

Sofort fühlte ich mich schlecht. »Ehrlich gesagt nicht.«

»Handwerker Holden eilt zu Hilfe.« Er lachte. »Bin in fünf Minuten da.«

Es vergingen höchstens drei Minuten, bevor er an die Tür klopfte.

Ich hatte eine Gänsehaut, als ich öffnete. »Warum benutzt du nicht deinen Schlüssel?«

Ich wusste, dass Holden einen Generalschlüssel für alle Wohnungen besaß.

»Ich soll einfach so reinkommen, ohne anzuklopfen? Das kann ich natürlich machen, aber ich wollte respektvoll sein.«

»Ja. Wenn ich es mir recht überlege, ist Klopfen besser.«

»Dachte ich mir«, entgegnete er augenzwinkernd. »Nur nicht nachts um eins an deine Wand, hm?«

Ich schüttelte den Kopf. Holden hatte eine graue Mütze über sein wildes braunes Haar gezogen. Diesen Look hatte ich schon immer an ihm geliebt – etwas zu sehr vielleicht.

Piep. Piep. Piep.

»Hast du gehört?« Ich sah mich um. »Ist das nicht nervig?«

»Ich habe nichts gehört«, sagte Holden, ohne eine Miene zu verziehen.

»Nein?«

Er schüttelte den Kopf.

Dann kam es wieder. *Piep. Piep. Piep.* Die Abstände schienen immer kürzer zu werden.

Ich hob den Zeigefinger. »Das hast du aber gehört, oder?«

Holden schmunzelte. »War da was? Ich habe nichts gehört.«

Ich kratzte mich am Kopf, und er brach in Gelächter aus. »Ich will dich nur aufziehen. Die Batterie muss ausgetauscht werden.«

Ich schlug ihm auf den Arm. »Vielen Dank. Ich dachte schon, ich verliere den Verstand.«

»Wenn du deinen brillanten Verstand verlieren würdest, Lala, wäre das ein großer Verlust für die Welt.« Er wandte sich zur Tür. »Ich komme gleich wieder. Ich hole schnell eine Batterie.«

Kurz darauf kehrte Holden mit einer Neun-Volt-Batterie zurück.

Seine Bauchmuskeln lugten unter seinem Shirt hervor, als er zu dem Feuermelder hinauflangte und die Batterie austauschte. Ich erhaschte einen Blick auf ein Tattoo in seiner Leistengegend, konnte es jedoch nicht genau erkennen. Etwas sagte mir, dass es schon viele Frauen in kniender Position aus der Nähe betrachtet hatten. Ich schauderte unwillkürlich.

Der Melder piepte einmal sehr laut, als er ihn testete. »Funktioniert wieder. Jetzt hast du Ruhe.«

»Danke.«

Unsere Blicke trafen sich. »Du hattest also eine verrückte Woche. Was war denn los?«

»Na ja …« Ich seufzte. »Ich sollte mehrere Assistenten bekommen, aber ich habe erst eine, die mich unterstützt. Sie heißt Tia.«

»Was ist an ihr nicht in Ordnung?« Er lehnte sich gegen die Küchentheke.

»Gar nichts, nur dass sie keinen Klon hat. Mir geht das alles einfach viel zu langsam. Ich brauche Hilfe bei der Einrichtung einer Datenbank und jemanden, der die Krankenakten nach potenziellen Studienteilnehmern durchsieht und Gesprächstermine arrangiert und so weiter. Und weil ich im Moment mit ihr allein bin, versinke ich in organisatorischen Aufgaben, statt tatsächlich mit der Studie zu beginnen.«

Er nickte. »Ist bestimmt frustrierend, wenn das Projekt nicht ins Rollen kommt.«

»Allerdings, weil ich sehr ehrgeizig bin.«

Holden legte lächelnd den Kopf schräg. »Du liebst, was du tust, nicht wahr?«

Ich zuckte mit den Schultern. »Was soll ich sagen? Es gibt nichts Aufregenderes, als etwas Neues zu entdecken und mit diesem neuen Wissen dann zum Wohl der Menschheit beizutragen.«

»Verdammt. Ich habe wohl die falschen Dinge erforscht.« Er grinste verschmitzt.

Ich zog eine Augenbraue hoch. »Schlagzeugstöcke und Frauen?«

Er lachte. »Deinen Wissensdurst habe ich immer an dir bewundert, Lala. Es ist, als ob du nicht genug bekommen kannst.« Er seufzte. »Ich fühle mich meistens wie eine Katze, die ihren Schwanz jagt und ihn nicht fangen kann. Jeden Tag die gleiche Scheiße.«

»Nun, wir sind nicht alle gleich. Ich bekäme sicherlich keine zwei Takte mit deinen Schlagzeugstöcken hin. Wir haben einfach unterschiedliche Talente und Lebensinhalte. Bei mir ist es vielleicht die Forschung und bei dir die Musik.«

»Also, heute Morgen war es meine Bestimmung, Hot Cheetos zu futtern und ein Loch in der Wand in einer frei gewordenen Wohnung zu flicken, das dem Vormieter garantiert als *Glory Hole* diente.«

Ich lachte. »Irgendjemand muss es ja machen.«

»Stimmt.«

Nach einer kleinen Pause sagte ich: »Du hast wohl auch eine hektische Woche hinter dir.«

»So schlimm war's nicht. Warum glaubst du das?«

»Na ja, ich habe nichts von dir gehört oder gesehen. Nicht, dass ich damit gerechnet hätte, aber …« *Puh, ich hätte besser den Mund gehalten.*

»Ich dachte, du hattest beim Einzug schon genug von mir. Ich wollte dir Freiraum lassen. Du sollst schließlich nicht das Gefühl haben, ich würde dich für ein kleines Kind halten, das nicht allein in New York klarkäme.«

»Oh, das ist interessant. Ich wäre nie auf den Gedanken gekommen, dass du mir extra Freiraum lässt.«

»Was hast du denn gedacht?«

»Wie gesagt, dass du beschäftigt bist.«

»Womit?«

Ich zuckte mit den Schultern. »Mit … dem, was du eben so machst?«

»Mit Frauen rummachen, wenn ich nicht den Hausmeister spiele? Hast du das gemeint?« Er zog eine Augenbraue hoch.

»Das habe ich nicht gesagt.«

»Nur damit du es weißt, diese Woche gab es keine Frauen.«

»Gar keine? Was für eine Flaute!«, zog ich ihn auf.

»Auch wenn du dich über mich lustig machst, so ist es.«

»Das ändert sich bestimmt heute Abend.«

»Warum heute Abend?«

»Weil Freitag ist. Du hast sicherlich etwas vor.«

Er fuhr mit der Zungenspitze über seine Unterlippe. »Ich habe einen Gig in Connecticut.«

Ich machte große Augen. »Oh, wow. Echt?«

»Ja, in einem Club in Danbury. Wir spielen als Vorgruppe für eine andere Band. Du solltest kommen.«

Ich bekam Schmetterlinge im Bauch. Der Gedanke, ihn auf der Bühne zu sehen, war aufregend, aber er machte mich zugleich nervös, und ich wusste nicht so recht warum.

»Du machst ein Gesicht, als hätte ich dich zu einer Beerdigung eingeladen.«

»Es ist ja nicht so, als wollte ich nicht.« *Übersetzung: Ich habe einen Verlobten in Philadelphia, und es kommt mir gefährlich vor, abends mit dir auszugehen.* »Ich weiß nur nicht, ob ich ausgehen sollte. Ich muss ja noch meine ganzen Sachen einräumen.« Gott, das war die lahmste Ausrede aller Zeiten.

»Na klar«, spottete er. »Das kann natürlich nicht bis morgen warten.« Sein Lächeln schwand. »Ich scherze nur. Macht ja nichts, wenn du keine Lust hast. Ich dachte nur, ich frage mal.« Ein enttäuschter Ausdruck huschte über sein Gesicht.

Hatte ich ihn gekränkt? Das hatte ich nicht gewollt. Gott, ich hatte wirklich Lust auf das Konzert. Ich fühlte mich nur … schuldig? Nervös? Unsicher? Ich konnte es nicht genau benennen. Aber scheiß drauf, ich *wollte* ihn spielen sehen.

»Weißt du was? Ich komme. Es wird bestimmt großartig.« Ich holte Luft. »Aber wie komme ich dahin?«

»Ich werde um acht abgeholt, danach holen wir noch ein oder zwei von den Jungs ab. Platz haben wir eigentlich genug. Und wenn nicht, dann schaffe ich Platz.«

Mein Puls beschleunigte sich. »Okay ... dann sollte ich mich jetzt fertig machen. Gibt es einen Dresscode?«

»Zieh an, was du willst – das ist der Dresscode. Für mich heißt das zerrissene Jeans, Mütze, sauberes schwarzes T-Shirt.«

Holden sah selbst in einem Müllsack heiß aus. »Du bist mir keine Hilfe«, sagte ich.

»Soweit ich weiß, gibt es keinen Dresscode. Aber zieh dich ruhig sexy an, damit ich hinterher den Kerlen, die dich anbaggern, den Kopf abreißen kann. Ich bin irgendwie in Stimmung dafür. Ist schon eine Weile her.«

Ich erschauderte, als mir einfiel, was Holden bei unserem Gespräch auf der Feuertreppe gesagt hatte. Doch es war dumm, es als spezielles Kompliment nur für mich anzusehen. Wahrscheinlich sagte er vielen Frauen, dass sie hübsch waren.

Als Holden wieder in seine Wohnung ging, entschied ich mich für einen kurzen schwarzen Rock und ein schulterfreies Blondie-T-Shirt mit dem Gesicht von Debbie Harry vorn drauf. Lederstiefeletten rundeten mein Achtzigerjahre-Outfit ab. Weil es draußen nieselte, gab ich mir keine besondere Mühe, meine blonde Lockenmähne zu bändigen. Frisch gekämmt ähnelten meine Haare vielleicht denen von Carrie Bradshaw in *Sex and the City*, aber am Ende des Abends würde ich sowieso aussehen, als hätte ich in eine Steckdose gefasst.

Holden klopfte kurz vor acht bei mir an. Als ich öffnete, musterte er mich von oben bis unten. »Verdammt funky, *Blondie*. Gefällt mir.«

»Danke. Ich weiß allerdings nicht, ob meine Frisur bei dem Wetter hält.«

»Nichts für ungut, Lala, aber wann hat sie je gehalten? Du hast einfach eine wilde Mähne. Deine Haare machen viel von deiner Ausstrahlung aus.«

»Sie haben eine eigene Persönlichkeit und können ziemlich gut das Wetter vorhersagen.« Ich lachte.

Er grinste. »Weißt du noch, als du sie einmal abschneiden musstest?«

Ich sah ihn scharf an. Wie konnte er es wagen, das anzusprechen?

»Ja, wie könnte ich das je vergessen? Du hast mit Ryan gewettet, wer die meisten Kaugummis in den Mund nehmen kann. Ich hatte mich ins Wohnzimmer gesetzt, um fernzusehen, und als ich aufstehen wollte, um mir einen Snack zu holen, hingen meine Haare in einem Kaugummiklumpen fest, den Ryan an die Stuhllehne geklebt hatte.« Ich schüttelte den Kopf. »Zwölf Zentimeter fielen Mamas Küchenschere zum Opfer, nachdem wir vergeblich versucht hatten, meine Haare sauber zu kriegen.«

Holden schnaubte. »Du warst verdammt sauer. Ich glaube, es war das erste Mal, dass ich gesehen habe, dass du wegen Ryan ausgeflippt bist.«

Ich schaute zur Seite, weil mir plötzlich die Tränen kamen. Trauer war eine komische Sache. Manchmal verging ein halbes Jahr, ohne dass ich eine Träne wegen meines Bruders vergoss, und dann genügte eine kleine Erinnerung wie diese Kaugummigeschichte, um mich augenblicklich aus der Bahn zu werfen.

Holden sah mich betroffen an. »Tut mir leid. Ich wollte dich nicht …«

»Nein, du kannst nichts dafür. Es kommt in Wellen, weißt du?« Ich schniefte.

»Ich weiß, Lala«, murmelte er. »Ich weiß.«

»Gehen wir.« Ich wischte mir über die Augen und ging zur Tür.

Wir fuhren schweigend mit dem Aufzug nach unten, wo draußen ein schwarzer Wagen auf uns wartete.

Ein Mann saß bereits auf dem Rücksitz. Obwohl es sich bei dem Wagen um einen SUV handelte, wurde es hinten ziemlich eng. Und wir mussten anscheinend noch jemanden abholen.

Holden machte mich mit dem Mann bekannt. »Das ist Monroe, unser Leadsänger.«

»Freut mich«, sagte Monroe und reichte mir seine Hand, die silberne Ringe und Fingertattoos schmückten. Er hatte etwas längere schwarze Haare und ein weiteres Tattoo am Hals.

»Bevor du etwas Dämliches von dir gibst«, warf Holden ein. »Das ist Lala.«

»Oh.« Monroe lächelte. »Die Schwester deines Freundes. Gut, dass du es gesagt hast.«

»Halt dich zurück, und lass die Finger von ihr«, warnte Holden ihn.

Monroe blieb denkbar unbeeindruckt. »Du bist verlobt, oder?«

»Ja.«

»Der Glückspilz.«

Holden erdolchte ihn mit Blicken, sagte jedoch nichts.

Die Fahrt durch New York zur Autobahn war wegen des stockenden Verkehrs ein einziges Geruckel. Mein Knie stieß immer wieder gegen das von Holden, und ich nahm nichts anderes mehr wahr als seinen Geruch. Es frustrierte mich, dass seine Nähe solch einen Einfluss auf mich hatte. Abgesehen von unserem Tanz auf Colbys Hochzeit und gelegentlichen freundschaftlichen Umarmungen waren wir uns noch nie so nah gewesen. Es ist eine Sache, seine Gedanken zu kontrollieren, aber die körperlichen Reaktionen auf jemanden, den man attraktiv fand, ließen sich nicht so leicht kontrollieren. Man musste einfach irgendwie damit klarkommen und so tun, als wäre nichts.

Allem Anschein nach trafen wir auf den letzten Drücker am Veranstaltungsort ein, denn Holden entschuldigte sich und eilte augenblicklich davon. Die Band hatte nur noch fünf Minuten, bevor sie auf die Bühne musste. Die Luft roch nach Parfüm und Alkohol. Ich hatte mir gerade einen Platz gesucht, als After Friday auch schon zu spielen begann.

Es war unglaublich, Holden in seinem Element zu erleben. Ich bekam einen Adrenalinkick vom Zusehen: die Geschwindigkeit, mit der er seine Stöcke herumwirbelte, seine intensive Konzentration und seine Art, die Stöcke in die Luft zu werfen und wieder zu fangen. Monroe hatte wirklich eine gute Stimme, aber ich konnte den Blick nicht von Holden abwenden.

Nach dem Auftritt stürmten gleich mehrere Frauen die Bühne. Ihr Vorgehen schien Methode zu haben. Es kam mir vor, als hätten sie regelrecht in den Startlöchern gestanden, und vielleicht waren sie ja auch Groupies, die regelmäßig bei Auftritten auftauchten. Eine Frau mit langem, glattem, braunem Haar klebte schon an Holden, noch bevor er die Bühne verlassen konnte. Ich fragte mich, ob ich auf der Rückfahrt neben ihr sitzen musste – oder allein nach Hause fahren würde, während Holden mit zu ihr ging.

Bevor ich ausführlicher darüber nachdenken konnte, summte mein Telefon.

Mir rutschte das Herz in die Hose, als ich sah, dass es Warren war, aber ich nahm das Gespräch an. »Hey.«

»Hey.«

»Was machst du so?«, fragte ich und hielt mir das andere Ohr zu, um ihn besser zu verstehen.

»Es klingt, als wärst du in einer Bar.«

Ich zögerte. Ich konnte ihn nicht belügen, aber genauso wenig wollte ich ihm verraten, mit wem ich unterwegs war.

»Holdens Band hatte einen Auftritt in einem Club in Connecticut, und ich habe ihn mir angesehen.«

Er schwieg kurz. »Ah, verstehe. Und? War's gut?«

»Ja, wirklich, richtig gut. Nur dass ich hier allein sitze, weil ich niemanden kenne. Holden ist noch bei der Band.«

»Lala! Was trinkst du?«, rief Holden plötzlich von hinten, und ich zuckte zusammen.

Ich bedeutete ihm mit erhobenem Zeigefinger, einen Moment zu warten. Doch statt die Klappe zu halten, sagte er: »Nimmst du einen Whiskey?«

»Wer ist das?«, wollte Warren wissen.

»Holden. Er hat gefragt, was ich trinken möchte.«

»Pass bitte auf, woher deine Drinks kommen. Lass dein Glas nicht unbeaufsichtigt stehen. Es fehlt noch, dass dir einer was ins Getränk mischt.«

Mir war klar gewesen, dass er besorgt sein würde, aber mein Gott ... »Es klingt komisch, dass du so etwas sagst ... Aber ich werde aufpassen.«

»Sei einfach vorsichtig, ja?«

Ich fühlte mich schlecht, weil ihm mein Ausflug Sorgen bereitete. Verübeln konnte ich es ihm nicht. Ich wäre nicht besonders begeistert gewesen, wenn er mit einer Frauenband in einer Bar gewesen wäre. Als ich mir Warren mit seiner Brille und seiner Strickjacke in diesem Szenario vorstellte, musste ich schmunzeln. Er war so ein guter Kerl, aber das war wirklich nicht seine Szene – und meine eigentlich ebenso wenig.

»Okay.« Er seufzte. »Viel Spaß noch.«

»Danke. Ich rufe dich morgen an.«

»Alles klar. Gute Nacht.« Er hielt inne. »Ich liebe dich.«

»Ich liebe dich auch.«

Nach dem Gespräch trat mir der Schweiß auf die Stirn. Ich sah mich um und entdeckte Holden, der strahlend mit zwei Drinks auf mich zukam.

»Ich dachte, du willst vermutlich keinen Whiskey, und habe dir einen Wodka Cranberry mitgebracht. Mir ist eingefallen, dass du auf Colbys Hochzeit einen bestellt hast«, sagte er mir ins Ohr.

Sein warmer Atem machte mich ganz kribbelig. Es war schon irre, dass mein Körper nach solch einem winzigen Kontakt sofort in Flammen stand.

»Sehr aufmerksam«, sagte ich und nahm den Drink entgegen.

»Das war Warren gerade am Telefon, oder? Du hast ein bisschen nervös gewirkt.«

»Ja. Ich wollte nicht, dass er denkt …« Ich stockte.

Holden beendete meinen Satz. »Dass du dich amüsierst?«

»Ich hatte wohl einfach Schuldgefühle … weil ich mich hier ohne ihn amüsiere.«

»Also, mein Respekt. Eine Fernbeziehung ist bestimmt nicht einfach«, sagte er und trank einen Schluck.

Ich wechselte das Thema. »Auf jeden Fall habt ihr die Bude echt gerockt.«

»Danke. Ich fand es auch gut.« Er grinste stolz. »Und es war cool, für dich spielen zu können.«

Für mich. »Ryan hat deine Auftritte auch immer geliebt.«

Er nickte. »Auf der Bühne spüre ich oft, dass er bei mir ist.«

Die Brünette, die nach dem Auftritt gleich auf ihn zugelaufen war, tauchte vor uns auf. »Hey! Da bist du ja«, sagte sie, bevor sie mich ansah. »Wer ist das?«

»Das ist Lala, die kleine Schwester meines besten Freundes.«

»Oh …« Sie starrte Debbie Harry an. »Wie süß.«

Holden lachte. Er ahnte vermutlich, wie sehr mich ihre Bemerkung ärgerte. »Lala, das ist Carmen.«

Ich nickte. »Freut mich.«

»Mich auch.«

Sie wandte sich Holden zu. »Willst du nachher mit zu mir kommen? Das ist näher als zu dir.«

Hab ich's mir doch gedacht.

»Es geht nicht«, entgegnete er. »Ich fahre mit Lala zurück, damit sie gut nach Hause kommt.«

Carmen verzog das Gesicht. Sie war offensichtlich sauer, weil Debbie Harry und ich ihr die Tour vermasselt hatten.

Bald darauf verschwand sie, und ich feierte es mit einem großen Schluck von meinem Drink.

Danach verschwamm alles ein wenig. Holden brachte mir einen Wodka Cranberry nach dem anderen, und irgendwann begann sich der Raum zu drehen.

Und bevor ich mich versah, saß ich wieder mit Holden, Monroe und dem Gitarristen Kevin im Auto. Und wieder berührten sich unsere Beine, nur dass mein alkoholisierter Zustand diesmal meine Erregung noch verstärkte. Meine Brustwarzen, die Verräterinnen, wurden hart, und mein betrunkenes Hirn malte sich aus, wie es wäre, für eine Nacht Holdens Groupie zu sein – wie es *für sie* wäre, natürlich. Die Muskeln zwischen meinen Beinen spannten sich an, und ich konnte es nicht erwarten, nach Hause zu kommen und mich unter der heißen Dusche zu berühren.

Holden wirkte angeheitert, aber längst nicht so betrunken wie ich. Als er den Arm um meine Schulter legte und mir ins Ohr flüsterte, schrillten bei mir alle Alarmglocken. »Du bist vielleicht müde, aber deine Haare sehen aus, als wäre die Party für sie noch nicht vorbei.«

»Das nennt man Krause.«

»Glätte sie bloß nicht.«

»Dazu fehlt mir sowieso die Geduld.« Ich hickste.

Aus irgendeinem Grund begannen die Jungs, Holden aufzuziehen, und machten ihn in der zweiten Hälfte der Heimfahrt zur Zielscheibe ihres Spotts. Holden erklärte mir, dass sie gern mit Schlagzeugerwitzen um sich warfen und es nach den Konzerten schon zur Tradition geworden war.

»Wie nennt man einen Drummer ohne Freundin?«, fragte Kevin.

»Obdachlos«, antwortete Monroe.

Sie lachten, während Holden nur mit den Augen rollte.

»Wie nennt man einen Drummer mit Köpfchen?« Kevin hielt inne und lächelte mich an. »Gitarrist.«

»Ich weiß noch einen!«, rief Monroe. »Was haben ein Schlagzeugsolo und ein Nieser miteinander gemein?«

»Was?« Holden verdrehte wieder die Augen.

»Du weißt, es kommt, aber du kannst es beim besten Willen nicht verhindern!«

Kevin klatschte ihn ab. »Der war gut.«

Ich beschloss, es ihnen mit gleicher Münze heimzuzahlen. »Was sind ein Sänger und ein Gitarrist, die gern blöde Witze über Drummer machen?«

»Was?«

»Neidisch, weil alle Frauen was mit dem Drummer anfangen wollen.« Ich hickste und schaute Holden an. »Irgendwas muss er richtig machen.«

Sie verstummten.

Ich hätte es niemals gesagt, wenn ich nüchtern gewesen wäre, aber es freute mich, dass ich Kevin und Monroe zum Schweigen bringen und Holden ein süffisantes Grinsen entlocken konnte.

5. KAPITEL

HOLDEN

Holden: Wie geht's dem Partygirl?

Es war fast Mittag, und ich hatte noch keinen Mucks von nebenan gehört. Ich war ziemlich sicher, dass Lala nicht viel vertrug, und vermutlich rächten sich heute die vier Wodka Cranberry, die sie am vergangenen Abend getrunken hatte. Es dauerte ungefähr zehn Minuten, aber dann kam endlich eine Antwort.

Lala: Falls ich vergesse, es zu erwähnen – ich weiß es zu schätzen, wie sauber der Badezimmerboden in diesem Apartment ist. Und wie kalt …

Oh-oh. Das klang nicht gut.

Holden: Heftiger Morgen?
Lala: Heftige acht Stunden. Als ich mich hingelegt und die Augen geschlossen habe, begann sich der Raum zu drehen. Also bin ich ins Bad, für den Fall, dass mir übel wird. Und seitdem liege ich hier auf dem Boden.

Oh Mann. Das kannte ich. Es war schrecklich.

Holden: Ich gehe mir einen Smoothie holen. Willst du auch einen?
Lala: Sicher, wenn Ibuprofen drin ist.

Ich lachte.

Holden: Ich bin in einer Viertelstunde mit deiner Medizin da. Halte durch.
Lala: Okay. Aber komm bitte mit deinem Schlüssel rein. Ich glaube, ich kann nicht mal den Kopf heben, geschweige denn zur Tür gehen.
Holden: Na klar.

Etwas später benutzte ich meinen Generalschlüssel, um Lala den Smoothie zu bringen, den ich *Leberkur* nannte. In ihrem Apartment war alles still, und so klopfte ich leise an die Badezimmertür.

»Komm rein.«

Ich öffnete vorsichtig die Tür und fand Lala so vor, wie sie es beschrieben hatte: Sie lag auf dem Boden, hatte ein Handtuch wie eine Decke um sich geschlungen, und ihre Wimperntusche war verschmiert.

Ich setzte mich neben sie, zog den Trinkhalm aus der Hülle und steckte ihn in den Deckel des Smoothies.

»Kopf hoch, Süße. Das hier hilft garantiert. Da ist jede Menge Vitamin C drin, Weizengras, Ingwer und Echinacea. Aber das schmeckst du alles nicht, weil es mit Erdnussbutter und Banane vermischt ist.«

Sie hob stöhnend den Kopf und stützte beide Hände auf, um sich hinzusetzen.

Ich lächelte. »Trinkfest bist du nicht gerade, hm?«

Sie saugte mit zusammengekniffenen Augen an dem Trinkhalm. »Ich habe eindeutig zu tief ins Glas geschaut.«

»Die letzten beiden Drinks waren nur Cranberry-Limo. Du hast nur zwei mit Alkohol getrunken.«

»Das war anscheinend genug. Und bitte sag mir, dass ich nichts Peinliches gemacht habe. Ich kann mich nicht mehr so genau erinnern.«

»Ach was, so schlecht ist deine Stimme nicht.«

Sie verschluckte sich an dem Smoothie. »Wie bitte?«

»Weißt du nicht mehr, dass du auf der Bühne warst?«

Sie riss entsetzt die Augen auf, und ich bekam Gewissensbisse, weil ich sie in diesem Zustand aufzog, aber trotzdem ließ ich sie nicht vom Haken.

»Oh mein Gott, nein. Was habe ich gesungen?«

»*Call me* von Blondie. Du hast dir beim Singen dein Handy ans Ohr gehalten und perfekt performt.«

»Holden, wie konntest du das zulassen? Ich singe ganz furchtbar!«

Ich nickte. »Das hat die Brünette auch gesagt, der du auf der Damentoilette eine verpasst hast.«

»Oh mein Gott. Bitte sag mir, dass du Witze machst!«

Ich grinste. »Ich mache Witze.«

»Wirklich?«

Ich schmunzelte. »Natürlich. Ich würde dich doch niemals auf die Bühne lassen. Ich habe dich schon singen gehört, und bei einem Gig geht es ja darum, die Leute *in* den Club zu locken und nicht darum, sie hinauszujagen.«

Sie schlug mir auf den Arm. »Du bist ein Blödmann.«

»Aber ein scharfer, den du gern nackt sehen würdest – das hast du letzte Nacht selbst gesagt.«

Lala wurde knallrot. »Echt?«

»Nein.« Ich zeigte lachend auf ihr Gesicht. »Aber Mann, du bist rot wie eine Tomate. Passt gut zu den schwarzen Schlieren auf deinen Wangen.«

Lala fasste sich ins Gesicht. »Ich muss katastrophal aussehen.«

Ihre Mähne war wilder denn je, ihre Wimperntusche war praktisch im ganzen Gesicht verteilt, und sie hatte in ihren Klamotten geschlafen, aber ich fand sie trotzdem hinreißend.

»Vielleicht. Aber du bist eine wunderhübsche Katastrophe, Laney Ellison.« Ich stand auf und reichte ihr die Hand. »Komm, raus jetzt aus dem Bad.«

Zwanzig Minuten später hatte sie ihren Smoothie ausgetrunken.

»Fühlst du dich besser?«, fragte ich.

Sie nickte. »Ja, wirklich.«

»Dann bist du bereit für Stufe zwei.«

»Was ist Stufe zwei?«

Ich nahm ihr den leeren Becher aus der Hand und tippte ihren Kopf damit an. »Kaffee. Für uns beide.«

Während ich uns in der Küche zwei Tassen zubereitete, ging Lala ins Schlafzimmer. Als sie zurückkehrte, hatte sie sich das Gesicht gewaschen, die Haare zu einem großen, unordentlichen Knoten hochgebunden und sich umgezogen.

»Sieh dich an«, sagte ich und gab ihr eine dampfende Tasse. »So gut wie neu.«

Sie setzte sich auf die Couch, zog die Beine hoch und trank einen Schluck. »Halte ich dich von irgendetwas ab? Du siehst aus wie frisch geduscht und aufbruchbereit.«

»Ich bin in einer halben Stunde mit Billie verabredet. Am Schlagzeug schwitze ich ziemlich, und ich dachte, sie weiß es zu schätzen, wenn ich mich nach dem gestrigen Auftritt wasche.«

»Mit Colbys Frau?«

Ich nickte. »Genau. Sie will mein neues Tattoo zu Ende bringen. Die Umrisse sind schon fertig, und heute werden sie mit Farbe ausgefüllt.«

»Was wird es?«

»Eine Eule.«

»Kann ich mal sehen?«

»Natürlich.« Ich stand auf und machte Anstalten, meine Hose zu öffnen. »Es ist auf meinem Hintern.«

Lalas Augen weiteten sich.

Ich setzte mich schmunzelnd wieder hin und zog mein Shirt hoch. »Ich scherze nur. Für eine so kluge Frau bist du ziemlich leichtgläubig. Es ist hier über meinen Rippen.«

Lala sah sich die Eulenumrisse an, aber dann gerieten ihre Augen auf Abwege. Ihr Blick fiel auf meine Bauchmuskeln und blieb ein paar Sekunden daran hängen, dann wanderte er wieder nach oben. Drei Sekunden später passierte es noch einmal, nur leckte sie sich diesmal unwillkürlich über die Lippen.

Ich glaub's ja nicht, sie checkt mich ab.

Ich wusste, ich hätte das Richtige tun und mein Shirt wieder herunterziehen sollen, aber ich konnte nicht genug davon bekommen, wie sie mich ansah.

»Willst du die anderen auch sehen?«

Sie nickte und schluckte.

Und weil ich ein Riesenarschloch war, zog ich mein Shirt ganz aus.

»Das war mein erstes«, sagte ich und zeigte auf zwei Drumsticks. »Ich denke, die Bedeutung ist klar.« Als Nächstes zeigte ich auf das Tattoo über meinem Herzen: eine mehrstellige Zahlenreihe. »An dem Abend, bevor ich von zu Hause ausgezogen bin, war meine Mutter ziemlich aufgelöst. Sie hat geweint und gesagt, ich soll nicht vergessen, wo sie wohnt, und sie oft besuchen. Am nächsten Tag habe ich mir die Koordinaten meines Elternhauses stechen lassen, um sie wissen zu lassen, dass ich den Weg nach Hause niemals vergessen kann.«

»Oh … Das ist aber süß.«

In den nächsten zehn Minuten erklärte ich Lala sämtliche Tattoos auf meinem Körper. Bei dem mit einem Datum versehenen Kreuz musste ich nichts sagen. Es war Ryans Sterbedatum. Lala zeichnete mit dem Finger die Umrisse des Kreuzes nach, und ich bekam eine Gänsehaut.

»Ich wollte mir zum Gedenken an ihn auch immer etwas machen lassen«, sagte sie. »Aber ich bin ein großer Feigling. Tut es sehr weh?«

»Am Anfang ein bisschen, aber dann wird die Stelle taub, und man spürt keine Schmerzen mehr.«

»Wird die Haut durch ein Tattoo empfindlicher?«

»Direkt danach ist sie empfindlich, aber nach ein paar Wochen nicht mehr, wenn du das meinst.«

»Das hier tut also nicht mehr weh als normal?« Sie kratzte mit dem Fingernagel über das Kreuz, und ich dachte sofort daran, wie es wäre, ihre Nägel auf meinem Rücken zu spüren.

»Ich weiß nicht genau. Mach es noch mal. Fester.«

Sie bohrte ihre Nägel etwas tiefer in meine Haut, und Hitze schoss durch meinen Körper.

Verdammt. Was zum Teufel machte ich hier? Ich musste sofort mit diesem Mist aufhören, bevor ich mich selbst in Verlegenheit brachte. Ich schnappte mir kurzerhand mein Shirt, zog es über und stand auf.

»Jetzt muss ich aber los. Ich will nicht zu spät zu meinem Termin bei Billie kommen. Kann ja sein, dass sie schon früher startklar ist.«

Geschmeidig, Catalano. Sehr geschmeidig.

»Oh, okay.« Lala stellte ihren Kaffee ab und brachte mich zur Tür.

»Wenn du Lust hast, kannst du vorbeikommen und Billie bei der Arbeit zusehen. Vielleicht ist dir dann wohler dabei, dir auch ein Tattoo machen zu lassen.«

»Klar. Mal sehen. Danke noch mal für den Smoothie, Holden.«

»Stets zu Diensten«, sagte ich mit einem Augenzwinkern.

Viel Zeit blieb mir tatsächlich nicht mehr, und ich ging direkt hinunter in Billies Studio. Nach fünfminütiger Wartezeit lag ich bei ihr auf dem Stuhl.

»Was gibt es Neues, mein Hübscher?«, fragte sie. »Bist du gestern Abend zu Hause geblieben? Für einen Samstagmorgen siehst du ziemlich gut aus.«

Ich schüttelte den Kopf. »Ich hatte einen Gig.«

»Hm ... Das letzte Mal, als du am Tag nach einem Gig hier warst, musste ich dich mit Eau de Cologne einsprühen, weil ich den Alkoholgeruch nicht ertragen konnte, den du ausgedünstet hast.«

»Gestern hatte ich nur einen Drink. Ich dachte, ich bleibe besser nüchtern.«

»Bist du selbst gefahren?«

»Nein.«

»Warum wolltest du dann nüchtern bleiben?«

»Lala ist mitgekommen. Sie wollte sich den Auftritt ansehen.«

»Und wenn sie dabei ist, kannst du aus irgendeinem Grund nicht trinken?«

Ich hatte es gestern wahrhaftig nicht gekonnt, weil sie verdammt heiß ausgesehen hatte. Ich hatte befürchtet, ich würde etwas Dummes sagen – oder sogar tun. Aber darüber wollte ich mit Billie nicht reden.

Ich zuckte die Achseln. »Ich schätze, mir war einfach nicht danach.«

Billie kniff die Augen zusammen. »Sie wohnt direkt neben dir, nicht wahr?«

»Stimmt.«

»Gehst du ab und zu mal rüber?«

»Manchmal, wenn sie Hilfe braucht oder so.«

»Wobei musst du ihr denn helfen?«

Verdammt, Billie war wie ein Hund, der eine Witterung aufgenommen hatte. Ich beschloss daher, das Gespräch in eine andere Richtung zu lenken.

»Ich weiß nicht, bei Reparaturen und so weiter. Apropos, was ist mit eurer Spülmaschine los? Colby sagte, die Tür geht manchmal mitten im Programm auf.«

»Genau, und das macht mich wahnsinnig, weil ich nicht dahinterkomme warum. Ich habe sie schon zweimal auseinandergenommen.«

»Ich versuche, mir die Sache später anzusehen, wenn Colby zu Hause ist.«

»Das wäre klasse. Danke.«

Nachdem es mir gerade gelungen war, Billie vom Thema Lala abzulenken, tauchte sie höchstpersönlich im Laden auf. Billie setzte ihre Nadel ab und umarmte sie zur Begrüßung.

»Hey, Lala«, sagte sie. »Freut mich sehr, dich zu sehen!«

»Mich auch, Billie. Ich hoffe, du hast nichts dagegen, dass ich vorbeischaue. Holden hat es mir vorgeschlagen, damit ich meine Angst vor dem Tätowieren überwinde. Ich habe noch nie dabei zugesehen.«

»Natürlich habe ich nichts dagegen. Hol dir einen Stuhl. Ich werde mit der Farbe extra tief reingehen, dann kannst du beobachten, wie sich der Hübsche hier windet.«

Lala lächelte. »Der Hübsche?«

Billie zuckte die Achseln. »Er sieht doch gut aus, oder?«

Lala warf einen Blick auf mein Gesicht. »Ja, schon.«

»Du hättest also gern ein Tattoo? Hast du etwas Spezielles im Sinn?«

Lala nickte. »Ich hätte gern eins zur Erinnerung an meinen Bruder.«

»Hast du konkrete Vorstellungen?«

»Ich hätte gern etwas Ähnliches wie Holden – ein Kreuz, aber viel kleiner und femininer.«

Billie schaute zu mir. »Zusammenpassende Tattoos, hm?«

»Ich glaube, Lala meinte ein Kreuzmotiv, aber nicht, dass es zu meinem passen muss«, sagte ich.

»Aha …« Billie grinste. Sie nahm ihre Nadel wieder zur Hand und trat auf das Fußpedal. »Eigentlich heißt du Laney, oder?«

Lala nickte.

»Wie ist es zu Lala gekommen?«

Lala zeigte lächelnd auf mich. »Das hat sich der Hübsche hier ausgedacht. Als ich elf war, waren mein Bruder und seine Freunde schon dreizehn, vierzehn. Colby, Owen, Brayden und Holden haben praktisch bei uns gewohnt. Und sie haben ständig von Mädchen geredet – vom Küssen und Fummeln … Sie hatten überhaupt kein Schamgefühl, es war ihnen völlig egal, ob ich dabei war. In diesem Alter machen ein paar Jahre einen großen Unterschied, und ich fand das alles ekelhaft. Manchmal habe ich mir die Ohren zugehalten, aber dann haben sie nur umso lauter gesprochen. Eines Nachmittags waren sie besonders schrecklich, und ich bin mit den Fingern in den Ohren aus dem Zimmer gelaufen und habe dabei ›La la la la la‹ gerufen. Am nächsten Tag hat Holden mich Lala genannt, und der Name ist hängen geblieben.«

Billie prustete. »Das ist ja witzig.«

»Aber die fünf waren echt ätzend. Sie haben nur über das Eine geredet.«

»Und du hast nur über Physik und Astronomie geredet«, sagte ich.

»Diese Themen sind wesentlich spannender als die Gespräche, die ihr geführt habt.« Lala sah Billie an. »Kein Wunder, dass ich damals nicht viele Dates hatte. Ich musste mir schließlich anhören, wie ihr über versehentliche Fürze beim Blowjob geredet habt.«

»Oh mein Gott. Bitte sag mir, dass das nicht von meinem Mann kam.«

»Nein, von Owen«, sagte Lala.

Im Verlauf der nächsten Stunde erzählten Lala und ich Geschichten aus unserer Jugend. Billie kam aus dem Lachen nicht mehr heraus. Irgendwann summte Lalas Telefon. Sie nahm den Anruf nicht an, und ich konnte nicht sehen, wer es war, aber weil sich ihre Miene änderte, hatte ich einen Verdacht. Gleich danach stand sie auf.

»Jetzt muss ich aber los. Ich will noch mal zur Arbeit, um in Ruhe ein paar Dinge zu erledigen, zu denen ich diese Woche nicht gekommen bin.«

»Du bist hier jederzeit herzlich willkommen, um zu plaudern, Lala«, sagte Billie. »Ich freue mich immer über neue Munition, die ich gegen die *Fab Four* abfeuern kann.«

Lala lachte. »Davon habe ich eine Menge.« Sie schaute zu mir. »Danke noch mal für heute Morgen, Holden.«

Ich zwinkerte ihr zu. »Kein Problem. Ich wünsch dir einen schönen Nachmittag.«

Als Lala gegangen war, fiel Billie über mich her. »Raus damit, Holden. Was ist bei euch Sache?«

»Wie meinst du das?«

»Zwischen euch hat es die ganze Zeit so gefunkt, dass ich mit der Energie meine Tätowiermaschine hätte betreiben können. Hattet ihr mal was miteinander oder so?«

Ich seufzte. »Nicht, wie du denkst.«

»Wie denn?«

»Ich war früher schwer in sie verliebt.«

»Und …«

»Und das war's. Sie ist Ryans kleine Schwester. Und sie ist unheimlich klug und steht nicht auf Jungs wie mich.«

»Jungs wie dich? Was soll das heißen?«

»Lala ist Wissenschaftlerin, und ihr Verlobter arbeitet an einem Heilmittel gegen Krebs. So eine Frau datet keinen Musiker, dessen geistreichstes Gespräch in letzter Zeit sich darum drehte, ob er sich für eine Million Doller einen Finger abhacken würde. Brayden und ich sind da übrigens unterschiedlicher Meinung.«

Billie hängte ihre Nadel in die Halterung. »Ich finde es zwar klug von dir, Abstand zu halten, weil sie verlobt ist und es zwischen euch eindeutig knistert, aber du solltest weder dich noch Lala in eine Schublade stecken. Colby und ich sind auch ziemlich verschieden. Er baut Häuser, und ich habe sie früher mit Graffiti besprüht und wurde polizeilich verfolgt. Dass Leute unterschiedlich sind, heißt nicht, dass es nicht klappen kann. Was soll man mit jemandem anfangen, der einem ähnlich ist? Da lernst man doch gar nichts dazu.«

Da war etwas dran. Aber trotzdem …

Am Abend ging ich das Gespräch mit Billie noch einmal durch, als ich zu Hause war. Ich dachte sowieso die meiste Zeit an Lala, seit sie zu dem Bewerbungsgespräch nach New York gekommen war. Und obwohl es bescheuert war, lauschte ich an der Schlafzimmerwand, ob sie vielleicht schon heimgekommen war. Falls ja, hatte ich nicht vor, zu ihr rüberzugehen; ich wollte es einfach nur wissen. Doch es war nichts zu hören, und ich war froh, dass mein Telefon für Ablenkung sorgte.

Sienna: Hey, hast du Zeit? Wollen wir uns treffen?

Ich hatte mich schon ein paarmal mit Sienna getroffen. Sie war wirklich nett, außerdem experimentierfreudig im Bett und nicht auf eine feste Bindung aus. Vor ein paar Wochen hätte ich das Angebot sofort angenommen, aber heute Abend stand mir nicht der Sinn danach.

Holden: Sorry. Habe schon was mit den Jungs vor.

Ihre Antwort kam schnell.

Sienna: Wenn du es dir anders überlegst, ich bin in der Bar bei dir um die Ecke, wo wir uns letztes Mal getroffen haben. Und falls du einen kleinen Anreiz brauchst …

Es folgte ein sexy Foto von ihrem Dekolleté. Ich ließ den Kopf hängen und hasste mich dafür, dass ich trotzdem nicht wollte. Wegen eines gewissen *verlobten* Goldlöckchens hatte ich keine Lust auf einen One-Night-Stand.

Schließlich legte ich mich auf die Couch und zappte von einem TV-Kanal zum anderen, schimpfte aber die ganze Zeit mit mir, weil ich ein Idiot war und nur an Lala dachte.

Du lebst in einer Stadt mit vier Millionen Frauen – warum bist du ausgerechnet von der einen besessen, die du nicht haben kannst?

Sie wird bald heiraten.

Sie ist Ryans kleine Schwester, um Himmels willen.

Nach einer Weile rappelte ich mich auf, zog mich um und zwang mich, zu der Bar aufzubrechen, um Sienna dort zu treffen. Doch nachdem ich einen Block weit gegangen war, bog ich ab und betrat stattdessen eine Altherrenkneipe. Ich brauchte etwas Zeit, um einen klaren Kopf zu bekommen.

An der Theke saßen nur drei Männer, jeder für sich, und alle sahen so elend aus, wie ich mich fühlte. Der Wirt warf einen Blick auf mich und zeigte über seine Schulter. »Toilette ist hinten rechts.«

Ich setzte mich auf einen Barhocker. »Ich muss nicht zur Toilette. Ich würde gern etwas trinken.«

»Oh, sorry. Sie sehen nicht aus wie meine übliche Kundschaft.« Er warf mir einen Bierdeckel hin. »Was darf's sein?«

»Whiskey Cola, bitte.«

Er klopfte auf die Theke. »Kommt sofort.«

Als er mir meinen Drink brachte, reichte er mir die Hand. »Evan.«

»Holden. Freut mich.«

»Bist du von auswärts?«

Ich schüttelte den Kopf und trank einen Schluck. »Nein, ich wohne einen Block weiter.«

»Triffst du dich hier heimlich mit einer Frau?«

»Nein.«

Evan stützte einen Ellbogen auf die Theke. »Okay, ich gebe auf. Was führt dich in dieses Drecksloch?«

Ich schmunzelte. »Willst du es wirklich hören?«

Er zeigte auf die anderen Gäste. »Das sind Fred, Ken und Walt. Ihre Geschichten habe ich mir schon fünfhundertmal angehört. Also ja, warum nicht? Es ist ja nicht so, als hätte ich etwas Besseres vor.«

»Wie wäre es zuerst mit einem Shot? Deiner geht auch auf mich.«

»Okay, was hättest du gern?«

»Das, was du nimmst.«

Evan kam mit einer Tequilaflasche und zwei kleinen Gläsern wieder und goss sie randvoll. »Wir verzichten hier auf Salz und Limettenscheiben und den ganzen Schnickschnack.«

Ich nahm meinen Tequila und kippte ihn hinunter. »Ist mir

recht.« Er brannte zwar in meiner Kehle, aber ich fand es angenehm.

»Also, was ist deine Geschichte? Du siehst aus wie einer aus der Abercrosley-Reklame am Times Square. Probleme mit Frauen hast du also nicht.«

Ich lächelte. »*Abercrombie* heißt es, und doch, es geht um eine Frau. Ist es nicht immer so?«

»Da ist was dran. Ist sie verheiratet oder so?«

»Verlobt.«

»Au Mann.« Der Wirt schenkte uns nach. »Der geht auf mich.« Wir stießen an und kippten unseren zweiten Tequila hinunter.

Dann erzählte ich meinem neuen Freund alles über Lala – angefangen bei meiner jugendlichen Schwärmerei bis hin zu unserer aktuellen nachbarschaftlichen Wohnsituation.

»Oh, und was ich vergessen habe zu erwähnen: Ich verstecke mich gerade hier, statt mich mit einer ungebundenen Frau zu treffen, die nichts anderes will, als mit mir zu schlafen.«

Evan schüttelte den Kopf. »Dich hat's echt schwer erwischt mit dieser Lala, hm?«

Ich leerte mein Whiskey-Cola-Glas. »Was soll ich denn bloß machen?«

»Du kannst nur eines tun, mein Freund.«

»Sienna treffen und alles andere für ein paar Stunden vergessen?«

»Nein, so was funktioniert nie. Danach würdest du dich nur hassen.«

»Dann bleib ich also hier sitzen und betrinke mich?«

»Auch nicht. Du musst dafür sorgen, dass diese Verlobung in die Brüche geht, Abercrosley.«

Ich schüttelte den Kopf und hielt mich nicht damit auf, ihn abermals zu korrigieren. »Ich glaube, das wird nicht passieren.«

»Glaub mir, du wirst über das schlechte Gewissen hinwegkommen, einem anderen die Frau ausgespannt zu haben. Aber du wirst es nie überwinden, wenn du dir die Frau, die du liebst, durch die Lappen gehen lassen hast.«

Ich war doch nicht in Lala verliebt, oder? Aber woher zur Hölle sollte ich überhaupt wissen, ob ich es war? Der einzige Mensch, der mir bisher wichtig gewesen war, war ich selbst.

»Ich will dir eine kleine Geschichte erzählen«, sagte Evan. »Mit zwanzig habe ich eine Frau kennengelernt. Sie hieß Elizabeth, und wie blöd es auch klingen mag, ich wusste von Anfang an, dass sie die Frau war, die ich heiraten sollte. Es gab nur ein Problem.«

»Welches?«

»Sie war mit meinem besten Freund zusammen.«

»Oh Mann!«

Evan nickte. »Ich war gerade zum Militär gegangen. Mein Kumpel Phil lernte Elizabeth kennen, als ich in der Grundausbildung war. Sie gingen gemeinsam aufs College. Nach etwa einem Jahr habe ich Phil während meines Urlaubs besucht. Er ging zum Unterricht und arbeitete nebenher, weshalb ich viel Zeit mit seiner Freundin verbrachte. Ich habe mich Hals über Kopf in sie verliebt, und sie empfand auch etwas für mich. Aber weil sie meinem Kumpel gehörte, hielt ich mich zurück. Vier Jahre später habe ich Catherine geheiratet, und Phil und Elizabeth feierten ihre Hochzeit im darauffolgenden Sommer. Ich litt weitere fünf Jahre in einer unglücklichen Ehe, bis mir klar wurde, dass ich eine Frau geheiratet hatte, die ich nicht liebte. Denn wenn dein Herz schon jemandem gehört, kannst du es niemand anderem mehr schenken, und wenn du es noch so sehr willst.«

»Was ist aus Phil und Elizabeth geworden?«

»Sie hatten auch Eheprobleme. Aber sie zogen nach Long Island, und wir haben uns aus den Augen verloren, sodass ich sie mehrere Jahre nicht gesehen habe. Um die Geschichte abzukürzen: Die beiden haben sich auch scheiden lassen, und sechs Jahre später bin ich ihr zufällig begegnet. Selbst nach der langen Zeit stimmte die Chemie zwischen uns noch immer. Schließlich kamen wir zusammen, und ich war mit meiner Lizzy so glücklich wie nie zuvor in meinem Leben. Dann ging sie eines Tages zu einer Routineuntersuchung beim Arzt, und man fand einen Knoten in ihrer Brust. Ein halbes Jahr später war sie tot. Brustkrebs. Sie wurde nur dreiunddreißig.«

»Gott, das tut mir leid.«

»Mir auch. Aber weißt du, was ich am meisten bedauere?«

»Was?«

»Den Verlust der zehn Jahre, die wir hätten zusammen sein können. Das Leben ist kürzer, als man denkt.«

Ich genehmigte mir zwei weitere Whiskey Cola und beschloss, mich nicht mehr mit Sienna zu treffen. Stattdessen ging ich mit einem gehörigen Schwips und zahlreichen Denkanstößen von meinem neuen Freund nach Hause. Seine Geschichte hatte mich total verstört, aber eines wusste ich genau: Ich musste mich eine Weile von Frauen fernhalten – von *allen* Frauen.

Doch als ich in den Aufzug stieg und mich umdrehte, um den Knopf für meine Etage zu drücken, kippte ich meinen Entschluss schneller, als Sienna sich die Klamotten vom Leib gerissen hätte.

Lala.

Sie kam gerade zur Haustür herein, daher hielt ich ihr die Aufzugtür offen. Mein Herz begann zu rasen.

»Du kommst doch nicht erst jetzt von der Arbeit heim, oder?«

Lala nickte. »Doch. Ich hatte so viel zu tun und habe völlig das Zeitgefühl verloren.« Sie trat in den Aufzug. »Und wo kommst du her?«

»Ich war in einer Kneipe den Block runter.«

»Wie kann das sein?« Sie sah sich mit einem frechen Lächeln in der Aufzugkabine um. »Du bist ganz allein.«

»Sehr witzig.« Ich drückte den Knopf. »Du weißt, dass ich nicht halb so schlimm bin, wie du denkst.« *Zumindest nicht in letzter Zeit.*

Auf der dritten Etage angekommen ließ ich ihr beim Aussteigen den Vortritt. Dann bemühte ich mich redlich, ihr nicht auf den Hintern zu schauen, scheiterte aber kläglich.

»Verbringst du den Rest des Abends zu Hause?«, fragte sie und zog ihre Schlüssel aus der Tasche.

»Ja, du auch?«

Sie nickte. »Ein wilder Abend pro Wochenende genügt mir.«

Ich lächelte. »Möchtest du auf einen Wein mit zu mir kommen?«

Lala nagte an ihrer Unterlippe. Weil sie so aussah, als ob sie ablehnen wollte, schlug ich rasch eine weniger verfängliche Alternative vor.

»Wie wäre es mit einem Absacker auf der Feuertreppe? Du auf deiner, ich auf meiner, wie neulich?«

Sie lächelte. »Okay, das klingt gut. Ich ziehe mich nur schnell um.«

In meiner Wohnung öffnete ich eine Flasche Weißwein und schnappte mir zwei Gläser, bevor ich nach draußen kletterte. Lala kam ein bisschen später in T-Shirt und Leggings heraus. Ich schenkte uns ein und reichte ihr ein Glas.

»Dann erzähl mal, wie sieht bei Dr. Lala Ellison ein Tag im Büro aus?«

Sie nippte an ihrem Wein. »Also, heute bin ich die restlichen Bewerbungen für meine Studie durchgegangen und habe die Liste der Kandidatinnen und Kandidaten zusammengestellt, die daran teilnehmen werden.«

»Sie haben alle Alzheimer?«

Sie nickte. »Es ist eine kontrollierte Studie. Deshalb habe ich Leute ausgesucht, die im Umkreis von fünfzig Kilometern in Einrichtungen des betreuten Wohnens leben und alle den gleichen ADAS-Cog-Score haben. An diesem Wert erkennt man den Grad der kognitiven Funktionsstörung.«

Ich lächelte. »Ich habe immer gewusst, dass du zu etwas Großem bestimmt bist.«

»Danke. Aber bis jetzt habe ich noch nichts Großes erreicht.«

Eine leichte Brise kam auf, und Lala rieb sich die Arme. »Es ist kühler, als ich dachte«, sagte sie.

»Anfang Mai wird es abends noch ziemlich frisch. Ich hole dir einen Pulli.«

»Ist schon okay.«

Aber ich kletterte trotzdem durchs Fenster, kehrte mit einem Sweatshirt zurück und reichte es ihr über das Geländer.

»Danke.« Sie zog es sich über. »Außerdem habe ich den ganzen Tag über Tattoos nachgedacht.«

»Darüber, dir eins machen zu lassen, oder über meine?«

»Äh …«

Ich schmunzelte. »War nur Spaß. Also machst du es jetzt wirklich?«

»Ich möchte es unbedingt. Ich glaube, ich hätte gern ein kleines Kreuz in der Mitte des Handgelenks, und seitlich daneben sein Todesdatum.«

»Das sieht bestimmt gut aus. Du solltest einen Termin mit Billie ausmachen.«

»Ja … vielleicht. Ich bin nur noch nicht ganz sicher.«

»Warum? Hast du Angst wegen der Schmerzen?«

»Das, und ... Na ja, ich habe es Warren gegenüber erwähnt, und er war irgendwie dagegen.«

Ich verspannte mich unwillkürlich. »Hat er ein Problem mit Tattoos?«

»Er hält es für keine gute Idee, wenn ich es an einer Stelle machen lasse, wo es jeder sehen kann. Er findet, es sieht unseriös aus und schadet meiner Glaubwürdigkeit.«

»Meiner Meinung nach ist das eine ziemlich altmodische Auffassung, Lala.«

Sie seufzte. »Ja, das habe ich ihm auch gesagt.«

»Wird er sauer, wenn du es trotzdem machst?«

»Ich weiß nicht. Ich glaube es zwar nicht, aber ...« Sie hielt inne, als ihr Telefon zu summen begann. Genau wie beim letzten Mal, als wir hier draußen gesessen hatten, machte sie ein langes Gesicht.

Dr. Nerd ist zwar ein voreingenommenes Arschloch, aber er hat echt ein gutes Timing.

Nur verabschiedete sich Lala dieses Mal *nicht* von mir. Sie drückte den Knopf an der Seite ihres Handys, und es verstummte.

»Wenn man vom Teufel spricht.« Sie lächelte. »Es ist Warren. Ich rufe ihn einfach später zurück.«

Wahrscheinlich hatte es keine Bedeutung, aber ich fasste es als Sieg auf. Lala hatte die Wahl gehabt, mit ihm oder mit mir zu reden, und diesmal hatte sie sich für mich entschieden. *Ein Fortschritt.*

Wir redeten eine halbe Stunde weiter, und dann machte ich den Fehler, sie zu fragen, ob sie noch einen Wein wolle.

»Ich gehe wahrscheinlich besser schlafen. Nicht zu glauben, dass ich ein ganzes Glas getrunken habe, nachdem es mir heute Morgen so schlecht ging.«

Ich wäre die ganze Nacht mit ihr hier draußen geblieben, aber ich nickte. »Ja, ich sollte auch eine Runde Schlaf tanken.«

Lala stand auf und gab mir ihr leeres Glas. »Danke für den Wein. Gute Nacht, Holden.«

»Nacht, Lala.«

Sie zog den Kopf ein, um durch ihr Fenster zu klettern, richtete sich aber noch einmal auf. »Warte mal.« Sie zog mein Sweatshirt aus. »Danke fürs Ausleihen.«

»Keine Ursache.« *Du hättest es ruhig behalten können.*

In der Küche stellte ich beide Weingläser in die Spüle und war verdammt stolz auf mich, weil ich das Glas mit ihrem Lippenabdruck nicht weiter beachtet hatte. Aber dann fiel mein Blick auf das Sweatshirt, das ich mir über den Arm geworfen hatte.

Nein, das tust du nicht.

Ganz bestimmt nicht.

Auf keinen Fall, Catalano.

Zur Abwechslung hörte ich auf mein Gewissen, schmiss das verdammte Sweatshirt auf die Couch und verließ fluchtartig den Raum, als gäbe es hier einen ansteckenden Virus. Fünf Minuten später stand ich jedoch wieder im Wohnzimmer und starrte das blöde Ding an.

Es wird allmählich albern.

Ich brauche dringend Sex.

Ich holte mir das Sweatshirt.

Oder ich ziehe es über und mache es mir selbst …

6. KAPITEL

LALA

Nach einer weiteren, diesmal etwas produktiveren Woche an meinem neuen Arbeitsplatz besuchte ich über das Wochenende meinen Verlobten zu Hause in Pennsylvania. Ich war am vergangenen Abend spät angekommen, aber heute hatte Warren für mich ein köstliches Bœuf Stroganoff gekocht, und wir waren fast mit dem Essen fertig, als ihm offenbar auffiel, dass ich mit den Gedanken woanders war.

»Alles in Ordnung?«, fragte er.

Ich nickte und verbot es mir, rot zu werden oder schuldbewusst dreinzusehen. »Warum fragst du?«

»Du scheinst ein bisschen neben der Spur zu sein.«

Ich schob die letzten Nudeln auf meinem Teller herum. »Ich glaube, der Stress auf der Arbeit geht mir an die Nieren. Und ich bin etwas müde von der Fahrt gestern.«

Oder von den späten Abenden vergangene Woche, die ich einem gewissen Nachbarn zu verdanken hatte.

»Okay.« Warren schob seine Brille mit dem Zeigefinger nach oben. »Nun, ich hatte gehofft, dass du mir heute deine ungeteilte Aufmerksamkeit schenkst. Du musst einen klaren Kopf haben, denn ich habe etwas Wichtiges mit dir zu besprechen.«

Ich straffte die Schultern und richtete mich auf. »Was ist los?«

Er räusperte sich. »Ich habe von einer freien Stelle als Forschungsleiter an der UCLA erfahren, im dortigen Krebszentrum. Dafür würde ich mich gern bewerben. Ich denke, ich habe sehr gute Chancen, weil mein alter Chef von der PENN inzwischen dort arbeitet. Er könnte ein gutes Wort für mich einlegen.«

Kalifornien? »Äh ... wow. Okay. Wann weißt du es?«

»Ich habe meine Bewerbung noch nicht eingereicht. Die Stelle wird in einem halben Jahr frei, wenn der jetzige Leiter nach Europa geht, um dort eine große Studie zu übernehmen. Aber die Bewerbungsfrist läuft schon. Ich weiß nicht, wann die Entscheidung fällt, aber wenn ich mich bewerbe, muss ich bereit sein umzuziehen.«

»Was bedeutet, dass *ich* zu einem Umzug bereit sein muss.« Ich trank einen Schluck Wasser.

Er nickte. »Wie denkst du darüber?«

Ich schaute kopfschüttelnd auf meinen Teller. »Ich weiß nicht, Warren. Es ist natürlich eine große Chance für dich, aber so weit von meinen Eltern weg zu sein, wäre wirklich hart. Sie haben ja nur noch mich. Von New York aus kann ich wenigstens nach Hause fahren, wann immer ich will.«

Vielleicht war es egoistisch, aber ich musste ihm ehrlich sagen, wie ich dazu stand.

»Natürlich wäre es schwer, Liebes. Deshalb würde ich es auch nur tun, wenn du einverstanden bist. Es muss eine Teamentscheidung sein.« Er stand auf und holte einen Schreibblock. »Sehen wir uns zusammen die Vor- und Nachteile an, ja?«

Ich rieb mir die Schläfen. »Okay.«

Warren liebte Listen und Diagramme. Er erstellte sie bei jeder sich bietenden Gelegenheit.

Er setzte sich wieder an den Tisch. »Ein großes Plus, das ich noch nicht erwähnt habe, ist, dass mein Gehalt doppelt so hoch wäre wie jetzt, Laney.«

Er schrieb eine Zahl auf und unterstrich sie, bevor er mir das Blatt zeigte. Es war ein unverschämt hoher Betrag. *Heilige Scheiße!*

Mir fiel die Kinnlade herunter. »Oh mein Gott.«

»Ja. Irre, oder? Du weißt, dass ich das, was ich tue, nicht des Geldes wegen tue, aber eine solche Summe würde unser Leben verändern.«

Wie könnte ich ihn davon abhalten? Ich blies die Wangen auf. »Also, das ist natürlich ein ziemlich fettes Pro.«

»Und die Forschungseinrichtung ist doppelt so groß und doppelt so modern. Die haben Geräte, von denen ich hier nur träumen kann.«

»Ich schätze, das ist noch wichtiger als das Geld.«

»Allerdings.« Er musterte mein Gesicht. »Aber schauen wir uns an, was dagegenspricht. Du wärst natürlich weiter weg von deinen Eltern. Und ich von meinen.« Er notierte das Wort »Entfernung«. »Aber mit dem zusätzlichen Geld könnten wir uns Flugtickets leisten, wann immer wir Sehnsucht nach ihnen haben.«

Da hatte er recht. »Okay …« Ich starrte vor mich hin und malte mir den ganzen Flughafenstress aus. Es wäre zwar machbar, aber deshalb passte es mir noch lange nicht, jedes Mal zum Flughafen fahren zu müssen, wenn ich meine Mutter sehen wollte. Gott, was für eine Scheiße.

»Du hast im Westen auch eine Menge Möglichkeiten«, fügte er hinzu. »Ich habe schon mit ein paar Leuten gesprochen. Für die Zeit nach New York hast du sowieso noch nichts Neues, oder? Du hast nichts in Aussicht. Das Timing wäre also perfekt. Das spricht ebenfalls dafür.«

Ich leckte mir ziemlich beunruhigt die Lippen. »Vielleicht.«

»Wenn ich richtig gezählt habe, waren es bisher drei Vorteile und ein Nachteil. Fällt dir noch ein anderer Nachteil ein?«

Das Einzige, was mir in den Sinn kam, war Holden. Aber was hatte *er* damit zu tun? Nach Beendigung meines Projekts würde ich ohnehin nicht in New York bleiben. Allerdings genoss ich seine Gesellschaft momentan sehr. Und mir wurde erst jetzt, wo ich wieder zu Hause bei Warren war, richtig bewusst, wie schuldig ich mich deswegen fühlte.

Warren riss mich aus meinen Gedanken. »Und?«

Habe ich eine Wahl? »Mir fällt nichts anderes ein«, sagte ich. »Ich denke, du solltest es versuchen, und dann werden wir sehen, was passiert. Wenn du die Stelle bekommst, wird sich alles andere regeln.«

Er stieß einen tiefen Seufzer aus. »Du hast keine Ahnung, wie glücklich mich das macht. Ich habe zwar vermutet, dass du Ja sagen würdest, wenn wir eine Pro-und-Kontra-Liste machen, aber ohne mit dir darüber zu sprechen, wollte ich nichts unternehmen.«

»Danke, dass du gewartet hast.«

Er strahlte. »Das Wetter in Kalifornien ist großartig, Laney. Wir könnten an den Wochenenden eine Menge Spaß haben, wenn wir die Pazifikküste erkunden. Da gibt es zahllose geologische Wunder. Ich weiß, das ist dein Ding.«

»Ja«, sagte ich leise.

Wäre Geologie bloß noch mein Ding gewesen. Seit Neuestem war mein *Ding* etwas viel Gefährlicheres.

Nachdem Warren und ich den Freitagabend nach meiner Ankunft und den heutigen Tag miteinander verbracht hatten, fuhr ich nach dem Dinner meine Eltern besuchen. Meine Mutter hatte einen Zitronenkuchen für mich gemacht, und da Warren gesagt hatte, er sei mit der Arbeit in Verzug, wollte ich in meinem früheren Zimmer übernachten und mit Ryans altem Hund Bully kuscheln. Meine Eltern freuten sich, mich ganz für sich zu haben.

Meine Mutter goss mir eine Tasse Darjeeling auf. »Du fehlst mir wirklich, Laney. Ich weiß, du bist gar nicht so weit weg, aber es ist schwer, nicht mal schnell auf einen Kaffee zu dir rüberkommen zu können. Es wird schön sein, dich in ein paar Monaten wieder hier zu haben.«

Interessanter Zeitpunkt für diese Feststellung. Ich seufzte. »Ich weiß.«

Bei Tee und Kuchen erzählte ich ihnen von der Bombe, die Warren hatte platzen lassen.

Auf der Stirn meiner Mutter bildeten sich beim Zuhören tiefe Falten. »Das ist keine erfreuliche Nachricht. Darf ich so egoistisch sein und sagen, dass ich nicht will, dass er mir mein Mädchen wegnimmt?«

Mein Vater wandte sich ihr zu. »Jean, wenn sie heiraten, muss sie dahin gehen, wo er hingeht. Es würde uns nicht umbringen, sie dort zu besuchen, wenn sie umziehen muss. Mach ihr kein schlechtes Gewissen.«

Mom sah ihn missbilligend an. »Das ist eine sehr altmodische Sichtweise, Bill. Laney hat auch einen wichtigen Job. Sie muss ihm nicht überallhin folgen. Warum kann er nicht da bleiben, wo sie arbeitet?«

»Also …« Ich seufzte. »Mein Projekt wird nur ein halbes Jahr gefördert, im Rahmen der Vorlaufforschung. Danach muss ich mir überlegen, was ich mache, oder einen neuen Antrag einreichen. Deshalb bin ich eigentlich nicht gebunden. Und das Timing passt auch, denn Warren würde die Stelle erst in sechs Monaten antreten.«

»Natürlich müssen sie die Entscheidung gemeinsam treffen«, warf mein Vater ein. »Das habe ich nicht gemeint. Du argumentierst einfach gegen alles, was für einen Umzug von Laney sprechen könnte, weil du nicht willst, dass sie wegzieht.«

»Tut mir leid. Du magst recht haben, aber gegen meine Gefühle komme ich nicht an. Ich weiß, dass Laney eine starke, unabhängige Frau ist. Sie hat das Recht, da zu wohnen, wo sie möchte. Aber sie ist zugleich meine beste Freundin. Ich schätze ihre Gesellschaft und hätte sie einfach gern in meiner Nähe.«

Ich legte meine Hand auf ihre. »Ich weiß, Mom. Ich möchte eigentlich nicht so weit wegziehen, aber ich habe es nicht übers Herz gebracht, Nein zu sagen. Warren arbeitet verdammt hart und hat diese Chance verdient.«

»Nun …« Sie lächelte. »Wir müssen wohl alle Opfer für diejenigen bringen, die wir lieben. Aber ist es okay, wenn ich insgeheim bete, dass er den Job nicht bekommt?«

»Absolut. Ich werde es auch tun.« Ich stopfte mir den Mund mit Kuchen voll, doch an diesem Abend hätte selbst der beste Zitronenkuchen der ganzen Welt nicht dafür sorgen können, dass ich mich besser fühlte.

Von schwermütigen Gedanken verfolgt trank ich meinen Tee. Es war vielleicht vorschnell, aber ich hatte das Gefühl, dass Warren die Stelle bekommen würde. Seine Intelligenz und sein Arbeitswille waren grenzenlos, und bei seinen Kontakten hatte er den Job praktisch in der Tasche. Mir war schlecht.

Dann meldete sich mein Telefon und riss mich aus meinen Gedanken.

Es war eine Nachricht von Holden mit einem Foto von ihm, auf dem er mir zuprostete.

Holden: Ich trinke gerade dir zu Ehren einen Wodka Cranberry. Du verpasst was.

Lala: Die echte Version mit Alkohol, nehme ich an, und nicht so einen Shirley Temple, mit dem du mich getäuscht hast?
Holden: Nur jemand, der so wenig verträgt wie du, wird vom Placeboeffekt betrunken. Und ich habe dich geschützt, nicht getäuscht. Für mich gibt's keinen Shirley Temple. Das hier ist der echte.
Lala: Wo bist du?
Holden: Wir haben gleich einen Gig in einer kleinen Bar hier in der City. Nicht so ein großes Ding, wie du gesehen hast.
Lala: Oh. Klingt trotzdem gut. Ich wünschte, ich könnte da sein.

Die drei Punkte bewegten sich, während er schrieb.

Holden: Ich wünschte auch, du wärst hier.

Mein Herz schlug höher. *Lass das.*

»Was um alles in der Welt entlockt dir so ein Lächeln?«, fragte meine Mutter.

Ich zuckte zusammen, und das Telefon rutschte mir aus der Hand. Ich hob es auf und legte es mit dem Display nach unten auf den Tisch. *Du liebe Güte.* Mir war gar nicht bewusst gewesen, dass ich lächelte.

»Ach, nichts.«

»War es Warren?«

Verdammt. Ich hatte meine Mutter noch nie belügen können. Sie durchschaute mich immer. Und diesmal würde es nicht anders sein.

Ich schluckte. »Nein, es war … Holden.«

Mein Vater sah mich erstaunt an. »Holden Catalano?«

»Ja, natürlich.«

»Warum schreibt er dir?«, fragte meine Mutter.

»Er hat mir bloß ein witziges Foto geschickt.«

»Wovon?«

»Von einem Cocktail. Er hat einen Auftritt mit seiner Band in der City.«

»Was ist denn so witzig an einem Cocktail?«, fragte mein Vater.

»Er weiß, dass ich Wodka Cranberry mag.«

Meine Mutter runzelte die Stirn. »Woher weiß er das?«

»Ich war neulich bei einem Gig dabei und habe einen getrunken.«

Oder zwei oder drei. Ich kann mich nicht erinnern.

Sie sah mich durchdringend an. »Du bist mit ihm ausgegangen?«

»Nein, er hat mich lediglich ein Mal zu einem Auftritt eingeladen.«

»Weiß Warren davon?«, fragte sie.

»Ja.« Ich schluckte.

Meine Mutter bohrte weiter. »Warren hat nichts dagegen, dass du mit Holden Catalano durch die Gegend ziehst?«

Ich lachte nervös. »Mom, so ist es nicht. Seine Wohnung liegt neben meiner. Und er ist ein guter Freund. Das ist alles.«

»Du solltest Laney vertrauen«, schaltete sich mein Vater ein. »Sie ist ein kluges Mädchen. Wir alle wissen, dass Holden, wie sehr wir ihn auch lieben und Ryan ihn geliebt hat, nur Probleme machen würde. Aber mit ihm kann man bestimmt viel Spaß haben. Laney würde nichts tun, was ihre Beziehung zu Warren gefährden könnte.«

Ich nickte und spürte, wie sich mir die Kehle zuschnürte.

Meine Mutter verschränkte die Arme vor der Brust. »Männer wie Holden können sehr faszinierend sein, aber er ist nicht gerade der beste Einfluss. Die Gesellschaft eines solchen Mannes kann – insbesondere wenn Alkohol im Spiel ist – das Urteilsvermögen trüben. Vor allem, wenn man weit weg von daheim ist.«

Mir wurde heiß. »Ich würde es begrüßen, wenn wir das Thema beenden könnten. Es war nur ein freundschaftlicher Gruß, mehr nicht.«

Mir brach der Schweiß aus. Hätte ich meinen eigenen Worten doch nur glauben können. Scheinbar kannte mich meine Mutter besser als mein Vater.

Etwas später zog ich mich zum Schlafen nach oben zurück. Ich fühlte mich noch immer extrem unwohl in meiner Haut, und so blieb ich statt vor meinem Zimmer vor Ryans stehen. Im Endstadium seiner Krankheit war er wieder bei unseren Eltern eingezogen. Sie hatten sein Zimmer so belassen, wie es immer gewesen war. Und wenn ich traurig war oder ein Problem hatte, schlich ich mich hinein und legte mich auf sein Bett, um mich ihm näher zu fühlen.

Ich öffnete die Tür, und als Erstes sprangen mir die Fotos an der Pinnwand ins Auge, darunter viele von den fünf Jungs. Die Erinnerungen an ihre gemeinsamen Erlebnisse waren meinem Bruder am Ende eine Stütze gewesen.

Angelausflüge mit dem Boot von Owens Vater.

Holden und Ryan beim Bier-Pong.

Ryan und Colby bei einem Footballspiel.

Brayden und Ryan im Halloweenkostüm.

Weil mein Bruder seine große Liebe noch nicht gefunden hatte, bevor er starb, waren die Jungs abgesehen von seiner Familie die wichtigsten Menschen in seinem Leben gewesen. Mein Herz zog sich zusammen. Ryan hätte einen großartigen Ehemann abgegeben.

Es gab auch ein Foto von meinem Bruder und mir, als wir klein waren. Ich hatte ein langes Kleid an und trug die viel zu großen Stöckelschuhe meiner Mutter. Ich hatte Ryan immer dazu gedrängt, »Abschlussball« mit mir zu spielen, weil ich gesehen hatte, wie die Tochter der Nachbarn vor ihrem großen Abend draußen in ihrem hübschen Kleid fotografiert wurde. Ich hatte mein Prinzessinnen-Halloweenkostüm herausgesucht und meinen Bruder gezwungen, mir Blumen aus dem Garten zu überreichen. Ich spielte das große Mädchen auf dem Abschlussball, und mein armer Bruder musste mitmachen und mein Begleiter sein. Es war vermutlich das Mädchenhafteste, was ich jemals getan habe, bevor mein Interesse an derlei Dingen nachließ und ich mich in einen »Nerd« verwandelte, wie Holden sagen würde.

Apropos Holden: Als ich einen Blick auf mein Handy warf, entdeckte ich eine weitere Nachricht, die er bereits etwas früher geschickt hatte.

Holden: Wilde Nacht.

Das angehängte Foto zeigte ihn mit nacktem Oberkörper zu Hause im Bett mit einer Tüte Hot Cheetos. Nur Holden schaffte es, dass Chips-Futtern sexy aussah.

Lala: Schon zu Hause?

Ein paar Minuten später antwortete er.

Holden: Ja. Hatte heute keine Lust auf Party und bin direkt heimgefahren. Ich habe geduscht und bin schon im Bett.
Lala: Hä, wer bist du?
Holden: Ich weiß, okay?
Lala: Du hast einen Ruf zu wahren, Catalano. Allein nach Hause gehen gefährdet ihn.

Holden: Ich habe nicht gesagt, dass ich allein bin. Ich habe ein Mädchen bei mir.

Mir rutschte das Herz in die Hose. *Wie soll ich bitte darauf reagieren?*

Mein Finger verharrte über den Tasten.

Und dann schickte er mir noch ein Foto. Er hatte ein Meerschweinchen auf der nackten Brust sitzen und fütterte es mit Grünzeug.

Was zum …?

Lala: Wer ist das?
Holden: Colbys Tochter bekommt morgen eine Überraschung von mir.
Lala: Oh mein Gott, was?
Holden: Colby hat mich neulich verärgert. Deshalb bekommt Saylor ein Geschenk.

Ich musste lachen.

Lala: Oh, was bist du böse.
Holden: Er hat ihr gesagt, sie kann noch keinen Hund haben. Von Meerschweinchen hat er nichts gesagt. Sie wird mich lieben. Der Preis für den besten Onkel geht an mich.
Lala: Total niedlich.
Holden: Das Tier oder ich? 😉

Ich verdrehte lachend die Augen.

Lala: Danke für die Aufmunterung.
Holden: Warum? Alles okay da drüben?

Unsicher, ob ich mit ihm über Kalifornien reden wollte, begann ich zu tippen, löschte meine Worte wieder und fing mehrmals neu an.

Lala: Heute ist ein Thema aufgekommen, aber ich möchte es jetzt nicht wieder durchkauen, wenn du verstehst.
Holden: Rede mit mir.
Lala: Ich erzähle es dir demnächst. Es ist nichts Schlimmes … Es macht mein Leben höchstens ein bisschen komplizierter. Ich bin gerade zu müde dafür.
Holden: Verstanden. Ich werde nicht drängeln.

Ich schaute hinüber zu einem anderen Foto von ihm und Ryan.

Lala: Übrigens sehe ich dich gerade.
Holden: Mist. Du kannst sehen, dass ich keine Hose anhabe?
Lala: Nein! An Ryans Pinnwand.
Holden: Moment … Du bist in Ryans Zimmer?
Lala: Ja. Ich komme ab und zu mal her.
Holden: Cool, dass deine Eltern es unverändert lassen.
Lala: Ja, es ist noch so, wie es war, als er ans College ging.
Holden: Das würde ich mir bei Gelegenheit gern ansehen.
Lala: Vielleicht beim nächsten Mal, wenn du deine Eltern besuchst.

Obwohl dich meine Eltern jetzt wahrscheinlich schräg angucken werden.

Holden: Ja, mal sehen.

Dann erschien eine Nachricht von Warren auf meinem Display.

Warren: Gute Nacht, Liebes. Ich gehe jetzt ins Bett. Wir sehen uns morgen vor deiner Rückfahrt.
Laney: Ich auch. Nacht, Baby. Xo

Ich wollte mein Telefon gerade weglegen, als eine weitere Nachricht kam.

Holden: Das verdammte Meerschweinchen hat mir einen von meinen Chips geklaut. Dürfen die so was fressen?

Holden ist verrückt.

Lala: Ich glaube nicht.
Holden: Ihm darf nichts passieren.
Lala: Vielleicht solltest du die Hot Cheetos weglegen.
Holden: Jetzt hat es einen Schluckauf! Was zur Hölle …? Das wollte ich nicht.

Meine Schultern bebten, so sehr musste ich lachen.

Lala: LOL Tut mir leid.

Etwa eine Minute verging, bevor er sich wieder meldete.

Holden: Ich habe gerade gegoogelt, und einer hat geschrieben, er hat seinem Meerschweinchen Chips gegeben und es ist GESTORBEN. Heilige Scheiße!
Lala: Du darfst nicht alles glauben, was du liest. Es hat doch nur einen erwischt, oder?
Holden: Ja, aber sie sind verdammt scharf.
Lala: Es wird schon nicht so schlimm sein.
Holden: Ich hätte nicht so früh heimkommen sollen. Dann wäre

das nicht passiert. Verdammt! Jetzt habe ich Angst, schlafen zu gehen.

Eigentlich war es nicht witzig, aber ich konnte nicht aufhören zu lachen.

Lala: Soll ich mit dir wach bleiben?

Es dauerte ein paar Minuten, bis er antwortete.

Holden: Nein. Es scheint ihm gut zu gehen.
Lala: Ja, es war doch nur einer.
Holden: Ich glaube, das Tier wird's überleben.
Lala: Ich auch.
Holden: Vielen Dank für deine Unterstützung in dieser Stunde der Not.

Ich wischte mir die Lachtränen aus dem Gesicht.

Lala: Keine Ursache.
Holden: Du lachst mich gerade aus, oder?
Lala: Ja, natürlich.

Er schickte mir eine Sprachnachricht. Als ich auf Wiedergabe drückte, hörte ich das Meerschweinchen hicksen und brach von Neuem in Gelächter aus. Holden hatte es geschafft, mich aus meiner depressiven Stimmung herauszuholen.

Lala: Du hast tatsächlich die Wahrheit gesagt.
Holden: Ja. So etwas kann nicht mal ich mir ausdenken.
Lala: Danke noch mal für die Aufheiterung.
Holden: Gern geschehen, Lala.

Lala: Ich gehe jetzt schlafen.
Holden: Träum schön.
Lala: Nacht, Holden.

Ich schlief im Bett meines Bruders ein, während mir Warren, Kalifornien, Holden und Meerschweinchen mit Schluckauf im Kopf herumspukten.

7. KAPITEL

LALA

Was zur Hölle ...?

Ich hatte Gas gegeben, um die Fahrspur zu wechseln, aber mein Auto war nicht schneller geworden, sondern langsamer. Ich trat das Pedal ganz durch, und trotzdem verlor ich weiter an Tempo. *Das kann ja wohl nicht wahr sein.*

Während ich auf die rechte Fahrspur wechselte statt wie beabsichtigt auf die linke, suchte ich den Schalter für die Warnblinkanlage am Armaturenbrett. Weniger als eine Minute später kroch das Auto nur noch dahin, und mir blieb nichts anderes übrig, als die nächste Ausfahrt zu nehmen. Zum Glück stieß ich auf eine Tankstelle, also steuerte ich darauf zu und hielt an. Aber beim Aussteigen stellte ich fest, dass keine Werkstatt dazugehörte, sondern nur ein Minimarkt.

Verflixt. Was mache ich denn jetzt? Zuerst wollte ich Holden anrufen, aber von der zweieinhalbstündigen Fahrt von Philadelphia nach New York hatte ich erst die Hälfte geschafft. Deshalb ging ich in den Minimarkt, um nach der nächsten Werkstatt zu fragen.

»Hallo, ich habe Probleme mit meinem Wagen und dachte, Sie könnten mir vielleicht sagen, wo ich die nächste Autowerkstatt finde?«

Das Mädchen hinter der Plexiglasscheibe sah aus, als wäre es noch nicht alt genug zum Fahren. Es zuckte mit den Schultern. »Tut mir leid, ich habe keine Ahnung. Mein Dad repariert unsere Autos.«

»Trotzdem danke.«

Draußen lehnte ich mich gegen meine Scheißkarre und zog das Telefon aus der Tasche. Ich hätte Warren anrufen können, doch der hatte neulich nicht einmal eine Scheibe Toast aus dem Toaster herausgekriegt, die sich verklemmt hatte. Ich hatte ihn davon abhalten müssen, mit der Gabel in dem Gerät herumzustochern, während es noch am Strom hing. Ich fand mich also mit meinem Schicksal ab und rief den einzigen Mann an, der – abgesehen von meinem Vater – alles reparieren konnte. Denn meinen Vater wollte ich jetzt *nicht* anrufen.

»Was gibt's, Nachbarin?«

Ich lächelte. »Hey, Holden. Tut mir leid, dass ich dich behelligen muss, aber ich habe Probleme mit meinem Auto. Schon wieder.«

»Wo bist du?«

Ich sah mich um und seufzte. »Ich habe echt keine Ahnung. Ich weiß nicht genau, an welcher Ausfahrt ich abgefahren bin, aber ich hab erst ungefähr den halben Weg nach New York hinter mir.«

»Was ist denn mit dem Auto los?«

»Es war alles ganz normal, und dann wurde es auf einmal immer langsamer, obwohl ich den Fuß nicht vom Gas genommen habe. Selbst als ich Vollgas gegeben habe, bin ich kaum noch vorwärtsgekommen. Am Ende ist es höchstens noch dreißig gefahren, als ich abgefahren bin.«

»Der Kraftstofffilter könnte verstopft sein. Warst du an einer Tankstelle, wo du sonst nicht tankst?«

Ich wand mich innerlich. »Ich war gestern tatsächlich an einer ziemlich zwielichtigen Tanke. Sie hieß *Joey D's* oder so. Das Schild an der Straße war eine Sperrholzplatte mit unleserlicher Aufschrift. Aber der Tank war fast leer, und ich hatte keine andere Wahl.«

»Na, dann kann es wirklich sein, dass der Filter durch schlechten Sprit verstopft ist. Schick mir deinen Standort, und ich komme, so schnell ich kann.«

»Das kann ich nicht von dir verlangen. Ich rufe einfach einen Abschleppwagen. Ich hatte gehofft, du kennst vielleicht einen Trick, um das Problem zu lösen.«

»Erstens hast du es nicht verlangt. Ich habe es angeboten. Und zweitens solltest du kein Geld für einen Abschleppwagen ausgeben, der dich zu irgendeiner Werkstatt bringt, die wir nicht kennen – zumindest nicht, bevor ich einen Blick auf den Wagen geworfen habe, um zu sehen, ob ich es reparieren kann. Ein Benzinfilter kostet nur um die zwanzig Dollar. Das Abschleppen kostet hundertfünfzig oder mehr.«

»Macht es dir wirklich nichts aus? Ich bin noch mehr als eine Stunde weit weg.«

»Ganz und gar nicht, Süße. Dafür bin ich da. Dafür sind ich und alle Jungs da, was dich anbelangt.«

Holden war zwar ein klugscheißender Witzbold, aber er brachte mich innerlich zum Schmelzen.

»Danke, Holden.«

»Schick mir deinen Standort. Und wenn du im Auto wartest, verriegle bitte die Türen. Solche Tankstellen sind nicht gerade sichere Orte.«

Nach dem Gespräch schickte ich meine Koordinaten an Holdens Handy und beschloss, mich in dem Minimarkt mit Junkfood zu versorgen. Am Ende eines stressigen Tages belohnte ich mich gern mit etwas Süßem, und dieses Wochenende war extrem stressig gewesen. Aber weil mein Verlobter auf megagesundes Essen stand, bekam ich immer ein schlechtes Gewissen, wenn ich meinen Süßkram in seiner Anwesenheit aß.

Es würde noch eine Weile dauern, bis Holden eintraf, und so machte ich einen kleinen Shopping-Bummel durch alle Regale und sammelte nur Sachen mit viel Gluten, Nüssen, Milch und extra viel Zucker zusammen. Als ich zur Ladentheke kam, rümpfte die Kassiererin die Nase.

»Das wollen Sie alles kaufen?«

Ich kniff die Augen zusammen. »Ich habe sechs Kinder.«

Sie schien mir nicht zu glauben, aber zumindest kassierte sie mich ohne weitere Kommentare ab. »Das macht dann zweiundzwanzig neunundvierzig.«

Ich sah mir den Haufen Süßkram an. Vielleicht hatte ich wirklich etwas übertrieben. Aber egal. Ich bezahlte mit Kreditkarte und lief zum Auto, um mich über meine Beute herzumachen.

Holden traf genau eine Stunde später mit dem Van seiner Band ein. Er hielt neben mir an und öffnete die Beifahrertür, nachdem ich sie entriegelt hatte. Dummerweise hatte ich nach meiner Zuckerparty nicht aufgeräumt, und ihm fielen sofort die vier – ja, vier … keine Kritik bitte – leeren Packungen auf.

Er hielt die Reese's-Tüte hoch. »Ist das alles von heute?«

Ich raffte die Verpackungen von Schokoriegeln, sauren Bonbons und Käsebällchen zusammen. »Ich brauchte unbedingt etwas zum Naschen. Am Wochenende habe ich so gut wie nichts bekommen, weil Warren nur gluten-, nuss-, laktose- und zuckerfrei isst.«

Holden zog die Augenbrauen hoch. »Gluten-, nuss-, laktose- und zuckerfrei? Klingt ziemlich spaßfrei. Wovon ernährt er sich denn? Wasser?«

»So ungefähr …«

Er hob schmunzelnd das Kinn. »Mach die Motorhaube auf. Ich sage dir, wann du den Motor anlassen sollst.«

»Okay.«

Ein paar Minuten später schaute er mich über die Haube hinweg an. »Okay, Motor starten.«

Ich drehte den Schlüssel, aber nichts passierte. Der Motor wollte nicht anspringen.

Holden machte eine Drehbewegung mit der Hand. »Den Schlüssel drehen!«

Ich öffnete die Tür. »Das mache ich ja! Er springt nicht an!«

»Scheiße.«

Holden klappte die Motorhaube zu und klopfte sich die Hände ab. »Ich bin immer noch der Meinung, dass es der Kraftstofffilter ist.« Er zückte sein Telefon, um nach der Uhrzeit zu sehen. »Autoteileshops schließen sonntags um fünf, uns bleiben also nur fünfundzwanzig Minuten. Ich denke, wir sollten schnell noch einen Filter besorgen.«

»Weißt du, wie man so einen Filter wechselt, wenn wir einen bekommen?«

Er nickte. »Dazu muss ich mich unters Auto legen, aber ich habe es schon mal gemacht.«

»Okay, dann los.«

Nachdem ich mein Auto abgeschlossen hatte und in den Van gestiegen war, googelte ich die nächstgelegenen Läden für Autoteile.

»Es gibt zwei«, sagte ich. »Einer ist etwa zehn Minuten nördlich von hier, der andere ist ungefähr genauso weit in südlicher Richtung.«

»Such dir einen aus und sag mir, wie wir fahren müssen.«

Leider hatte der Laden, für den ich mich entschied, das Teil nicht auf Lager. Also fuhren wir im Eiltempo zu dem anderen Shop, aber als wir dort ankamen, war der Parkplatz leer, und alle Lichter waren aus.

»Mist. Was machen wir jetzt?«

Holden schüttelte den Kopf. »Um diese Zeit werden wir

keinen Laden mehr finden, der noch offen hat. Wir könnten natürlich einen Abschleppwagen rufen, nach Hause fahren und morgen wieder herkommen, nachdem dein Auto repariert wurde. Aber wenn wir sowieso noch mal herfahren müssen, können wir auch unterwegs einen Benzinfilter besorgen, und ich wechsle ihn selbst. Dann werfen wir kein Geld für das Abschleppen und die Reparatur hinaus.«

»Morgen Nachmittag muss ich auf jeden Fall auf der Arbeit sein. Ich habe einen Termin mit dem Leiter von einer der Einrichtungen für Seniorenbetreuung, die an meiner Studie teilnehmen. Aber morgen früh kann ich. Wie sieht es bei dir aus?«

»Ich werde mir die Zeit nehmen.«

Ich seufzte. »Gott, Holden. Du hast so viel für mich getan. Ich weiß nicht, was ich in den letzten Wochen ohne dich gemacht hätte.«

Er zwinkerte mir zu. »Du musst es auch nicht herausfinden, denn ich werde immer für dich da sein, Baby.«

Wir mussten noch einmal zurück, um meine Arbeitsunterlagen aus dem Auto zu holen, und ich wollte der Frau von der Tankstelle sagen, dass ich mein Auto über Nacht dort stehen lassen würde. Doch nach ein paar Minuten Fahrt gab es einen lauten Knall, gefolgt von einem zischenden Geräusch.

»Was war das?«

Holden war lässig mit einer Hand am Steuer gefahren, doch nun umklammerte er das Lenkrad fest mit beiden Händen. »Uns ist gerade ein Reifen geplatzt.«

Gott sei Dank waren wir nicht auf der Autobahn, denn der Van begann heftig nach rechts zu ziehen. Holden gelang es, ihn auf einen leeren Parkplatz zu manövrieren, aber beängstigend war es trotzdem.

Ich schüttelte den Kopf. »Ich fasse es einfach nicht.«

»Ich auch nicht.«

Wir stiegen aus und gingen nach vorn. Und tatsächlich war der Reifen auf der Beifahrerseite platt, auch wenn er immer noch zischte.

»Wieso haben wir beide ständig Autopannen?«, fragte ich.

»Ich würde sagen, es hat etwas damit zu tun, dass wir beide Schrotthaufen fahren.«

»Zuerst wurde ich abgeschleppt, dann war mein Anlasser hin, und jetzt habe ich einen verstopften Benzinfilter, und du hast einen Platten. In den letzten Wochen hatte ich mehr Autoprobleme als in den vergangenen zehn Jahren zusammen.«

Holden öffnete die Hintertüren des Vans. »So ist das mit alten Autos. Da geht eine Sache nach der anderen kaputt.« Er öffnete eine Klappe im Fahrzeugboden und ließ den Kopf hängen. »Ich glaube, ich spinne.«

Ich ging zu ihm. »Was ist los?«

»Der Wagenheber ist weg.« Er sah sich im Inneren des Vans um. »Scheiße. Und der Ersatzreifen auch. Ich glaube, wir haben die Sachen neulich vor einem Gig rausgenommen, um Platz für unsere neuen Verstärker zu schaffen. Wahrscheinlich haben wir sie nicht wieder eingepackt, und jetzt liegen sie in Dylans Garage.«

»Au Mann. Was machen wir jetzt?«

Er stemmte die Hände in die Hüften. »Wir können *zwei* verdammte Abschlepper rufen und für zweihundert Dollar mit einem Uber in die Stadt fahren, um dann morgen noch mal zweihundert für ein Uber zu bezahlen und die Autos bei der Werkstatt abzuholen. Oder …« Er zeigte auf ein Gebäude ein Stück den Block hinunter. »Da vorn ist ein Hotel. Wir können da übernachten, und ich besorge morgen als Erstes den Filter und bringe dein Auto zum Laufen, dann kümmere ich mich um den Van. Das scheint mir das Sinnvollste zu sein.

Die Abschlepper und Uber würden dreimal so viel kosten wie die Übernachtung. Außerdem könnten wir früh loslegen und müssten uns nicht durch den Verkehr quälen. Autoteileshops haben meist ab acht oder neun auf, weil Mechaniker in der Regel zeitig anfangen. Was meinst du?«

Ich biss mir auf die Lippe. »Ich weiß nicht.«

»Es liegt bei dir. Ich richte mich nach deiner Entscheidung.«

Natürlich war es in finanzieller wie zeitlicher Hinsicht sinnvoller, einfach hierzubleiben. Doch der Gedanke, die Nacht mit Holden zu verbringen, machte mich nervös. Andererseits würde ich sie ja *nicht direkt* mit ihm verbringen. Wir würden natürlich zwei Zimmer nehmen, und selbst wenn sie aneinandergrenzten, war es nicht unanständiger als unsere benachbarten Wohnungen. Ich machte mir nur zu viele Gedanken.

Ich nickte. »Hier zu übernachten ist sinnvoller. Aber ich bestehe darauf, das Hotel zu bezahlen. Wenn ich nicht wäre, wärst du jetzt nicht in dieser Lage.«

»Wie wär's, wenn wir erst mal fragen, ob noch Zimmer frei sind, bevor wir uns über die Bezahlung streiten.«

»Ja, gut, aber ich bezahle.«

Holdens Lippen zuckten. »Wir werden sehen.«

Er schloss den Van ab, und wir liefen zu dem Hotel. Vor der Rezeption stand niemand, und die Augen der hübschen Empfangsdame leuchteten auf, als sie Holden erblickte.

»Wie kann ich Ihnen helfen?«, fragte sie lächelnd.

Mit dem Gefühl, dass sie mich noch gar nicht wahrgenommen hatte, antwortete ich: »Haben Sie für heute Nacht zwei Zimmer frei?«

»Nur für eine Nacht?«

Ich nickte. »Ja, bitte.«

Sie bediente ihren Computer. »Wir sind ziemlich ausgebucht, weil morgen die Bootsmesse eröffnet wird und wir zu den Sponsoren gehören. Aber ich will mal sehen.« Nach einer Weile schaute sie auf. »Wir haben leider nur noch ein Zimmer.«

Holden und ich sahen uns an. »Mit zwei Betten?«

Die Frau schüttelte den Kopf. »Tut mir leid, nur ein Doppelbett.«

Holden wies über die Schulter zur Tür. »Schon gut. Ich schlafe im Van.«

»Auf keinen Fall. Das geht nicht.«

»Das habe ich schon öfter gemacht. Es wird ein richtiges Vergnügen sein, ihn für mich zu haben. Meistens quetschen wir uns nach einem Auftritt alle zusammen rein, weil wir aus dem einen oder anderen Grund keine Zimmer mehr bekommen haben.«

»Ich lasse dich nicht im Van schlafen, Holden.« Ich wandte mich an die Frau. »Gibt es andere Hotels in der Nähe?«

»Nein, eigentlich nicht, deshalb sind wir ja ausgebucht. Es gibt noch ein *Days Inn*, das allerdings zwanzig Minuten mit dem Auto von hier entfernt ist. Aber das ist wahrscheinlich auch voll, weil die in der Regel günstiger sind als wir.«

Ich seufzte und sah Holden an. »Ich schlafe einfach auf dem Boden. Du kannst das Bett haben.«

»*Ich* schlafe auf dem Boden, und *du* nimmst das Bett.«

»Nein, Holden. Das ist alles meine Schuld.«

Die Frau zeigte zwischen uns hin und her. »Verstehe ich richtig, dass Sie kein Paar sind?«

»Wir sind alte Freunde«, sagte ich.

Sie flötete Holden lächelnd an: »Ich habe um zwölf Feierabend, wenn Sie einen Schlafplatz haben möchten, und ich lasse Sie nicht auf dem Boden schlafen.«

Ernsthaft? Ich hätte dieser unverschämten Frau am liebsten eine gescheuert. Ich zückte meine Kreditkarte und schenkte ihr ein strahlendes falsches Lächeln. »Wir nehmen das Zimmer.«

»Was ist?«

»Nichts.« Ich kramte in meiner Reisetasche.

Holden war mit einem Uber zu meinem Auto gefahren, um ein paar Dinge zu holen, die ich brauchte, und mit der Frau von der Tankstelle zu sprechen. Auf dem Rückweg hatte er uns bei *Wendy's* etwas zum Essen geholt.

»Fehlt etwas?«, fragte er.

»Nein. Mir ist nur gerade klar geworden, dass ich gar keine Schlafsachen habe.« Ich zuckte mit den Schultern. »Aber egal. Ich schlafe einfach in meinen Klamotten.«

»Hast du kein T-Shirt oder so?«

»Doch, aber das reicht mir nicht mal über den Po.«

»Tja, ich schlafe normalerweise nackt, aber ich verschone dich und lasse meine Boxershorts an.« Er zog sich sein T-Shirt aus und warf es mir zu. »Du kannst das nehmen. Ich habe es frisch angezogen, bevor ich losgefahren bin. So klein, wie du bist, ist es für dich ein Nachthemd.«

Ich schluckte beim Anblick von Holdens nackter Brust. Er war groß und schlank, aber verdammt, er hatte immer noch diesen großartigen Waschbrettbauch, den ich mir schon als Teenager gern angesehen hatte. Als er merkte, wie ich ihn anglotzte, flüchtete ich ins Bad, um mich umzuziehen und auf Abstand zu gehen. Doch als ich sein T-Shirt überzog, hatte ich das Gefühl, ihn ganz nah bei mir zu haben. Das Ding roch so gut, *so sehr nach Holden*, dass ich unwillkürlich den Stoff hochzog, um daran zu schnuppern. Danach schimpfte ich im Stillen vor dem Spiegel mit mir.

Du bist verlobt.

Du liebst deinen Verlobten.

Sei kein Idiot.

Es half. Ungefähr zwei Sekunden lang. Bis ich das Bad verließ und sah, wie sich Holden mit nichts außer seiner engen schwarzen Boxershorts am Leib auf dem Boden ein Bett baute. Ich erstarrte.

Gott, ist er schön.

Verdammt sexy.

Und bestimmt ist er auch sehr experimentierfreudig im Bett.

»Alles okay?« Holden sah mich komisch an.

Ich blinzelte mehrmals, dann ging ich zum Bett und versteckte mich unter der Decke. »Ja, alles gut. Ich wollte dich nur nicht beim Bettenbauen stören.«

Holden warf mir ein schiefes Lächeln zu, und seine Augen funkelten. »Klar.«

Als er fertig war, zeigte er auf die Lampe auf dem Nachtschränkchen. »Kannst du die bitte ausschalten? Ich würde es selbst machen, aber ich will nicht, dass du Gewissensbisse bekommst, wenn du mich noch mal abcheckst …«

Meine Augen weiteten sich. »Ich habe dich nicht abgecheckt.«

Er schmunzelte. »Egal. Mach einfach das Licht aus, Lala.«

In der Dunkelheit schwiegen wir eine Zeit lang.

»Weißt du«, sagte Holden dann, »es ist okay, andere anzusehen. Es ist ganz natürlich, am menschlichen Körper Gefallen zu finden.«

»Ich habe dich nicht abgecheckt, du Egomane. Die Zeiten, da ich vierzehn war und dich heimlich aus dem Fenster beobachtet habe, sind vorbei.«

»Stimmt, du bist eindeutig keine vierzehn mehr, sondern ziemlich erwachsen. Das ist mir nicht entgangen.«

»Was soll das denn bedeuten?«

»Es bedeutet, dass du eine schöne Frau bist, Lala. Jeder Mann, der behauptet, das nicht zu sehen, ist ein Lügner. Im Gegensatz zu dir habe ich nur kein schlechtes Gewissen, wenn ich dich ansehe.«

»Was vielleicht daran liegt, dass du nicht verlobt bist.«

»Vielleicht, aber das glaube ich nicht. Ich finde Gucken einfach okay. Ich meine, was machst du, wenn du dir einen Porno ansiehst? Schaust du um den nackten Körper des Typen herum?«

»Ich sehe mir keine Pornos an.«

Holden schwieg einen Moment. »Nie?«

»Warren meint, Pornos sind erniedrigend für Frauen.«

»Erniedrigend für Frauen?« Er klang aufgebracht. »Und für Männer nicht? Vielleicht weißt du es nicht, weil du keine guckst, aber in Pornos sind die Frauen *und* die Männer nackt.«

Zuerst der Anblick von Holdens halb nacktem Körper und dann noch ein Gespräch über Pornos – ich war mit einem Mal ziemlich angetörnt und nervös.

»Lass uns das Thema wechseln. Oder wir versuchen einfach, ein bisschen zu schlafen.«

»Okay, lass uns schlafen.«

An Schlaf war jedoch nicht zu denken. Ich wälzte mich bestimmt eine halbe Stunde lang hin und her, und als ich hörte, dass Holden auf dem Boden das Gleiche tat, fühlte ich mich ganz schrecklich. Dann krachte es plötzlich, und Holden stöhnte.

»Verdammt«, knurrte er. »Scheißding.«

»Was ist passiert?«

»Nichts. Ich bin nur beim Umdrehen mit dem Schienbein gegen die Kommodenkante geknallt.«

In diesem Moment wurde mir erst richtig bewusst, dass ich einen meiner ältesten Freunde auf dem Boden schlafen ließ. Ich meine, mir war natürlich klar, dass er da unten lag, aber auf die Art hatte ich es vorher nicht betrachtet. Holden war wie ein Bruder für mich, und ich machte mich lächerlich.

»Das ist doch albern, Holden. Ich schlafe in einem Doppelbett, und du liegst auf dem ekeligen Boden. Wir können uns das Bett teilen, schließlich sind wir seit unserer Kindheit befreundet.«

»Schon gut.«

Ich richtete mich auf. »Nein, ist es nicht. Und weißt du was? Ich *habe* dich vorhin abgecheckt. Ich lasse dich auf dem Boden schlafen, weil ich dich attraktiv finde und deswegen ein schlechtes Gewissen habe. Aber du bist wie mein großer Bruder, und es ist einfach bescheuert. Also schwing deinen Hintern hier hoch.«

»Bist du sicher?«

»Absolut.«

Ich fühlte mich total stark, mutig und rechtschaffen – bis Holden unter die Decke schlüpfte. Da nahm mein Körper plötzlich wahr, wie nah er neben mir lag. Holden drehte sich auf die Seite, um mich anzuschauen, und schob die Hände unter seinen Kopf. Obwohl es dunkel war, konnte ich seine Augen sehen.

»Wie war dein Wochenende zu Hause?«, fragte Holden leise. »Hast du etwas Besonderes gemacht?«

»Eigentlich nicht. Ich habe einfach Zeit mit Warren und meinen Eltern verbracht.«

»Wo schläfst du, wenn du nach Hause fährst?«

»Ich habe eine Nacht bei Warren geschlafen, aber danach habe ich bei meinen Eltern übernachtet.«

»Stimmt, du warst in Ryans Zimmer, als wir uns geschrieben haben. Aber wieso hast du bei deinen Eltern geschlafen?«

Ich zuckte mit den Schultern. »Ich wollte einfach eine Weile bei meiner Mom sein. Und … Warren hatte mich am Abend davor mit etwas überfallen, und ich brauchte ein bisschen Abstand, um einen klaren Kopf zu bekommen.«

»Womit hat er dich überfallen?«

»Er bewirbt sich auf eine Stelle in Kalifornien. Er will, dass wir umziehen.«

»Was? Gehst du mit?«

Ich seufzte. »Ich glaube, ich habe keine andere Wahl. Es ist sein Traumjob.«

»Aber was ist mit dir, Lala? Welche Träume hast du?«

»Ich weiß nicht, ob ich einen Lebenstraum habe wie Warren. Er ist Krebsforscher, weil seine Mutter an Krebs gestorben ist, als er erst sieben war. Versteh mich nicht falsch. Ich liebe meine Arbeit, aber es ist nicht das Gleiche. Als ich sieben war, wollte ich das Biest aus *Die Schöne und das Biest* heiraten.«

»Nicht den gut aussehenden Typen, in den es sich am Ende verwandelt?«

»Nein, ich war total in das Biest verknallt. Ich fand es süß.« Ich lachte.

»Das überrascht mich nicht. Du hast auch öfter dein Kommunionkleid angezogen, und Ryan musste dich mit deinem Plüschfaultier verheiraten.«

Ich musste wieder lachen. »Unglaublich, dass du dich daran erinnerst.«

»Aber klar doch. Und du hast mir die Haizahnkette geklaut, die ich damals immer getragen habe, um dein Plüschtier für die Hochzeit hübsch zu machen.«

Ich biss mir auf die Lippe. »Weißt du, warum ich das gemacht habe?«

»Warum?«

»Weil ich so getan habe, als ob das Faultier *du* wärst. Ich war total in dich verschossen und habe mir gern vorgestellt, wir würden heiraten.« Ich lachte – im Gegensatz zu Holden. Sein Blick war verdammt ernst.

»Ich war auch total in dich verknallt, Lala.«

Oh Gott. Ich verspürte das total verrückte Verlangen, ihn zu küssen. Ich fühlte mich extrem zu ihm hingezogen, mehr denn je. Mein Atem wurde unruhig, und ich hatte wahnsinnige Angst, die Beherrschung zu verlieren und etwas Dummes zu tun. Deshalb täuschte ich ein Gähnen vor und streckte die Arme über dem Kopf aus.

»Oh Mann, ich bin plötzlich schrecklich müde. Ich muss jetzt wirklich schlafen.« Ohne auf eine Antwort zu warten, drehte ich mich um und kehrte ihm den Rücken zu. »Nacht, Holden.«

Er wartete ein paar Sekunden, bevor er reagierte. »Gute Nacht, Lala.«

Ich weiß nicht genau, wie lange es dauerte, bis ich endlich einschlief, aber es waren gewiss ein paar Stunden. Und als ich am nächsten Morgen aufwachte, hatte sich Holden von hinten an mich geschmiegt.

Ich spürte seine Härte an meinem Po.

Oh.

Mein.

Gott.

Sein leises Schnarchen sagte mir jedoch, dass es keine Absicht war, was meinen Körper jedoch nicht davon abhielt, auf Holden zu reagieren. Meine Brustwarzen wurden hart, und ich merkte, wie feucht ich wurde – als ginge es gleich los.

Und wenn ich mich fester an ihn schmiege? Nur einmal ein bisschen an ihm reiben. Er müsste es nicht einmal wissen.

Aber *ich* würde es wissen. Wahrscheinlich würde ich jeden Tag vor lauter Schuldgefühlen und Stress Ausschlag bekommen. Und so zwang ich mich aufzustehen. Die Morgensonne fiel bereits zum Fenster herein, und eine kalte Dusche war auf jeden Fall angebracht.

Im Bad drehte ich das Wasser auf und zog mich aus. Als ich gerade einen Fuß in die Duschkabine gesetzt hatte, hörte ich ein lautes Surren im Zimmer.

Mist. Mein Telefon! Es war wahrscheinlich der Wecker.

Um zu verhindern, dass Holden wach wurde, wickelte ich mir rasch ein Handtuch um und rannte aus dem Bad. Doch in meiner Eile stieß ich mit Holden zusammen, der vor der Tür stand, und er hatte eine gewaltige Beule in seiner Boxershorts.

Als er sah, wie ich die Augen aufriss, schaute Holden an sich hinunter. »Scheiße. Sorry. Habe ich gar nicht gemerkt. Ich wollte dir nur dein Telefon bringen.«

Er hielt es mir hin, und Warrens Name blinkte zwischen uns wie eine Leuchtreklame am Times Square.

Tja, das war noch besser als eine kalte Dusche …

8. KAPITEL

HOLDEN

Lala verschwand im Bad, um mit Warren zu reden, gleich nachdem sie meinen Schritt angeglotzt hatte, was meine missliche Lage nicht verbesserte.

Warum machte es mich wütend, dass sie mit ihrem Verlobten sprach?

War ich sauer, oder hatte ich ein schlechtes Gewissen? Wahrscheinlich beides. Allerdings hatte ich nicht seinetwegen Gewissensbisse, sondern weil ich wusste, dass ich Lala in eine Situation gebracht hatte, in der sie sich schuldig fühlte.

Ich zog meine Hose an, während ich angestrengt lauschte und zu verstehen versuchte, was sie sagte, nachdem sie die Lüftung eingeschaltet hatte.

Dann ging ich zum Fenster, öffnete den Vorhang und ließ die Sonne in unser Hotelzimmer. Als ich auf den Parkplatz hinunterschaute, dachte ich daran, wie Lala sich nachts an mich gekuschelt hatte.

Sie war vor mir eingeschlafen. Ich hatte noch lange wachgelegen und mit meinen Gedanken und meinem wachsenden Verlangen gekämpft, obwohl ich mich bemüht hatte, meinen Körper unter Kontrolle zu halten. Doch irgendwann war sie mit ihrem Hintern zurückgerutscht, sodass er direkt gegen meinen erregten Körper drückte. Ich wäre beinahe explodiert. Da sie leise geschnarcht hatte, war mir klar gewesen, dass sie nicht wusste, was sie tat. Doch mein Schwanz, der ohnehin schon in Alarmbereitschaft gewesen war, hatte sich zu seiner vollen Größe aufgerichtet.

Voller Verlangen nach mehr hatte ich das Gegenteil von dem getan, was sich für mich natürlich angefühlt hätte. Ich hatte die Decke als Barriere zwischen uns geschoben und war mit der Hüfte etwas nach hinten gerutscht. Dann hatte ich einen Arm um sie gelegt, weil ich nicht anders konnte. Immerhin war es wesentlich harmloser, als mich an ihrem Hintern zu reiben, was ich viel lieber getan hätte.

Der Rückzug war körperlich schmerzhaft gewesen. Irgendwann war ich schließlich mit ihr in meinen Armen eingeschlafen. Keine Ahnung, was mein Körper getan hatte, während ich schlief, aber für alles, was unbewusst geschah, konnte ich meiner Meinung nach nicht verantwortlich gemacht werden.

Lala hatte ein rotes Gesicht, als sie aus dem Bad kam, und am Hals hatte sie einen Ausschlag.

Ich sah sie mit großen Augen an. »Ist alles okay?«

»Ja.« Sie seufzte. »Er wollte nur mal hören, weil ich mich nicht gemeldet hatte.«

»Was hast du ihm gesagt?«

»Ich habe gesagt, dass du mir geholfen hast, aber ich habe gelogen und so getan, als hätten wir getrennte Zimmer. Und jetzt fühle ich mich schrecklich deswegen. Ich weiß, wir haben nichts Falsches getan, aber …«

»Nein, verdammt, das haben wir nicht, und du solltest keine Schuldgefühle haben.« Ich ging auf sie zu. »Aber ich verstehe, warum du ihm nicht sagen konntest, dass wir in einem Bett geschlafen haben.« Ich sah mir ihren Hals an. »Du hast sogar schon Ausschlag von dem ganzen Stress. Mach dich deswegen nicht so fertig.«

»Ich habe es nicht über mich gebracht, ihm zu sagen, dass

wir uns das Zimmer geteilt haben. Er hätte es nicht verstanden. Ich verstehe es ja selbst nicht.«

Ganz so harmlos war die Sache nämlich nicht. Das wussten wir beide, auch wenn wir es nicht aussprachen. Und genau *das* war das Problem.

»Ich kann es nachvollziehen. Du möchtest ihn schützen. Das respektiere ich. Aber wir haben …« Ich wählte meine Worte mit Bedacht. »Keine Grenze überschritten. Es gibt also keinen Grund für ein schlechtes Gewissen.«

»Ja, ich weiß.« Ihr Blick fiel kurz auf meine Brust, bevor sie den Kopf schüttelte. »Gut, dann ziehe ich mich jetzt um, damit ich dir dein T-Shirt zurückgeben kann.«

Sie verschwand für ein paar Minuten im Bad, und als sie wieder herauskam, gab sie mir mein Shirt. Ich zog es über und atmete dabei tief ein. Dieses Shirt würde mich den Rest des Tages fertigmachen. Ich würde keinen klaren Gedanken fassen können.

Wir checkten aus dem Hotel aus und besorgten alles, was ich brauchte, um ihr Auto zu reparieren.

Als ich es geschafft hatte, machte sich Lala gleich auf den Weg, weil sie bereits die erste Hälfte ihres Arbeitstags versäumt hatte. Es blieb keine Zeit mehr, um noch über unbehagliche Gefühle zu reden, die die vergangene Nacht oder der heutige Morgen eventuell zurückgelassen hatten.

Ich brauchte eine Weile für den Reifenwechsel an dem Van, aber dann fuhr auch ich zurück. Die Fahrt nach New York war gelinde gesagt beschissen. Ich hatte nicht nur dank meines T-Shirts Lalas Geruch in der Nase, sondern es erinnerte mich obendrein genau daran, wie es sich anfühlte, sie in den Armen zu halten. Ich war wahrhaftig mit einer Frau in den Armen eingeschlafen. Das hatte ich noch nie gemacht, jedenfalls nicht bewusst. Es klingt verrückt, aber ich hatte nie das Bedürfnis verspürt. Egal mit wie vielen Frauen ich schon geschlafen hatte, ich konnte mich nicht daran erinnern, auch nur eine in den Armen gehalten zu haben. Ineinander verschlungene Körper mochte es gelegentlich gegeben haben, aber nichts derart Intimes wie eine zärtliche Umarmung.

Ich hatte Lala gesagt, wir hätten uns nichts zuschulden kommen lassen. Und auf sie traf das auch zu, doch ich hatte die Grenze in dem Moment überschritten, als ich mich entschieden hatte, vom Boden in ihr Bett umzuziehen. Mir war klar gewesen, wie riskant es war – insbesondere nachdem sie zugegeben hatte, nervös zu sein, weil sie mich attraktiv fand. Ich hatte sie glauben lassen, sie könnte mir vertrauen.

Aber das sollte sie besser nicht tun.

Ein böser Teil von mir *wollte* sie nämlich in Versuchung führen. Ich hasste mich dafür, weil ich wusste, dass Lala es sich niemals verzeihen würde, wenn sie ihren Verlobten betrog. Warum sollte ich jemanden, der mir wichtig war, in eine solche Lage bringen? Aber meine Gefühle für sie waren sehr kompliziert – und selbstsüchtig.

Ich war derart in Gedanken, dass ich fast ohne es zu merken plötzlich zu Hause war. Ich stellte den Van auf einem Parkplatz einen Block weiter ab und ging zum Haus.

Falls ich geglaubt hatte, der Tag würde sich nach meiner Rückkehr vielleicht zum Besseren wenden, hatte ich mich gründlich geirrt. Owen kam im Flur auf mich zumarschiert.

»Da bist du ja! Wo warst du den ganzen Morgen, verdammt, und warum gehst du nicht an dein Handy?«

»Tut mir leid, Kumpel. Es ist leer.« Ich hatte das Ladekabel nicht auf meinen ungeplanten Ausflug mitgenommen.

Seine Ohren waren rot, und eine Ader an seiner Stirn sah aus, als würde sie jeden Moment platzen.

»Ich habe wegen eines Lecks, das du eigentlich hättest reparieren müssen, ein wichtiges Meeting verpasst. Das Mindeste, was du tun kannst, ist, dein verdammtes Telefon aufzuladen.«

Mein Kopf brachte mich um. »Was ist passiert?«, fragte ich und schloss meine Tür auf.

Er folgte mir in die Wohnung. »In der 410 war die Spüle undicht, und das Wasser ist in dem Apartment darunter durch die Decke gekommen.«

»410? Da wohnen doch Frick und Frack. Hast du es in Ordnung gebracht?«

»Nein! Ich habe nur ein Tape draufgeklebt. Und die zwei kleinen Scheißer hatten die Rohre unter der Spüle und den Hahn vorher eingeölt, um es mir schwer zu machen. Die sind wirklich völlig durchgeknallt.«

»Tut mir leid, Mann.«

»Du warst wahrscheinlich wieder bei irgendeiner Frau, oder?«

»Nein, war ich nicht.« Ich zögerte, weil ich Angst hatte, es ihm zu sagen. »Ich habe Lala geholfen.«

Er kniff die Augen zusammen. »Wobei?«

»Ihr Auto ist auf der Fahrt von Philadelphia hierher kaputtgegangen, und sie hat mich angerufen und um Hilfe gebeten.«

Er zog eine Augenbraue hoch. »Und das ist alles, wobei du ihr behilflich warst?«

Ich hätte ihm eine reinhauen können. »Was ist das denn für eine Frage?«

»Deine Schwärmerei für Lala ist das am schlechtesten gehütete Geheimnis der Welt. Und du wunderst dich über meine Frage?«

»Sie hat mich verdammt noch mal angerufen!«, fuhr ich ihn an. »Was hätte ich denn tun sollen?«

»Einen von uns losschicken beispielsweise, weil du weißt, dass dir nicht zu trauen ist.«

»Seit wann weißt du Blödmann, wie man Autos repariert?«

Darauf wusste Owen keine Antwort, daher setzte er sein Verhör fort. »Wo hast du die Nacht verbracht?«

Ich schnaubte und klärte ihn auf – ohne zu erwähnen, dass wir im selben Bett geschlafen hatten. Es musste ein Geheimnis bleiben.

»Ihr habt in einem Zimmer übernachtet, und du meinst, du würdest nicht mit dem Feuer spielen?« Er schüttelte den Kopf. »Du weißt verdammt gut, dass sie mit einem anständigen Mann zusammen ist, der sich um sie kümmert und sie gut behandelt. Warum willst du das gefährden? Es wäre einer der größten Fehler ihres Lebens, wenn sie ihn schließlich doch mit dir betrügt – weil du verdammt noch mal nicht aufhören kannst, sie zu bedrängen.«

Seine Worte waren wie ein Schlag in die Magengrube. In erster Linie, weil ich ihm glaubte. Es wäre ein Riesenfehler von Lala, sich mit mir einzulassen. Trotzdem ging ich in die Defensive.

»Danke für dein Vertrauen, Arschloch. Ich dachte, du wärst einer meiner besten Freunde.«

»Denkst du ernsthaft, dass sie besser dran ist, wenn sie deinem verdammten Charme erliegt und ihn nicht heiratet? Du musst daran denken, was das Beste für *sie* ist, Holden. Ich weiß, was du vorhast.«

»Welchen Teil davon, dass ich losgefahren bin, um ihre Karre zu reparieren, verstehst du nicht?«, gab ich mit erhobener Stimme zurück.

»Du hättest im Van schlafen können wie schon so oft. Du musstest nicht mit ihr in einem Zimmer übernachten.«

Wenn er wüsste. Ich senkte den Blick.

»Ich kenne dich, Holden. Ich habe das Gefühl, als wäre ich in letzter Zeit der Einzige, der die Sache im Auge behält. Colby ist immer so beschäftigt, und Brayden hat wie immer den Kopf im Arsch. Aber *ich* merke sehr wohl, wie du sie ansiehst, und die ganze Situation bereitet mir Sorgen. Lala ist praktisch das Letzte, was uns von Ryan geblieben ist. Du kannst nicht mit ihr schlafen.« Er mäßigte seinen Ton. »Ryan würde dich umbringen, Mann. Er würde dich *umbringen*.«

Ich fuhr mir durch die Haare. »Das musst du mir nicht sagen, okay? Ich weiß, ich bin nicht der Richtige für sie. Trotzdem ist da eine besondere Verbindung zwischen uns – so war es schon immer. Es gibt Dinge von früher, die du gar nicht weißt …« Ich hielt inne. »Aber mir ist auch klar, dass ich mit aller Macht dafür sorgen muss, dass nichts passiert. Trotzdem liegt mir viel an ihr. Es ist verdammt kompliziert. Und ich wünschte, du würdest mir als Freund zuhören und mich nicht zurechtweisen.« Meine Unterlippe zitterte, so wütend war ich.

Offenbar bemerkte er den Schmerz in meinen Augen, denn er nickte und lenkte ein.

»Entschuldige, dass ich so harsch war. Es war ein heftiger Morgen, und ich war wirklich sauer, weil du nicht da warst. Aber jetzt, wo ich weiß, dass du ihr geholfen hast, kann ich dir nicht mehr böse sein.« Er wischte sich mit der Hand durchs Gesicht. »Hör mal, ich muss zur Arbeit. Ich bin schon ziemlich spät dran. Du solltest in der 410 vorbeischauen und den Schaden reparieren, den ich nur stümperhaft flicken konnte. Und vielleicht kriegst du ja die höllischen Brüder unter Kontrolle, indem du sie fesselst.«

Als er weg war, ging ich kurz in meine Wohnung, bevor ich nach oben fuhr, um die Spüle zu reparieren. Doch Owens Worte – dass ich der größte Fehler sei, den Lala machen könnte – verfolgten mich den ganzen Nachmittag.

Ich schwor mir einmal mehr, für eine Weile auf Abstand zu Lala zu gehen, so schwer es mir auch fallen mochte.

Ein paar Tage waren vergangen, und ich hatte mein Versprechen gehalten, mich von Lala fernzuhalten. Ich hatte nichts von ihr gehört und sie auch nicht kontaktiert.

Vor dem Aufbruch zu einem Gig am Abend musste ich noch ein bisschen Zeit totschlagen und verfiel wieder ins Grübeln. Mich von ihr fernhalten war eine Sache, aber nicht an sie zu denken gelang mir einfach nicht.

Weil sie mir seit unserer Rückkehr am Montag nicht geschrieben hatte, vermutete ich, dass sie sich wegen der Nacht im Hotel immer noch schuldig fühlte und beschlossen hatte, Abstand zu mir zu halten. Es erleichterte mir zwar meinen Vorsatz, aber dass es ihr eventuell nicht gut ging, ließ mir keine Ruhe.

Ich hatte alles Mögliche unternommen, um nicht mehr an sie zu denken. Ich war sogar nach dem Auftritt am gestrigen Abend mit einer Frau namens Cara nach Hause gegangen. Wir hatten geknutscht, aber als sie mir einen Blowjob geben wollte, hatte ich sie gestoppt. Ich hatte noch nie einen Blowjob abgelehnt. So ein Angebot von einer attraktiven Frau schlug man schließlich nicht aus. Und es war auch nicht so, als wäre mein Körper nicht bereit gewesen. Ich war verdammt erregt in der letzten Zeit. Ich hatte nur keine Lust auf *sie* gehabt.

Seit der Nacht im Hotel wünschte ich mir nichts sehnlicher, als wieder mit Lala in dem warmen Bett zu liegen, was ziemlich übel war. Schlussendlich hatte ich mich von Cara verabschiedet und war sauer auf mich gewesen, aber gleichzeitig stolz, weil ich immerhin so weit gegangen war, sie zu küssen. Denn ich musste verdammt noch mal nach vorn schauen und mir Lala aus dem Kopf schlagen. Früher hatte ich jeden Abend irgendwelche Frauen geküsst, und jetzt tat ich so, als hätte ich ein Sternchen verdient.

Ein Klopfen an der Tür riss mich aus meinen Gedanken. Als ich aufmachte, stand Lala mit zwei Smoothies vor mir.

Mein Herz machte einen Freudensprung. Ihr Haar war besonders wild und windzerzaust, und ihr Duft, der an meinem T-Shirt leider kaum noch wahrzunehmen war, traf mich plötzlich mit voller Wucht. Ich hatte sie wahnsinnig vermisst.

»Hey!« Ich lächelte.

»Hi.« Sie hielt mir einen Becher hin. »Ich, äh … Du magst doch diesen Smoothie-Laden so gern. Ich bin auf dem Heimweg daran vorbeigekommen und dachte, ich bringe dir einen mit.«

»Danke. Lieb von dir.« Ich trat zur Seite. »Komm rein.«

»Ist … bei dir alles in Ordnung?«, fragte sie.

»Ja.« Ich schluckte. »Warum fragst du?«

»Ich habe das Gefühl, dass du dich vielleicht wegen der Situation mit mir neulich im Hotel unwohl fühlst und dich deshalb nicht mehr meldest.«

Verdammt. »Nein, Lala, so ist es nicht. Glaub mir.«

»Okay. Also … ich kann mich auch direkt wieder verdrücken, wenn du beschäftigt bist.«

»Bleib ruhig«, sagte ich. »Ich habe gerade nichts zu tun. Später habe ich noch einen Gig.«

»Oh. Irgendwo in der Stadt?«

»Ja, in einer Bar. Gestern haben wir da auch schon gespielt.«

Sie setzte sich auf mein Sofa. »Was habe ich in Holdens Welt verpasst?«

»Nicht viel.« Ich setzte mich, trank einen Schluck und legte die Beine hoch. »Die Band hatte einige Auftritte, und diese Woche habe ich gleich zwei undichte Spülen repariert. Abgesehen davon war es eher langweilig. Und bei dir?«

»Das Projekt läuft inzwischen besser. Ich habe endlich noch eine Assistentin bekommen.«

»Schön.«

»Hey …« Sie grinste. »Du hast mir noch gar nicht erzählt,

was aus dem Meerschweinchen geworden ist. Hast du es Saylor geschenkt?«

»Nun, nachdem es sich von dem Chips-Schock erholt hatte, habe ich es am nächsten Morgen zu Colby gebracht. Das war kurz bevor du mich wegen des Autos angerufen hast.« Ich lachte. »Colby ist immer noch sauer auf mich, aber Saylor war total begeistert.«

»Sie darf es behalten, oder?«

»Klar. Billie und Colby hatten praktisch keine Chance. Deshalb *ist* er ja sauer.«

Lala lachte, und es tat gut, sie so zu sehen.

Ich fuhr mit dem Finger an meinem Becher entlang. »Gibt es etwas Neues in Sachen Kalifornien?«

Sie schüttelte den Kopf. »Er wird es erst in einer Weile erfahren. Aber es belastet mich. Seit meiner Rückkehr fühle ich mich irgendwie niedergeschlagen.«

Sag ihr nicht, sie soll heute Abend mitkommen, um sich abzulenken. »Am besten kommst du heute Abend zu dem Konzert. Einfach mal abschalten.«

Sie antwortete nicht sofort.

»Ich weiß nicht.« Sie biss sich auf die Unterlippe. »Morgen muss ich arbeiten.«

So ist es brav, Lala. Halt dich von mir fern. »Du musst ja nicht.«

Schweigen breitete sich aus. Dann wurde sie plötzlich munter.

»Weißt du was? Die Zeit vergeht so schnell. Ich werde nicht ewig Gelegenheit haben, dich spielen zu sehen. Also ja. Ich komme.« Sie lächelte.

Ich war innerlich total begeistert, hatte aber in Bezug auf meinen Entschluss, Abstand zu halten, einen riesigen Rückschritt gemacht. *Großartig.*

Es gab nichts Schöneres, als ins Publikum zu schauen und Lala dort zu sehen. Je nach Beleuchtung war es manchmal schwer, Gesichter zu erkennen, aber ich hatte vorher gecheckt, wo sie stand. Weil die Location heute nicht so groß war, hatte ich einen besseren Überblick als sonst. Und meine Performance war nahezu perfekt.

Als ich am Ende die Bühne verließ und in Lalas strahlendes Gesicht schaute, war meine Welt in Ordnung. Na ja, abgesehen von der Tatsache, dass Lala weiterhin mit Warren zusammen war und ich offenbar immer noch nicht fähig war, mich von ihr fernzuhalten.

Ich wischte mir den Schweiß von der Stirn. »Wie hat es dir gefallen?«

»Denke nur ich das, oder warst du heute besonders gut?«

»Das habe ich auch so empfunden. Danke, dass es dir aufgefallen ist.« Ich beugte mich zu ihr. »Wie wäre es zur Feier des Tages mit einem Wodka Cranberry?«

»Aber nur einen. Ich muss morgen früh fit sein«, rief sie über den Lärm hinweg.

»Alles klar.«

Ich ging zur Theke und holte uns zwei Drinks. Wodka Cranberry trank ich nur in Gesellschaft von Lala – oder wenn ich ihn als Vorwand benutzte, um ihr zu schreiben.

Wir plauderten eine Weile, und weil Lala zeitig ins Bett wollte, beschloss ich, uns ein Uber zu organisieren, statt zu warten und mit den Jungs im Van zurückzufahren.

Als wir die Bar verließen, hielt mich Cara an, die Frau, die ich am Abend zuvor geküsst hatte.

»Hey, Holden, du hast was bei mir vergessen.«

Scheiße. Als sie mir meine Mütze gab, wurde mir flau. »Danke.«

Ich ging weiter und legte Lala die Hand in den Rücken, um

sie von Cara wegzuführen. Ich konnte Lala nicht einmal ansehen, weil mir klar war, was sie jetzt dachte. Aber warum war es mir so wichtig? Das war so verkorkst.

Lala war knallrot im Gesicht, als wir uns draußen auf dem Gehsteig einander zudrehten.

»Dann hast du wohl gelogen, als du gesagt hast, dass bei dir nicht viel los war, hm? Oder ist es gar nichts Besonderes für dich, bei einer Frau zu übernachten?«

Ich sagte ihr die Wahrheit. »Ich war gestern bei ihr. Wir haben geknutscht, aber zu mehr ist es nicht gekommen, weil ich vorher abgehauen bin. Ich hatte keine Lust auf sie.«

Lala schwieg einen Moment und schüttelte beinahe ungläubig den Kopf. »Mein Gott, was ist nur mit mir los? Du bist mir keine Erklärung schuldig, Holden. Tut mir leid, dass ich so reagiert habe.« Sie blies sich die Haare aus der Stirn. »Es steht mir nicht zu, und ich habe nicht das Recht, eifersüchtig zu sein. Ich sollte mich um meinen eigenen Kram kümmern, statt darüber nachzudenken, dass ich dieser Frau am liebsten den Kopf abreißen würde.«

Verdammt. Das ist irgendwie heiß. »Ich weiß nicht, was ich sagen soll, Lala.«

Es war die Wahrheit. Ich hatte fast immer auf alles eine Antwort parat, aber nun wusste ich nicht weiter. *Ich* hatte Warren neulich den Kopf abreißen wollen, nur weil er seine Verlobte angerufen hatte, um Himmels willen.

Dass Lala ihre Eifersucht zugegeben hatte, versetzte mich in Hochstimmung, doch als wir in den Wagen stiegen und schweigend nach Hause fuhren, landete ich ziemlich schnell wieder auf dem Boden der Tatsachen.

Denn mir wurde eines klar: Es spielte keine Rolle, dass sie eifersüchtig war. Dadurch änderte sich rein gar nichts. Sie hatte *trotzdem* einen Verlobten. Sie war immer noch mit ihm zusammen. Sie würde New York *trotzdem* nach dem Ende ihres Projekts verlassen und womöglich nach Kalifornien ziehen. Und ich sollte sie *trotzdem* vor mir schützen, weil ich nicht der Richtige für sie war.

Lala war in mich verknallt. Das stimmte. Sie stand auf mich, weil ich tabu war – der beste Freund ihres großen Bruders. Sobald sie merken würde, dass sie mich haben konnte, würde sie mich nicht mehr wollen. Die Realität würde sie schnell einholen. Sie würde bald erkennen, dass ich ihr nicht die Sicherheit bieten konnte, die sie brauchte.

9. KAPITEL

LALA

»Oh nein …«

Voller Verzweiflung drehte ich den Knauf der Badezimmertür zum dritten Mal hin und her. Aber es tat sich nichts. Es war, als hätte jemand die Tür von außen abgeschlossen.

Ich spürte eine Panikattacke anrollen, umklammerte den Knauf mit beiden Händen und zog daran, so fest ich konnte.

Immer noch nichts.

Kraft … Ich brauche mehr Kraft.

Also stemmte ich links von der Tür einen Fuß gegen die Wand und ergriff den Knauf erneut mit beiden Händen. Als ich daran zog, stieß ich mich von der Wand ab und ließ mein Gewicht die Arbeit erledigen.

Es funktionierte! Der Knauf bewegte sich …

Die Tür allerdings nicht, und ich flog quer durchs Bad und landete mit dem Knauf in der Hand auf dem Hintern.

Scheiße.

Natürlich hatte ich mein Handy nicht bei mir. Ganz abgesehen davon war es etwa zwei Uhr in der Früh. Ich hatte an einer Präsentation gearbeitet, die ich morgen – vielmehr heute – vor dem Förderausschuss halten musste, und ich hatte noch ein, zwei Stunden zu tun, bis sie fertig sein würde. Ich musste verdammt noch mal hier raus.

Doch meine Bemühungen, den Knauf wieder an der Tür

anzubringen, blieben erfolglos. Das blöde Ding wollte nicht einrasten. Nach ungefähr zwanzig Minuten wurde mir klar, dass ich versuchen musste, Holden zu wecken. Mir blieb nichts anderes übrig, auch wenn es mir furchtbar unangenehm war, aber ich konnte ja nicht die ganze Nacht im Bad verbringen. Zum Glück grenzte meins an seins, aber ich war nicht sicher, ob er mich hören würde – oder ob er überhaupt zu Hause war. Aber ich musste es probieren.

»Holden!«

Klopf, klopf!

»Holden! Ich bin's, Lala. Ich bin in meinem Bad eingesperrt und brauche Hilfe!«

Klopf, klopf, klopf!

Es ging einige Minuten so weiter, bis ich plötzlich Gepolter in meiner Wohnung hörte.

»Lala!«

»Ich bin hier drin, Holden! Im Bad! Ich komme nicht raus!«

»Was zur Hölle ist passiert?« Nun stand er auf der anderen Seite der Tür. »Wo ist der Knauf hin?«

Ich bückte mich und sprach durch das Loch, wo der Knauf gesteckt hatte. »Der ist hier bei mir. Das Schloss hat sich irgendwie verklemmt, und als ich die Tür öffnen wollte, ist er abgegangen.«

»Okay. Gib mir eine Minute. Ich laufe nach nebenan und hole einen Schraubenzieher.«

»Ich habe jetzt auch einen! Nach der Sache mit dem Feuermelder habe ich einen gekauft, damit ich dich nicht noch mal nerven muss. Er ist in der obersten Schublade in der Küche!«

»Super. Warte kurz.«

Zwei Minuten später ging die Tür auf. Erst als ich Holdens Gesicht sah, fiel mir ein, dass ich nur ein Tanktop und ein Höschen trug – und keinen BH.

Er schluckte und betrachtete mich ausgiebig, bevor er den Blick abwandte. »Sorry. Mir war nicht klar, dass du kaum was anhast.«

Ich war nicht die Einzige, die spärlich bekleidet war. Holden hatte nur eine Boxershorts an, und ich konnte einmal mehr den Anblick seiner schönen gebräunten Haut und seines Sixpacks genießen. Ich starrte ihn stumm an, bis er wieder zu mir schaute, wahrscheinlich weil er sich wunderte, warum ich so still war.

»Alles in …?«

Ich hob den Blick, aber er hatte sofort gemerkt, dass ich ihn angegafft hatte.

Ich schüttelte den Kopf und lachte nervös. »Tut mir leid. Ich wollte dich nicht anstarren. Ich hatte bloß nicht damit gerechnet, dass du auch nur Unterwäsche trägst. Darauf war ich nicht gefasst.«

Holden fuhr sich durch die Haare. »Ja, tut mir auch leid, dass ich dich abgecheckt habe.«

Ich hätte einfach das Bad verlassen und meinen Morgenmantel überwerfen sollen, aber in der Nähe dieses Mannes sagte und tat ich völlig unvernünftige Dinge. »Hast du was dagegen, wenn ich … dich noch ein bisschen länger anschaue?«

Holdens Augenbrauen schossen in die Höhe. »Du willst mich genauer unter die Lupe nehmen?«

Meine Wangen wurden heiß. Ich schaute kopfschüttelnd zu Boden. »Oh mein Gott. Es ist mir so peinlich. Ich glaube, der Schlafmangel und der Stress vom Eingesperrtsein haben mich ein bisschen irre gemacht. Es ist nur so, dass wir vielleicht beide neugierig darauf sind, wie wir als Erwachsene aussehen. Ich meine, seit wir als Teenager an unserem Pool rumgehangen haben, habe ich dich immer nur mal kurz ohne Shirt gesehen, und du hast mich seitdem ganz sicher nie mit einem knappen Höschen und ohne BH gesehen. Ich dachte, wenn wir uns einmal so richtig anschauen, haben wir das ein für alle Mal erledigt.«

Holden starrte mich an. Ich konnte sehen, wie sich die Rädchen in seinem Kopf drehten. Schließlich fiel sein Blick auf meine Brust. »Du hast keinen BH an …«

Ich schüttelte den Kopf. »Kein BH.«

Er schluckte. »Dann machen wir es.«

»Echt?«

Er nickte. »Ja, verdammt. Ich komme sowieso in die Hölle. Dann kann ich die Fahrt genauso gut genießen. Aber du bleibst im Bad, und ich bleibe auf dieser Seite der Tür.«

»Okay.« Ich biss mir auf die Unterlippe. »Du schaust zuerst.«

»Warum schauen wir nicht gleichzeitig?«

Ich nickte. »Gute Idee. Und wie lange?«

Holden zuckte mit den Schultern. »Eine Minute?«

»Hast du dein Handy dabei?«

»Nein, ich dachte, jemand wäre bei dir eingebrochen und würde dich angreifen. Da war mein Telefon meine letzte Sorge.«

»Meins liegt wahrscheinlich auf dem Wohnzimmertisch. Holst du es, damit wir den Timer stellen können?«

Holden entfernte sich und war zehn Sekunden später wieder da. »Was ist deine PIN-Nummer?«

»Eins, drei, null, sieben.«

Er begann zu tippen und erstarrte, dann schaute er zur Decke. »Das ist das Datum deiner Hochzeit, oder?«

Ich nickte.

Holden tippte fluchend weiter. »Ich komme *so was von* in die Hölle.«

Er rief die Uhr auf und zeigte mir das Handy. Der Countdown war auf eine Minute eingestellt. Sein Finger verharrte über der grünen Taste. »Bist du bereit?«

Ich nickte.

Holden startete den Timer, und wir begannen, einander unverhohlen zu betrachten. Mir fielen Dinge auf, die mir vorher bei meinen heimlichen Blicken entgangen waren – wie muskulös seine Oberschenkel waren zum Beispiel, und die sexy Linie aus feinen Härchen, die von seinem Bauchnabel bis zum Hosenbund verlief. Gott, wie gern hätte ich sie mit der Zunge nachgezeichnet. Nach etwa dreißig Sekunden sah Holden mir in die Augen.

»Dreh dich um«, sagte er leise mit gepresster Stimme.

Ich schluckte und folgte seiner Bitte. Zum Glück hatte ich einen Spitzentanga an und keinen hässlichen alten Schlüpfer. Als ich mit dem Rücken zu ihm stand, stöhnte Holden.

»Dein Hintern ist einfach perfekt.«

Er sagte nichts mehr, bis die Zeit abgelaufen war. Doch ich hatte ihn keine volle Minute lang ansehen können, weil ich ihm den Rücken zugekehrt hatte. Ich drehte mich um und wollte gerade anmerken, dass mir noch etwas mehr Zeit zustand, als mein Blick auf Holdens Boxershorts fiel. *Was für eine Riesenbeule!*

Holden war hart oder wurde es zumindest gerade. Oder er hatte eine Bierdose in der Hose …

Als er meine großen Augen sah, schaute er an sich hinunter und bedeckte seine Erektion mit beiden Händen. »Scheiße. Sorry. War vielleicht doch nicht so eine gute Idee. Ich bin gleich wieder da.«

Er verschwand für mindestens eine Viertelstunde, und ich dachte schon, er käme nicht zurück, als es leise an meiner Tür klopfte. Als ich öffnete, stand Holden vollständig bekleidet vor mir – Sweatshirt, Sweathose, Socken, sogar Mütze und Handschuhe. Es war genau der Moment, den wir beide brauchten, denn ich hatte etwas Ähnliches an, nur hatte ich zu Mütze und

Handschuhen noch einen Schal umgelegt. Wir brachen in Gelächter aus.

»Oh mein Gott, Holden«, prustete ich. »Sind wir jetzt komplett durchgeknallt?«

Er bog sich vor Lachen. »Ich glaube ja.«

Nachdem wir uns die Tränen aus den Augen gewischt hatten, hielt Holden eine Rolle Klebeband hoch. »Ich klebe das Schließblech der Badezimmertür zu, damit du dich nicht aus Versehen noch mal einsperrst. Morgen besorge ich einen neuen Knauf.«

Ich trat zur Seite, um ihn hereinzulassen. »Danke.«

Als er fertig war, sah er sich im Wohnzimmer um. Überall türmten sich Papierberge. »Ist hier eine Bombe explodiert?«

Ich seufzte. »Ich muss morgen – heute – eine Präsentation vor dem Förderausschuss halten. Dazu muss ich die ersten Laborergebnisse den Teilnehmenden zuordnen und dann Informationen über die Testpersonen zusammenstellen.«

»Brauchst du Hilfe?«

»Ich hätte die Hilfe meiner zwei Assistentinnen annehmen sollen, aber ich hatte Angst, dass meine erste Präsentation nicht perfekt wird. Aber es ist okay. Geh wieder schlafen. Tut mir leid, dass ich dich geweckt habe.«

Holden lächelte. »Nach unserer kleinen Präsentation hier kann ich so schnell nicht wieder einschlafen. Das kannst du mir glauben.«

Das Gefühl kannte ich. Weil mir beim Arbeiten die Augen zugefallen waren, hatte ich mir vorhin im Bad kaltes Wasser ins Gesicht gespritzt, aber jetzt konnte ich unmöglich zu Bett gehen. Außerdem konnte ich tatsächlich Hilfe gebrauchen.

»Bist du sicher?«

»Absolut. Sag mir, was ich machen soll.«

Die folgende Stunde verbrachten wir damit, die Laborergebnisse den Patientenaufnahmebögen zuzuordnen. Da es sich um eine Blindstudie handelte, waren die Leute mit Nummern bezeichnet und nicht namentlich. Es war ziemlich lächerlich, dass ich in der heutigen Zeit keine entsprechende Tabelle vom Labor bekommen hatte, mit der ich die Daten viel schneller hätte sortieren können, aber so war es nun einmal. Nachdem wir die Ergebnisse also den Teilnehmern zugeordnet hatten, las Holden mir die Nummern vor, die ich brauchte, und ich gab sie in eine Datenbank ein.

»Wie funktioniert diese Studie? Ich weiß nur, dass es um Dopamin und Alzheimer geht.«

»Nun, das dopaminerge Nervensystem wurde bereits im Hinblick auf das Fortschreiten der Alzheimer-Demenz untersucht. Aber die Ergebnisse waren recht widersprüchlich. Meine Theorie ist, dass man mehr Aspekte als nur den Dopaminspiegel in Betracht ziehen muss. Meine Vorlaufstudie zeigt, dass erst ein Mangel an den drei Hormonen Dopamin, Oxytocin und Noradrenalin neurodegenerative Erkrankungen verursacht. Deshalb erfasse ich bei meiner Studie alle drei Hormonspiegel von Patienten in einem frühen Alzheimerstadium, damit wir Aufschluss über die Progressionsrate der Krankheit bekommen.«

»Du hast gesagt, dass Sex den Spiegel erhöht, nicht wahr? Verteilst du also Viagra an die Leute und legst Musik von Marvin Gaye auf?«

Ich lachte. »Nah dran. Wir teilen die Testpersonen in zwei Gruppen auf. Die eine bekommt zu Kontrollzwecken eine Handvoll Placebos und die andere die echten Medikamente zur Erhöhung der Hormonspiegel.«

Danach wurde Holden sehr still. Ich hoffte, ich hatte ihn nicht beleidigt, weil ich über seinen Kommentar gelacht hatte.

»Ist alles okay?«, fragte ich.

»Ja, klar.« Er ordnete einen Papierstapel, der bereits geordnet war. »Ich frage mich bloß, ob du bisher nur schlaue Typen gedatet hast.«

»Nun, ich war insgesamt nur mit zwei Männern zusammen, und beide sind ziemlich schlau. Also stimmt es wohl.«

»Zwei Männer?« Holden zog die Augenbrauen zusammen. »Du meinst, du hattest nur zwei richtige Beziehungen? Aber du hast doch bestimmt noch andere Typen gedatet, oder?«

Ich schüttelte den Kopf. »Nein, nur die zwei.«

»Wow.« Holden blinzelte mehrmals. »Dann hast du also auch nur mit zwei Männern … Du weißt schon …?«

»Eigentlich habe ich nur mit einem von ihnen geschlafen. Mit dem anderen war ich ein paar Monate zusammen, aber ich war noch jung, und so weit ist es nicht gekommen.«

Holden machte große Augen. »Dann heiratest du also den einzigen Mann, mit dem du je geschlafen hast?«

Als ich rot wurde, hob er beschwichtigend die Hände. »Tut mir leid. Das war unhöflich. So hätte ich es nicht ausdrücken dürfen.«

»Ist schon gut.« Ich zeigte auf meine roten Wangen. »Hätte ich mehr Bettgeschichten gehabt, würde ich vielleicht nicht jedes Mal rot werden, wenn von dem Thema die Rede ist. Wirklich, wenn du willst, dass ich wie eine Tomate aussehe, musst du nur ›Sex‹ sagen oder mich zum Lügen bringen.«

»Fragst du dich nie, wie es wäre? Ich meine, woher weißt du, ob du die Ware kaufen sollst, wenn du dich nicht umsiehst und Angebote vergleichst?«

»Das habe ich mich in letzter Zeit auch öfter gefragt.« Unsere Blicke trafen sich. »Ich habe sogar das Gefühl, es lässt mir keine Ruhe.«

Holden öffnete den Mund, um etwas zu sagen, aber dann überlegte er es sich offenbar anders und nickte.

Ich strich mir eine Haarsträhne hinters Ohr. »Kann ich dir eine persönliche Frage stellen?«

»Ich sage dir alles, was du wissen willst.«

»Wie oft … machst du es dir selbst?«

Holdens Blick fiel auf meine Lippen, bevor er mir wieder in die Augen sah. »Meinst du, wie oft ich mich selbst befriedige?«

Ich nickte.

Er zuckte mit den Schultern. »Es kommt darauf an. Wenn ich sexuell aktiv bin, nicht so oft. Aber wenn ich eine Flaute habe, vielleicht alle zwei Tage? Ich schätze, es hängt außerdem davon ab, wie frustriert ich bin und wie lebhaft meine Fantasie ist.« Er hielt den Blickkontakt, und seine Miene wurde ernst. »Es gibt Tage, an denen ich unaufhörlich daran denke, wie es mit einer bestimmten Frau wäre. Dann gehe ich auch dreimal am gleichen Tag unter die Dusche.«

Ich schluckte. »Warst du jemals verliebt, Holden?«

Er überlegte einen Moment. »Ich denke schon. Einmal.«

»Was ist daraus geworden?«

»Nichts.« Holden senkte den Blick. »Sie ist mit einem anderen zusammen.«

Ich nickte abermals.

»Kann ich dir jetzt auch eine Frage stellen?«, fragte er.

»Klar.«

»Wenn du in jemanden verliebt wärst, der mit einer anderen Frau zusammen ist, würdest du demjenigen trotzdem sagen, wie du empfindest?«

»Ich würde sagen, es kommt darauf an. Wenn ich denken würde, derjenige könnte auch in mich verliebt sein …« Ich nickte. »Ja, dann würde ich es ihm vielleicht sagen. Ich denke, man kann es verschmerzen, wenn man sich lächerlich macht, aber Bedauern hält ein Leben lang.«

Als ich aufschaute, sah Holden mich so intensiv an, dass alles andere im Raum verblasste. Es war, als wären wir in einem schmalen Gang, in dem seine magnetische Anziehungskraft besonders groß war, und ich verspürte den unbändigen Drang, ihn zu küssen.

Ich fing mich gerade noch, als ich mich tatsächlich vorbeugte, und blinzelte, um einen klaren Kopf zu bekommen. Dann richtete ich mich auf. »Ich, äh, ich muss jetzt wirklich die Präsentation zu Ende bringen. Danke für deine Hilfe. Ab jetzt komme ich allein klar.«

Holden rang sich ein Lächeln ab, aber die Traurigkeit in seinen Augen entging mir nicht. »Klar, kein Problem. Gute Nacht, Lala.«

Am nächsten Morgen packte ich alles, was ich für die Präsentation brauchte, in drei Kartons. Hunderte einzelne Seiten waren übersichtlich auf einem Dutzend Folien zusammengefasst, aber ich wollte das Quellenmaterial mitnehmen, falls jemand Fragen hatte. Als ich den Deckel des letzten Kartons schloss, sah ich etwas unter der Couch liegen und zog es hervor.

Holdens Portemonnaie.

Gestern Abend hatte er mit dem Rücken zur Couch auf dem Boden gesessen. Ich musste es ihm bringen, bevor ich das Haus verließ, aber ich war neugierig und konnte nicht anders, als einen Blick hineinzuwerfen. Wie nicht anders zu erwarten, fand ich neben mehreren Kreditkarten, seinem Führerschein und ein paar Zwanzigern zwei Kondome und einige auf Servietten notierte Telefonnummern von Frauen. Als ich es wieder zuklappen wollte, fiel mir ein Schlitz im Leder auf, und ich stellte fest, dass es sich um ein Geheimfach handelte. Weil ich mich ohnehin schon als beschissene Freundin entpuppt und seine Privatsphäre verletzt hatte, schob ich den Finger in den

Schlitz. Das Foto, das ich herausbeförderte, versetzte mir einen Stich ins Herz.

Es zeigte mich, Ryan und Holden am Tag meines Highschool-Abschlusses. Ryan hatte wenige Wochen zuvor seine Diagnose bekommen, aber ich hatte erst nach meinem Abschluss davon erfahren. Sie hatten mir meinen großen Tag nicht verderben wollen, weil ich die Jahrgangsbeste gewesen war.

Ich sah mir das Foto genauer an und suchte im Gesicht meines Bruders nach Anzeichen seiner Erkrankung. Zu dem Zeitpunkt waren sie jedoch noch nicht zu sehen gewesen. Mein Blick wanderte zu Holden. Er sah aus, wie ich ihn in Erinnerung hatte und nicht viel anders als jetzt – zottelige Haare, ein schiefes Lächeln, als führte er nichts Gutes im Schilde, und ein Blick, der einem das Gefühl gab, die einzige Frau auf der Welt zu sein.

Es kam mir komisch vor, dass Holden ausgerechnet dieses Bild immer bei sich trug. Er besaß sicherlich Unmengen Fotos von sich und Ryan allein oder von sich und den Jungs. Doch um nicht zu spät zu meiner Präsentation zu kommen, musste ich mich beeilen und später darüber nachdenken.

Als ich bei Holden klingelte, kam er mit blanker Brust und tief sitzender Jogginghose an die Tür.

Mein Blick fiel sofort auf die Spur feiner Härchen, die von der Mitte seines V-Muskels nach oben verlief. Offenbar war eine Minute Anschauen bei Weitem nicht genug gewesen.

Holden zog grinsend eine Augenbraue hoch. »Siehst du etwas, das dir gefällt?«

Ich verdrehte die Augen. »Meine Güte. Du bist attraktiv. Ich habe geglotzt. Große Sache. Dafür habe ich jetzt keine Zeit.« Ich nahm sein Portemonnaie von dem oberen Karton, nachdem ich den Stapel auf dem Boden abgestellt hatte, und warf es ihm zu. »Hier ist dein Portemonnaie. Es lag da, wo du gestern gesessen hast. Ich dachte, du brauchst es vielleicht«, sagte ich, bückte mich und hob die drei Kartons hoch, um zum Aufzug zu gehen. »Schönen Tag«, rief ich, ohne mich umzudrehen. »Ich hab's eilig.«

»Moment mal.« Holden kam in den Flur. »Wie kommst du mit dem ganzen Zeug zur Arbeit? Normalerweise fährst du doch mit der Bahn.«

»In der Nähe meines Büros gibt es keine Parkplätze. Ich habe weniger Lauferei, wenn ich die Bahn nehme.«

»Warte, ich fahre dich. Der Van steht gleich um die Ecke.«

Ich wollte widersprechen, aber Holden verschwand in der Wohnung, kehrte mit einem Schlüsselbund zurück und zog sich auf dem Weg zum Aufzug ein T-Shirt über. Sobald wir in der Kabine standen, nahm er mir die Kartons ab.

»Ich bin durchaus fähig, sie selbst zu tragen.«

»Das weiß ich.« Er zuckte mit den Schultern. »Aber dein Bruder würde mir in den Arsch treten, wenn er dich derart bepackt und mich mit leeren Händen sehen würde. Und du wirst es vielleicht nicht glauben, weil du mich für einen Frauenheld hältst, aber im Grunde bin ich ein Gentleman.«

Ich lächelte. »Okay. Danke.«

Dreiviertel des Weges plauderten wir über dies und das, aber dann hielten wir an einer roten Ampel, und Holden schaute zu mir herüber. »Danke, dass du mir mein Portemonnaie gebracht hast.«

»Ist doch selbstverständlich.«

»Hast du reingeguckt?«

»Nein«, entgegnete ich knapp. Ein bisschen *zu* knapp und *viel zu* schnell. Leider war ich eine schlechte Lügnerin und spürte, wie mir unter Holdens Blick die Hitze in die Wangen stieg.

Komm schon, Ampel … Komm, jetzt spring schon um.

Aber es dauerte … Ein freches Grinsen breitete sich auf Holdens Gesicht aus, und er zeigte auf mich. »Du lügst!«

»Oh mein Gott!« Ich schlug die Hände vors Gesicht. »Na gut, es stimmt. Ich habe reingeguckt, okay? Ich konnte einfach nicht anders, obwohl ich wusste, dass es nicht richtig ist.«

Er schüttelte den Kopf, als die Ampel auf Grün schaltete. »Die süße kleine Lala Ellison, alias die Gute, kann sich wahrhaftig auch kriminell verhalten.«

Mein Gesicht war puterrot, als ich die Hände sinken ließ. »Es tut mir total leid, Holden. Kannst du mir verzeihen?«

Er warf mir ein verschmitztes Grinsen zu. »Natürlich.«

Ich atmete erleichtert auf. »Danke. Ich dachte schon, du machst mir die Hölle heiß.«

Holden setzte den Blinker, da wir mein Büro erreicht hatten, und hob den Zeigefinger. »Nicht so schnell. Ich war noch nicht fertig. Ich wollte sagen, natürlich verzeihe ich dir, wenn ich auch in deiner Privatsphäre rumschnüffeln darf.«

»In meiner Privatsphäre? Wie stellst du dir das vor?«

Holden hielt auf dem Seitenstreifen vor dem Bürogebäude und streckte die Hand aus. »Gib mir deine Handtasche. Ich will sehen, was drin ist. Dann sind wir quitt.«

»Was? Nein!« Ich wollte ihn ganz bestimmt nicht in meine Tasche schauen lassen, vor allem weil ich sie nach meinem Ausflug nach Hause noch nicht ausgepackt hatte.

Aber Holden langte herüber und schnappte sich die Tasche einfach von meinem Schoß. Er nahm sie sofort in die andere Hand und hielt sie unerreichbar für mich in die Höhe. Ich streckte mich, aber der verdammte Sicherheitsgurt hielt mich in meinem Sitz.

»Holden, gib her!«

»Oh? Hast du da etwas Privates drin? Wie ich in meiner Brieftasche?«

In meiner Panik brauchte ich etwas länger, um den Gurt zu lösen. Als ich es endlich geschafft hatte, sprang ich auf und griff nach der Tasche. Holden lachte. Ich wollte sie ihm aus der Hand reißen, aber er hatte sich den Trageriemen um den Arm gewickelt, und plötzlich drehte sich die Tasche um und der gesamte Inhalt fiel heraus.

Einschließlich meines Vibrators.

Meines.

Vibrators!

Ich erstarrte.

Holden riss die Augen auf.

Und weil Holden eben Holden war, pickte er sich ihn natürlich sofort heraus.

»Was haben wir denn da, liebe Lala?« Er fuchtelte mir mit dem Vibrator vor der Nase herum. »Hast du diesen Zauberstab benutzt, während du einen Porno geschaut hast, nachdem ich gestern gegangen war?«

Ich war ziemlich sicher, dass ich einen feuerroten Kopf hatte. Nachdem ich ihm den Vibrator aus der Hand gerissen hatte, verstaute ich ihn und alles andere wieder in meiner Tasche und öffnete die Beifahrertür.

»Bei mir gab's gestern *keinen* Porno! Aber hast du vielleicht einen geschaut und dabei Spaß gehabt? Projizierst du deine Schuldgefühle jetzt auf mich?«

»Nein, ich habe in letzter Zeit keine Pornos geguckt.« Holdens Blick fiel auf meine Lippen. »Wenn ich es mir selbst mache, bin ich vollauf damit beschäftigt, an die *eine* Frau zu denken, die ich nicht haben kann.«

Auf diesen Kommentar konnte es nur eine Reaktion geben: Ich sprang aus dem Wagen, schnappte mir meine Kartons und knallte die Tür zu.

10. KAPITEL

HOLDEN

Die Vorstellung, was Lala mit dem verdammten Vibrator anstellte, war neuerdings das Einzige, was mich in Fahrt brachte. Ich wünschte wirklich, eine andere Frau würde meine Aufmerksamkeit fesseln. Diese verbotene Fixierung auf Lala war krank, und es wurde Zeit, dass ich darüber hinwegkam. Ich wusste nur nicht wie. Je mehr ich mich bemühte, nicht an sie zu denken, umso mehr dachte ich an sie.

Diese Woche hatte ich erneut versucht, Abstand zu ihr zu halten. Aber wie immer hatte mich das Verlangen, sie zu sehen, irgendwann mürbe gemacht. Und wieder einmal redete ich mir ein, es wäre völlig harmlos, als ich bei ihr klopfte, um zu sehen, was sie vorhatte und ob sie vielleicht etwas mit mir essen wollte.

Zu meiner Überraschung war sie nicht allein, als sie mir öffnete. Eine Frau war bei ihr, die ich nicht kannte.

Lalas Augen weiteten sich. »Holden.«

»Hey.« Ich wandte mich ihrer Freundin zu. »Wen haben wir denn da?«

Die dunkelhaarige Frau war schneller als Lala. »Ich bin Tia«, erklärte sie. »Und Laney hat mir offensichtlich etwas vorenthalten.«

Lala räusperte sich. »Tia ist eine meiner Assistentinnen und eine Freundin.«

»Oh, ja. Okay.« Ich nickte. »Schön, dich kennenzulernen.«

Lala wandte sich ihr zu. »Holden ist ein Freund von meinem Bruder und mein Nachbar.«

»Und manchmal rette ich sie, wenn ihr Auto schlappmacht oder eine Tür nicht aufgeht«, fügte ich mit einem Augenzwinkern hinzu.

»Dann muss ich wohl mal einen Unfall vortäuschen, damit du *mich* retten kannst.« Tia lachte.

Alles klar. Die Frau war ziemlich aufdringlich. Sie vögelte mich praktisch mit den Augen.

Lala war inzwischen knallrot angelaufen. Natürlich hätte ich es ihr leicht machen und direkt gehen können, aber ich hatte meinen Spaß daran, dass mein Besuch sie nervös machte.

Schließlich trat sie zur Seite, um mich hereinzulassen, und ich machte es mir auf der Couch bequem. »Was habt ihr zwei denn an diesem schönen Freitagabend vor?«

»Eigentlich«, antwortete Lala, »machen wir uns gerade fertig, um tanzen zu gehen.«

»Oh, super.« Ich nickte. »Ein bisschen Entspannung wird dir guttun. Seit du eingezogen bist, warst du noch nicht mit Freunden aus – außer mit mir, oder?«

»Na, ich habe ja auch nicht so viele Freundinnen hier.«

Lala sah wirklich gut aus. Sie trug wieder den schwarzen Lederrock und ihr schulterfreies Debbie-Harry-Shirt. Und ihre Haare waren total wild – genau wie ich es am liebsten mochte. Ihre Freundin trug ein enges grünes Kleid und hohe Lederstiefel. Sie hatten sich definitiv zum Ausgehen zurechtgemacht.

»Wohin wollt ihr denn?«, fragte ich.

Lala sah ihre Freundin fragend an.

»Ins Zanzibar«, sagte Tia. »Kennst du das?«

»Aber sicher. Ich kenne so ziemlich alle Tanzclubs in der Stadt.«

»Du bist der Schlagzeuger, oder?« Tia grinste.
»Das ist richtig.« Ich nickte.
»Habe ich mir gedacht.«
»Weil ich obdachlos aussehe oder so?«
»Nein, weil du total heiß bist – wie die meisten Schlagzeuger, die ich kenne.«
Lala war total verlegen, und so beschloss ich, sie zu erlösen.
»Gut, dann gehe ich mal, damit ihr euch fertig machen könnt. Ich hoffe, ihr amüsiert euch. Ich wollte nur mal reinschauen und Hallo sagen, weil wir uns ein paar Tage nicht gesehen haben.«
Lala wurde wieder munterer und schien erleichtert zu sein, dass ich mich verabschiedete. »Okay.«
Doch dann rief mir ihre Freundin nach: »Warte! Warum kommst du nicht mit? Je mehr, desto besser!«
Ich drehte mich um. »Nein, ich will euch nicht euren Frauenabend verderben.«
»Aber es ist kein Frauenabend.« Sie wandte sich Lala zu. »Du hast doch auch einen von den anderen Jungs eingeladen, nicht wahr?«
Ich erstarrte. *Moment mal. Wie bitte?* Ich kniff die Augen zusammen. »Stimmt das?«
»Äh …« Lala seufzte. »Ja, Brayden begleitet uns.«
Was zur Hölle? Ich atmete tief durch, um mich zu beruhigen. Bevor ich pampig reagieren konnte, fiel mir ein, dass sie möglicherweise vorhatte, Brayden mit Tia zu verkuppeln. Das war die einzige Entschuldigung, die mich nicht komplett in meiner Ehre kränkte. Trotzdem hätte sie mich auch fragen können, ob ich mitkommen wollte, aber sie hatte es absichtlich nicht getan.
Tia bekam einen Anruf und zog sich in eine Ecke des Wohnzimmers zurück, um ihn anzunehmen. Ich nutzte die Gelegenheit und fühlte Lala auf den Zahn.

»Soso …« Ich verschränkte die Arme vor der Brust. »Brayden. Seit wann lädst du ihn zum Ausgehen ein?«

»Okay …« Sie seufzte. »Ich weiß, es wirkt seltsam, vor allem weil ich es dir nicht erzählt habe. Aber Tia hatte mich gebeten, sie mit einem meiner Single-Freunde bekannt zu machen. Und Brayden war der Erste, der mir in den Sinn kam.«

Ich beschloss, sie noch ein wenig zu ärgern. »Ist ja interessant. Ich bin nämlich auch Single. Warum wolltest du sie *mir* nicht vorstellen?« Ich schnippte mit den Fingern. »Ach, lass mich raten. Weil du mich für einen Frauenheld hältst oder so? Hast du dich deshalb für Brayden entschieden?« Ich sah sie durchdringend an. »Oder gibt es einen anderen Grund, Lala?«

Sie bekam rote Flecken am Hals. »Ich weiß nicht, warum ich Brayden gefragt habe«, sagte sie mit gesenkter Stimme. »Aber ich wusste, dass sie dich will, wenn sie dich sieht. Es war einfach …«

Bevor wir der Frage weiter nachgehen konnten, beendete Tia ihr Telefonat. Nachdem ich nun wusste, dass Brayden mit von der Partie sein würde, beschloss ich, ihr Angebot anzunehmen.

Ich schenkte ihnen ein breites Grinsen. »Wisst ihr was? Ich habe heute nichts vor. Wenn es kein Frauenabend ist, dann komme ich gern mit.« Ich wandte mich an Lala. »Wenn du nichts dagegen hast.«

Lala blies die Wangen auf und zuckte die Achseln.

Eine halbe Stunde später stiegen wir alle in den Chaosexpress ein – beziehungsweise das Uber, das Brayden bestellt hatte. Die Gruppe wurde letztendlich noch größer als erwartet, denn Brayden hatte Owen Bescheid gesagt, der wohl ausnahmsweise einen freien Abend hatte und nicht bis über beide Ohren in Arbeit steckte. Ich fragte mich allerdings, ob Owen nur mitkam, um Lala und mich im Auge zu behalten. Ich war mir ziemlich sicher, dass es so war.

Brayden schien ein gewisses Interesse an Tia zu haben, denn er stellte ihr Fragen über ihre Arbeit und ließ sein typisches charmantes Lächeln aufblitzen. Doch leider hatte Tia nur Augen für … mich. Sie hatte Lala gebeten, mit ihr den Platz zu tauschen, damit sie neben mir sitzen konnte, und obendrein legte sie mir beim Reden immer wieder die Hand aufs Knie. Solche Dinge waren mir im Allgemeinen nicht unangenehm, doch ich fühlte mich unbehaglich, weil ich spürte, dass Brayden genervt war. Er neigte manchmal zu Konkurrenzdenken – vor allem wenn ich ihm die Show stahl. Aber wer wirkte noch missmutiger als mein Kumpel? Große Preisfrage. *Genau.* Lala saß mit angefressener Miene da, und ihr Blick folgte Tias Hand jedes Mal, wenn sie mich berührte.

Owen war einfach Owen und zeigte keinerlei Interesse an der ganzen Sache, nachdem er sich zum Ausgehen gezwungen hatte. Und für Tia interessierte er sich schon gar nicht. Er zählte zu den wählerischsten Typen, die ich kannte. Es genügte ihm nicht, sich körperlich zu einer Frau hingezogen zu fühlen, sie musste ihn auch geistig herausfordern. In der Vergangenheit war es bei mir immer genau andersherum gewesen: Mich hatte es nie interessiert, ob eine heiße Frau Verstand hatte. Aber mittlerweile konnte ich nachvollziehen, was Owen empfand. Schönheit *und* Grips machten mich in letzter Zeit total an – genauer gesagt Wissenschaftlerinnen mit wilden Haaren, die sexy Tangas trugen und einen Vibrator in der Handtasche hatten.

Im Club wurde die Gruppendynamik gelinde gesagt noch merkwürdiger. Tia klebte an mir, obwohl ich mir alle Mühe gab, mich desinteressiert zu zeigen. Ich ließ meinen Blick durch den Club schweifen, während sie auf mich einredete, und schaute überallhin, nur nicht in ihre Richtung. Aber sie begriff es einfach nicht. Und sie merkte auch nicht, dass sie ihre Freundin verärgerte. Lala machte die ganze Zeit ein genervtes Gesicht.

Tia kehrte mit einem Drink von der Theke zurück, nachdem ich ihr Angebot abgelehnt hatte, mir einen mitzubringen. »Hast du Lust zu tanzen, Holden?«

»Nein, danke«, entgegnete ich. »Aber nett, dass du gefragt hast.«

Das war's dann endlich. Tia entfernte sich zum Glück von mir und unterhielt sich mit Lala, während sie nach dem nächsten Kandidaten Ausschau hielt. Brayden hatte Tia schon längst aufgegeben und inzwischen eine andere Frau angequatscht.

Als Lala und Tia zur Toilette gingen, kam Owen zu mir. »Da hat wohl jemand Sex heute Nacht, was?«, fragte er. »Diese Tia macht ja kein Geheimnis daraus, dass sie dich will.«

Ich bemühte mich, keine Miene zu verziehen. »Ja, schon, aber ich bin nicht interessiert.«

Er zog eine Augenbraue hoch. »Ach was? Aus welchem Grund solltest du nicht an so einer heißen Frau wie ihr interessiert sein?«

»Ich weiß es nicht. Sag du es mir. Warum bist *du* nicht an ihr interessiert?«

»Ich bitte dich, Holden. Komm zur Sache. Jeder weiß, dass du normalerweise nicht ausgehst, ohne mit tausend Frauen zu flirten. Heute siehst du keine andere an, weil du völlig auf Lala fixiert bist. Ich sag's dir noch mal: Du bist drauf und dran, dir Schwierigkeiten einzuhandeln.«

Brayden tauchte plötzlich neben uns auf und legte Owen die Hand auf die Schulter. »Wer kriegt Schwierigkeiten?«

Owen wollte Brayden gerade ins Bild setzen, als Lala und Tia zurückkamen, und das Gespräch erstarb. Für die nächsten Minuten hatte er mir die Laune verdorben. Owen war es wieder einmal gelungen, mich wütend zu machen, und ich beschloss, es ihm heimzuzahlen und Lala zum Tanzen aufzufordern. So schlug ich zwei Fliegen mit einer Klappe: Ich konnte Owen ärgern und ein paar Minuten mit Lala unter vier Augen reden, was ich den ganzen Abend noch nicht hatte tun können.

»Komm, Lala, wir gehen tanzen.« Ich zog sie sanft am Arm zur Tanzfläche. Inmitten der schwitzenden Menge hatten wir kaum Platz, um uns zu bewegen. »Ich möchte mich entschuldigen«, sagte ich.

»Wofür?«, rief sie mir über die Musik hinweg zu.

»Dass ich dir den Abend verdorben habe. Mir ist klar, dass du dich unwohl fühlst, weil ich mitgekommen bin. Das war eine miese Nummer von mir. Ich war sauer, weil du Brayden eingeladen hast und nicht mich. Aber ich hätte deinem Urteil vertrauen sollen. Du hattest vor, ihn mit deiner Freundin zu verkuppeln, und wolltest mich nicht dabeihaben, damit ich nicht alles verderbe. Ich hätte mich nicht so kindisch aufführen dürfen.«

»*Ich* bin hier die diejenige, die sich wie ein Kind aufführt, denn es macht mich sauer, dass sie dich will.« Sie wischte sich über die Stirn. »Es steht mir nicht zu, besitzergreifend zu sein, Holden, nur weil es zwischen uns in letzter Zeit Verfänglichkeiten gab.«

»Na ja, ich wäre sowieso nicht an ihr interessiert, auch wenn sie nicht mit dir befreundet wäre. Sie ist nicht mein Typ. Und ich verstehe, warum du sie nicht mit mir verkuppeln wolltest. Ich würde *dich* ganz bestimmt nicht mit jemand anderem verkuppeln.« Zur Verdeutlichung schob ich nach: »Du weißt schon, wenn du nicht verlobt wärst.«

Lala hatte ihre Tasche den ganzen Abend noch nicht abgelegt, und nun, beim Tanzen, fungierte sie als Barriere zwischen uns.

Ich schaute nach unten. »Hast du einen Vibrator in der Tasche oder freust du dich nur, mich zu sehen?«

Sie umklammerte sie fester. »Sehr witzig.«

»Ich gebe mir Mühe.«

»Du *bist* witzig.« Sie verdrehte die Augen, während sie sich ein wenig in den Hüften wiegte. »Ich wünschte, ich würde dich nicht so lustig finden.«

Ich beugte mich vor und sprach nah an ihrem Ohr. »Ich glaube, du findest mich nicht nur lustig.«

Sie schüttelte den Kopf. »Ich hätte niemals zugeben dürfen, dass ich mich zu dir hingezogen fühle. Das war ein großer Fehler und vor allem völlig unangebracht.«

»Mach dir keine Gedanken. Du gehst bald wieder nach Philadelphia – oder, schlimmer noch, nach Kalifornien –, dann wird diese sonderbare Spannung zwischen uns nur noch eine ferne Erinnerung sein. Aus den Augen, aus dem Sinn.«

Ich wollte sie damit beruhigen, aber meine Worte hinterließen einen bitteren Nachgeschmack bei mir.

Weil es die Wahrheit war.

Ich war nur der Playboy, den sie reizvoll fand, und nicht der Mann, den sie letztendlich heiraten würde.

Am Ende des Abends war Tia betrunken. Owen war noch gelangweilter und gleichgültiger als zu Beginn, und Brayden hatte mit der Frau, mit der er geredet hatte, Telefonnummern getauscht. Und ich? Ich war unerträglich nüchtern. Warum, wusste ich nicht genau, aber mir schwante, dass ich vielleicht etwas noch Dümmeres gesagt oder getan hätte als ohnehin schon, wenn ich mich betrunken hätte. Deshalb hatte ich mich auf ein Bier beschränkt. Lala hatte einen Wodka Cranberry getrunken, und einen Shirley Temple, den sie nicht für einen Shirley Temple gehalten hatte.

Wir setzten Tia vor ihrer Tür ab, bevor wir nach Hause fuhren. Dort angekommen ging Brayden direkt in seine Wohnung, während Owen sich an meine Fersen heftete und dann im Flur stehen blieb. Ich war sicher, er wollte sich davon überzeugen, dass ich in meiner Wohnung verschwand und nicht in Lalas und umgekehrt. Gott, manchmal war er wirklich ein Arsch.

Doch selbst nachdem Lala uns gute Nacht gesagt hatte und in ihr Apartment gegangen war, haute er nicht ab.

»Kann ich etwas für dich tun?«, fragte ich, als er mir in meine Wohnung folgte.

»Ich will nur sichergehen, dass du keine Dummheiten machst, mein Freund.«

»Du musst nicht auf mich aufpassen.«

»Das tue ich auch nicht. Ich passe auf Ryans kleine Schwester auf.«

Ich nahm eine Flasche Wasser aus dem Kühlschrank. »Woher willst du wissen, ob ich nicht schon zahlreiche Gelegenheiten hatte, sie zu verführen, und sie nicht genutzt habe? Du scheinst mir immer noch nicht zu trauen, obwohl ich mich von meiner besten Seite zeige. Glaub mir, es bringt mich fast um, das Richtige zu tun.«

»Ich denke nicht, dass du dir die Gelegenheit entgehen lassen würdest, aufs Ganze zu gehen, wenn sie deinem Charme tatsächlich erliegen würde.«

Er hatte verdammt noch mal keine Ahnung. Ich knallte die Flasche auf die Küchentheke. »Weißt du, wie zurückhaltend ich bin, Owen? Ich will es dir sagen!« Ich hielt inne, um mir eine letzte Chance zu geben, den Mund zu halten, aber dann dachte ich: *Scheiß drauf!* »Als wir neulich im Hotel übernachtet haben, habe ich mit ihr in einem Bett geschlafen, verdammt. Weil *sie* darauf bestanden hat, dass ich nicht auf dem Boden schlafe. Und irgendwann in der Nacht hat sie unbewusst ihren Hintern an mich gedrückt. Und weißt du, was ich gemacht habe? Ich bin auf Abstand gegangen. Abgesehen von der Beerdigung meines besten Freundes war es das Schwerste, was ich jemals in meinem Leben tun musste. Also erzähl mir nicht, ich könnte mich nicht zurückhalten!«

Von unserer einminütigen Peepshow erzählte ich ihm allerdings nicht. Das waren Details, die ich mit ins Grab nehmen würde.

Owen sah mich verdutzt an und blinzelte, als hätte er Mühe, es zu begreifen. »Ihr habt in einem Bett geschlafen?«

»*Das* ist für dich der springende Punkt? Hast du nicht gehört, was ich gerade gesagt habe?«

»Doch, ich habe es gehört, und ich kann es nicht fassen. Letztendlich war es *deine* Entscheidung, dich in dieses Bett zu legen, auch wenn sie es vorgeschlagen hat.«

»Verklag mich dafür, dass ich in einem warmen Bett schlafen wollte.« *Mit Lala.*

Er zeigte nach oben. »Ist dir klar, dass Ryan wahrscheinlich von da, wo er jetzt ist, alles sehen kann, was du machst?«

Obwohl mich der Gedanke zusammenfahren ließ, schnauzte ich Owen an. »Weißt du was? Wenn er tatsächlich in meinen Kopf sehen kann, weiß er, wie sehr ich mich bemühe, das Richtige zu tun und mein Verhalten zu kontrollieren. Gefühle sind nicht so leicht zu kontrollieren. Ich habe die Entscheidung getroffen, eine bestimmte Grenze nicht zu überschreiten, solang Lala verlobt ist. Wegen meiner Gefühle für sie bin ich bis an die Grenze gegangen, das gebe ich zu. Aber ich habe sie nicht übertreten, obwohl ich es schon vor langer Zeit tun wollte. Das musst du mir zugutehalten.«

Owen stand nur kopfschüttelnd da. Dann rieb er sich die Augen. »Weißt du was? Es ist schon spät. Ich gehe jetzt schlafen.«

Ich grinste. »Ich bringe dich ebenso gern zum Schweigen, wie ich dir beweise, dass du unrecht hast. Und beides gleichzeitig ist sogar noch besser.«

»Pass bloß auf, Blödmann.« Er zeigte auf seine Augen, dann auf mich. »Ich behalte dich im Blick.«

Ich zeigte ihm wiederum den Mittelfinger. »Wie wär's, wenn du dir eine Frau suchst, damit du nicht ständig deine Nase in meine Angelegenheiten steckst?«

»Bring mir eine, die mich interessiert«, sagte er und öffnete die Tür.

»Dann muss ich auf den Mars«, rief ich ihm nach, als er den Flur hinunterging. »Du bist nämlich der wählerischste Scheißkerl der Welt.«

Ich fühlte mich ruhelos, als er weg war, und stellte mich unter die Dusche, bevor ich zu Bett ging. Trotzdem war ich immer noch hellwach, als unerwartet eine Nachricht von Lala kam.

Ich geriet kurz in Panik, weil ich dachte, sie hätte mein Gespräch mit Owen vielleicht durch die Wand mitbekommen, aber es ging um etwas anderes.

Lala: Warum hast du ein Foto von mir, dir und Ryan in der Brieftasche?

Oh. Als sie zugegeben hatte, dass sie hineingeschaut hatte, war ich eher wegen der Kondome besorgt gewesen und hatte gar nicht an das Foto gedacht. Ich hätte ihr die Wahrheit sagen können: dass ich ihr Lächeln auf diesem Foto liebte und es mich glücklich machte, ein Bild zu besitzen, auf dem meine beiden Lieblingsmenschen gemeinsam mit mir drauf waren. Aber dann rief ich mir in Erinnerung, was ich zu Owen gesagt hatte – dass ich mich nach Leibeskräften bemühen würde, nichts herauszufordern, solang sie verlobt war. Ich musste mich am Riemen reißen. Und so log ich.

Holden: Ich glaube, ich gefalle mir einfach darauf.

Die Punkte hüpften herum, während sie schrieb.

Lala: Ein bisschen eingebildet, oder?
Holden: Klar. Sorry. So bin ich nun mal ;-)

Nach einer Minute kam eine weitere Nachricht.

Lala: Tut mir leid, wenn ich irgendwie seltsam war.
Holden: Du warst immer schon seltsam. Das zählt zu den Dingen, die ich an dir liebe.

Liebe? *Wirklich, Holden?*

Lala: Apropos seltsam … Owen war heute komisch.

Großartig. Ich hoffte, sie hatte nicht mitbekommen, wie er mich in meine Schranken gewiesen hatte.

Holden: Er will nur dafür sorgen, dass ich dich nicht in Schwierigkeiten bringe.
Lala: Du hast dir nichts zuschulden kommen lassen, Holden. Ich bin das Problem.

Es passte mir nicht, dass sie sich Vorhaltungen machte, obwohl ich die ganze Zeit mit ihr geflirtet und sie in Versuchung gebracht hatte. Es war ein gemeinsamer Tanz, und ich gab den Takt vor.

Holden: Mach dir keine Vorwürfe, weil du ein bisschen Spaß in einer neuen Stadt hattest. Man ist nur einmal jung. Und du magst denken, du wärst »böse« gewesen, aber das stimmt einfach nicht.

Eines musste ich noch hinzufügen. Ich konnte es mir nicht verkneifen.

Holden: Würden wir die Grenze jemals überschreiten, wüsstest du es. Das kannst du mir glauben.

11. KAPITEL

LALA

»Mama! Du liebe Zeit. Was machst du denn hier?«

Meine Mutter war der letzte Mensch, dessen Besuch ich an einem Samstagmorgen in aller Frühe erwartet hätte. Zugegeben, ich war ein bisschen enttäuscht, weil ich gedacht hatte, es könnte Holden sein.

Mom warf die Arme hoch. »Überraschung! Ich will dich zum Shoppen abholen.«

»Zum Shoppen?« Ich runzelte die Stirn. »Was wollen wir denn kaufen?«

Sie trat vor und umarmte mich. »Dein Hochzeitskleid!«

Oh.

Puh. Mein Hochzeitskleid.

Danach stand mir nicht gerade der Sinn, aber ich wollte meine Mutter nicht vor den Kopf stoßen. Außerdem hätte ich natürlich begeistert sein müssen.

»Wow. Okay. Ist ja … großartig.« Ich winkte sie herein. »Komm rein!«

Meine Mutter klatschte in die Hände. »Ich habe dir für heute um zwölf Uhr bei Kleinman's einen Termin gemacht.«

»Echt?« Ich blinzelte verdutzt. Als frisch Verlobte hatte ich in diversen Brautmagazinen einige Kleider gefunden, die mir gefielen, und sie waren alle von Kleinman's in Manhattan gewesen. Ich hatte mich vergeblich um einen Termin bemüht, denn der Laden war drei Monate im Voraus ausgebucht. »Den hast du aber schon vor langer Zeit gemacht, oder?«

Sie schüttelte den Kopf. »Ich habe mich auf die Warteliste setzen lassen, für den Fall, dass jemand in letzter Minute absagt. Gestern Abend bekam ich die Nachricht, dass heute ein Termin frei geworden ist – und da bin ich.«

Meine Mom war die beste Mutter der Welt, und ich freute mich, sie zu sehen, auch wenn mir bei der Vorstellung, mein Hochzeitskleid auszusuchen, ein bisschen flau wurde. Aber das legte sich wahrscheinlich, sobald ich die ersten Kleider anprobiert hatte.

»Unglaublich, dass du gekommen bist.« Ich lächelte. »Tausend Dank, Mom.«

Zwei Stunden später stand ich in einem Tüllkleid von Vera Wang, das ich auch in einem Magazin gesehen hatte, auf einem runden Podest. Meine Mutter bekam feuchte Augen.

»Oh mein Gott, Laney. Du siehst aus wie eine Prinzessin.«

Ich betrachtete mich im Spiegel. Das Kleid war hinreißend und saß wie angegossen. Aber irgendetwas daran stimmte nicht.

»Es ist wirklich schön, aber ich bin nicht sicher, ob es das Richtige ist.«

»Ach, wirklich?« Sie lächelte gezwungen. »Nun, es muss schon das Richtige sein, wenn du den Richtigen heiratest. Also suchen wir weiter.«

Danach probierte ich noch ein Dutzend Kleider an, und mit jedem fiel es mir schwerer, in den Spiegel zu sehen. Es bereitete mir so viel Stress, dass ich prompt wieder meinen Ausschlag bekam.

Meine Mutter merkte es. »Oh, mein Schatz, dein Hals ist ganz rot.«

Ich bedeckte meinen Hals mit der Hand. »Ich glaube, der Stoff von diesem Kleid kratzt ein bisschen. Ist nicht schlimm.«

Doch als wir den Laden verließen, hatte sich der Ausschlag von meinem Hals aus über die Brust und den oberen Rücken ausgebreitet. Wir hatten der Verkäuferin gesagt, ich wolle über ein paar Kleider nachdenken, an denen ich Gefallen gefunden hatte, und mich bald melden. Dann gingen wir zum Lunch in ein kleines Café am Ende des Blocks. Wir bestellten jede einen Caesar-Salat mit Huhn und ein Glas Weißwein.

»Ist alles okay, Süße?« Meine Mutter sah mich forschend an. Sie merkte es immer sofort, wenn etwas mit mir nicht stimmte. »Du wirkst heute ein wenig nachdenklich. Ja, sogar traurig.«

Ich schüttelte den Kopf. »Tut mir leid. Ich bin nicht traurig. Vielleicht ein bisschen müde. Ich war gestern mit meiner Freundin Tia aus.« Dass die Jungs dabei waren, verschwieg ich. »Und … auf der Arbeit ist es ziemlich hektisch. Ich glaube, der Job belastet mich mehr, als ich dachte.«

Mom schwieg eine ganze Weile. »Bist du sicher, dass du nicht vielleicht Bedenken wegen der Hochzeit hast?«

Ich starrte sie an und wollte mich zwingen, ihr zu sagen, dass sie verrückt war und ich *natürlich* keine Bedenken hatte. Aber als ich den Mund aufmachte, kamen mir die Tränen.

»Oh nein …« Meine Mutter rutschte mit ihrem Stuhl enger an mich heran und ergriff meine Hand. »Rede mit mir. Was ist los? Geht es dir gut? Ist etwas mit Warren vorgefallen? Hat es mit dem möglichen Umzug nach Kalifornien zu tun?«

Es brach aus mir heraus, während mir Tränen übers Gesicht liefen. »Ich schwöre, Mom, ich wollte nicht, dass es passiert, aber ich denke ständig an einen anderen Mann. Ich habe diese Fantasien … Warren ist der Einzige, mit dem ich je zusammen gewesen bin. Wie kann ich da sicher sein, ob er der Richtige ist? Ich meine, ich mag Huhn, und wenn ich nie etwas anderes gegessen hätte, wäre ich wahrscheinlich zufrieden damit, weil es gut schmeckt, verstehst du? Aber Steaks sind wahnsinnig lecker, und was wäre, wenn ich nie ein Steak probiert und herausgefunden hätte, dass ich es lieber mag als Huhn? Ist Huhn deshalb weniger gut? Oder werde ich Huhn im Lauf meines Lebens leid? Was ist, wenn Hühnchen mir nicht genügt?« Ich wurde etwas panisch. »Muss ich ein Steak essen, Mom? Du würdest es mir sagen, wenn ja, oder?«

Meine Mutter tätschelte mir lächelnd die Hand. »Ich denke, deine Frage lautet, ob es normal ist, von anderen Männern zu fantasieren. Habe ich recht, Liebling? Denn ich mag Schwein lieber als Hühnchen oder Rind, und wenn es nicht deine Frage war, dann bin ich noch verwirrter als du.«

Ich lachte und wischte mir über die feuchten Wangen. »Ich träume immer wieder von einem Mann hier in New York. Ist das normal?«

»Na, ich hoffe doch, weil ich jahrelang für George Clooney geschwärmt habe. Dein Vater denkt, es gefällt mir, wenn er einen Smoking trägt, weil es bedeutet, dass wir schick ausgehen, aber eigentlich gefällt es mir, weil er mich dann an George erinnert.« Meine Mutter beugte sich zu mir und senkte die Stimme. »Einmal wurde er in den Nachrichten beim Besuch eines Staatsbanketts im Weißen Haus gezeigt. Ich habe die Sendung aufgenommen und sie mir dutzendmal angesehen.«

Aber George Clooney wohnte nicht Wand an Wand mit meiner Mutter …

Und George Clooney sagte ihr nicht, dass sie einen perfekten Po hatte …

Und ich war ziemlich sicher, dass sie noch nie mit ihm in einem Bett geschlafen hatte.

»Ich denke, in einem gewissen Rahmen ist es normal, von anderen Männern zu träumen.«

In einem gewissen *Rahmen? Aber nicht rund um die Uhr an jedem Tag der Woche, oder?* »Und woran erkennt man, ob es zu viel ist?«

»Wenn echte Gefühle ins Spiel kommen, würde ich sagen. Ich könnte Mr Clooney den ganzen Tag lang anstarren, aber ich habe keine echten Gefühle für ihn. Es gibt einen Unterschied zwischen verspielten Fantasien im Kopf und emotionalem Betrug. Du musst kein schlechtes Gewissen haben, weil du ein paar sexy Träume von einem attraktiven Mann hattest. Gedanken sind nur Gedanken, Liebes. Wenn du nicht entsprechend handelst, machst du nichts falsch.«

Aber ich hatte entsprechend gehandelt, oder? Auch wenn ich im Grunde keinen Betrug begangen hatte, so hatte ich bei mehr als einer Gelegenheit mit einem Zeh die Grenze überschritten: Ich hatte mit Holden im selben Bett geschlafen, ihn mir mehr oder weniger nackt angesehen und mich von ihm anschauen lassen. Letzten Endes war das der wahre Grund, warum ich mich heute bei der Anprobe eines reinweißen Hochzeitskleids so mies gefühlt hatte. Es hatte mir einmal mehr bewusst gemacht, wie unrein meine Gedanken in Bezug auf Holden waren, die ich einfach nicht aus dem Kopf bekam.

»Bammel vor der Hochzeit ist normal, Liebes, wirklich. Wegen einiger harmloser Fantasien musst du nicht so hart mit dir ins Gericht gehen.«

Das Problem war, dass sie nicht harmlos waren. Aber ich wollte meiner Mutter nicht die ganze Wahrheit sagen, um sie nicht aus der Fassung zu bringen, und sie sollte nicht schlecht von mir denken. Also nickte ich.

»Danke, Mom. Entschuldige, wenn ich unseren Ausflug verdorben habe. Du hast recht. Ich habe bestimmt nur Bammel.«

Zum Glück schaffte ich es, bis zum Ende des Lunchs nicht zu weinen, und ich bekam auch keinen neuen Ausschlag. Das sollte sich jedoch ändern, als wir auf meiner Etage den Aufzug verließen.

Holden zog in diesem Moment seine Wohnungstür zu.

Meine Mutter kannte mich gut, und sie würde allein daran, wie ich ihn ansah, erkennen, was in meinem Kopf vorging. Aber es gab kein Entrinnen.

Er drehte sich um, und Mamas Augen leuchteten auf.

»Holden Catalano! Wie geht es dir, Schätzchen?« Sie ging auf ihn zu, umarmte ihn und hielt ihn an den Schultern fest. »Du siehst toll aus. Aber du warst ja schon immer ein Hübscher. Wie lange ist es her?«

Holdens Lächeln war echt. »Zu lange, Mrs E., viel zu lange.«

»Mindestens fünf Jahre?«

Er schüttelte den Kopf. »Das kann unmöglich sein, denn Sie sehen jünger aus als bei unserem letzten Treffen.«

Mom winkte ab, aber ich merkte, wie sehr sie sich über das Kompliment freute. Holden hatte dieses gewisse Etwas, das Frauen von acht bis achtzig bezauberte.

»Wo willst du so schnell hin?«, fragte meine Mutter. »Ich möchte hören, was du so machst.«

Holden deutete auf den Werkzeugkoffer in seiner Hand. »Ich muss oben im vierten Stock einen Müllschlucker reparieren. Da wohnen Kinder, die mir vorführen, wie ich wahrscheinlich mit dreizehn war. Diese frechen Quälgeister spielen mir ständig Streiche. Es würde mich nicht überraschen, wenn mir gleich ein Frosch aus dem Müll entgegenspringt.«

»Ach, du liebe Zeit. Na, dann komm vorher noch auf ein Glas Wein mit rein. Ich bestehe darauf.«

Holden warf mir einen fragenden Blick zu. Aber es war unerheblich, dass ich mich um Abstand zu ihm bemühte, wenn es meine Mutter glücklich machte, ein paar Minuten miteinander zu verbringen. Also nickte ich lächelnd, und wir unterhielten uns eine halbe Stunde lang bei einer Flasche Wein. Holden erzählte meiner Mutter von seiner Band und seiner Tätigkeit als Hausmeister, und sie erzählte ihm von einer einmonatigen Kreuzfahrt, die sie für das kommende Jahr plante, wenn mein Vater in Rente ging.

»Ach, da fällt mir etwas ein.« Mom zeigte in Richtung Badezimmer. »Da du ja hier der Hausmeister bist, in Laneys Dusche ist der Wasserhahn undicht. Ich habe ihn tropfen gehört, als ich vorhin im Bad war, und ich habe es mir genauer angesehen. Die Fliesen darunter lösen sich schon von der Wand.«

»Mom, Holden kommt unseretwegen schon zu spät zu einem Job, und jetzt willst du ihm noch eine Aufgabe aufs Auge drücken? Er hat hier schon so viel in Ordnung gebracht, und ich darf umsonst hier wohnen.«

Holden hob beschwichtigend die Hände. »Ist okay. Es ist besser, sich direkt um ein Problem zu kümmern, als zu warten, bis ein größeres daraus wird. Einen undichten Wasserhahn zu reparieren ist leichter, als die ganze Dusche neu zu fliesen.«

»Aber es hat keine Eile«, sagte ich.

»Morgen habe ich Zeit. Bist du zu Hause?«

Ich schüttelte den Kopf. »Nein, ich habe auf der Arbeit eine Menge zu tun, also werde ich Sonntag nicht so viel zu Hause sein.«

»Gut, wenn du nichts dagegen hast, erledige ich es dann. Wenn ich den Hahn repariert habe, klebe ich die losen Fliesen wieder an, und es kann trocknen, bevor du das nächste Mal unter die Dusche gehst.«

»Klar. Wie es dir am besten passt.«

Holden nickte und schlug sich auf die Oberschenkel. »Dann also morgen. Aber jetzt muss ich schnell los, bevor die Mieter da oben, die leider nicht so unkompliziert sind, die Bude abfackeln.« Er erhob sich. »War wirklich schön, Sie zu sehen, Mrs E. Grüßen Sie Ihren Mann von mir.«

Meine Mutter stand auf. »Das mache ich.«

Ich brachte Holden zur Tür, während Mom ins Bad ging.

»Hat mich wirklich gefreut«, sagte er. »Du hast gar nicht erwähnt, dass sie kommt. War es ein spontaner Besuch?«

Ich nickte. »Sie hat mich heute Morgen überrascht. Ich wusste nichts davon, und sie stand plötzlich vor der Tür.«

»Du hast doch nicht Geburtstag, oder? Der ist erst im Dezember, nicht wahr?«

»Nein, ich habe nicht Geburtstag.« Ich zögerte, aber es kam mir komisch vor, nichts weiter dazu zu sagen. »Sie hatte für mich einen Termin in einem Brautmodengeschäft vereinbart, wo man nur schwer Termine bekommt. Von dort sind wir vorhin zurückgekehrt.«

Holdens Miene verdüsterte sich. »Brautmoden …«

Ich nickte.

»Habt ihr ein Kleid gekauft?«

»Nein, es war nicht das richtige dabei.«

Holden sah mich lange an. Ich dachte, er wollte noch etwas sagen, aber dann wandte er den Blick ab. »Ich muss los. Bis dann, Lala.«

Ich fühlte mich schrecklich, als ich die Tür schloss, obwohl ich keinen Grund dazu hatte. Ich versuchte, meine Gedanken zu sammeln, dann ging ich zu meiner Mutter in die Küche, die gerade noch eine Flasche Wein öffnete.

»Noch mehr? Seit wann trinkst du, Mom? Nicht dass ich mich beschweren will. Ich mache das sonst nie.«

»Ich dachte, du brauchst noch ein Gläschen zum Reden.«

Ich zog die Augenbrauen zusammen. »Worüber?«

Meine Mutter zog den Korken mit einem lauten Knall aus der Flasche. Sie schenkte uns nach und reichte mir ein Glas.

Sie nippte an ihrem. »Darüber, seit wann deine Gefühle für Holden wieder erwacht sind, und was du wegen deiner Fantasien zu tun gedenkst.«

Am nächsten Morgen schreckte ich atemlos und in kalten Schweiß gebadet aus dem Schlaf auf.

Heilige Scheiße. Ich sah mich um. Natürlich war ich allein im Bett, aber ich brauchte trotzdem ein paar Sekunden, um mich damit abzufinden, dass mein Traum nur ein Traum gewesen war und ich keinen Sex mit Holden gehabt hatte.

Oh Gott. Es war der lebendigste Traum meines Lebens gewesen.

Wie er meinen Zopf um seine Hand gewickelt und an meinem Kopf gezogen hatte.

Wie er sich unter mir aufgebäumt und mich angefeuert hatte, mich energischer auf ihm zu bewegen. Schneller. Stürmischer.

Ich berührte meinen Zopf und bekam eine Gänsehaut auf den Armen, als ich daran dachte, wie leidenschaftlich wir gewesen waren. Mit Warren war es nie so intensiv – bei Weitem nicht. Es brachte mich völlig aus der Fassung, dass meine Fantasie von Sex mit Holden besser war als echter Sex mit meinem Verlobten, und ich stand auf, um mir kaltes Wasser ins Gesicht zu spritzen. Als das nicht half, beschloss ich, ausgiebig zu duschen.

Ich war immer noch ziemlich aufgewühlt, nachdem ich mir die Haare getrocknet und mich angezogen hatte. Aber ich war entschlossen, mich zusammenzureißen, und nahm mir vor, mich auf die Dinge zu konzentrieren, auf die ich mich konzentrieren *sollte*, nämlich auf meinen Verlobten und meine Arbeit.

Zunächst ging ich noch einmal in das Brautmodengeschäft. Ich hatte zwar keinen Termin, aber die Verkäuferin vom Vortag war da und half mir bei der Bestellung des Kleides, das mir am besten gefallen hatte.

Danach musste ich arbeiten, aber weil ich mit den Gedanken immer noch nicht richtig bei der Sache war, ging ich nach Hause, um etwas zu tun, das ich noch nie getan hatte. Während der Bahnfahrt hatte ich mir überlegt, dass ich Holden nur aus meinem Kopf bekam, indem ich ihn durch Warren ersetzte. Es gab absolut keinen Grund, warum ich nicht auch mit meinem Verlobten Spaß haben konnte. Vielleicht beruhte ein Teil des Problems darauf, dass ich die Initiative ergriff, um Zeit mit Holden zu verbringen, aber bei Warren noch nie die Initiative ergriffen hatte. Also ging ich mit dem Handy am Ohr direkt in mein Schlafzimmer, fest entschlossen, mich kreativer zu zeigen.

»Hi.«

»Hallo Liebste. Das ist ja eine nette Überraschung. Ich dachte, ich höre erst heute Abend von dir.«

»Ja, ich hab's ... irgendwie nötig, und ich dachte, du könntest mir vielleicht helfen.«

»Oh? Was brauchst du denn?«

Ich seufzte. Gott, er begriff nicht mal einen Wink mit dem Zaunpfahl. »Ich brauche ... einen Orgasmus, Warren.«

»Einen Orgasmus?«

»Ja, ich dachte, wir könnten vielleicht ... du weißt schon, Telefonsex machen.«

Er schwieg ein paar Sekunden zu lang. »Ich weiß nicht, ob ich das kann. Ich tue mich bei der Arbeit schon schwer mit Videotelefonaten, Laney. Was hast du dir denn vorgestellt? Ich habe nämlich in einer Dreiviertelstunde einen Friseurtermin.«

Oh mein Gott. Ich war so frustriert. »Warren, *scheiß auf den Friseur*. Ich *brauche* dich.«

»Okay, okay. Reg dich nicht so auf. Sag mir einfach, was du willst und was ich tun soll.«

Ich will, dass ich dir nicht sagen muss, was du tun sollst. »Ich weiß nicht … Vielleicht sagst du schmutzige Dinge zu mir? Ich ziehe gleich meine Hose aus und stecke die Hand in die Unterhose, und du sagst mir, was du mit mir machen würdest, wenn wir zusammen wären.«

»Soll ich auch die Hose ausziehen?«

»*Keine Ahnung! Tu einfach, was du denkst, Warren!*«

»Schon gut. Ich lasse sie an.«

»Super.« Ich knöpfte meine Jeans auf, schob sie an meinen Beinen hinunter und stieg heraus. »Ich stelle dich auf Lautsprecher, damit ich die Hände freihabe.«

»Okay.«

Ich fand es entsetzlich, wie zurückhaltend er klang. Trotzdem legte ich mich aufs Bett, drückte den Knopf für die Freisprechfunktion, schloss die Augen und schob die Hand in meinen Slip.

»Ich bin so weit. Sag mir, was du tun würdest, wenn du hier wärst.«

»Okay. Also, zuerst würde ich dich küssen.«

Ich fing an, mich zu streicheln. »Okay, und dann?«

»Dann würde ich deine Brüste küssen.«

»Okay …«

»Dann würde ich dich wahrscheinlich zwischen den Beinen berühren. Dich massieren.«

Endlich. »Mach weiter …«

»Als Nächstes würde ich dich mit dem Zeigefinger penetrieren.«

Ich schlug die Augen auf. »*Penetrieren*, Warren? Echt jetzt? Kannst du das nicht irgendwie sexy sagen?«

»Wie denn?«

»*Fingern*, Warren. Du würdest mich *fingern*.«

»Okay. Also, ich würde dir einen Finger reinstecken und ihn

ein bisschen bewegen. Dann würde ich noch einen dazunehmen. Aber bevor wir weitermachen, wie soll ich das männliche Geschlechtsorgan nennen? Es gibt viele Möglichkeiten.«

Grrr. Das war keine gute Idee gewesen. »Weißt du was, Warren, eigentlich bin ich doch nicht mehr so richtig in Stimmung. Sieh zu, dass du zum Frisör kommst.«

»Bist du sicher?«

»Ja. Ich wollte nur … versuchen, ein bisschen Spaß zu haben. Ich hätte dich nicht so überrumpeln sollen.«

»Also, wenn du möchtest, kann ich mir ein paar Sachen überlegen, die ich sagen könnte, um nächstes Mal besser vorbereitet zu sein. Vielleicht können wir uns für einen der nächsten Abende zum Telefonieren verabreden. Dann habe ich Zeit, um mir etwas zu überlegen.«

Ich lächelte traurig. »Ja, klar. Entschuldige, wenn das jetzt merkwürdig war.«

»Ich ruf dich später an, okay?«

»Klar, hab einen schönen Tag.«

In mir hatte sich eine Menge Frust aufgestaut, und so blieb ich liegen, schloss die Augen und streichelte meine Klitoris. Leider war die Stille besser als Warrens Version von Verbalerotik. Nach ein paar Minuten fand ich meinen Rhythmus, und mir kam der heiße Traum von Holden wieder in den Sinn. Statt ihn zu verdrängen, massierte ich mich und ließ meiner Fantasie freien Lauf. Es fühlte sich gut an. *Richtig gut* sogar. *Komm, Holden. Oh ja. Fester. Ja, genau so* … Ich war kurz davor.

Da klopfte jemand.

Aber nicht an meine Wohnungstür.

An meine Schlafzimmertür!

»Lala? Bist du da drin?«

Holden.

Ich schlug die Augen auf und erstarrte.

Oh mein Gott!

Voller Angst rührte ich mich nicht.

»Lala?« *Klopf. Klopf.* »Bist du da drin?«

Das Herz schlug mir bis zum Hals, während ich darauf wartete, dass er ging.

Nachdem es eine halbe Minute lang still geblieben war, dachte ich, er wäre weg … bis sich der Türknauf drehte.

Oh, Mist! Ich sprang auf und machte einen Satz auf die Tür zu, die sich langsam öffnete. Sie knallte zu. Nur hatte Holden die Finger noch dazwischen.

»Scheiße!«, schrie er.

»Oh mein Gott!« Ich riss die Tür auf. »Holden, alles in Ordnung?«

Er hielt sich die Finger, die ich ihm eingeklemmt hatte, mit der anderen Hand. »Lala, was zum Teufel?«

»Entschuldige! Ich war nicht angezogen, und ich … Ich hab überreagiert.«

Holdens Finger schwollen bereits an und färbten sich lila.

»Tu Eis drauf. Ich komme sofort wieder.«

Hektisch zog ich mich an und lief dann in die Küche, wo Holden einen Beutel Tiefkühlbrokkoli auf seine Hand drückte.

»Meinst du, sie sind gebrochen? Sollen wir zum Krankenhaus fahren?«

Holden wackelte mit den Fingern und zuckte mit schmerzerfüllter Miene zusammen. »Das wird schon wieder. Ich kann sie bewegen. Es tut nur höllisch weh.«

»Ich fühl mich schrecklich. Ich hatte keine Ahnung, dass du hier bist.«

»Ich sagte doch, ich repariere die Dusche heute. Hast du meine Musik nicht gehört?«

»Doch, aber ich dachte, sie kommt durch die Wand. Ich höre deine Musik öfter mal.«

Mein Herz raste wie verrückt, als mir die letzten Minuten wieder einfielen. Allerdings drehte sich meine Angst jetzt nicht mehr darum, erwischt zu werden, sondern darum, was Holden eventuell gehört hatte.

»Wie lange bist du denn schon hier?«, fragte ich zögernd.

Holden sah auf, und unsere Blicke kreuzten sich. »Du willst wissen, ob ich dein Telefongespräch mitbekommen habe?«

Mein Gesicht wurde heiß. »Oh Gott ... Das ist der peinlichste Tag meines Lebens.«

»Tut mir leid, dass ich mitgehört habe. Als ich gemerkt habe, was los war, wusste ich nicht, was ich machen sollte. Ich wollte nicht mittendrin rauskommen und es noch schlimmer machen. Als es still wurde, wollte ich mich hinausschleichen, aber dann habe ich aus deinem Schlafzimmer Geräusche gehört, und es klang, als würdest du weinen.«

Ich schloss die Augen. »Ich habe nicht geweint, sondern ... Du weißt schon.«

Holden nickte. »Ja, ist mir inzwischen klar.«

Ich schüttelte seufzend den Kopf. »Du hältst mich bestimmt für eine Idiotin.«

»Nein, Lala, ganz und gar nicht. Ich finde es ungeheuer sexy, wenn eine Frau, die in Stimmung ist, einem Mann sagt, was sie will. Aber Warren ist der größte Idiot, den ich kenne. Er findet vielleicht ein Heilmittel gegen Krebs, aber ein paar grundlegende Dinge im Leben hat er nicht begriffen. Zum Beispiel ist es so: Wenn man seiner Frau nicht gibt, was sie braucht, ist immer jemand anders da, der dazu bereit ist.«

Unsere Blicke trafen sich abermals. Er sah mich so eindringlich an, dass ich eine Gänsehaut auf den Armen bekam. Das erinnerte mich daran, dass ich auch aus meinem Traum mit einer Gänsehaut erwacht war. Es kam mir vor, als ob die Grenzen zwischen Fantasie und Realität allmählich verschwammen. Ich wollte ihn küssen, so groß war mein Verlangen, doch glücklicherweise lähmte es mich gleichzeitig und hielt mich davon ab, mich in seine Arme zu stürzen.

»Holden …«, wisperte ich.

Er schluckte und stand auf. »Schließ die Tür hinter mir ab – und schieb den Riegel vor. Mir ist nicht zu trauen.«

»Was hast du vor?«

»Ich muss mich um etwas kümmern.«

Damit ging er zur Tür, knallte sie zu und ließ mich mit meinem Gefühlschaos zurück. Ich wusste nicht, was ich mit mir anfangen sollte.

Dann klingelte mein Telefon im Schlafzimmer. Ich ging hin und sah Holdens Namen auf dem Display.

»Hallo?«

»Hast du die Tür verriegelt?«, fragte er mit rauer Stimme.

»Noch nicht.«

»Dann tu es.«

Ich hielt es zwar nicht für nötig, tat es aber. Ich rastete die Kette ein und nickte, obwohl er mich nicht sehen konnte. »Ist zu.«

»Und jetzt stell das Telefon auf laut und geh wieder ins Schlafzimmer.«

»Warum?«

»Tu es einfach.«

Ich lief wie ferngesteuert zurück. »Okay, ich bin da.«

»Gut. Und jetzt zieh deine Hose aus.«

Ich erstarrte. Hatte ich richtig gehört? Hatte er es wirklich gesagt? »Holden, ich … Ich weiß nicht …«

»Leg dich aufs Bett, Lala. Schwing deinen sexy Hintern auf das verdammte Bett, sonst komme ich rüber und mache es dir auf ganz andere Art.«

»Aber …«

»Sei still. Ich will keinen Mucks mehr hören. Kein Wort mehr, Baby, außer du sagst Ja oder stöhnst meinen Namen.«

Oh, Gott. Warum gefiel es mir so gut, wie er mit mir redete?

»Und jetzt ab aufs Bett, und sag Ja, wenn du liegst.«

Ich konnte nicht glauben, was ich da tat, kletterte aber gehorsam aufs Bett. »Ja«, hauchte ich kaum hörbar.

»Und jetzt steck deine Hand in deine hübsche kleine Unterhose.«

Ich folgte seiner Aufforderung.

»Leg deinen Mittelfinger auf deine geschwollene Mitte.« Holden stöhnte. »Gott, du bist so verdammt sexy. Ich würde dich wahnsinnig gern lecken. Fang an, dich zu massieren, während ich dir sage, was ich mit dir mache, falls ich jemals die Möglichkeit dazu bekommen sollte.«

Ich schloss die Augen und begann meine Klitoris zu streicheln.

»Ich werde dich fesseln und lecken, bis du mich anbettelst.«

Ich erschauderte. *Gott, ich würde auf der Stelle betteln, wenn du mir dann gibst, was ich so sehr will.*

»Du bist bestimmt ganz warm und eng. Ich will dich verwöhnen, bis du am ganzen Körper bebst, und wenn du kommst, will ich es schmecken.«

Au, verdammt. Ich konnte nicht anders und fing an, mich ungeniert selbst zu berühren.

»Ich werde dich nicht losbinden, wenn du befriedigt bist. Stattdessen rutsche ich an dir hoch und gebe dir meinen Schwanz. Ich umklammere dein Gesicht mit den Händen, während ich deinen Mund nehme, und es wird ein bisschen viel sein, aber du wirst jede Sekunde davon genießen.«

Meine Finger bewegten sich immer schneller, und gleichzeitig beschleunigten sich meine Atemzüge. Obwohl ich kein Wort sagte, schien Holden genau zu wissen, wie weit ich war.

»So ist es richtig. Schneller.« Seine Stimme war extrem heiser und gepresst. »Stell dir vor, dass ich es bin, Baby. Ich bin in dir drin, und du bist so eng und feucht. Du umklammerst mich, und ich kann es kaum noch aushalten. Ich werde explodieren und deinen hübschen Körper füllen.«

Mein Orgasmus baute sich auf wie ein Orkan, alles drehte sich, und ich wurde in einen Wirbel hineingezogen, in dem ich völlig die Kontrolle verlor.

»Komm, Süße. Gib's mir.«

Ich kam heftig und wand mich stöhnend auf dem Bett. Es war der allerbeste Orgasmus, den ich je hatte, und ich rang keuchend nach Atem. Einen Moment lang vergaß ich fast, dass ich nicht allein war.

»Holden …«, wisperte ich.

Es dauerte ein paar Sekunden, bis er antwortete. »Ja, Süße?«

»Danke.«

Ich hörte das Lächeln in seiner Stimme. »Gern geschehen. Ich lege jetzt auf. Bleib noch ein bisschen liegen und entspann dich, ja?«

»Okay.«

Danach wartete ich darauf, dass die Schuldgefühle über mir hereinbrechen würden, weil ich es mir von einem anderen Mann hatte besorgen lassen. Doch meine Gedanken kreisten nur um eines …

Heilige Scheiße, wenn Telefonsex mit Holden schon so gut ist, wie mag es dann erst in echt sein?

12. KAPITEL

LALA

»Ich werde dich nicht losbinden, wenn du befriedigt bist. Stattdessen rutsche ich an dir hoch und gebe dir meinen Schwanz.«

Holdens Worte verfolgten mich seit zwei Tagen. Ich wusste nicht, wie oft sie mir mittlerweile durch den Kopf gegangen waren.

»Komm, Süße. Gib's mir.«

Wir hatten seitdem nicht miteinander gesprochen, und ich war völlig durcheinander und mein Körper permanent erregt.

Als ich vor dem Badezimmerspiegel stand und mir die Haare föhnte, hatte ich das Gefühl, verrückt zu werden, denn ich musste schon wieder daran denken. Ich schwankte zwischen blankem Entsetzen und hemmungslosem Grinsen.

Ich fühlte mich wie Connie Sumner in dem Film *Untreu*. Ironischerweise hatte ich ihn mir einmal mit Warren zusammen angesehen. Es gab eine Szene in dem Film, in der die Hauptfigur, gespielt von Diane Lane, mit der Bahn nach Hause zu ihrer Familie in der Vorstadt fahrt, nachdem sie in der City fantastischen Sex mit ihrem Geliebten, dem Franzosen Paul, gehabt hatte. Sie war aufgedreht und lachte wie irre, während sie gleichzeitig von Schuldgefühlen heimgesucht wurde und ein Gesicht machte, als müsste sie jeden Moment weinen. Allein für diese Szene hätte sie einen Oscar verdient. Ich hatte mich während des Films gefragt, wie sie ihrer Familie so etwas antun konnte – ganz egal, wie gut der Sex mit dem Franzosen war.

Ich hätte nie für möglich gehalten, dass ich es eines Tages würde nachvollziehen können.

Du hattest keinen Sex mit ihm, Lala. Es ist nicht so wie in dem Film.

Alles in Ordnung.

Holden hat dich nicht angerührt.

Mit solchen Gedanken versuchte ich gegen meine Schuldgefühle anzukämpfen, doch ihnen folgten umgehend andere, weniger versöhnliche Vorwürfe.

Wem willst du etwas vormachen?

Du bist schrecklich.

Ich musste mit jemand Vernünftigem reden, sonst drehte ich durch.

Zum Glück war ich mit Billie zum Dinner verabredet. Sie war der Pechvogel, bei dem ich die ganze Geschichte abladen würde. *Arme ahnungslose Billie.* Colbys Frau war echt cool, und ich hatte das Gefühl, mit ihr reden zu können. Ich war mir allerdings nicht sicher, wie viel ich preisgeben sollte.

Auf dem Weg zu dem mexikanischen Restaurant, wo wir uns treffen wollten, wuchs meine Nervosität, und ich bekam feuchte Hände, weil ich nicht wollte, dass Billie dachte, ich wäre ein schrecklicher Mensch – denn genau dafür hielt ich mich.

Billie saß schon an einem Tisch in dem Restaurant, das nur drei Blocks von unserem Haus entfernt lag. Sie winkte mir aus einer Ecke des spärlich beleuchteten Lokals zu, in dem leise Mariachi-Musik gespielt wurde. Mit ihrem langen schwarzen Haar und dem eindrucksvollen Tattoo auf ihrem Arm sah sie umwerfend aus. Es war schwer, sie nicht anzustarren, weil sie so schön war.

»Entschuldige die Verspätung«, sagte ich, als ich mich zu ihr setzte.

»Kein Problem. Ich habe die Ruhe genossen. So einen Frauenabend gibt es bei mir nicht alle Tage.«

»Ja.« Ich atmete tief durch. »Ich brauche einen solchen Abend auch unbedingt. Du machst dir keine Vorstellung.«

Sie legte den Kopf schräg. »Alles okay?«

Ich leckte mir die Lippen. »Äh …«

»Du siehst ein bisschen fertig aus.«

Ich schüttelte den Kopf. »Nein, alles in Ordnung.«

»Wirklich? Denn obwohl es hier ziemlich dunkel ist, kann ich die roten Flecken an deinem Hals sehen.«

»Ich erzähl dir alles, sobald ich etwas getrunken habe.«

»Okay.« Sie lächelte verständnisvoll.

Ich schlug die Speisekarte auf. »Ich bin total happy, dass wir es endlich geschafft haben, uns zu treffen. Es war längst überfällig.«

Billie grinste. »Viele Leute schlagen nur vor, dass man sich mal zum Lunch verabreden müsste, und kriegen es nicht auf die Reihe – es ist alles nur dummes Geschwätz. So etwas hasse ich. Ich finde es gut, wenn man seinen Worten Taten folgen lässt, und habe mich gefreut, als du mir geschrieben hast.«

Ich hoffte, sie würde nicht enttäuscht sein, wenn ihr klar wurde, dass ich Hintergedanken hatte und ihr mein Herz ausschütten wollte. Ich trank einen großen Schluck Wasser, während ich die Speisekarte durchsah.

»Kannst du mir etwas empfehlen?«

»Ich liebe die Hähnchen-Taquitos. Colbys Lieblingsessen sind die Chimichangas.«

»Klingt beides super«, sagte ich, obwohl ich vor lauter Nervosität keinen Appetit hatte.

Die Kellnerin kam an unseren Tisch. »Hallo, die Damen. Darf ich Ihnen etwas zu trinken bringen?«

»Könnte ich einen Wodka Cranberry haben?«, fragte ich.

»Natürlich, kein Problem.« Sie wandte sich Billie zu. »Und Sie?«

Billie hob ablehnend die Hand. »Oh, danke, ich bleibe beim Wasser.«

Die Kellnerin nickte. »Alles klar.«

Als sie ging, sagte ich: »Jetzt komme ich mir blöd vor, weil ich mir einen Drink bestellt habe.«

»Oh, ich würde mir auch einen bestellen, wenn ich könnte.«

Es dauerte ein paar Sekunden, bis ich ihren Gesichtsausdruck richtig deutete. Sie sah aus, als ob sie darauf wartete, dass bei mir der Groschen fiel.

»Oh mein Gott.« Ich schlug mir die Hand vor den Mund. »Bist du … schwanger?«

Billie nickte mit einem strahlenden Lächeln.

»Ist nicht wahr, oder?« Ich sprang auf und umarmte sie. »Ich freue mich sehr für euch!«

»Danke!«

Ich setzte mich wieder hin und beugte mich zu ihr vor. »Erzähl. Seit wann weißt du es?«

Billie faltete die Hände. »Also, du bist im Moment die Einzige von unseren Freunden, die es weiß. Colby und ich planen ein Treffen, um es den Jungs und Saylor gleichzeitig zu verkünden. Ich sage es dir nur, weil ich es einfach jemandem sagen *muss*, sonst werde ich verrückt.«

Das konnte ich ihr nachempfinden. »Wow. Ich fühle mich sehr geehrt, dass du es mir anvertraust. Wie weit bist du?«

»Im zweiten Monat. Wir haben die kritische Phase also noch nicht hinter uns. Es heißt, man soll es erst im dritten Monat sagen.«

»Wird dir öfter schlecht?«

»Überraschenderweise nicht. Ich leide überhaupt nicht an Morgenübelkeit. Ich bin heilfroh, weil es echt Mist wäre, wenn ich in dem Zustand tätowieren müsste. Schade ist allerdings, dass ich keinen Kaffee mehr mag. Ich habe meine Tasse Kaffee am Morgen immer so geliebt.«

»Ja, ich habe gehört, dass man bestimmte Abneigungen entwickeln kann.«

Billie sah immer hinreißend aus, aber nun strahlte sie regelrecht.

Sobald wir unsere Getränke bekamen, erzählte Billie weiter. »Ich bin so aufgeregt, Lala. Ich habe es nicht erwartet, weißt du? Ein leibliches Kind stand bei mir nicht auf dem Plan, weil Saylor wahrhaftig meine Tochter ist. Und glaub mir, sie ist mehr als genug. Eine Zeit lang habe ich sogar gedacht, ich könnte gar nicht schwanger werden, weil wir nie etwas benutzt haben und nichts passiert ist. Aber dann habe ich mich plötzlich anders gefühlt. Nicht schlecht … einfach anders. Und ich hatte so ein Gefühl. Deshalb habe ich einen Test gemacht, und siehe da.«

»Willst du das Geschlecht vorher wissen?«

Schon die Verwendung des Wortes »Geschlecht« ließ für einen Moment Schuldgefühle in mir aufsteigen.

»Wir haben tatsächlich überlegt, uns überraschen zu lassen.«

»Echt?« Ich wirbelte das Eis in meinem Glas mit dem Trinkhalm herum. »Ich weiß nicht, ob ich so viel Geduld hätte.«

»Ich finde, das macht es noch viel spannender.«

»Also, ich freue mich wirklich für dich und Colby.«

»Vielleicht liegt eine Schwangerschaft für dich ja auch gar nicht mehr in allzu ferner Zukunft«, sagte sie. »Willst du Kinder?«

Mir zog sich der Magen zusammen. »Oh, ja. Ich wollte schon immer Kinder.«

»Werdet ihr es direkt nach der Hochzeit angehen, oder meinst du, Warren will noch warten?«

Mein Drink kam, bevor ich antworten konnte. *Zum Glück!* Ich nahm einen großen Schluck, und Billie beobachtete mich dabei. Danach rutschte ich unruhig auf meinem Stuhl hin und her.

»Was ist mit dir los, Lala? Irgendwie scheinst du heute nicht du selbst zu sein.«

Das war mein Stichwort.

»Ich *bin* nicht ich selbst, Billie. Ich erkenne mich nicht mehr wieder.« Ich trank noch einen Schluck, und als mein Trinkhalm Schlürfgeräusche erzeugte, wurde mir klar, dass ich das verdammte Ding schon ausgetrunken hatte.

Sie warf einen Blick auf das leere Glas. »Wow. Okay. Jetzt atme mal tief durch, und dann erzählst du mir alles.«

»Nach deiner tollen Nachricht finde ich es schrecklich, davon anzufangen. Wir sollten über dich reden.«

»Ach was, Lala. Das Baby ist noch sieben Monate in meinem Bauch. Da bleibt genug Zeit, um über mich zu reden. Was immer bei dir los ist, es nagt an dir. Du musst es rauslassen.«

Ich nickte. »Als du gerade Warren erwähnt und nach meinen Zukunftsplänen gefragt hast, habe ich unglaubliche Schuldgefühle bekommen. Ich sollte an meine baldige Hochzeit und an Babys denken. Ich sollte mich nach alldem sehnen. Und das tue ich auch – ich will diese Art von Sicherheit in meinem Leben. Aber in letzter Zeit sind meine Gedanken ganz woanders. Ich habe …« Ich hielt inne. »Ich habe ein Verlangen nach etwas anderem und kann es irgendwie nicht unterdrücken.«

Sie verschränkte die Arme und nickte. »Es geht um Holden, oder?«

Von ihrer Wahrnehmungsfähigkeit geschockt stutzte ich. »Woher weißt du das?«

»Als ihr neulich bei uns wart, ist es mir aufgefallen. Wie er sich beeilt hat, mit dir gemeinsam zu gehen, und auch wie ihr damals auf unserer Hochzeit miteinander getanzt habt. Es ist mir nicht entgangen, dass da etwas zwischen euch ist.« Sie zog eine Augenbraue hoch. »Und es ist nicht neu, oder?«

Ich schaute zur Seite. »Holden und ich, wir haben schon lange eine Verbindung. In unserer Jugend haben wir uns oft unter vier Augen unterhalten, wovon nicht einmal Ryan wusste. Aber seinerzeit war es völlig harmlos. Doch was jetzt vor sich geht … kommt mir nicht mehr so harmlos vor.«

»Wovon reden wir, Lala? Du musst offen und ehrlich zu mir sein.« Sie seufzte. »Wenn es nur um einen Flirt ginge, würdest du dich nicht so quälen. Ich meine …«

»Wir hatten Telefonsex«, platzte es aus mir heraus, bevor ich den letzten Rest aus meinem im Grunde leeren Glas schlürfte.

Billies Augen weiteten sich, und sie winkte die Kellnerin heran. »Sie braucht noch einen Drink.«

Ich schnaubte. »Nicht so harmlos, hm?«

»Okay. Heraus damit. Wie ist es dazu gekommen?«

Und dann erzählte ich Billie alles, was in dem Monat seit meiner Ankunft in New York passiert war, von Holdens Auftritten zu der Übernachtung im Hotel bis hin zum Telefonsex. Sie lauschte aufmerksam und schien mich nicht zu verurteilen, wofür ich dankbarer war, als sie ahnen konnte.

»Okay …«, sagte sie. »Es ist zwar nicht harmlos, aber als du gesagt hast, ihr hattet Telefonsex, habe ich an mehr Interaktion gedacht. Nimm es mir nicht übel, aber das konnte ich mir bei dir aus irgendeinem Grund gar nicht vorstellen.« Sie lachte. »Nicht dass diese einseitige Geschichte in Ordnung war, aber eigentlich hast du dir nur etwas angehört und es dir dabei besorgt – wie beim Pornogucken. Es könnte also schlimmer sein.«

»Es ist schlimm genug.«

»Ich muss dich etwas fragen. Fühlst du dich auch über das Körperliche hinaus zu Holden hingezogen?«

Die Kellnerin kam, um unsere Bestellung aufzunehmen, und ich konnte kurz über Billies Frage nachdenken. Ich entschied mich für die Beef Tacos und sie für Taquitos.

Danach antwortete ich ihr: »Also … wie gesagt, wir hatten schon immer eine Verbindung. Ich glaube, wenn das alles rein sexuell wäre, würde es mich nicht so fertigmachen. Jede Frau, die bei klarem Verstand ist, begreift, dass Holden sich nicht für eine Beziehung eignet, aber er hat wirklich viele sehr gute Eigenschaften. Er ist unglaublich bodenständig und praktisch veranlagt, trägt das Herz auf der Zunge und ist hilfsbereit wie kein anderer. Er urteilt auch nicht über mich. Ich habe das Gefühl, ihm alles sagen zu können.«

Billie beugte sich vor. »Ich will ehrlich zu dir sein, Lala. Ich weiß nicht, was ich davon halten soll. Einerseits ist mir klar, dass Holden wegen seines Rufs und seiner Lebensart ein schlechter Partner zu sein scheint. Andererseits glaube ich daran, dass jeder mal erwachsen werden muss. Vielleicht kann er sich ändern. Ich meine, mein Mann war früher anscheinend auch ein ziemlicher Playboy. Inzwischen nicht mehr – sonst wäre er längst tot.« Sie schmunzelte. »Ich würde also sagen, wenn du echte Gefühle für Holden hast, solltest du darüber nachdenken, die Pläne mit Warren erst einmal auf Eis zu legen.«

Ich schluckte. »Die Hochzeit absagen, meinst du?«

»Ich sage es nur ungern, aber ja. Du musst dich ja nicht von ihm trennen, aber du musst der Sache mit Holden auf den Grund gehen, bevor du Warren heiratest.«

»Ich weiß nicht, ob es möglich ist, die Verlobung aufzulösen und trotzdem die Beziehung fortzuführen. Entweder ganz oder gar nicht, denke ich.«

»Liebst du ihn?«

»Wen?«

Billies Mund öffnete sich langsam. »Oh mein Gott … Du musstest überlegen, wen ich meine? Denk mal *darüber* nach, Lala.« Sie schüttelte den Kopf. »Ich habe Warren gemeint, aber du hast dich unwillkürlich gefragt, ob du Holden liebst.«

Verdammt. Ich rieb mir die Augen. »Ich liebe Warren. Aber ich weiß nicht mehr, was das bedeutet. Er liegt mir sehr am Herzen, aber ist das wirklich genug? Das Beängstigende daran ist, dass ich nicht weiß, ob es vielleicht nur eine Phase ist. Meine größte Sorge ist, jemanden gehen zu lassen, der tatsächlich ein guter Partner wäre, nur weil in mir etwas aufgeflammt ist, das vielleicht wieder verlischt – oder mich am Ende sogar zerstört. Was ist dann?«

»Dann bist du vielleicht allein. Das ist die Wahrheit. Ich will es nicht beschönigen. Aber im Leben geht es darum, Risiken einzugehen, Lala. Der sichere Weg ist nicht immer der beste. Was ist, wenn du etwas Großartiges verpasst, weil du nicht bereit bist, das Risiko auf dich zu nehmen, alles zu verlieren? Ich verstehe, dass Warren Sicherheit bedeutet und du ihn auf gewisse Weise liebst. Aber für mich als Außenstehende ist klar, dass du mehr willst.«

Der Raum begann unmerklich zu schwanken. »Ja«, sagte ich leise.

»Ob dieses Mehr tatsächlich mit Holden zu tun hat, kann ich nicht sagen. Ich kann aber auch nicht mein ganzes Vertrauen in ihn setzen, weil ich mir da ebenso unsicher bin. Ich möchte gern glauben, dass er sich ändern kann.« Sie schlug auf den Tisch. »Tu mir einen Gefallen. Verschwende keine Zeit mehr darauf, dich wegen etwas fertigzumachen, das schon passiert ist. Nimm dir einfach vor, es zukünftig besser zu machen. Triff kluge Entscheidungen, die dich vor weiteren Schuldgefühlen bewahren. Das heißt allerdings nicht, dass du auf Nummer sicher gehen sollst, Lala.« Sie beugte sich über den Tisch und flüsterte mir zu: »Wenn du Holden vögeln willst, dann tu es. Aber regle zuerst die Sache mit Warren. Sag ihm, dass du Zeit brauchst, um dir Klarheit zu verschaffen. Du musst eine eindeutige Entscheidung treffen, so oder so. Es ist nämlich dieses Zwischending, das dich wahnsinnig macht.«

»Du hast recht«, murmelte ich, und mir kamen die Tränen bei dem Gedanken, Warren wehzutun.

»Ich sage dir nichts, was du nicht schon weißt, Baby.«

Ich nickte. »Du und Colby, ihr sagt euch wahrscheinlich alles. Aber ich wäre dir dankbar, wenn du ihm nichts von diesem Gespräch erzählen würdest.«

»Das muss er nicht wissen. Ich werde nichts sagen. Aber wundere dich nicht, wenn Holden es ihm steckt. Er kann den Mund einfach nicht halten.«

Bei der Vorstellung, dass Colby erfahren könnte, was Holden und ich neulich getan hatten, wurde mir übel. Ich wollte auch nicht, dass die Jungs Holden deswegen die Hölle heiß machten, denn es war ebenso meine Schuld.

Es hatte gutgetan, mit Billie zu reden, auch wenn sie ein paar harte Wahrheiten ausgesprochen hatte. Auf jeden Fall hatte ich jetzt einiges, über das ich nachdenken musste.

Als unser Essen kam, plauderten wir über leichtere Themen und verbrachten noch einen netten Abend miteinander. Nach dem Essen ging Billie direkt nach Hause, während ich noch etwas in der Drogerie besorgen musste.

Auf dem Heimweg meldete mein Telefon eine Nachricht von Warren.

Warren: Bist du allein?

Laney: Ich gehe gerade vom Dinner nach Hause.

Warren: Ich habe keine Hose an.

Laney: Oh?

Dann dämmerte mir, was er vorhatte. Bevor ich reagieren konnte, schrieb er zurück.

Warren: Ich dachte, du hättest vielleicht Lust auf Puppen.

Warren: Puppen.

Warren: Puppen.

Warren: Verdammte Autokorrektur!

Warren: Poppen! Du weißt schon, per Telefon. Ich habe ein schlechtes Gewissen wegen neulich.

Mein goldiger Schatz. Von Gefühlen überwältigt blieb ich mitten auf dem Gehweg stehen und schloss die Augen. So konnte es nicht weitergehen. Es musste aufhören.

Meine Entschlossenheit, Holden zu meiden, war am folgenden Abend dahin, als ein weiterer Rauchmelder zu piepen begann. Wahrscheinlich musste nur wieder die Batterie ausgetauscht werden, und ich hatte keine mehr. Ich wollte Holden nicht rufen, aber wenn ich es nicht tat, würde mich das Piepen die ganze Nacht wach halten. Ich gab also klein bei und schrieb ihm.

Das Herz schlug mir bis zum Hals, als er an die Tür klopfte.

Ich machte auf. »Hi.«

»Hey.« Er lächelte. »Ich habe die Batterie mitgebracht. Sollte nicht lange dauern.«

»Super.« Ich trat zur Seite, um ihn hereinzulassen, und war augenblicklich wie berauscht von seinem männlichen Duft.

Die Spannung in der Luft war greifbar, als ich ihm dabei zusah, wie er den Melder von der Wohnzimmerdecke löste. Keiner von uns sagte etwas, was ziemlich sonderbar war.

Als er fertig war, wandte er sich mir zu. »Brauchst du sonst noch was?«

Ich räusperte mich. »Nein. Danke.«

Er sah mich einen Moment lang an. »Soll das ab jetzt immer so laufen? Du sagst keinen Ton mehr zu mir und wirst nur noch rot?«

Es platzte einfach aus mir heraus. »Jetzt muss ich sogar daran denken, wenn ich nur deine Stimme höre, Holden.«

»Ich will nicht lügen, Lala. Mir geht es auch nicht mehr aus dem Kopf.«

»Wir sind zu weit gegangen«, sagte ich.

Er senkte einen Moment den Blick. »Tut mir leid.«

»Du musst dich nicht entschuldigen. Du hast mich zu nichts gezwungen. Ich wollte es ja.«

Holden stöhnte und fuhr sich mit der Hand durch die Haare. »Wir behalten es für uns. Niemand wird davon erfahren, okay? Sei ein bisschen nachsichtiger mit dir. Ich habe dir geholfen, ein bisschen zu entspannen, mehr nicht.« Er hielt inne. »Wir sind immer noch Freunde, ja? Ich will dich nicht wegen einer spontanen Entscheidung von mir verlieren.« Ihm entfuhr ein Seufzer. »Ich verspreche, ich mache so etwas nie wieder.« Er grinste. »Ich meine, wenn *du* mich nicht zufällig eines Tages nach Mitternacht anrufst.« Er zwinkerte mir zu. Als ich nicht lachte, runzelte er die Stirn. »War nur ein Scherz, Lala. Hör mal … Ich wollte wirklich nur dafür sorgen, dass du dich besser fühlst. Mehr nicht. Du hast es verdienst.«

Ich legte den Kopf schräg. »Und was ist mit dir?«

»Was soll mit mir sein?«

»Dieser ganze Tanz, den wir hier aufführen? Du tust so, als ginge es dabei nur um mich. Aber es bringt dich auch durcheinander.«

»Das will ich nicht leugnen.«

»Bist du neulich nachts auch … abgegangen?«

Er sah mich durchdringend an. »Du musst dich etwas genauer ausdrücken.«

»Ich weiß nicht, wie ich es anders sagen soll.«

»Willst du wissen, ob ich gekommen bin, als ich dich zum Orgasmus gebracht habe?«

Ich nickte.

»Ich kenne dich, Lala. Das fragst du nur, damit du dich noch schuldiger fühlen kannst, wenn ich sage, dass ich es genauso genossen habe wie du, oder?« Er atmete aus. »Ich war angeturnt, das weißt du. Aber ich war auf dich konzentriert, nicht auf mich.« Leise schob er nach: »Ich meine, ich habe mich hinterher befriedigt. Aber …« Er schüttelte den Kopf. »Noch mal … *Du* hast nichts Falsches getan. Wir haben uns nicht einmal berührt. Es ist, was es ist. Und ich halte den Kopf dafür hin – auch wenn du behauptest, dafür sind zwei nötig. Das geht auf mich. Und ich verspreche dir, es wird nicht wieder vorkommen.«

»Okay«, wisperte ich kein bisschen beruhigt.

Es wurde wieder still. »Wechseln wir das Thema«, sagte er nach einer Weile. »Wie war der Besuch deiner Mutter? Ich meine, abgesehen von dem Teil, den ich mitbekommen habe?«

»Willst du die Wahrheit hören?«

»Klar.«

»Es war ein bisschen merkwürdig. Zum einen habe ich herausgefunden, dass meine Mutter manchmal auch tagsüber Alkohol trinkt, was irgendwie krass ist, und zum anderen hat sie gemerkt, dass da etwas zwischen dir und mir ist. Das hat mich verunsichert.«

»Mist«, brummelte er und schaute weg. »Die ganze Sache mit dem Hochzeitskleid. Das hat dir richtig bewusst gemacht, dass du bald heiratest.«

»Ja, wem sagst du das.«

»Ich weiß, es sieht vielleicht nicht immer so aus, aber ich will das Beste für dich, Lala. Ich schwöre, ich will dein Leben nicht durcheinanderbringen.« Sein Blick war aufrichtig.

»Momentan ist es mit der Selbstbeherrschung bei uns beiden nicht weit her. Meine ist genauso schlecht wie deine, Holden.«

»Du wärst erstaunt, wie viel Selbstbeherrschung ich habe, Süße. Manchmal hängt sie am seidenen Faden, aber sie ist da. Ich habe mir einiges verkniffen, was ich gern gesagt oder getan hätte.« Er schüttelte den Kopf. »Hör mal, ich ziehe mich zurück, okay? Es ist dein Leben und kein Spiel. Und ich will es nicht komplizierter für dich machen.« Wir standen erneut schweigend voreinander, bevor er sagte: »Ich geh jetzt besser.«

Und damit stürmte er davon.

Ich fühlte mich innerlich leer, als ich abends im Bett lag, wie an einem Scheidepunkt. Ich konnte den sicheren Weg mit Warren gehen. In meiner Vorstellung war er perfekt asphaltiert und von Bäumen gesäumt, dazu klassische Musik und Kinderlachen in der Ferne. Er war friedlich und sicher. Dann war da der Weg mit Holden: mit holperigem Kopfsteinpflaster, mit glitzernden Lichtern, Rockmusik – und Sex. Dieser Weg ließ mein Herz höherschlagen. Und am Eingang des Weges prangte ein großes Schild mit der Aufschrift *Benutzung auf eigene Gefahr*.

13. KAPITEL

LALA

Vierundzwanzig lange Stunden vergingen, ohne dass ich etwas von Holden sah oder hörte. Obwohl ich ständig an ihn denken musste, gelang es mir, räumlich Abstand zu halten. Und da ich meiner braven Seite keine Herausforderung zumuten konnte, klopfte ich nicht nebenan, sondern bei Owen an, um ihn zu bitten, mich später von der Bahn abzuholen.

Er öffnete mit der Zahnbürste im Mund die Tür. »Was gibt's, Lala? Komm rein«, nuschelte er, trat zur Seite und hob den Zeigefinger. »Ich gehe nur schnell ausspülen.«

»Klar. Lass dir Zeit.« Ich machte ein paar Schritte in die Wohnung und erstarrte, denn Owen war nicht allein. Niemand anderer als Holden stand an der Küchentheke. »Äh … Was machst du hier?«, fragte ich.

Er hob seinen Kaffeebecher an. »Owen hat eine tolle neue Cappuccino-Maschine, und weil er meine Fahrdienste braucht, bekomme ich im Gegenzug diese Köstlichkeit hier und Avocadotoast.«

Owen kam ins Zimmer. »Entschuldige bitte. Was gibt's, Lala?«

Was für eine blöde Situation! Holden würde natürlich nicht begeistert davon sein, dass ich gekommen war, um Owen um einen Gefallen zu bitten, und nicht ihn. Und allem Anschein nach würde Owen mir gar nicht helfen können.

»Äh, ich wollte fragen, ob du mich vielleicht später von der PATH-Haltestelle abholen kannst.«

Aus dem Augenwinkel bekam ich mit, wie Holden die Stirn runzelte. »Von der PATH-Haltestelle? Du willst nach Jersey?«

Ich nickte. »Heute ist der erste Tag der Patientenbefragung in einem der Pflegeheime, die an meiner Studie teilnehmen. Die Öllampe meines Autos leuchtet, und ich will nicht so weit fahren, ohne das vorher kontrollieren zu lassen. Außerdem ist der Ölwechsel überfällig. Tia holt mich ab, und wir fahren gemeinsam hin, aber danach will sie ihre Mutter besuchen, die in Jersey lebt. Deshalb komme ich mit der PATH nach Hause. Aber weil ich ein paar Kartons bei mir habe, wäre der Rest der Strecke mit der U-Bahn ein bisschen schwierig.«

»Da ergibt es natürlich Sinn, dass du *Owen* bittest, dich abzuholen«, sagte Holden ungerührt. »Wo du so viel Kartons zu schleppen hast ...«

»Ja, nun, ich dachte, die Haltestelle ist nicht sehr weit von seinem Büro entfernt ...«

»Tut mir leid, Lala«, sagte Owen. »Holden fährt mich gleich zum Flughafen. Ich muss geschäftlich nach Boston.«

»Oh.« Ich lächelte gezwungen. »Kein Problem. Dann bestelle ich mir einfach ein Uber oder so.«

»Oder ich hole dich ab«, warf Holden ein und trank einen Schluck aus seiner Tasse.

»Nein, schon gut.« Ich winkte ab. »Ich will dir nicht ständig zur Last fallen. Ich habe Owen nur wegen der Nähe zu seinem Büro gefragt, und weil ich weiß, dass er manchmal mit dem Auto fährt, um Kunden abzuholen.«

»Wo genau ist denn das Pflegeheim?«

»In Hoboken.«

»Na, da hast du Glück. Ich schiebe es schon länger vor mir her, nach The Heights zu fahren, das liegt gleich neben Hoboken. Wir haben uns Equipment bei einem Freund ausgeliehen, das ich zurückbringen muss. Das kann ich heute Nachmittag erledigen und dich dann direkt am Pflegeheim abholen. Dann musst du weder die PATH noch die U-Bahn nehmen.«

»Oh, nein. Ich will dir keine Umstände machen.«

Holdens Kiefermuskel zuckte. »Ich bestehe darauf. Schick mir die Adresse, und ich werde da sein.«

Verdammt. Genau aus diesem Grund hatte ich mich nicht an ihn gewendet, sondern an Owen. Jetzt freute ich mich schon auf den Abend, nur weil er mich abholen würde. Der Mann war wie Kryptonit. Ich zwang mich zu lächeln. »Danke, Holden.«

Owen stellte seinen Kaffeebecher in die Spüle und wies mit dem Daumen in Richtung Schlafzimmer. »Ich muss zu Ende packen. Tut mir leid, dass ich nicht helfen kann.« Er sah Holden scharf an. »Aber ich bin sicher, dass Holden sich von seiner besten Seite zeigen wird, wenn er dich abholt.«

Holden sah ihn wütend an. »Tue ich das nicht immer?«

Owen seufzte. »Einen schönen Tag, Lala.«

»Dir auch, Owen.«

Als er mich mit Holden allein ließ, zeigte ich zur Tür. »Ich muss mich auch beeilen.«

Er nickte. »Denk dran, mir die Adresse zu schicken.«

»Mache ich.«

»Oh, und Lala?«

»Ja?«

Holden lächelte. »In der Nähe von Owens Büro gibt es keine PATH-Haltestelle. Wenn du vorgeben willst, dass du einen von den anderen Jungs fragst, weil es praktischer ist, und nicht, weil du versuchst, mich zu meiden, solltest du erst mal in den Stadtplan gucken.«

»Bemühen Sie sich nicht.« Theodore Mills winkte ab, als ich seine Bettdecke richtete, nachdem ich ihm beim Aufstehen geholfen hatte. »Das übernimmt meine Clara. Sie versteckt jeden Tag beim Bettenmachen ein Stück Schokolade und tut so, als wäre sie es nicht gewesen. Das macht sie schon, seit wir sechzehn waren.«

Mir wurde warm ums Herz. »Wow, schon so lange?« Ich ging um das Bett herum und hielt ihm meinen Arm hin. »Die Schwester hat gesagt, wenn ich Sie nicht stütze, müssen Sie den Rollator nehmen. Sie wollen doch nicht, dass ich gleich an meinem ersten Tag hier Ärger bekomme, oder?«

Theo verzog das Gesicht, hakte sich aber bei mir unter. Wir gingen im Schneckentempo zum Aufenthaltsraum und setzten uns auf die Couch. Heute ging es um die Beurteilung des Erinnerungsvermögens der Studienteilnehmer, und ich war bei den Tests dabei gewesen, die der Neurologe mit allen gemacht hatte. Er hatte sie beispielsweise gebeten, sich ein paar Wörter zu merken, dann mussten sie fünf Minuten lang eine Reihe von Fragen beantworten und im Anschluss die Wörter wiederholen. Aber standardisierte Tests sagen nicht immer alles, und ich wollte die Patienten ein bisschen besser kennenlernen.

»Wie sind Sie mit Clara zusammengekommen?«

Theo lächelte. »Wir sind uns auf einer Halloweenparty begegnet. Sie war als Marilyn Monroe verkleidet, und ich war Joe DiMaggio.«

»Wow. Das klingt, als ob sie von Anfang an füreinander bestimmt waren.«

»Ich war gleich in sie verknallt, als sie hereinkam. Ich hatte den ganzen Abend ein Auge auf sie, aber sie hat mit einem Vampir geplaudert. Irgendwann hat sie ihre Schuhe ausgezogen. Ich habe mir unbemerkt einen genommen und bis zum Schluss behalten. Sie musste ihn natürlich suchen, bevor sie sich auf den Heimweg machte, und ich wollte mir die Gelegenheit nicht entgehen lassen, sie kennenzulernen, und sei es nur, um ihr den Schuh zurückzugeben.«

Ich lachte. »Was für eine süße Geschichte.«

»Als sie ihn suchte, habe ich mich hingekniet und ihr den Schuh angezogen. Sie meinte, sie fühle sich ein bisschen wie Aschenputtel, und ich habe vorgeschlagen, dass wir uns im nächsten Jahr so verkleiden sollten – als Märchenprinz und Aschenputtel. Schließlich lebten sie glücklich miteinander bis ans Ende ihrer Tage, während Marilyn und Joe sich scheiden ließen.«

»Wie alt waren Sie, als Sie geheiratet haben?«

Zum ersten Mal hatte Theo die Antwort nicht sofort parat. Er dachte angestrengt nach, dann schüttelte er den Kopf. »Als ich sie an dem Abend nach Hause brachte, habe ich ihr gesagt, dass ich Kaubonbons mit Fruchtgeschmack liebe – sie wurden in einer Fabrik in Brooklyn hergestellt, nicht weit von meinem Elternhaus entfernt. Am nächsten Tag zog ich das Jackett an, das ich am Vorabend getragen hatte, und fand ein paar davon in meiner Tasche. Meine Clara hatte sie mir unbemerkt hineingesteckt. Ich nasche gern, und seither versteckt sie überall Süßigkeiten.«

Ich sollte Warren und Holden vergessen, denn womöglich eroberte Theodore Mills gerade mein Herz. Ich hatte zehn bis fünfzehn Minuten mit jedem Teilnehmer verbracht, aber bei Theo blieb ich länger sitzen und lauschte einer Geschichte aus seinem Leben nach der anderen. Es war irgendwie süß, dass er seine Frau nie Clara nannte, sondern immer *meine* Clara. Irgendwann lachten wir herzlich miteinander, als eine Frau mit einem freundlichen Lächeln auf uns zukam.

»Schön zu sehen, dass mein Mann noch immer junge Damen bezaubern kann.«

»Das kann er auf jeden Fall.« Ich stand lächelnd auf. »Ihr Mann hat mir so viele großartige Geschichten erzählt. Freut mich, Sie persönlich kennenzulernen. Ich bin Laney Ellison. Ich führe die Forschungsstudie durch, an der Ihr Mann teilnimmt. Sie müssen Clara sein.«

Das Lächeln der Frau verblasste. »Ich bin Mary.«

»Oh, tut mir furchtbar leid. Ich dachte, Sie wären Mrs Mills, die Frau von Theodore.«

»Ich bin seine Frau. Er verwechselt mich manchmal mit jemandem aus seiner Vergangenheit.« Sie hielt inne. »Seine erste Liebe hieß Clara.«

Ach, du lieber Himmel. Ich hätte vor Scham im Boden versinken können und kam mir vor wie eine Riesenidiotin.

Die Krankenschwester, die den Teilnehmern zuvor Blut abgenommen hatte, kam herein. »Theodore, es wird Zeit für Ihre Medikamente. Soll ich sie Ihnen herbringen?«

Mrs Mills, die also Mary hieß, wandte sich ihrem Mann zu. »Möchtest du dich vor dem Abendessen noch ein bisschen ausruhen?«

Er nickte. »Ja, das klingt gut. Okay.«

Die Schwester half Theodore beim Aufstehen.

»Danke für alles«, sagte ich. »Es war mir ein Vergnügen, Sie kennenzulernen. Wir sehen uns bald wieder.«

»Nehmen Sie ihn mit, Patty?«, fragte Mrs Mills. »Ich würde gern noch mit Miss Ellison reden, wenn das okay ist.«

»Natürlich, lassen Sie sich Zeit«, entgegnete die Schwester.

Als wir allein waren, schloss ich die Augen. »Es tut mir so leid, dass ich Sie mit dem falschen Namen angesprochen habe.«

Sie lächelte. »Schon gut. Keine große Sache. Er nennt mich in letzter Zeit häufiger Clara.« Sie zeigte auf die Couch. »Wollen wir uns ein paar Minuten hinsetzen? Ich würde Ihnen gern noch einiges über Theo erzählen.«

»Ja, das wäre toll.«

Nachdem wir uns hingesetzt hatten, seufzte Mary. »Theo und Clara haben sich vor sechzig Jahren kennengelernt, da waren sie beide erst sechzehn. Sie war damals die Liebe seines Lebens, aber als sie anderthalb Jahre zusammen waren, verlor Claras Vater seine Stelle, und sie mussten dreitausend Kilometer weit wegziehen. Sie haben sich über mehrere Jahre geschrieben und wollten mit einundzwanzig zusammen abhauen. Währenddessen haben Theo und ich uns im College kennengelernt und sind gute Freunde geworden. Also, zumindest betrachtete er mich als gute Freundin. Ich war wahnsinnig in ihn verliebt.« Sie lächelte nachdenklich. »Er war schon immer ein Charmeur. Jedenfalls waren wir eines Abends auf einer Party. Wir hatten beide ein bisschen zu viel getrunken, und eins führte zum anderen, und am Ende war ich schwanger. Ich wusste, dass Theodore Clara liebte, aber er beharrte darauf, dass er mich ebenfalls liebe und wir heiraten müssten. Er ist ein guter Mann. Und er war in den vergangenen fünfundfünfzig Jahren ein guter Vater und Ehemann, aber er hat nie aufgehört, Clara zu lieben. Das Gedächtnis meines Mannes verabschiedet sich. Eines Tages wird er sich nicht mehr an mich erinnern, aber seine Clara wird er nie vergessen.«

Ich wusste nicht, was ich sagen sollte. Es war mir unangenehm, dass sie wegen mir an diese Geschichte erinnert worden war. »Es tut mir so leid.«

Sie drückte mir die Hand. »Das muss es nicht. Ich erzähle Ihnen das nicht, um Ihnen ein schlechtes Gewissen zu machen. Ich dachte, es ist wichtig für Sie zu wissen, wie sein Kopf funktioniert und in welcher Verfassung er ist. Bei Gesprächen mit vielen der Patienten hier denkt man, sie wären bei klarem Verstand, und manchmal sind sie das auch. Aber wenn sie es nicht sind, ist das oftmals gar nicht so leicht zu erkennen.«

Ich nickte. »Danke, dass Sie mich ins Vertrauen ziehen. Sie haben recht. Ich habe nicht gemerkt, dass wir über jemanden aus Theos lange zurückliegender Vergangenheit gesprochen haben. Und es ist wichtig, das Stadium seiner Erkrankung genau zu erfassen, damit meine Studie korrekte Ergebnisse liefert.«

Mary lächelte. »Nun, wenn er bei Ihrem nächsten Besuch wieder von Clara redet, bezieht er sich vielleicht tatsächlich auf die Gegenwart. Ich habe Clara eingeladen, Theo zu besuchen. Ich möchte, dass er glücklich ist, solang er noch weiß, was Glück ist, und da dachte ich, die beiden würden vielleicht gern in Erinnerungen schwelgen.«

»Wow.« Ich schüttelte den Kopf. »Das ist … sehr großzügig von Ihnen.«

»Es ist das Mindeste, was ich tun kann, nachdem Theo mir gegenüber viele Jahre lang so großzügig war.« Ihr kamen die Tränen. »Manchmal habe ich das Gefühl, als ob ich ihn um etwas Unersetzbares beraubt habe. Ich hatte gedacht, ihre Verbindung wäre längst erloschen, aber diese Krankheit hat mich eine Menge über Liebe gelehrt. Wahre Liebe endet nicht, wenn Menschen voneinander getrennt werden. Bei der wahren Liebe bleiben die Gefühle bestehen, auch wenn Menschen getrennt sind.« Sie wischte sich über die Wangen und stand auf. »Jetzt muss ich mich darum kümmern, dass Theo kein Theater macht, wenn ihm die Schwester seine Medikamente gibt. Es war schön, Sie kennenzulernen, Miss Ellison, und ich wünsche Ihnen viel Erfolg mit Ihrer Studie. Wir brauchen weiß Gott ein Heilmittel gegen diese schreckliche Krankheit.«

»Vielen Dank, und bitte, nennen Sie mich Laney. Es hat mich sehr gefreut, Sie und Ihren Mann kennenzulernen.«

Meine Stimmung den restlichen Nachmittag über ließ sich wohl nur als melancholisch beschreiben. Ich dachte die ganze

Zeit darüber nach, ob Holden vielleicht meine Clara war. Theo und Mary hatten allem Anschein nach ein wunderbares Leben miteinander verbracht, aber ihre Geschichte hatte auch etwas Tragisches. Ich wusste, dass ich mit Warren glücklich sein könnte. Wir würden ein sehr angenehmes Leben führen. Aber reichte das aus, um die quälenden Fragen in Bezug auf meine Gefühle für Holden zu vertreiben? Oder würde ich in Theos Alter immer noch darüber nachdenken, was hätte sein können? Es gab viel zu bedenken, und das Thema belastete mich – zumindest bis Holden eintraf. Lächelnd kam er hereingeschlendert, und mein jämmerliches Herz raste in vollem Galopp los.

»Hey, du hättest nicht reinkommen brauchen«, sagte ich. »Ich wollte nicht, dass du extra einen Parkplatz suchen musst.«

Er zuckte mit den Schultern. »Du hast gesagt, du hast Kartons dabei, und ich dachte, ich helfe dir beim Tragen.«

»Danke.«

Ich hatte insgesamt acht Kartons voller Patientenakten und Notizen dabei. Es wäre also ziemlich schwierig in der PATH gewesen, von der U-Bahn ganz zu schweigen. Holden und ich luden sie in den Van der Band und stiegen ein.

»Danke noch mal fürs Abholen.«

»Keine Ursache.« Er steckte den Schlüssel ins Zündschloss, ließ die Hand aber wieder sinken und sah mich an. »Rede mit mir, bevor wir losfahren. Warum hast du dich wirklich an Owen gewandt, und nicht an mich?«

Ich senkte den Blick. »Ich habe deine Hilfe schon oft genug in Anspruch genommen. Ich bin wie die kleine nervige Schwester, die du nie hattest.«

Holden legte mir zwei Finger unters Kinn und hob meinen Kopf, bis sich unsere Blicke trafen. »Blödsinn. Sieh mich an und sag mir, dass du mir nicht wegen dem, was neulich am Telefon passiert ist, aus dem Weg gehst.«

Das konnte ich nicht, und Holden ließ schnaufend den Kopf hängen. »Verdammt. Ich habe echt Scheiße gebaut.«

»Wir haben schon darüber geredet, Holden. Du trägst nicht die alleinige Schuld. Ich hätte auflegen können. Außerdem bist *du* Single.«

Er rieb sich den Nacken. »Ich will dich nicht verlieren, Lala. Du bist mir wirklich wichtig. Sehr wichtig.«

»Du wirst mich nicht verlieren.«

Er sah mir wieder in die Augen. »Es fühlt sich aber so an. Du kannst mich nicht mal bitten, dich abzuholen.«

»Tut mir leid. Dass ich dich nicht fragen wollte, hat eher mit dem zu tun, was in meinem Kopf vorgeht. Es hat nichts mit unserer Freundschaft zu tun. Sobald ich nicht mehr so durcheinander bin, wird sich alles normalisieren. Versprochen.«

Holden ließ die Schultern hängen. »Okay.«

Er startete den Wagen, und wir fuhren zurück nach Manhattan. Wir plauderten zwar, aber Holden war stiller denn je und offenbar in Gedanken versunken. Die Distanz zwischen uns war schlimm, aber zu diesem Zeitpunkt wahrscheinlich das Beste.

Als wir zu Hause ankamen, parkte Holden in zweiter Reihe und half mir, die Kartons hochzutragen. Danach verabschiedete er sich gleich und murmelte etwas davon, den Van wegfahren zu müssen, aber meinem Gefühl nach steckte mehr dahinter.

Einige Stunden später versuchte ich zu schlafen, doch mein Kopf ließ es nicht zu. Deshalb stand ich auf, schenkte mir ein Glas Wein ein und beschloss, auf der Feuertreppe frische Luft zu schnappen. Aber als ich hinauskletterte, stellte ich fest, dass ich nicht allein war.

»Oh!« Ich erstarrte. »Sorry, ich habe nicht gesehen, dass du hier draußen bist. Ich konnte nicht schlafen und dachte, ich gehe an die frische Luft und trinke einen Wein.«

Holden hielt eine Flasche hoch. »Ich auch.«

»Trinkst du direkt aus der Flasche?«

Er nahm einen großen Schluck und schaute hinaus auf die Stadt. »Japp.«

Holden war nicht gerade gesprächig. »Dann lasse ich dich wohl besser in Ruhe?«

»Warum solltest du das tun, nachdem ich *dir* keine Ruhe gelassen habe, seit du nach New York gekommen bist, Lala ... *Fa la la la, la la la la.*« Den letzten Teil sang er zur Melodie des Weihnachtslieds *Deck the Halls*.

Ich zog die Augenbrauen zusammen. »Wie viel hast du schon getrunken?«

Er hob die Flasche und spähte hinein. »So viel, dass ich nichts mehr abgeben kann.«

Ich lachte. »Schon gut. Ich habe mir selbst ein Glas mitgebracht. Aber bist du sicher, dass du Gesellschaft willst?«

»*Deine* Gesellschaft hätte ich gern, Laney Jane Ellison.«

Ich setzte mich. »Oh-oh. Du nennst mich bei meinem vollen Namen. Dann stecke ich wohl in Schwierigkeiten.«

Holden schüttelte den Kopf. »Ich denke, *ich* bin in Schwierigkeiten. Ich war ein böser Junge. Ein ganz böser Junge.«

»Wovon redest du?«

Er drohte mir mit dem Finger. »Weißt du, wie lange es her ist, seit ich zuletzt mit einer Frau zusammen war?«

Bevor ich antworten konnte, zeigte er auf mich.

»*Falsch!* Viel länger.«

Ich kicherte. »Flaute, hm?«

Er zeigte auf seinen Schritt. »Er hat das Interesse an anderen Frauen verloren.«

An anderen Frauen? Holden war schon etwas angetrunken, aber es klang, als hätte er gesagt, ich sei die einzige Frau, für die er sich interessierte.

»Wieso?«

»Wieso mein Schwanz das Interesse verloren hat? Weil er stur ist. Das war er schon immer.« Holden sah zu mir herüber. »Er will dich mehr, als du dir vorstellen kannst. Aber keine Sorge …« Er tippte sich an die Schläfe. »Ich habe ihn jetzt unter Kontrolle. Eine Zeit lang stand auf Messers Schneide, wer hier das Schiff steuert. Aber jetzt nicht mehr.«

»Was meinst du damit?«

»Ich habe ein Date für ihn klargemacht.«

Ich bekam Panik. »Was?«

»Er braucht Ablenkung, und das hat Kayla Weathers voll drauf.« Er prustete. »Und sie steht total auf Schwänze.«

Mir drehte sich der Magen um. Ich fühlte mich, als hätte ich saure Milch getrunken, die in mir gärte. Die Vorstellung von Holden mit einer anderen Frau war niederschmetternd, obwohl ich wusste, dass ich nicht das Recht hatte, so zu empfinden. Ich war verdammt noch mal verlobt.

»Tut mir leid, dass ich dir kein besserer Freund war«, sagte Holden plötzlich im Flüsterton.

»Wovon redest du? Du warst mir immer ein guter Freund. Du hast mich durch die Gegend gefahren, alles in meiner Wohnung repariert, mir ein halbes Dutzend Mal mit dem Auto geholfen …«

Holden schüttelte den Kopf. »Ein besserer Freund hätte Distanz gewahrt.«

»Ich bin genauso schuldig wie du. Du hast gesagt, du willst mich mehr, als ich mir vorstellen kann. Aber du bist nicht der Einzige, der dieses Verlangen hat, Holden.«

Er lächelte traurig. »Ich weiß. So ein Verlangen kann echt scheiße sein. Aber was immer zwischen uns ist, es endet heute Nacht.« Holden rappelte sich auf. »Mir liegt zu viel an dir, als dass ich dein größter Fehler sein will. Mach's gut, Süße.«

14. KAPITEL

HOLDEN

Am folgenden Tag schaute Owen nach der Rückkehr von seiner Boston-Reise bei mir herein. Er trug noch seine Arbeitskluft; der Mann lebte praktisch in Anzügen. Er sah mich prüfend an, als er auf meine Couch zusteuerte, und ich wusste, was jetzt kommen würde. Aber nach dem gestrigen Gespräch mit Lala auf der Feuertreppe hatte ich miese Laune und keine Lust auf sein übliches Gequatsche.

»Wie ist es gelaufen, als du Lala aus New Jersey abgeholt hast? Du hast es wieder mal geschafft, dir Zeit mit ihr zu ergaunern, was?«

Ich ballte die Hände zu Fäusten. »Halt die Klappe, Owen.«

»Aber es ist doch wahr, oder?«

»Du willst die Wahrheit? Die Wahrheit ist, dass ich dir eine reinhaue, wenn du nicht mit dem Mist aufhörst und weiter deine verdammte Nase in anderer Leute Angelegenheiten steckst.«

»Ach, du liebe Zeit. Beruhige dich.« Er runzelte die Stirn. »Bist du okay?«

»Du tust so, als wäre die Geschichte mit Lala ein verdammtes Spiel für mich. Aber das stimmt nicht. Die Sache macht mich fertig, und der Rückzug fällt mir schwer.«

Er stutzte. »Rückzug?«

»Ja. Du musst mich nicht mehr überwachen.«

»Wovon redest du?«

»Gestern war ich etwas betrunken und habe ihr gesagt, dass ich damit fertig bin. Und dass ich nicht ihr größter Fehler sein will. Dann bin ich abgehauen. Und es war mir ernst. Ich habe mit der Sache abgeschlossen.«

Owen kniff die Augen zusammen. »Du siehst aber nicht so aus, als wärst du damit fertig, mein Freund.« Er klopfte mir auf die Schulter. »Ehrlich gesagt siehst du beschissen aus.«

»Leck mich.« Ich schmunzelte.

Owen sah mich einige Sekunden lang an. »Weißt du … Ich glaube, mir wird gerade erst klar, wie sehr dich die Geschichte quält.« Er seufzte. »Ich weiß, sie bedeutet dir viel. Daran bestand nie ein Zweifel, und das ist auch nicht das Problem.«

»Ich hatte kein Date mehr mit einer anderen Frau, seit Lala hier ist, Owen.« Ich zeigte auf meine Brust. »Ich! Was sagt dir das? Es ist verdammt merkwürdig. So etwas ist noch nie vorgekommen. Es ist, als ob ich einen Tunnelblick hätte. Je klarer ich erkenne, dass ich sie nicht haben kann, desto mehr will ich sie.«

Owen stand auf und holte sich ein Bier aus dem Kühlschrank. Er öffnete die Flasche und warf den Verschluss zur Seite.

»Du musst dich zwingen, es irgendwie hinter dir zu lassen. Nicht nur weil sie verlobt ist, sondern zu deinem eigenen Besten.«

»Ich werd's versuchen.« Ich atmete tief durch. »Heute Abend fange ich damit an. Wirklich.«

»Es wird leichter, wenn sie wieder zurück nach Pennsylvania geht«, sagte er.

»Ja«, entgegnete ich, obwohl mich dieser Gedanke – oder dass sie womöglich nach Kalifornien umzog – ebenfalls fertigmachte.

»Du weißt, ich passe nur auf sie auf, wie Ryan es getan hätte.« Er trank einen Schluck. »Aber es tut mir leid, dass ich dir so zugesetzt habe. Ich verstehe jetzt, dass du selbst wahrscheinlich am härtesten zu dir warst, härter als alle anderen.«

»Ist das etwa eine Entschuldigung? Das sieht dir gar nicht ähnlich.«

»Gewöhn dich nicht dran.« Er grinste. »Und nur damit du es weißt: Ich bin stolz auf dich, weil du es nicht zu weit treibst und versuchst, das Richtige zu tun.«

Owen wusste zwar von der Nacht im Hotel, aber von dem Telefonsex wusste er nichts. Ich wollte Lalas Vertrauen nicht missbrauchen und behielt es lieber für mich. Wahrscheinlich wäre er nicht so nachsichtig, wenn er wüsste, wie weit ich es tatsächlich getrieben hatte.

»Es ist komisch, aber irgendwie beneide ich dich«, sagte Owen.

Ich blinzelte verdutzt. »Um was? Um meinen Samenstau oder um mein Unvermögen, bei anderen Frauen einen hochzukriegen?«

»Um nichts von beidem.« Er lachte. »Ich schätze, ich beneide dich um deine Leidenschaft ihr gegenüber, auch wenn ihr vielleicht nicht die Richtigen füreinander seid. Du weißt wenigstens, dass du so für jemanden empfinden *kannst.*«

»Glaub mir, Bruder, das willst du nicht. Eine Frau zu wollen und sie nicht haben zu können ist die absolute Folter.«

Owen schaute in seine Flasche. »Ich würde sehr gern etwas für jemanden empfinden … und mich innerlich nicht immer so verdammt tot fühlen. Manchmal zweifle ich daran, ob ich überhaupt dazu in der Lage bin. Es ist einfach noch nie passiert.«

Ich erkannte, dass ich so tief in die Lala-Geschichte verstrickt gewesen war, dass mir wahrhaftig entgangen war, wie deprimiert sich mein Freund Owen fühlte. Er war ein Workaholic, und ich hatte immer gedacht, er wäre zu beschäftigt für irgendetwas anderes oder einfach zu wählerisch. Mir war nie in den Sinn gekommen, dass er das Gefühl hatte, etwas zu verpassen. Aber vielleicht steckte mehr dahinter, dass er kein Liebesleben hatte.

Ich zog eine Augenbraue hoch. »Denkst du, mit dir stimmt etwas nicht oder so?«

»Ich weiß es wirklich nicht, Mann. Bei den letzten Frauen, mit denen ich geschlafen habe, war es so, dass ich danach nicht schnell genug abhauen konnte. Ich hätte alles dafür gegeben, bleiben zu wollen – die ganze Nacht zu reden, nicht genug von jemandem bekommen zu können. Ich habe das Gefühl, mit der Richtigen dazu bereit zu sein, aber mir ist noch keine begegnet, die solche Gefühle in mir weckt, wie du sie offenbar für Lala hast.«

Ich schüttelte den Kopf. »Mir wäre es ehrlich gesagt lieber, in deiner Lage zu sein. Ich sehne mich in die Zeit zurück, als ich nichts empfunden habe, wirklich.« Ich stöhnte. »Ich kann es nicht erwarten, wieder nichts zu empfinden.«

»Wir stehen momentan auf zwei verschiedenen Seiten des Spektrums.« Owen sah auf seine Uhr. »Scheiße. Wir müssen rauf zu Colby. Wir sind spät dran.«

Ich hatte das Dinner fast vergessen. »Apropos, hast du eine Ahnung, worum es geht?«, fragte ich.

Colby und Billie hatten uns zu sich eingeladen und ausdrücklich um unser Erscheinen gebeten – denn aus einem unbekannten Grund war es offenbar wichtig, dass wir alle zusammenkamen. Deshalb fragte ich mich, was los war. Aber ich hatte so einen Verdacht.

»Nein«, sagte Owen, »aber wir werden es bestimmt gleich erfahren.«

Als wir zu unseren Freunden kamen, hing Knoblauchgeruch in der Luft. Fünf große Pizzaschachteln stapelten sich neben Wein und Gläsern auf dem Esszimmertisch. Die Wohnung von Colby und Billie war gemütlich und voller Leben. Saylors Spielzeug war auf dem Boden verstreut, und überall hingen Billies Kunstwerke – da war es schwer zu glauben, dass Colby einmal der eingefleischteste Junggeselle von uns allen gewesen war.

Die kleine Saylor kam auf mich zugelaufen. »Holden! Du musst dir Guinevere angucken. Sie ist sooo dick geworden!«

Es freute mich, dass sie das Meerschweinchen erwähnte, das ich ihr geschenkt hatte.

»Ja, Holden«, rief Colby. »Willst du nicht auch gleich den Käfig sauber machen? Danke noch mal für das tolle Geschenk.«

»Ein Geschenk, das nicht aufhört zu schenken«, sagte ich augenzwinkernd. »Gern geschehen, Kumpel.«

Nach einem kurzen Ausflug in Saylors Zimmer, um Guinevere Hallo zu sagen, kehrte ich ins Wohnzimmer zurück. Owen hatte sein Jackett ausgezogen und krempelte die Ärmel seines Hemds hoch, während er es sich auf dem Sofa bequem machte und von den Chips mit Salsa auf dem Beistelltisch naschte.

Brayden erschien einen Augenblick später auf der Bildfläche. »Okay, was ist hier eigentlich los?«, fragte er. »Dass wir an einem Freitagabend zusammen essen, kommt nicht so oft vor. Hast du uns etwas zu sagen, Colby?«

»Moment noch. Sind alle da?«, fragte Colby und wandte sich Billie zu. »Wollte Lala nicht auch kommen?«

Mir sträubten sich sofort die Nackenhaare. Aus irgendeinem Grund war mir nicht in den Sinn gekommen, dass sie auch dabei sein könnte.

»Lala schafft es leider nicht. Wir müssen es also ohne sie machen. Aber sie weiß es schon.«

Was weiß sie?

»Gut, Leute.« Colby klatschte in die Hände und holte tief Luft. »Wir haben es Saylor vorhin gesagt, und sie darf es euch verkünden, weil sie sich so freut.« Er wandte sich seiner Tochter zu. »Saylor, was wollen wir deinen Onkeln unbedingt erzählen?«

Sie hüpfte quieksend auf und ab. »Ich werde bald eine große Schwester sein!«

Ich strahlte, denn genau das war mein Verdacht gewesen. Ich war erleichtert, dass es nicht irgendeine schlechte Nachricht war.

Brayden fielen fast die Augen aus dem Kopf. »Ist nicht wahr!«

Owen grinste. »Glückwunsch, Leute!«

»Ich wusste es«, sagte ich und umarmte Billie.

»Ach ja?«

»Ich hatte so eine Ahnung. Herzlichen Glückwunsch, Mama.«

»Danke, Holden.«

Dann schloss ich Colby in die Arme. »Und du, Kollege … Gut gemacht.«

Er klopfte mir auf die Schulter. »Danke, Mann. Wir sind überglücklich.«

Ich hätte mich nicht mehr für meine Freunde freuen können. Colby und Billie passten perfekt zueinander, obwohl sie völlig unterschiedlich zu sein schienen. Als sie sich kennengelernt hatten, war ich überrascht gewesen, dass meine verrückte Tätowiererin sich zu meinem überkorrekten Freund, dem alleinerziehenden Vater, hingezogen gefühlt hatte – und nicht zu mir. Sie waren wie Yin und Yang, wie ich immer sagte. Und obwohl Billie der kleinen Saylor – deren biologische Mutter sich aus dem Staub gemacht hatte – inzwischen zur

Mutter geworden war, fand ich es cool, dass sie und Colby auch noch ein gemeinsames Kind bekamen. Bisher hatte ich bei dem Prinzip Yin und Yang nur an Colby und Billie gedacht, aber es traf auch auf Lala und mich zu. Wir waren vollkommen gegensätzlich, und vielleicht beruhte die extreme Anziehung zwischen uns darauf. Das bedeutete zwar immer noch nicht, dass ich der Richtige für sie war, aber es ließ sich nicht bestreiten, dass Gegensätze sich anzogen. Im Grunde wollte ich Lalas Yin mit meinem Yang ergänzen – und genau das war das Problem.

Nach der großen Verkündigung setzten wir uns zum Essen an den Tisch. Die Stimmung war heiter, und alle stellten Vermutungen zum Geschlecht an und machten Namensvorschläge. Ich fragte mich unwillkürlich, warum Lala nicht gekommen war.

Nach dem Essen begegnete ich Billie in der Küche, als ich meinen schmutzigen Teller wegbrachte.

»Also … Du hast vorhin gesagt, dass Lala es schon weiß?«

Billie räusperte sich. »Wir waren neulich zusammen essen, und ich habe sie eingeweiht. Ich musste es einfach jemandem sagen. Ich konnte es nicht mehr für mich behalten.«

»Sie hat nicht durchblicken lassen, dass sie es weiß.«

»Ja. Ich habe sie gebeten, es euch Jungs nicht zu verraten, weil wir es euch allen zusammen sagen wollten.«

Billie hatte mich im Verlauf des Abends ein paarmal komisch angesehen, woraus ich schloss, dass sie etwas darüber wusste, was zwischen Lala und mir vorging. Ich konnte nicht anders, als dem auf den Grund zu gehen.

Ich rieb mir angespannt die Hände. »Kann ich dich etwas fragen, Billie?«

Sie legte den Kopf schräg. »Klar.«

»Ist Lala meinetwegen nicht gekommen?«

Sie biss sich auf die Unterlippe. »Das weiß ich nicht, Holden. Ehrlich. Sie hat mir gesagt, sie muss lange arbeiten. Ob es stimmt, kann ich nicht beurteilen. Sie hat nichts davon gesagt, dass sie deinetwegen nicht kommen will, und ich habe keinen Grund, ihr nicht zu glauben.«

»Okay.« Ich nickte. »In Ordnung.«

»Gibt es denn einen Grund, warum sie dich meiden könnte?« Sie grinste.

»Sei ehrlich zu mir, Billie. Wie viel weißt du darüber, was zwischen mir und Lala in letzter Zeit vorgefallen ist?«

Billie schaute zur Küchentür und antwortete mit gesenkter Stimme. »Genug, um zu wissen, dass du eine zweite Karriere als Telefonsexanbieter anfangen könntest.«

Tja, na dann. »Sie hat dir anscheinend nichts verschwiegen.«

Sie seufzte. »Lala brauchte jemanden zum Reden. Sie vertraut darauf, dass ich es niemandem sage, und ich habe es Colby nicht verraten. Ich will nicht, dass er dich zusammenscheißt. Meiner Meinung nach ist es eine Sache zwischen dir und Lala. Und du kannst dich darauf verlassen, dass ich kein Wort darüber verliere. Aber ich habe dir gesagt, dass ich es weiß, weil ich mit *dir* reden möchte. Ich wüsste gern, was in *deinem* Kopf vorgeht, Holden. Denn die Situation kann auch für dich nicht einfach sein.«

»Spielt es eine Rolle, was in meinem Kopf vorgeht?«

»Selbstverständlich. Ihr seid mir beide wichtig. Und trotz deines Rufs glaube ich, dass du in deinem Innersten ganz weich bist. Ich möchte nicht, dass du verletzt wirst.«

»Du meinst, *ganz tief* in meinem Inneren, oder? Denn an dieser Oberfläche hier ist nichts Weiches. Nur um das klarzustellen.« Ich schmunzelte.

»Klar.« Sie lachte. »Natürlich. Nur ganz tief drinnen.«

Ich atmete frustriert aus. »Es war heftig, ehrlich gesagt. Ich habe die Grenze mit ihr überschritten und sie aufgrund meiner Schwäche in eine schwierige Lage gebracht – und das mehr als einmal.«

»So leicht lässt sich niemand in irgendeine Lage bringen, wenn er es nicht will, Holden. Sie ist offensichtlich in dich vernarrt und kämpft auch mit ihren Gefühlen.«

»Ich war früher schon in sie verknallt, und alte Gewohnheiten sind anscheinend schwer abzulegen.« Ich hielt inne. »Aber sie ist verlobt. Das muss ich akzeptieren.«

»Was wird denn hier getuschelt?«, fragte Colby hinter mir. »Du versuchst doch wohl nicht, meine Frau anzugraben, so wie früher, oder?«

Ich verschränkte die Arme vor der Brust. »Wir haben nur über … das Leben gequatscht.«

»Über das Leben.« Er sah mich an. »Über Lala, meinst du?«

Billie schaute zu mir und formte lautlos mit den Lippen: »Ich habe nichts gesagt.«

»Wieso denkst du, wir würden über Lala reden?«, fragte ich.

»Ich bin ja nicht blöd. Ich habe dein Gesicht gesehen, als Billie sagte, dass Lala nicht kommt. Und du gehst mir neuerdings aus dem Weg, was nur bedeuten kann, dass es etwas gibt, das du mir nicht erzählen willst. Ich kenne dich, Holden.«

»Mit Lala ist gar nichts«, erklärte ich. »Sie ist immer noch verlobt. Ich bin immer noch … ich. Und ich lasse jetzt sämtliche verkorksten Gefühle hinter mir, die ich vielleicht für sie hatte. Ende der Geschichte.«

»Wow. Klingt kinderleicht«, spottete er. »Und das macht mich misstrauisch. Es erinnert mich daran, wie ich früher einmal mitten in der Nacht Ryans Fahrrad geklaut habe, um ihm einen Streich zu spielen. Dabei habe ich dich und Lala auf dem Dach gesehen. Als ich dich darauf angesprochen habe, bist du mir mit irgendeiner fadenscheinigen Geschichte gekommen, und danach hast du mich eine Woche lang gemieden.« Er lachte. »Ich glaube, jetzt erzählst du mir genauso einen Unsinn wie damals.«

Ich war Colby tatsächlich aus dem Weg gegangen. Von den Jungs war er immer derjenige gewesen, der mich am leichtesten durchschauen konnte.

»Wie auch immer …« Ich versuchte, das Thema zu wechseln. »Ich freue mich wirklich für euch. Ich kann es nicht erwarten, noch mal Onkel zu werden.«

»Aber bitte keine Tiergeschenke mehr«, sagte Billie.

»Solang Colby mir nicht auf den Sack geht, gibt es keine weiteren Überraschungen«, sagte ich augenzwinkernd. »Obwohl ich gehört habe, dass Wasserschweine tolle Haustiere sein sollen.«

»Was verpasse ich hier?« Brayden kam in die Küche.

»Nichts«, sagte ich.

»Verdammt, ich hatte gehofft, ihr tuschelt über Holdens Schwäche für Lala.«

Colby und Billie lachten, während ich keine Miene verzog.

»Wir haben über das Baby und zukünftige Haustiere gesprochen«, sagte ich.

»Ich bin schon so gespannt, wie er oder sie aussieht. Hoffentlich hat das Baby Glück und kommt nach Billie.« Brayden grinste. »Nichts für ungut, Colby.«

Nun kam auch Owen in die Küche. »Warum versteckt ihr euch alle hier?«

Brayden wandte sich ihm zu. »Die tun so, als würden sie nicht über Lala sprechen.«

»Ah.« Owen sah mich an. »Hast du ihnen von der Nacht im Hotel erzählt?«

Colby drehte sich mit großen Augen zu mir um. »Im Hotel?«

Ich raufte mir die Haare. »Da ist nichts passiert! Es ist eine lange Geschichte. Sie hatte eine Autopanne, und ich …«

»Jetzt mal im Ernst!«, schaltete Billie sich ein. »Du musst uns nichts erklären, Holden.« Sie sah ihren Mann an. »Selbst wenn irgendwas mit Lala laufen *würde*, ginge es uns nichts an.«

»Lala geht uns *immer* etwas an«, erwiderte Colby.

Billie stemmte die Hände in die Hüften. »Lala ist eine erwachsene Frau. Sie braucht euch Trottel nicht als Aufpasser. Und Holden lasst ihr bitte auch in Ruhe. Er hat nichts falsch gemacht. Und wenn, dann würde *ich* ihm in den Arsch treten, und sonst niemand. Verstanden?«

»Arsch?«, fragte ein kleines Stimmchen.

Saylor hatte sich zu uns gesellt.

Billie seufzte. »Nichts, mein Schatz. Vergiss, was du gehört hast.«

Saylor kicherte. »Redet ihr über Lala?«

Oh nein, sie nicht auch noch.

»Wie kommst du darauf?«, fragte ich.

»Ich habe gelauscht und ihren Namen gehört. Ich mag Lala. Sie hat schöne Haare.«

Verdammt, die hat sie wirklich. Ich würde gern dran ziehen, wenn ich …

»Onkel Holden! Du musst dich von Guinevere verabschieden, bevor du gehst.«

»Du kannst sie auch gern mit nach Hause nehmen, Holden«, warf Colby ein.

»Saylor …« Ich lächelte verschmitzt. »Hast du schon mal ein Wasserschwein gesehen?«

Nachdem ich dem Meerschweinchen, das ich fast mit Chips umgebracht hätte, ordnungsgemäß Auf Wiedersehen gesagt hatte, ging ich nach Hause. Ich konnte das ungute Gefühl nicht abschütteln, das mich den ganzen Abend begleitet hatte.

Es war wie ein Schlag in die Magengrube gewesen, dass Lala meine Nähe nicht mal lange genug aushalten konnte, um zur feierlichen Verkündigung ihrer Freunde zu erscheinen. Es war der Beweis dafür, dass ich genau das getan hatte, was ich immer befürchtet hatte: Ich hatte sie weggestoßen und verlor sie als Freundin. Das war für mich unannehmbar.

Bevor ich meine Tür aufschloss, blieb ich im Flur stehen und überlegte, ob ich bei ihr anklopfen sollte. Immerhin war es möglich, dass ich aus einer Mücke einen Elefanten machte. Vielleicht hatte sie tatsächlich lange gearbeitet. Ich musste wissen, ob sie die Wahrheit gesagt hatte.

Ich dachte daran, ihr zu schreiben, aber ich musste zu einer neuen Normalität finden, und je eher ich sie wiedersah, desto schneller konnte ich wieder Zeit mit ihr verbringen und mich bemühen, es nicht zu versauen.

Schließlich klopfte ich bei ihr an und wartete mit rasendem Herzen.

Lala sah mit ihren wilden Haaren und ihren großen Augen so schön und konfus aus wie immer, als sie mir aufmachte. Dann bemerkte ich die roten Flecken an ihrem Hals, die sie nur bekam, wenn ihr etwas sehr zu schaffen machte. Innerhalb von zwei Sekunden wusste ich, was es war. Denn als ich nach rechts schaute, sah ich, dass sie nicht allein war.

Warren war bei ihr.

15. KAPITEL

LALA

»Äh, Holden … Hallo. Was führt dich denn her?«

Holden schaute angespannt zwischen mir und Warren hin und her. »Ich wollte nur mal hören, ob die Spüle jetzt in Ordnung ist. Als du auf der Arbeit warst, habe ich den Abfluss mit Kitt abgedichtet.«

Ich hatte kein Problem mit der Spüle, war aber froh, dass er sich eine Ausrede ausgedacht hatte. »Oh, es hat anscheinend geklappt. Da tropft nichts mehr. Danke, dass du noch mal nachfragst.«

Wir standen schweigend voreinander, bis es unerträglich wurde. Schließlich hob Holden das Kinn und lächelte Warren an, aber ich konnte sehen, dass er sich dazu zwingen musste. »Hey Mann, was gibt's Neues?«

Warren legte mir die Hand in den Rücken. »Nicht viel. Ich habe meine Verlobte nur mit einem Wochenendbesuch überrascht.«

Holden schaute zu mir. »Cool. Dann lasse ich euch in Ruhe, wenn ja mit der Spüle alles in Ordnung ist.«

»Eigentlich«, sagte Warren, »bin ich froh, dass du vorbeischaust. Ich habe vorhin, als ich gekommen bin, bei dir geklopft, weil ich etwas mit dir bereden wollte …«

Ich sah ihn groß an. »Ach?«

Warren nickte in meine Richtung und wandte sich Holden

wieder zu. »Kannst du mir ein Restaurant empfehlen? Etwas Romantisches vielleicht?« Warren gab mir einen Kuss auf die Stirn. »Morgen ist der Jahrestag unseres ersten Dates, und in letzter Zeit habe ich meine zukünftige Frau nicht so oft gesehen. Ich würde Lala gern schick ausführen.«

Oh Gott. Mir wurde übel.

Holden funkelte Warren grimmig an. »Ich gehe nicht oft essen.«

»Nein? Ich dachte, bei deinen vielen Dates, von denen Laney mir erzählt hat, kennst du eine Menge romantische Lokale …«

Ich schloss die Augen. Als ich sie wieder öffnete, ruhte Holdens wütender Blick auf mir.

»Ich habe nie gesagt, dass Holden so viele Dates hat.«

Holden wurde rot. »Nur dass ich ständig vögele, was?«

»Holden …«

Er hob die Hand. »Schon gut. Ich meine, was wahr ist, ist wahr. Aber dass mir spontan kein romantisches Restaurant einfällt, hat wohl damit zu tun, dass meine schönsten Erinnerungen nicht mit solchen Orten zu tun haben. Die besten Abende hatte ich bei Wein und guten Gesprächen auf meiner Feuerleiter. Ich finde, man braucht keinen schicken, teuren Ort, wenn man mit einer besonderen Frau zusammen ist.« Holden fing noch einmal meinen Blick auf. »Aber ich sage Bescheid, wenn mir ein Restaurant einfällt. Gute Nacht.«

Sobald ich die Tür hinter ihm geschlossen hatte, ging ich zur Toilette, um ein bisschen Zeit für mich zu haben und einen klaren Kopf zu bekommen. Aber ich hätte vermutlich tagelang im Bad bleiben können und wäre immer noch durcheinander gewesen. Als ich zu Warren zurückkehrte, schenkte ich mir sofort ein Glas Wein ein und trank. Ich merkte erst, wie viel ich in mich hineingeschüttet hatte, als Warrens Blick auf das fast leere Glas fiel.

»Ich hatte echt Durst«, sagte ich.

»Das sehe ich. Aber Wasser ist besser gegen Durst als Alkohol. Der dehydriert dich nur noch mehr.«

»Stimmt … natürlich.« Ich schenkte mir nach. »Das hier trinke ich ein bisschen langsamer. Möchtest du auch noch?«

Warren zeigte auf das Glas, das ich ihm vor einer halben Stunde gebracht hatte. »Ich habe kaum einen Schluck getrunken.«

Ich fühlte mich unbehaglich, seit Warren vor ein paar Stunden bei mir aufgetaucht war, aber plötzlich wusste ich nicht einmal mehr, wie ich mich verhalten sollte.

Soll ich mich hinsetzen?

Was soll ich sagen?

Sieht er mich komisch an?

Warren fuhr sich mit dem Daumen über die Lippen. »Womit verdient der Kerl noch mal sein Geld?«

Sofort hatte ich das Gefühl, Holden verteidigen zu müssen. Vielleicht auch, weil er »der Kerl« gesagt hatte, obwohl er seinen Namen kannte. »Holden spielt in einer Band, die After Friday heißt. Und er übernimmt die Hausmeisterarbeiten hier im Haus.«

»Wenn man auf die Dreißig zugeht, ist man ein bisschen zu alt dafür, um an der Hoffnung festzuhalten, ein Rockstar zu werden, meinst du nicht auch?«

»Holden ist ein sehr begabter Schlagzeuger. Dass er noch nicht groß rausgekommen ist, bedeutet nicht, dass er nicht das Zeug dazu hat. Für einen Künstler hängt vieles davon ab, zur rechten Zeit am richtigen Ort zu sein.«

»Aber wann zieht man die Reißleine? Mit dreißig? Vierzig? Sechzig? Jeder muss irgendwann erwachsen werden.«

»Soll das heißen, Holden ist nicht erwachsen, weil er etwas tut, das er liebt? Nicht jeder ist bereit, sein Glück für einen Job aufzugeben, der besser bezahlt wird oder überschaubarere Arbeitszeiten bietet. Du vergisst, dass Holden wie alle anderen Jungs, denen das Haus gehört, etwas erlebt hat, das ihm eine wertvolle Lehre erteilt hat: Das Leben ist kurz. Vergeude es nicht mit Dingen, die deiner Zeit nicht wert sind.«

Warren sah mich betroffen an. »Tut mir leid. Ich habe nicht daran gedacht, welche Auswirkungen Ryans Tod auf sie alle hatte.«

Ich atmete tief durch und schüttelte den Kopf. »Schon gut. Entschuldige, wenn ich ein bisschen schnippisch war. Ich bin müde, und du weißt, wie ich bin, wenn ich nicht genug Schlaf bekomme.«

Er strich mir über die Wange. »Warum gehen wir nicht ins Bett? Ich bin auch müde. Ich bin extra früh ins Büro gegangen, um vor dem Feierabendverkehr losfahren zu können.«

Weil wir uns ein paar Wochen lang nicht gesehen hatten, nahm ich an, dass wir nicht gleich schlafen würden, wenn wir zu Bett gingen. Und ich war nicht in der Stimmung für Sex. Deshalb tischte ich ihm eine kleine Notlüge auf. Besser gesagt *noch* eine …

»Ich muss noch ein paar Dinge für die Arbeit morgen vorbereiten. Ich wusste ja nicht, dass du kommst, und habe mir etwas mit nach Hause genommen. Aber du kannst es dir ja schon mal bequem machen und im Bett fernsehen, und ich komme, sobald ich fertig bin.«

Warren runzelte die Stirn. »Okay. Es dauert hoffentlich nicht allzu lange?«

Ich zwang mich zu lächeln. »Ich beeile mich.«

Um nicht beim Lügen erwischt zu werden, arbeitete ich tatsächlich an einer Exceltabelle, was ich schon länger vor mir hergeschoben hatte. Dateneingabe und Diagramme gehörten für mich zu den unangenehmsten Aufgaben meines Jobs, und trotzdem war es mir lieber als Sex mit meinem Verlobten. Nach einer Dreiviertelstunde verschwammen die Zahlen vor meinen Augen, und ich schlich auf Zehenspitzen zur Schlafzimmertür, um zu lauschen, ob Warren sich rührte. Ich atmete erleichtert auf, als ich ihn leise schnarchen hörte.

Ich konnte also beruhigt zu Bett gehen, aber nach den Ereignissen des Abends war ich noch total aufgedreht – zuerst Warrens Überraschungsbesuch und dann Holdens unerwartetes Auftauchen. Also schenkte ich mir noch ein Glas Wein ein und versuchte mich zu entspannen, aber ich konnte nicht aufhören, an den Mann nebenan zu denken. Ich sah immer wieder den Schmerz in seinem Gesicht vor mir, als er Warren erblickt hatte. Nun dachte er auch noch, ich hätte Warren erzählt, dass er ein Mega-Aufreißer war. Als es mir selbst mithilfe von noch mehr Wein nicht gelang abzuschalten, nahm ich mein Telefon und scrollte durch TikTok. Wenn ich Stress hatte, fand ich in den Unmengen von Hundevideos in der Regel immer irgendeinen süßen Labrador mit einer kleinen Ente auf dem Kopf, der meine Laune hob. Aber heute schaute ich zwischen den Videos immer wieder zu dem Fenster, das zur Feuertreppe führte.

Ich kann nicht …

Ein Basset mit einer Sonnenbrille auf der Nase.

Ich darf nicht …

Ein Goldendoodle auf einem Kinderhochstuhl.

Und wenn ich nur für fünf Minuten …

Ein Boxer am Klavier.

Warren muss es ja nicht erfahren …

Ein Hirtenhund am Bett eines schlafenden Kindes.

Ich kann es für mich behalten …

Den Rest des Weins trank ich direkt aus der Flasche. *Scheiß drauf. Ich mache es. Ich gehe raus.*

An der Schlafzimmertür vergewisserte ich mich noch einmal, dass Warren tief und fest schlief, dann öffnete ich leise das Küchenfenster und kletterte hinaus.

Bisher war Holden immer vor mir da gewesen oder kurz nach mir herausgekommen. Also wartete ich.

Und wartete.

Und wartete.

Und wartete.

Nach etwa einer halben Stunde meldete mein Telefon eine neue Nachricht.

Holden: Chez Josephine in der Innenstadt. Genießt euer romantisches Dinner.

Da denkt man an nichts Böses …

In den vergangenen vierundzwanzig Stunden hatte ich von nebenan keinen Mucks gehört. Doch als sich der Aufzug öffnete, stand niemand anderer als mein Nachbar darin. Bei seinem Anblick stockte mir der Atem.

Holdens Miene erstarrte, als er Warren und mich ausgehfein gekleidet im Flur erblickte. »Oh, hallo.«

Ich lächelte halbherzig. »Hi.«

Er steckte sich seine Schlagzeugstöcke hinten in den Hosenbund und hob zwei Verstärker hoch. Beim Heraustragen musterte er mich in meinem kleinen Schwarzen.

»Anscheinend seid ihr bereit für euren romantischen Abend. Ich hoffe, es wird, wie ihr es euch vorgestellt habt.«

Ich beeilte mich, in den Aufzug zu steigen, um Abstand zu ihm zu gewinnen, aber Warren blieb in der Tür stehen. »Spielst du heute Abend?«

Holden schaute über seine Schulter. »Ja.«

»Wo denn? Vielleicht kommen Laney und ich nach dem Dinner vorbei.«

Holden schaute zu mir und wieder zu Warren. »Ist schon okay. Das müsst ihr nicht. Ihr solltet euren romantischen Abend genießen. Außerdem glaube ich, der Club ist nichts für euch.«

»Vielleicht nicht, aber Laney hat mir erzählt, wie gut du bist, und es macht bestimmt Spaß.«

Holden schürzte die Lippen, aber schließlich nickte er. »The Villager. In Downtown.«

Warren nickte. »Super. Eventuell sehen wir uns später.«

»Dieses Lokal ist wirklich toll.« Ich tupfte mir die Mundwinkel mit meiner Serviette ab. »Danke, dass du es ausgesucht und reserviert hast.«

Ich hatte Warren nichts von der Empfehlung gesagt, die Holden mir geschickt hatte. Mir war der Gedanke unerträglich, dass er wahrscheinlich mit einer anderen Frau in diesem Restaurant gewesen war. Aber Warren hatte sich an einen seiner Kollegen gewandt, der ihm den Namen dieses Lokals genannt hatte.

»Das Essen war sehr lecker, aber ich denke, die Gesellschaft macht den Abend zu etwas Besonderem.« Warren legte seine Kreditkarte in die Ledermappe und ergriff meine Hand. »Das haben wir gebraucht, Liebling. Letzthin hatte ich das Gefühl, als ob wir uns ein bisschen fremd geworden sind. Es liegt sicher an der Entfernung, aber mir ist klar geworden, dass ich dich öfter besuchen und mich mehr bemühen muss.«

Es war schrecklich, aber die Ankündigung meines Verlobten, mich öfter besuchen zu wollen, erfüllte mich mit Grauen. Das Dinner war wirklich schön – köstliches Essen, angenehme Gespräche und ein begabter Klavierspieler, der mit leisen Klängen für eine tolle Stimmung sorgte. Ich hätte mich umworben und besonders fühlen sollen – aber ich war … gelangweilt. Ich fand mich selbst ganz furchtbar, doch so war es nun einmal mit Gefühlen: Sie waren nicht immer angenehm, aber in der Regel steckte eine Menge Wahrheit dahinter. Und die Wahrheit war, dass ich immer wieder Vergleiche zog zwischen dem, wie ich mich mit Warren fühlte, und meinen Empfindungen in der Nähe eines anderen Mannes. Holden gab mir das Gefühl, lebendig zu sein, während ich mich bei den Gesprächen mit meinem Verlobten innerlich taub fühlte. Es gab einfach keine Funken, keine Schmetterlinge, kein Kribbeln. Leider hatte ich vor dem Umzug nach New York gar nicht gemerkt, dass diese Dinge fehlten. Ich hatte es mir in einer »netten« Beziehung gemütlich gemacht, ohne Vergleichsmöglichkeiten zu haben. Und nun machte ich mir Gedanken darüber, dass ich diese Gefühle, die ich in Holdens Nähe hatte, nicht wieder *ungefühlt* machen konnte. Würde ich das Wissen, wie sich eine Beziehung mit ihm anfühlen könnte, einfach wegpacken können, wenn ich New York verließ, und in mein »nettes« Leben zurückkehren?

Das war die große Frage – und ich hatte keine Antwort darauf.

Ich nickte lächelnd. »Ich könnte auch öfter nach Hause kommen.«

Als wir gehen wollten, erhob sich Warren und reichte mir die Hand, um mir aufzuhelfen.

»Danke.«

Er zog mich spontan an sich und umarmte mich. »Habe ich dir heute schon gesagt, wie schön du bist?«

»Lieb, dass du das sagst.«

Draußen vor dem Restaurant winkte Warren ein Taxi heran, das die Straße herunterkam. »Hast du Lust auf Party?«

»Du meinst Holdens Auftritt?«

Warren nickte. »Ich freue mich darauf, seine Band spielen zu sehen.«

»Wirklich?«

Das Taxi hielt, und Warren öffnete die hintere Tür. »Es tut mir leid, dass ich mich über seinen Beruf lustig gemacht habe. Die Freunde deines Bruders sind dir wichtig, also sind sie mir auch wichtig.«

»Das freut mich, aber … ich bin irgendwie müde. Meinetwegen können wir es auch lassen.«

»Wir müssen ja nicht lange bleiben. Hören wir uns einfach ein paar Songs an.«

Ich seufzte und stieg ein. »Okay …«

Der Club war brechend voll, und ich war erleichtert, dass wir uns nur bis zu der rückwärtigen Theke durchdrängeln konnten, wo uns Holden wahrscheinlich gar nicht bemerkte. Warren sprach mit dem Barkeeper, während ich mich umsah. Die meisten Frauen waren ganz anders gekleidet als ich mit meinem knielangen schwarzen Kleid und den biederen Pumps. Sie trugen kurze Oberteile, unter denen ihre Bauchmuskeln hervorschauten, knappe schulterfreie Kleider und hautenge Jeans. Ich kam mir uncool und extrem fehl am Platz vor.

Warren schob ein paar Scheine über die Theke und beendete das Gespräch mit dem Barkeeper. Einen Augenblick später kam eine Frau zu uns, und er zeigte auf Warren und mich.

»Was ist los?«

Warren strahlte. »Ich habe uns einen Tisch ganz vorn besorgt.«

»Was? Wie hast du das denn gemacht?«

»Ich habe dem Mann hundert Dollar gegeben, und plötzlich ist einer der beiden runden Tische mit Reservierungsschild frei geworden. Ich habe ihm allerdings gesagt, dass wir nur eine Stunde bleiben.«

Ein Platz ganz vorn war das Letzte, was ich wollte. Ich

schüttelte den Kopf. »Ach, das muss nicht sein. Wir stehen doch gut hier. Und wir bleiben sowieso nicht so lange.«

Aber es war zu spät. Die Frau bedeutete uns, ihr zu folgen, und Warren legte mir die Hand in den Rücken und führte mich nach vorn.

Holden entdeckte uns, noch bevor wir uns hinsetzten, und behielt mich im Auge, während er auf seine Trommeln eindrosch.

Warren bot mir einen Stuhl an, und wir nahmen Platz. Mit selbstzufriedener Miene beugte er sich vor und rief über die Musik hinweg: »Das ist besser, was?«

Nein, ich muss mich gleich übergeben. Trotzdem setzte ich tapfer ein Lächeln auf. »Ja, danke.«

Die nächste halbe Stunde war grausam. After Friday spielte sieben Songs in einem Stück durch, und Holden und ich starrten uns die ganze Zeit an. Ich zwang mich immer wieder wegzusehen, aber irgendwie kehrte mein Blick stets zu ihm zurück. Und jedes Mal stellte ich fest, dass Holden mich immer noch anschaute. Ich machte mir allmählich Sorgen, ob es meinem Verlobten auffiel, aber als ich zu ihm hinüberschaute, machte er einen ahnungslosen Eindruck und lächelte mir zu. Ich lächelte zurück, und Warren griff über den Tisch und verschränkte seine Finger mit meinen. Als ich das nächste Mal einen verstohlenen Blick in Richtung Schlagzeug riskierte, starrte Holden nicht mehr in mein Gesicht, sondern auf unsere ineinander verschlungenen Hände. Er schien auch immer lauter zu werden. Wir waren so nah an der Bühne, dass ich den Beat ohnehin in meiner Brust spürte, doch mit der Zeit hämmerte mein Herz so heftig, dass mir der Schweiß ausbrach. Als die Band endlich zu spielen aufhörte, kündigte der Sänger eine kleine Pause an, und ich entschuldigte mich bei Warren, um zur Toilette zu gehen.

Im Flur gab es sechs einzelne Toilettenräume, und ich war

froh, ein paar Minuten allein sein zu können. Nachdem ich durchgeatmet hatte, beschloss ich, Warren sofort bei der Rückkehr an den Tisch zu sagen, dass ich nach Hause wollte. Noch einmal konnte ich das nicht ertragen, was ich in der letzten halben Stunde erlebt hatte. Aber als ich die Tür öffnete, stand Holden davor. Er schob mich wieder zurück in den Toilettenraum und schloss hinter sich ab.

»Was soll das?«, fragte ich.

Holden sah aus wie von Sinnen. Er kam auf mich zu und drängte mich gegen das Waschbecken. Dann stemmte er links und rechts von mir die Hände auf und hielt mich so gefangen.

Er beugte sich vor, um mir in die Augen zu sehen. »Als du seine Hand gehalten hast, hast du dich da gefühlt wie jetzt, in diesem Moment?«

Mein Herz raste, und ich bekam keinen Ton heraus.

»Antworte mir!« Sein Blick war wahnsinnig zornig. »Was empfindest du jetzt, Lala? Fühlt es sich genauso an, wenn *er* deine Hand nimmt?«

Ich schüttelte den Kopf.

»Und als du ihn letzte Nacht in deinem verdammten Bett hattest? Hat sich das so angefühlt?«

Ich schüttelte wieder den Kopf.

»Das ist verflucht traurig.« Holden fuhr mit dem Finger über meinen Arm, und ich bekam eine Gänsehaut. »Bekommst du bei ihm auch eine Gänsehaut?«

Und ich schüttelte noch einmal den Kopf.

Holden kam mir ganz nah. »Kann er dich zum *Kommen* bringen, indem er nur mit dir redet? Ohne dich anzurühren?«, flüsterte er mir ins Ohr.

Diesmal reagierte ich nicht. Ich konnte nicht mal mehr den Kopf bewegen. Holdens warmer Atem an meinem Ohr ließ mich vor Verlangen erbeben.

Aber dann trat er zurück. Ein böses Lächeln breitete sich auf seinem Gesicht aus.

»Das habe ich mir gedacht. Genieß den Rest deines öden Abends, *Laney*.«

Er schloss die Tür auf und ging davon, ohne sich noch einmal umzudrehen, und ich stand da wie ein begossener Pudel.

Es mussten mehrere Leute an die Tür trommeln, dass ich die Toilette schließlich verließ. Ich war mit den Nerven am Ende und musste so schnell wie möglich raus aus diesem Club und weg von Holden. Aber als ich an den Tisch zurückkehrte, saß Holden auf meinem Platz. Und er war nicht allein … Eine hübsche, spärlich bekleidete Frau saß auf seinem Schoß. Ich blieb wie angewurzelt stehen. Holden bemerkte mich aus dem Augenwinkel. Er grinste boshaft und barg seine Nase am Hals der Frau.

Ich war als emotionales Wrack aus der Toilette gekommen, aber als ich ihn so sah, legte sich bei mir ein Schalter um. Mit einem Mal war ich nicht mehr traurig und durcheinander, sondern wütend und eifersüchtig.

Ich marschierte zum Tisch und sagte zu Warren: »Wir müssen gehen. Ich bekomme Migräne, mir ist gerade speiübel geworden.« Dann drehte ich mich zu Holden um und riss mit wütendem Blick meine Jacke von der Rückenlehne des Stuhls, während er mit der Frau rummachte. »Liegt wahrscheinlich an der lauten Musik. Genieß den Rest des Abends, Holden. Aber das tust du ja jetzt schon, wie es aussieht.«

16. KAPITEL

HOLDEN

Eine Woche darauf hatte sich der Nebel der Eifersucht kaum gelichtet.

Ich fühlte mich beschissen wegen der Nummer, die ich am Wochenende im Club abgezogen hatte. Es war unreif und egoistisch gewesen. Aber ich hatte die Wahrheit gesagt, und ihre Reaktion hatte mir deutlich gezeigt, wie sie empfand. Trotzdem hatte ich nicht das Recht, mich wie ein eifersüchtiges Arschloch aufzuführen. Warrens Besuch hatte mich überrascht und deutlich gemacht, wie stark meine Gefühle waren.

In dieser Woche musste ich mich einmal mehr zwingen, Abstand zu halten. Zum Glück war es mir gelungen, Lala nach diesem furchtbaren Abend zu meiden, denn falls ich noch etwas Dummes getan oder gesagt und sie dadurch Ärger mit Warren bekommen hätte, hätte ich mir das nicht verzeihen können. Doch auch jetzt stand ich schon kurz davor, Lala als gute Freundin zu verlieren.

Ich musste unbedingt raus aus meiner verdammten Bude, sonst verlor ich den Verstand. Gott sei Dank war heute der Pokerabend mit den Jungs. Diesmal war Brayden der Gastgeber.

Als ich bei ihm auftauchte, konnte ich allem Anschein nach nicht verbergen, wie schlecht ich drauf war.

»Du siehst fertig aus. Was ist los?«, fragte Brayden, als er mir die Tür öffnete.

»Nichts«, brummelte ich und ging direkt in die Küche, um mir ein Bier zu holen. Dann setzte ich mich an den Tisch, an dem Owen und Colby bereits Platz genommen hatten. Die üblichen Pizzaschachteln waren daneben aufgestapelt. Der Geruch von Peperoni ließ meinen Magen knurren.

Alle waren in letzter Zeit sehr beschäftigt gewesen, und es war eine Weile her, seit wir uns nur zu viert ausgetauscht hatten.

Colby teilte die Karten aus. »Was gibt's Neues, Leute?«

»Ich erzähle als Erster«, sagte Owen und zündete sich eine Zigarre an. »Ich habe aktuell einen Kunden, der ein geeignetes Gebäude sucht für seinen … Achtung, jetzt kommt es …« Er machte eine Kunstpause. »Privaten Sexclub!«

»Na, so was.« Ich lachte.

»Ich musste eine Verschwiegenheitserklärung in Bezug auf die Art des Etablissements unterschreiben. Also behaltet es für euch. Aber das ist doch mal etwas Neues.«

»Welche Voraussetzungen muss solch ein Gebäude denn erfüllen?«, fragte Brayden.

»Es gibt offenbar gewisse Notwendigkeiten wie genug einzelne Räume und eine bestimmte Deckenhöhe im Gesellschaftsraum für die Liebesschaukeln.«

Brayden legte den Kopf in den Nacken. »Und ich dachte, ich hätte heute die interessanteste Geschichte zu erzählen.«

»Warum? Was gibt's?«, fragte Colby.

Brayden sortierte seine Karten, während er berichtete. »Also … Gestern hatte ich ein Date mit der Frau, die ich auf Tinder kennengelernt habe, und sie hat mir wohl nicht vertraut und deshalb eine Freundin mitgebracht. Und ich konnte die ganze Zeit nur daran denken, wie hübsch und witzig die Freundin war, und habe mir gewünscht, ich hätte das Date mit ihr.«

»Wie unangenehm.« Ich lachte.

»Wem sagst du das. Außerdem hatte ich den Eindruck, dass das Gefühl bei der Freundin auf Gegenseitigkeit beruht.«

»Wirklich schwierig«, sagte Colby. »Was kann man in so einer Situation machen?«

»Nicht viel.« Brayden zuckte die Achseln.

»Weißt du ihren vollen Namen?«, fragte ich.

»Nur ihren Vornamen. Julia. Aber was würde es mir nützen, wenn ich ihren Nachnamen kenne?«

»Du könntest sie googeln, wenn etwas Zeit verstrichen ist, und sie irgendwie kontaktieren«, sagte ich.

»Tja, so viel dazu.« Brayden exte sein Bier.

Ich kratzte mich am Kinn. »Und wenn du eine Weile wartest und dann die Frau, mit der du das Date hattest, nach dem Namen fragst?«

Er zog eine Augenbraue hoch. »Ist das nicht ein bisschen unverschämt?«

Ich zündete mir ebenfalls eine der Zigarren an, die hinter mir auf der Küchentheke lagen, und blies den Rauch aus. »Na und? Du bist ja nicht mit ihr zusammen.«

»Ja, vielleicht mache ich das. Ich weiß noch nicht.« Brayden seufzte. »Und was gibt es bei dir Neues, Colby?«

»Nun ja …« Colby grinste. »Ich habe zufällig die ersten Fotos von unserem Baby in der Tasche.«

»Nicht wahr, oder?« Ich streckte die Hand aus. »Die will ich sehen!«

Colby zog ein paar Ultraschallbilder hervor. »Wie ihr wisst, will Billie das Geschlecht noch nicht wissen. Es ist mir echt schwergefallen, beim Ultraschall nicht nachzufragen. Aber ich habe es versprochen und halte mich daran. Außerdem hat Billie gesagt, es ist noch zu früh, um es zu erkennen.« Er legte die Bilder auf den Tisch. »Irgendwelche Vermutungen?«

Brayden zeigte auf eine bestimmte Stelle. »Das ist eindeutig ein Schwanz! Er ist riesig.«

Colby schmunzelte. »Das habe ich auch gedacht, aber Billie meinte, es kann auch die Nabelschnur sein. Ich weiß nicht, wie so was normalerweise aussieht. Bilder von Saylor habe ich nie gesehen. Aber für mich sieht es auch wie ein Penis aus.«

»Ziemlich ansehnliches Teil«, sagte ich mit einem Augenzwinkern. »Kommt anscheinend nach seinem Onkel Holden.«

Owen blies Rauch aus. »Ich werde mich schlapplachen, wenn sich herausstellt, dass es ein Mädchen ist, denn es ist ganz offensichtlich *kein* Penis. Es ist ein Arm.«

Die Jungs und ich diskutierten hin und her. Ich war froh, dass sie mich beim Austausch von Neuigkeiten ausgelassen hatten. Denn es wäre gar nicht gut, wenn ich ihnen erzählen müsste, wie ich mich im Club verhalten hatte.

Aber ich hatte mich getäuscht, denn kaum hatte Colby die Fotos in seine Hemdtasche gesteckt, schaute er zu mir herüber.

»Holden, was ist bei dir los?«

Ich rutschte auf meinem Stuhl herum. Ich hatte eine Menge auf dem Herzen, und es gab einige Dinge, zu denen ich gern die Meinung meiner Freunde gehört hätte. Nur wollte ich deswegen nicht in der Luft zerrissen werden. Doch nach kurzer Überlegung fragte ich trotzdem: »Woher zum Teufel weiß man, ob man verliebt ist?«

Alle drei wandten sich ruckartig mir zu, aber niemand sagte etwas. Sie wechselten stumme Blicke, dann sahen sie mich wieder an. Man hätte eine Stecknadel fallen hören können.

Colby beugte sich vor. »Warum fragst du?«

Ich verdrehte die Augen. »Rate mal.«

»Also, ich hätte da so eine Idee«, warf Owen ein.

Ich stützte den Kopf in die Hände. »Ich weiß nicht mal, ob das, was ich empfinde, überhaupt Liebe ist. Ich weiß nur, dass ich mich jedes Mal, wenn ich in ihrer Nähe bin, zum Deppen mache. Irgendwie kann ich anscheinend nicht die richtigen Entscheidungen treffen … oder an irgendetwas anderes denken.« Ich nahm meine Karten auf und sortierte sie, ohne zu überlegen. »Ich bin total durcheinander.«

»Geht es darum, dass ihr Verlobter hier war?«, fragte Brayden. »Hat dich das so fertiggemacht?«

»Zum Teil.« Ich warf ihm einen Blick zu. »Du weißt, dass er hier war?«

Er nickte. »Ich bin ihnen im Flur begegnet. Lala hat irgendwie gereizt gewirkt.«

Mir wurde flau. »Das war wahrscheinlich meine Schuld«, gestand ich. »Ich habe sie letzten Samstag in eine unangenehme Situation gebracht.«

Und dann erzählte ich den Jungs doch, was bei meinem Auftritt im Villager passiert war. Selbstverständlich fanden sie mein Verhalten völlig inakzeptabel.

Brayden lehnte sich kopfschüttelnd zurück. »Kumpel, das war total daneben.«

»Ich weiß, es war falsch. Ich hätte es besser hinkriegen müssen, aber ich kann mich nicht beherrschen. Ich weiß, ich bin der Falsche für sie. Aber das ändert nun mal nichts an meinen Gefühlen.« Ich raufte mir die Haare. »Hört mal, tut einfach so, als hätte ich nichts gesagt …«

Colby hob die Hand. »Nein, nein. Du hast uns eine Frage gestellt. Ich denke, wir sollten uns alle bemühen, sie so gut wie möglich zu beantworten.«

Owen zuckte die Achseln. »Sieh *mich* nicht an. Ich war noch nie verliebt. Ich finde nicht mal eine Frau, mit der ich es mehr als ein paar Stunden aushalte.«

»Das gilt auch für mich.« Brayden grinste. »Nun, bis auf die Sache mit Julia gestern, aber das zählt eigentlich nicht.« Brayden wandte sich Colby zu. »Wie es aussieht, musst du die Frage beantworten.«

»Okay, von mir aus.« Colby räusperte sich. »Man empfindet natürlich vieles für jemanden, in den man verliebt ist. Aber was für mich heraussticht, ist, dass man bereit ist, sein Leben für denjenigen zu geben, den man liebt. Dieser Mensch bedeutet einem mehr als alles andere – einschließlich der eigenen Person.«

Ich senkte den Blick. Ich wusste, dass ich für Lala vor einen Zug springen würde, um ihr das Leben zu retten. Für mich bestand kein Zweifel daran, dass ich für sie sterben würde. Das wollte ich allerdings nicht jetzt in der Pokerrunde verkünden. Es wäre ein bisschen zu viel gewesen. Aber so, wie es aussah, war ich wohl tatsächlich in Lala verliebt. Leider machte mich das immer noch nicht zur besten Wahl für sie. Man kann seine Liebe auch beweisen, indem man jemanden gehen lässt, statt in seinem Leben zu bleiben und es unter Umständen zu ruinieren.

»Danke für den Input«, brummelte ich.

»Das war's?« Colby sah mich groß an. »Mehr sagst du nicht dazu?«

»Nein.« Ich fummelte an meinen Karten herum. »Ich muss meine Gedanken für mich behalten. Ich habe schon genug Dünnschiss geredet und keine Lust mehr auf eure Kommentare. Ich hätte die Frage besser gar nicht gestellt. Aber seit Warrens Auftauchen habe ich das Gefühl, wahnsinnig zu werden.«

»Gott, das verleiht der Phrase ›Verloren im Lala-Land‹ eine ganz neue Bedeutung«, meinte Owen. »Genau das scheint mit deinem Verstand passiert zu sein.«

»Ja, ohne Scheiß.« Ich lachte zusammen mit den anderen.

Glücklicherweise ließen sie mich in Ruhe, als wir zu spielen begannen, und wir blieben einigermaßen bei der Sache, bis Colby schließlich gewann.

Als wir Pause machten, ging ich in die Küche, und Colby folgte mir.

»Hey Mann«, sagte er mit gesenkter Stimme. »Ich wollte nur noch mal kurz persönlich mit dir reden.«

»Es gibt nichts mehr zu reden.«

»Als du von letztem Samstag erzählt hast und wie du dich im Club aufgeführt hast, das hat mich daran erinnert, wie ich mich zum Narren gemacht habe, als Billie dieses Date hatte, bevor wir offiziell ein Paar waren. Weißt du noch? Du hast sie mit einem Mann im Restaurant gesehen und mir Fotos geschickt. Ich habe mich vollkommen lächerlich gemacht mit meinen eifersüchtigen Nachrichten an sie. An dem Abend hatte ich mich einfach nicht im Griff. Das macht Eifersucht mit einem, wenn man viel für jemanden empfindet. Bei dir war es genauso.« Er warf seinen Abfall in den Mülleimer. »Die Sache ist die … Dieses dämliche Verhalten hat mich nicht weitergebracht. Letzten Endes musste ich aufhören, um meine Gefühle für sie herumzutanzen, und geradeheraus und ehrlich sein.«

Ich nickte. »Leichter gesagt als getan.«

»Ich hatte ähnliche Probleme mit Billie wie du mit Lala. Wir waren dem Anschein nach gegensätzlich, und ich hatte nicht das Gefühl, der Richtige für sie zu sein. Und da war natürlich noch das Problem, dass ich ein Kind habe.« Er seufzte. »Trotzdem konnten wir nicht voneinander lassen. Wir haben uns einfach im Kreis gedreht, bis wir anfingen, ehrlich miteinander zu sein. Ich finde, du hast diesen Tanz jetzt lange genug mit Lala getanzt.«

»Ich gerate immer in Schwierigkeiten, wenn ich mit Lala tanze«, murmelte ich.

»Sobald sie ihn heiratet, ist die Sache gelaufen, Kumpel«, sagte Colby. »Dann gibt es kein Zurück mehr. Lala scheint mir der Typ Frau zu sein, der alles tut, damit eine Ehe funktioniert. Ich glaube nicht, dass sie sich jemals scheiden lassen würde, obwohl natürlich alles möglich ist.« Er holte Luft. »Ich weiß, es ist merkwürdig, wenn ich dich ermuntere, es zu versuchen, aber ihr seid mir beide wichtig. Ich werde Lala immer beschützen wollen, aber ich bin mir nicht sicher, ob du einen Schlussstrich ziehen kannst. Ich glaube allmählich, du hast echte Gefühle für sie. Und als dein Freund bin ich der Ansicht, dass du dein Glück versuchen musst.«

Er unterstützt mich? Ich bekam ein Engegefühl in der Brust, wie ich es noch nie erlebt hatte. »Okay, sagen wir, ich wage es. Das ändert aber nichts daran, wer ich bin. Ich bin nicht der Typ Mann, der eine Familie gründet und in einem Haus in der Vorstadt mit weißem Lattenzaun davor sesshaft wird. Ich habe von jeher auf eine Musikkarriere mit Tourleben hingearbeitet und finde es nicht fair, ihr zu sagen, was ich empfinde, wenn ich nicht der Mann sein kann, den sie braucht.«

Colby zuckte die Achseln. »Gut, diese Entscheidung wirst du treffen müssen. Ich denke, du musst dir überlegen, ob du bereit wärst, Träume aufzugeben. Vielleicht wirst du aber auch feststellen, dass du gar nicht wählen musst. Im Endeffekt ist es allerdings so, dass du bald keine Wahl mehr haben wirst, wenn du weiter Spielchen spielst.« Er nickte. »Aber du hast Angst. Das verstehe ich.«

Es war mehr als Angst. Ich hatte die moralische Verpflichtung, Lala vor mir zu schützen. »Ich biete keine Sicherheit, Colby.«

Er zuckte wieder die Achseln. »Die sichere Wahl ist nicht immer die richtige. Das habe ich in meiner eigenen Beziehung gelernt. Ich hatte immer gedacht, Billie wäre nicht der Typ Frau, der sich auf einen Mann wie mich einlassen würde. Sie war frei und unangepasst, und ich wollte sie nicht bremsen. Wir waren eine riskante Wahl füreinander – aber letztendlich haben unsere Gefühle alles andere in den Hintergrund gedrängt. Und wir haben herausgefunden, wie es funktionieren kann.«

»Nur zur Sicherheit ... Heißt das, du bist damit einverstanden, dass ich *Ryans Schwester* meine Gefühle offenbare? Weil du bisher eher dagegen warst.«

Er lächelte. »Nennen wir es vorsichtige Zustimmung. Ein paar Dinge sehe ich inzwischen anders, zum Beispiel, wie tief deine Gefühle für sie sind. Das zählt auf jeden Fall. Dir scheint wirklich viel an ihr zu liegen. Außerdem hast du mir gesagt, dass du mit keiner anderen Frau zusammen warst, seit sie hier ist, oder? Das sagt doch einiges.«

»Apropos andere Frauen, du hättest ihre Reaktion sehen sollen, als ich dieses Mädel auf dem Schoß hatte.«

Colby zog ein Gesicht. »Sie hat offensichtlich auch starke Gefühle für dich. Davon abgesehen befürchte ich, dass sie nicht bereit ist zu heiraten, obwohl sie vielleicht irgendwann geglaubt hat, es zu wollen. Allerdings scheint sie mir eine Frau zu sein, die ihr eigenes Glück opfern würde, um bloß niemandem wehzutun. Wenn sie keinen überzeugenden Grund hat, es sich noch einmal zu überlegen, zieht sie es womöglich durch. Und das wäre ein weiterer Grund dafür, dass du dich ihr gegenüber öffnen solltest.«

»Ja.« Ich atmete aus. »Du hast mir auf jeden Fall eine Menge zum Nachdenken gegeben.«

»Du solltest einfach die Karten auf den Tisch legen und ehrlich sein. Du musst ihr sagen, wie du empfindest, ohne dir Gedanken über die Konsequenzen zu machen. Denn wenn man Gefühle zurückhält, dann nagen sie an einem, und irgendwann geht man daran kaputt.« Er schüttelte den Kopf. »Ich kann mir dich nicht auf ihrer Hochzeit vorstellen. Du etwa? Du weißt, dass wir alle eingeladen werden. Willst du danebenstehen und zuschauen, wie er sie heiratet? Das glaube ich nicht.«

»Ich würde nicht hingehen«, sagte ich ohne zu zögern.

»Wirklich nicht?«

»Wohin würdest du nicht gehen?«, fragte Brayden, der in dem Moment hereinplatzte.

»Zisch ab«, sagte ich nur.

»Geht es etwa schon wieder um Lala?«, stichelte er.

Ich verdrehte die Augen.

»Wir beide müssen öfter zusammen ausgehen«, sagte er zu mir. »Auf Owen und den alten verheirateten Kameraden hier kann ich nicht zählen.«

»Du hast recht«, gab ich zu. »Ich war irgendwie festgefahren und bin nur draußen gewesen, wenn ich einen Gig hatte. Ich muss mich mehr dazu zwingen.«

»Du willst dich dazu zwingen, dich von Lala fernzuhalten?« Owen kam in die Küche.

»Das auch«, pflichtete ich ihm bei.

Brayden schlug Owen auf die Schulter. »Hey, wenn der Sexclub deines Kunden aufmacht, kann ich dann als einer der Ersten rein?«

»Wie gesagt, ich darf nicht darüber sprechen, also halt die Klappe.«

Gott sei Dank ließen die Jungs das Thema Lala im Verlauf des restlichen Abends ruhen.

Als ich wieder in meiner Wohnung war, hatte ich das Gefühl, dass ich an meine Grenzen stieß. Ich musste Lala kontaktieren – noch heute Abend. Ich griff zu meinem Telefon, und mir war klar, dass ich nicht zu lange darüber nachdenken durfte, was ich ihr schreiben wollte, denn sonst wurde nichts daraus. Schließlich hatte ich gefühlt schon Jahre gebraucht, um ihr am vergangenen Wochenende die Restaurantempfehlung zu schicken. Aber ihr jetzt meine Gefühle zu offenbaren, war eine ganz andere Sache.

Also beschloss ich, genau das zu schreiben, was mir durch den Kopf ging. Denn Colby hatte recht. Die Situation, in der ich mich befand, machte mich wahnsinnig.

Ich sagte mir, dass ich es immer noch löschen konnte.

Holden: Hey, Lala. Ich möchte mich für das entschuldigen, was ich letzten Samstag abgezogen habe. (Es kommt mir vor, als ob ich mich ständig bei dir für mein Benehmen entschuldige.) Diese Nachricht hätte ich schon viel früher schreiben sollen, aber ich war völlig durcheinander und wusste nicht, was ich sagen soll. Es tut mir leid, dass ich dich in die Enge getrieben habe, aber ich bedauere NICHT, was ich gesagt habe. Weil es die Wahrheit war. Ich will nicht behaupten, dass das, was ich zu sagen habe, gut für dich ist. Aber es ist auch die Wahrheit. Also: Ich kann nicht aufhören, an dich zu denken. Ich denke von morgens bis abends an dich. Ich habe noch nie so für jemanden empfunden. Ich weiß, ich bin nicht der Richtige für dich. Das ist das Problem. Deshalb ist es unfair, was ich tue, aber mittlerweile bin ich so weit, dass es mir einfach egal ist. Ich war mit keiner Frau zusammen, seit du nach New York gekommen bist. Ich konnte nichts für eine andere empfinden, weil ich keine andere will als dich. Die Frau, mit der du mich letztes Wochenende gesehen hast, war da keine Ausnahme. Ich wollte dich eifersüchtig machen, weil ich eifersüchtig war, als ich dich mit Warren gesehen habe. Es war ein Spiel. Aber ich will nicht mehr spielen, Lala. Ich will mich nicht mehr zurückhalten. Ich möchte, dass du Warren verlässt. Wenn nicht meinetwegen, dann zumindest aufgrund der bloßen Tatsache, dass er dich (obwohl dir viel an ihm liegt) nie so zufriedenstellen kann, wie ich es könnte. Niemals. Das Problem ist nur, dass ich dir keine Versprechungen dazu machen kann, wie eine Zukunft mit mir aussehen würde. Das ist der beschissene Teil an der ganzen Sache. Ich kann dir aber versprechen, dass ich dir geben werde, was du im Augenblick brauchst – denn das weiß ich genau: Ich werde deinen Körper an Orte entführen, die er noch nicht kennt. Ich will nicht sterben, ohne zu wissen, wie es sich anfühlt, Lala. Ich will dich. Ganz und gar. Mach mit dieser Information, was du willst, aber wenn du auch nur annähernd das Gleiche empfindest, musst du es mir sagen, und du musst zuerst deine Angelegenheiten klären. Falls jedoch nicht die Chance besteht, dass aus uns mehr wird als jetzt, werde ich mich endgültig zurückziehen. Wenn du Warren liebst und ihn auf jeden Fall heiraten willst, musst du mir klipp und klar sagen, dass nichts aus uns wird. Ich verspreche dir, dich in Ruhe zu lassen, wenn ich es aus deinem Mund höre. Es MUSS ein Ende haben. Aber damit wir uns nicht missverstehen: Ich werde niemals aufhören, dich zu begehren.

Mein Herz klopfte, während mein Finger über den Tasten verharrte. Löschen oder senden?

Drei.

Zwei.

Eins …

Ich zögerte.

Senden.

17. KAPITEL

LALA

Ich stellte mich auf denselben Parkplatz, von dem ich am Morgen zuvor losgefahren war. Er lag schräg gegenüber auf der anderen Straßenseite von meinem Gebäude. Als ich mich umschaute, schien alles so zu sein, wie es bei meiner Abfahrt nach Philadelphia gewesen war, aber für mich war nichts mehr beim Alten. Ich seufzte. Ich hatte turbulente zwei Tage hinter mir.

Ich war losgefahren, um die Dinge mit meinem Verlobten in Ordnung zu bringen. Nach seinem Besuch am vergangenen Wochenende hatte Warren gewusst, dass etwas im Argen lag, und er hatte mich diese Woche jeden Abend angerufen, um nachzuhören, ob mit uns alles okay war. Ich fand es schrecklich, dass er sich wegen mir schlecht fühlte. Das hatte er nicht verdient. Deshalb war ich nach Hause gefahren, um ihn zu überraschen, wie er mich zuvor überrascht hatte, und um ihm zu versichern, dass zwischen uns alles gut war. Ich war mit den besten Absichten aufgebrochen.

Weil Warren an jenem Samstagnachmittag im Labor arbeitete, hatte ich zuerst meinen Eltern einen Besuch abgestattet. Danach war ich zu Warrens Lieblingsbäckerei gefahren, um seinen Lieblingskuchen zu kaufen – Möhrentorte mit veganem »Frischkäse«-Frosting. Doch als ich bei ihm angekommen war, hatte mich eine Nachricht von Holden erreicht, und mein

Plan, die Dinge wieder ins Lot zu bringen, war ins Wanken geraten. Vielmehr: Er war völlig in die Hose gegangen. Ich hatte mehr als eine Stunde lang vor Warrens Haus gesessen und immer wieder Holdens Nachricht gelesen. Dann hatte mein Verlobter mein Auto bemerkt und war nach draußen gekommen, um nach mir zu sehen.

Als ich den Mund geöffnet hatte, um ihm zu sagen, dass alles in Ordnung sei, waren mir die Tränen gekommen.

Ich konnte es nicht.

Ich konnte einfach nicht mehr so weitermachen.

Und nun war es Sonntagabend, fast elf Uhr am Abend, und ich hatte Holden immer noch nicht geantwortet. Ich wusste nicht, ob er zu Hause war, aber ich wollte es herausfinden. Denn die Sache zwischen uns musste ein für alle Mal geklärt werden.

Adrenalin rauschte durch meine Adern, als ich aus dem Auto stieg, die Straße überquerte und mit dem Aufzug nach oben fuhr. Ich hätte ein Glas Wein zur Beruhigung meiner Nerven gebrauchen können, aber ich befürchtete, ich würde einen Rückzieher machen und mich verkriechen, wenn ich erst einmal in meiner Wohnung war. Ich schloss also meine Tür auf und stellte nur schnell meine Tasche ab, dann ging ich nach nebenan.

Meine Hand zitterte beim Anklopfen.

Doch Holdens Anblick, als er mir öffnete, brach mir schier das Herz. Ich wollte nicht die Ursache für den Schmerz sein, der sich in seinem Gesicht spiegelte.

Er schloss die Augen. »Es tut mir so leid, Lala. Ich hätte dir die Nachricht nicht schicken sollen, und ich hätte niemals tun dürfen, was ich letztes Wochenende im Club getan habe. Ich bin ein komplettes Arschloch.«

»Kann ich reinkommen, damit wir reden können?«

Holden nickte und trat zur Seite.

Ich fühlte mich wie eine geschüttelte Sektflasche und hatte Angst, dass alles aus mir herausplatzte, wenn ich den Mund öffnete. Ich brauchte wirklich etwas für meine Nerven. »Hast du einen Wein da?«

»In der Küche.« Er zeigte in die Richtung, und ich folgte ihm. In der Kühlschranktür stand eine ungeöffnete Flasche Pinot Grigio, den ich am liebsten mochte. Er entkorkte sie und schenkte mir ein Glas ein. Dann stellte er sie beiseite und lehnte sich gegen die Küchentheke.

»Trinkst du nichts?«, fragte ich.

»Alkohol ist das Letzte, was ich brauche, wenn ich in deiner Nähe bin. Selbst wenn ich stocknüchtern bin, schaffe ich es, alles zu vermasseln.« Er senkte den Blick. »Es tut mir wirklich leid, Lala. Ich hatte kein Recht, mich am Samstag so zu benehmen, und ich hätte dir auch nicht diese Nachricht schicken und dir mein Herz ausschütten dürfen. Obwohl alles, was ich geschrieben habe, der Wahrheit entspricht, war es egoistisch von mir, das Ganze bei dir abzuladen. Du bist verlobt und heiratest bald einen anderen Mann, und das habe ich nicht respektiert.« Er hob den Kopf, und unsere Blicke begegneten sich. »Ich habe ziemlichen Mist gebaut. Kannst du mir verzeihen? Können wir so tun, als ob ich diese Nachricht nie geschickt hätte, und wieder Freunde sein? Ich weiß, ich habe es schon dutzendmal gesagt, aber ich werde mich zurückhalten und mich von meiner besten Seite zeigen, wenn du mir noch eine Chance gibst. Ich will dich nicht komplett verlieren, Lala.«

Als ich nichts sagte, nahm Holdens Gesicht einen gequälten Ausdruck an.

»Bitte, Süße«, flüsterte er. »Es tut mir so verflucht leid.«

Mit klopfendem Herzen überlegte ich, wie ich anfangen sollte, um alles loszuwerden, was ich ihm sagen wollte.

»Sag mir, dass ich ein Arschloch bin«, bat er. »Sag mir, dass ich mich wie ein kindischer Idiot benommen habe. Aber bitte schweige nicht. Das kann ich nicht ertragen, Lala. Sag etwas. Irgendetwas.«

Ich griff zu meinem Weinglas und leerte es zur Hälfte, dann holte ich tief Luft. »Ich bin nicht mehr verlobt, Holden.«

Seine Augen weiteten sich. »Was? Was hast du gerade gesagt?«

»Ich bin nicht mehr verlobt.«

»Verdammt.« Er schüttelte den Kopf. »Bin ich schuld? Hat Warren meinetwegen Schluss gemacht?«

»Nein, Warren hat nicht Schluss gemacht. Ich war es.«

»Warum?«

Ich wandte den Blick eine Weile ab, bevor ich ihm wieder in die Augen sah. »Wegen allem, was in deiner Nachricht stand. Ich empfinde auch so, Holden. Ich denke nur an dich. Du hast geschrieben, du denkst von morgens bis abends an mich, und mir geht es genauso, nur denke ich auch an dich, wenn ich schlafe. Dann träume ich von dir.« Ich atmete noch einmal tief durch. »Und ich habe … schmutzige Träume.«

Holden sah mich durchdringend an. »Du bist echt nicht mehr verlobt?«

Ich schüttelte den Kopf und hielt meine ringlose Hand hoch.

Er starrte sie eine halbe Ewigkeit an, dann machte er einen Schritt auf mich zu. »Du bist nicht mehr verlobt.«

»Nein«, wisperte ich. »Total ungebunden.«

Er trat noch näher und legte seine Hände links und rechts von mir auf die Küchentheke. Jeder einzelne Nerv in meinem Körper reagierte. Ich stand augenblicklich unter Strom.

»Sag mir, was das für uns bedeutet, Lala. Sag mir, was du von mir willst.«

Ich schluckte. »Dich. Ich will *dich*, Holden. Auf jede erdenkliche Weise. Ich will dich so sehr in mir haben, wie ich noch nie etwas in meinem Leben gewollt habe.«

»Sag das noch mal ... Dass du mich in dir haben willst.«

Mein Atem wurde schwerer. »Ich will dich in mir haben.«

»Komm näher. Sag es mir ins Ohr«, entgegnete er mit rauer Stimme.

Ich beugte mich vor und sagte im Flüsterton: »Ich will dich in mir haben, Holden.«

Als ich zurückwich, breitete sich ein verruchtes Lächeln auf seinem Gesicht aus. Er fuhr mir mit dem Daumen über die Lippen und zeichnete die Umrisse nach. »Willst du mich hier drin?«

Ich nickte.

Er steckte mir den Daumen in den Mund und sah mich auffordernd an.

Ich schloss die Augen und saugte kräftig.

Als ich die Augen öffnete, ließ Holden seinen Daumen über mein Kinn gleiten, meinen Hals hinunter und weiter abwärts. Als er zwischen meinen Beinen ankam, fuhr er mit der Hand unter meinen Rock und strich mit zwei Fingern über die Unterhose. »Willst du mich hier drin?«

Ich nickte atemlos.

Seine Augen leuchteten, als sein Finger weiter nach hinten wanderte. Als er meinen Po erreichte, geriet ich etwas in Panik. Das hatten Warren und ich noch nie gemacht. Aber mit Holden wollte ich *alles* erleben.

Er drückte den Finger gegen den Stoff. »Und hier? Willst du mich auch hier drin?«

Ich schluckte und nickte.

Er grinste böse. »Ich werde Spuren hinterlassen. *Überall.*«

Oh Gott. Auch das wollte ich. In dem Moment hätte er so

gut wie nichts sagen können, womit ich nicht einverstanden gewesen wäre.

Holden legte die Hand an meine Wange. »Bist du dir sicher? Denn sobald ich dich anfasse, werde ich nicht mehr aufhören können, Süße. Du musst absolut sicher sein, dass du das alles wirklich willst.«

Als Antwort küsste ich ihn auf den Mund. Holden lachte an meinen Lippen. »Das nehme ich als ein Ja.«

»Oh mein Gott. Sei still und küss mich endlich.« Ich schlang die Arme um seinen Hals und zog mich hoch, um meine Beine um seine Taille zu legen.

»Zu Befehl.« Er trug mich ins Schlafzimmer, setzte mich auf der Bettkante ab und ging auf die Knie. »Ich kann mich an keine Zeit erinnern, zu der ich dich jemals nicht gewollt habe, Laney Ellison.«

»Ich will dich auch.« Als ich den Arm um ihn legen wollte, fing er meine Hand ab und drückte einen Kuss auf die Innenseite.

»Ich muss dich zuerst kosten«, sagte er. »Ich will, dass du unfassbar feucht bist, wenn ich in dich eindringe.«

Ich hielt den Atem an, als er meinen Rock hochschob und einen Kuss auf meine Unterhose drückte. Sie war schon feucht, und wäre ich nicht vor Verlangen außer mir gewesen, wäre es mir wahrscheinlich peinlich gewesen.

»Du hast gesagt, du willst mich in dir haben. Aber zuerst bekommst du meine Zunge.« Er zog an meiner Unterhose. »Heb den Hintern, sonst zerreiß ich sie.«

Ich tat wie geheißen, und er schob meinen Slip an meinen Beinen hinunter, bevor er meine Knie auseinanderdrückte. »Zeig dich mir. Ich will alles sehen.«

Ich spreizte ungeniert die Beine, aber Holden öffnete sie noch weiter. Er leckte sich die Lippen, als er mich betrachtete.

»Du bist wunderschön. Rosa und perfekt und schon so bereit für mich.«

Er brachte sich in Position und nahm mein rechtes Bein über die Schulter. Dann fuhr er nur kurz mit der Zunge über meine Klitoris, und ich wäre fast vom Bett gesprungen. Es war wie ein Stromschlag. Er lächelte mir zu, und als er an meiner empfindlichsten Stelle zu saugen begann, krallte ich die Finger in sein Haar.

»Oh Gott. Hör bitte nicht auf.«

Ich spürte, wie er grinste. »Nicht mal ein Bombeneinschlag könnte mich aufhalten. Jetzt gibt es kein Zurück mehr, Süße.«

Er leckte mich, steckte seine magische Zunge in mich hinein und konzentrierte sich dann wieder auf meine pulsierende Klitoris. Während er daran saugte, drang er mit einem Finger in mich ein. Als er den zweiten hinzunahm, durchlief ein Beben meinen Körper. Alle Muskeln in meinen Beinen spannten sich an, während mein Orgasmus anrollte.

»Oh Gott«, stieß ich hervor. »Holden …«

»Sag meinen Namen, Baby. Sag ihn noch mal.«

Er saugte fester, und seine Finger wurden schneller.

»Holden!« Ich würde jeden Moment kommen und versuchte mich zu beherrschen. »Langsamer.«

»Niemals. Komm in meinem Mund, Süße. Komm in meinem Gesicht.«

Während mein Kopf die Sache bremsen wollte, ließ mein Körper sich das nicht zweimal sagen. Ich flog davon und rief Holdens Namen, als er seine Finger krümmte und meinen Körper durch die Berührung einer bestimmten Stelle zum Explodieren brachte. Ich hatte noch nie einen derart heftigen Orgasmus erlebt.

Danach brach ich keuchend auf dem Bett zusammen. »Heilige Scheiße …«

Holden stand auf und öffnete den Knopf seiner Jeans. »Gott, ich kann es nicht erwarten, das an meinem Schwanz zu spüren.«

Ich hörte, wie er den Reißverschluss herunterzog, die Hose abstreifte und eine Schublade aufmachte und wieder schloss. Doch ich war noch völlig benebelt und registrierte all das nur am Rande – bis Holdens Unterhose fiel.

Ich stützte mich auf die Ellbogen und blinzelte mehrmals, um mich zu vergewissern, dass ich nicht fantasierte.

»Verdammt, Holden. Der ist ja riesig.«

Es war vielleicht das erste Mal, aber dieser großspurige Kerl blickte tatsächlich etwas verlegen drein. Kein Wunder, dass er so beliebt bei den Frauen war. Angesichts seiner Attraktivität, seiner geschickten Zunge und des gewaltigen aufgerichteten Schwanzes fühlte ich mich, als wäre ich gestorben und stünde im Himmel dem Sexgott persönlich gegenüber. Und als wären die tätowierten Muskelpakete nicht schon genug, sah er mich mit seinen wunderschönen blauen Augen so intensiv an, dass ich kaum atmen konnte. Ich hatte mich noch nie so gewollt und begehrt gefühlt.

»Gott, Holden, du bist wirklich perfekt.«

Er schüttelte den Kopf. »Davon bin ich weit entfernt, aber ich werde dir Gefühle bescheren, wie du sie noch nie erlebt hast.«

Das Erschreckende war, dass ich bereits solche Gefühle hatte. Und das nicht, weil er mir einen weltbewegenden Orgasmus bereitet hatte, sondern weil ich mich innerlich lebendiger fühlte als jemals zuvor.

Holden zog mich vom Rand in die Mitte des Betts, bevor er sich rittlings auf mich setzte, mit den Knien zu beiden Seiten meiner Hüfte. Er riss die Verpackung des Kondoms mit den Zähnen auf und streifte es sich über.

Ich hatte gedacht, es ginge so stürmisch weiter, doch jetzt hatte Holden keine Eile mehr. Er beugte sich vor, ergriff meine Hände und hob sie über meinen Kopf, dann küsste er mich zärtlich auf den Mund. Als seine Zunge auf meine traf, schmeckte ich mich selbst und musste daran denken, dass Warren sich nach dem Oralsex immer die Zähne geputzt hatte. Doch so war es viel erotischer und intimer. Natürlich küsste Holden auch unverschämt gut, selbstsicher und ein wenig forsch.

Nach einer Weile löste Holden seine Lippen von meinen, um mir in die Augen zu sehen, während er in mich eindrang. Die Adern an seinem Hals traten hervor, während er sich hinein- und herausbewegte.

»Verdammt. Du bist so feucht und eng. Wenn du dich nicht ein bisschen entspannst, wird das hier eine peinliche Angelegenheit für mich.«

Da ich seit seiner ersten Berührung im Nirwana war, hielt ich es für vollkommen unmöglich, aber ich gab mir Mühe. Es half mir, dass Holden mich mit seinen Küssen ablenkte. Sie waren wie Drogen: Sie ließen mich vergessen, wo ich war und was rings um mich geschah. Ganz abgesehen davon war ich einigermaßen sicher, dass sie genauso süchtig machten wie echte Rauschmittel.

Holden hob lächelnd den Kopf. »Ich hätte es für unmöglich gehalten, dass ich dich noch schöner finden könnte als sonst, aber wie du aussiehst, wenn ich in dir bin, ist das Unglaublichste, was ich jemals gesehen habe.« Seine Miene wurde ernst. »Ich will zuschauen, wie du kommst.«

Holden war steinhart, und seine Bewegungen erregten mich so sehr, dass er nicht sehr lange warten musste, um zu bekommen, was er wollte. Zumal er immer schneller wurde. Seine sanften Stöße wurden heftiger, und mit jedem Mal drang er tiefer in mich ein. Aber den Blickkontakt unterbrach er keine Sekunde. Bei der Art und Weise, wie er mir in die Augen sah, fragte ich mich unwillkürlich, ob ich eigentlich wusste, was ich hier tat, und zugleich wunderte ich mich darüber, wieso zur Hölle ich mich vorher mit weniger als diesem Gefühl zufriedengegeben hatte.

Holden winkelte mein rechtes Bein an, um noch tiefer in mich einzudringen, und ich stöhnte, als meine Muskeln um ihn zu pulsieren begannen.

»Holden …«

Er biss die Zähne zusammen. »Ich bin bei dir, Baby.« Seine Pupillen weiteten sich, während er bei seinen Stößen weiter mein Gesicht betrachtete.

Anders als früher beim Sex brauchte mein Körper nicht eine gewisse Zeit, um den Höhepunkt zu erreichen. Vielmehr kam mein Orgasmus angerast und schoss mit voller Wucht durch mich hindurch. Ich bohrte die Fingernägel in Holdens Rücken, während er wie wild weitermachte, bis mein Körper schließlich erschlaffte. Dann vergrub er sich stöhnend ein letztes Mal in mir und ließ ebenfalls los.

»Weißt du …« Ich spielte mit den Härchen auf Holdens Brust. »Als ich mich zum ersten Mal selbst befriedigt habe, war das deinetwegen.«

»Ach ja? Erzähl.«

Seitdem wir vor einer Stunde wach geworden waren, lag ich neben Holden und schmiegte mich an ihn. Mein Kopf ruhte auf seiner Brust, doch nun stützte ich das Kinn auf die Faust, um ihn anzusehen. »Du warst mit Nancy McDonald in unserem Pool im Garten.«

»Mit wem?«

»Nancy McDonald.«

Er zuckte mit den Schultern. »Ich glaube, ich kann mich nicht an sie erinnern.«

»Im Ernst? Du hast ihr die Zunge in den Hals gesteckt und erinnerst dich nicht an sie?«

»Wie sah sie aus?«

»Brünett, lange Haare, große Brüste. Sie hatte einen Badeanzug mit der amerikanischen Flagge drauf. Es war kurz nach dem vierten Juli.«

Holden kniff die Augen zusammen. »Badeanzug mit amerikanischer Flagge kommt mir bekannt vor.«

Ich schüttelte den Kopf. »Unfassbar, dass ich mich daran erinnere, wie ihr euch geküsst habt, und du nicht.«

»Ich weiß aber noch, dass *du* einen blauen Bikini mit silbernen Sternen hattest.«

»Stimmt. Es war mein erster Stringbikini. Ich hatte zwar vorher schon Zweiteiler, aber noch nie einen mit Stringtanga. Ich hatte meine Mutter dazu überredet, mir einen zu meinem dreizehnten Geburtstag zu kaufen – mit dem Argument, dass ich jetzt ein Teenager war. Ich musste ihr versprechen, ihn nur in unserem Garten zu tragen.« Ich lächelte. »Das war okay für mich, weil ich damit sowieso nur *deine* Aufmerksamkeit gewinnen wollte.«

»Oh, das hast du. Aber zurück zu deiner Selbstbefriedigungsgeschichte. Ich würde gern hören, wie du zum ersten Mal gekommen bist, während du an mich gedacht hast.«

»Du kannst von Glück sagen, dass du dich wenigstens an meinen Bikini erinnert hast. Ich hatte mir nämlich gerade überlegt, dir meine Geschichte gar nicht zu erzählen, da du dich nicht mal an Nancy McDonnald erinnern kannst.«

Holden gab mir einen Kuss auf die Stirn. »Ich erinnere mich nur an wichtige Dinge.«

»Jedenfalls habe ich von meinem Fenster aus zugesehen, als

du damals mit Nancy im Pool geknutscht hast. Mit meiner Hand in der Unterhose.«

»*Hey!* Lala Ellison, du ungezogenes Mädchen. Ich wusste gar nicht, dass du eine Voyeurin bist. Meine süße kleine Intelligenzbestie ist ein bisschen schräg drauf und guckt anderen gern zu. Das gefällt mir.«

Ich lachte. »Ich habe mir im Grunde vorgestellt, an Nancys Stelle zu sein. Euch zu beobachten hat also eher meine Fantasie angeregt, statt mich zu erregen. Mach dir also keine großen Hoffnungen. Das war sicherlich das Schrägste, was ich bisher gemacht habe.«

»Daran können wir arbeiten, weißt du.«

Ich biss mir auf die Unterlippe. »Du machst zwar nur Spaß, aber ich hätte tatsächlich nichts dagegen, meine Sexualität ein bisschen mit dir zu erforschen.«

»Das lässt sich machen. Was hast du dir vorgestellt?«

»Ich weiß nicht. Eigentlich nichts Konkretes. Aber ich habe nicht viel Erfahrung – ganz offensichtlich im Gegensatz zu dir. Ich vertraue dir, und ich denke, es könnte Spaß machen, mal etwas anderes auszuprobieren.«

»Ich bin dabei. Aber du müsstest mir schon ungefähr sagen, was neu für dich wäre.«

»*Alles* wäre für mich neu, Holden. Ich habe noch nie etwas Gewagtes gemacht.«

»Wurdest du schon mal gefesselt?«

Ich schüttelte den Kopf. »Nein.«

»Sex im Auto?«

»Nein.«

»Sex in der Öffentlichkeit?«

»Garantiert nicht.«

»Neunundsechzig?«

Ich schüttelte den Kopf.

»Anal?«

»Niemals.«

Mein Telefonwecker begann laut zu piepen. Ich griff danach und stellte ihn ab. »Unglaublich, es ist schon halb sieben. Ich muss zur Arbeit.« Ich richtete mich auf und küsste Holden. »Und vorher nach nebenan und duschen.«

»Du kannst mich jetzt nicht verlassen.« Er ergriff meine Hand und legte sie auf seinen Schritt. »Schau, was du angerichtet hast …«

»Ich habe dich nicht mal angefasst. Du bist einfach dauerhaft erregt, glaube ich.«

»Anfassen war auch gar nicht nötig. Du hast mir gerade gesagt, dass ich der Erste sein werde, der die Neunundsechzig und Analsex mit dir machen wird. Natürlich werde ich da hart.«

Ich lachte. »Das habe ich nicht gesagt. Ich habe nur gesagt, dass ich es noch nie gemacht habe.«

Er zog mich an sich und warf mich rücklings aufs Bett, sodass er über mir war. »Oh, ich werde dein Erster bei vielen Dingen sein, Süße.«

»Darüber reden wir später. Ich muss mich jetzt wirklich beeilen.«

»Und was ist mit meinem harten Schwanz?«

Ich küsste ihn auf den Mund und lächelte. »Du machst einfach das Gleiche, was ich gemacht habe, als du mit Nancy McDonald geknutscht hast.«

Holden schmollte. »Und wenn wir zusammen duschen?«

Ich befreite mich aus seinen Armen und stand auf. »Dann komme ich definitiv zu spät.«

»Sehen wir uns dann später? Nach der Arbeit? Wir könnten was bestellen und nackt essen.«

Ich lächelte und gab ihm noch einen Kuss. »Okay.«

Holden sah zu, wie ich meine Klamotten vom Boden aufsammelte und mich anzog. Als ich zur Tür ging, hielt er mich auf. »Lala?«

»Ja?«

Er verschränkte die Hände hinter dem Kopf. »Da wir unser Gespräch nicht fortsetzen können, musst du heute Abend eine Sex-To-do-Liste mitbringen.«

»Eine Sex-To-do-Liste?«

»Genau. Ich will eine Liste mit all deinen Fantasien.«

Nicht zu fassen, dass ich mich tatsächlich mit dieser Liste beschäftigte. Ich hatte gemogelt und »Sex-Wunschliste« in eine Suchmaschine eingegeben, um Ideen zu sammeln. Dann war ich sie der Reihe nach durchgegangen und hatte die Dinge notiert, die eventuell für mich infrage kamen.

Ich sah den letzten Punkt meiner Liste an und strich »Sex in der Öffentlichkeit« durch. Dann kaute ich an meinem Stift. *Könnte ich das? Sex an einem öffentlichen Ort?*

Heute haben zu viele Menschen Kameras.

Darf man das überhaupt?

Bestimmt nicht.

Aber verdammt ... Wie ich mir eingestehen musste, war der Gedanke, es mit Holden in der Öffentlichkeit zu tun, ziemlich verlockend. Andererseits wurde ich schon kribbelig, wenn ich daran dachte, es *irgendwo* mit Holden zu tun. Ich setzte den Punkt also wieder auf die Liste, fügte aber ein großes Fragezeichen hinzu.

Wie wäre es mit einem Dreier?

Mit einer anderen Frau?

Auf keinen Fall. Ich könnte Holden nicht teilen.

Und mit einem anderen Mann?

Wozu? Holden war mir mehr als genug.

Sexspielzeug mit dem Partner?

Klar, warum nicht? Ich hatte selbst ein paar Toys, aber Warren und ich hatten sie nie gemeinsam benutzt. Es war garantiert eine heiße Sache, wenn Holden mich mit einem davon verwöhnte.

Einander beim Masturbieren zusehen?

Das musste unbedingt auf meine Liste. Schon bei der Vorstellung, Holden dabei zu beobachten, konnte ich nicht mehr stillsitzen.

Sich vom Partner dominieren lassen?

Darauf könnte ich mich wohl auch einlassen.

Ich hatte bereits festgestellt, dass Holden von Natur aus beim Sex eine gebieterische Art hatte, was mir sehr gefiel. Und weil ich ihm ohnehin vertraute, hatte der Gedanke, mich zu unterwerfen, nichts Beängstigendes an sich. Er machte mich sogar ein bisschen an. Aber ich hatte heute eine Menge Arbeit, und seit ich mit der Liste angefangen hatte, konnte ich nicht mehr klar denken. Doch bevor ich mich zwang, mich auf meinen Job zu konzentrieren, schrieb ich dem Mann, der für meine Zerstreutheit verantwortlich war, eine Nachricht.

Lala: Die Liste war keine gute Idee.

Er antwortete sofort.

Holden: Die Sex-To-do-Liste?

Lala: Ja. Ich habe total viel Arbeit, aber ich bin völlig abgelenkt, weil ich ständig an die Sachen denke, die ich aufgeschrieben habe.

Holden: Was hast du als Letztes aufgeschrieben?

Weil der letzte Punkt auf meiner Liste der heikelste war, zögerte ich, aber dann dachte ich: *Scheiß drauf.* Ich war achtundzwanzig Jahre lang artig gewesen. Es wurde Zeit, ein bisschen gefährlich zu leben.

Lala: Sich vom Partner dominieren lassen.

Die Punkte hüpften herum, dann stoppten sie. Einen Augenblick später begannen sie von Neuem zu tanzen und stoppten nochmals, bevor endlich eine Nachricht kam.

Holden: Um wie viel Uhr hast du Mittagspause?

18. KAPITEL

HOLDEN

Womit soll ich anfangen …

Ich kam mir vor wie ein Hungernder am Büfett.

Es gab so viel, was ich mit Lala machen wollte, und wie es aussah, konnte ich mich nicht im Zaum halten. Wir waren erst am Morgen zusammen gewesen, aber ich sehnte mich schon danach, sie wiederzusehen. Ich konnte nicht bis zum Abend warten. Zu meiner Verteidigung sei gesagt, dass ich schon *sehr lange* auf diesen Moment gewartet hatte.

Endlich reagierte sie auf meine Nachricht.

Lala: Ich mache in einer Stunde Mittag.

Mein Schwanz zuckte. Ich hatte ohnehin einen gesunden Geschlechtstrieb, aber jetzt war ich wie auf Steroiden.

Holden: Gut. Ich komme zu dir.

Lala: Okay. Wollen wir uns irgendwo treffen? Hast du an etwas Bestimmtes gedacht?

Holden: Nur an Sex.

Lala: Aber wo?

Holden: Ach, Lala, du hast ja keine Ahnung, wie einfallsreich ich sein kann.

Lala: OMG

Ich ging kurz in die Drogerie, bevor ich Lala abholte.

Kurz nachdem ich ihr geschrieben hatte, dass ich da sei, kam sie aus der Drehtür ihres Gebäudes. Ich schloss sie in die Arme, um sie mitten auf dem Gehweg vor sämtlichen Leuten zu küssen, die zur Pause nach draußen strömten. Es war mir egal, wie viele Zuschauer wir hatten. Dazu hatte ich viel zu lange gewartet, dies tun zu können.

Dann nahm ich sie an die Hand und ging voran.

Ihre blonden Locken wehten im Wind, als sie mich aufgeregt ansah. »Wohin gehen wir?«

Ich grinste. »Zu meinem Van?«

»Du willst Sex in deinem Van haben? Und wenn uns jemand von meinen Kollegen sieht?«

»Keine Sorge. Das wird nicht passieren.«

Binnen Kurzem erreichten wir das Parkhaus, in dem ich meinen nun komplett verdunkelten Wagen abgestellt hatte.

Sie sah ihn sich an. »Ich frage jetzt lieber nicht, warum du solche Fensterabdeckungen besitzt.«

»Ist wahrscheinlich besser.«

»Der Mann mit dem Grusel-Van«, neckte sie mich.

»Schuldig.« Ich hob die Hand. »Willkommen auf der dunklen Seite, Lala.«

»Du bist echt der heißeste Grusel-Van-Mann, den ich je gesehen habe. Ich schätze, die Frauen würden Schlange stehen, um sich freiwillig von dir entführen zu lassen.«

»Schmeicheln Sie mir nur, Miss Ellison.« Ich schob sie gegen den Van und vergrub die Nase an ihrem Hals. »Du hast mir verdammt gefehlt.«

»Es waren nur ein paar Stunden, aber der Morgen war die reinste Qual, nicht wahr?« Sie legte den Kopf in den Nacken und schloss die Augen. Als ich an ihrer Haut saugte, seufzte sie zufrieden.

Ich ließ sie hinten in den Van einsteigen, den ich vorher leer geräumt hatte, und Lala zog ihre Jacke aus.

»Ich habe übrigens schon gegessen«, sagte sie. »Weil ich dachte, dass ich in der Pause wahrscheinlich nicht dazu komme.«

»Oh, es gibt etwas zu essen, glaub mir. Und jetzt zieh deine Hose aus und mach deine schönen Beine für mich breit.«

Sie streifte rasch ihre Hose und ihren Slip ab, sodass sie von der Taille abwärts nackt war. Dann zog sie ihre Bluse aus und behielt nur ihren Spitzen-BH an.

Ich ging mit dem Kopf zwischen ihre Beine und massierte ihre Klitoris mit langsamen, aber intensiven Zungenbewegungen, dann wanderte meine Zungenspitze tiefer, zu ihrem Hintern. Ich leckte sie und liebkoste die Stelle. Ihre Atemzüge beschleunigten sich.

Ich wusste nicht, ob das ein gutes oder ein schlechtes Zeichen war, und hielt inne. »Anal hattest du noch nicht, das weiß ich, aber hat jemand schon mal das hier mit dir gemacht?«

»Nein.«

»Soll ich weitermachen?«

»Ja«, stieß sie hervor. »Bitte. Es fühlt sich gut an.«

Ich bebte förmlich vor Verlangen und begann, sie mit der Zunge zu erkunden, indem ich langsam in sie eindrang.

Ihre Beine wurden unruhig. Ich konnte mich nicht mehr zurückhalten, daher richtete ich mich auf und zog ein Kondom aus der Tasche.

»Sag mir, was du willst«, sagte ich.

»Ich glaube, ich …« Sie zögerte.

»Was, Lala?«

»Ich will anal ausprobieren.«

»Jetzt?«

»Ja. Du hast mir gerade Lust darauf gemacht.«

Verdammt, ja. »Aber ich muss dich warnen. Wenn wir direkt damit anfangen, wird es bei mir nicht lange dauern.«

»Das ist okay. Ich habe eh schon das Gefühl, dass ich jeden Augenblick komme.«

Na gut, also dann. Ich atmete tief durch, um mich zu konzentrieren. *Sie hat es noch nie gemacht, du kannst nicht einfach so loslegen.* Ich musste es langsam angehen lassen und aufpassen, dass ich ihr nicht wehtat. Dabei fiel mir ein …

»Ich wollte dir noch sagen, dass ich vor zwei Wochen beim Arzt war und alle möglichen Tests habe machen lassen. Vielleicht beruhigt dich das, wenn ich nichts benutze. Aber ich weiß nicht, was du davon hältst. Würdest du es erlauben?«

Nach einem kurzen Moment sagte sie: »Ja, ich vertraue dir.«

Yes!

»Danke.«

Ich konnte nicht in Worte fassen, wie sehr mich die Aussicht auf das erregte, was ich gleich mit ihr tun würde. Ich konnte mein Glück nicht fassen und warf das Kondom zur Seite. Dann nahm ich die Tube Gleitgel vom Vordersitz, die ich für alle Fälle besorgt hatte.

»Ich bin vorbereitet. Und nein, ich habe nicht ständig Gleitgel in meinem Grusel-Van rumliegen.« Ich schmunzelte. »Ich war noch kurz in der Drogerie, um für alles gerüstet zu sein.«

Sie lag auf dem Rücken und sah lächelnd und erwartungsvoll zu mir auf. Ich öffnete die Tube und benutzte einen Klecks Gel, um ihren Körper mit dem Mittelfinger zu erkunden. Ich schob ihn ganz hinein.

»Wie fühlt sich das an?«, fragte ich leise.

»Gut.«

»Soll ich noch einen Finger nehmen?«

Sie biss sich auf die Unterlippe. »Ja.«

Während ich langsam mit dem zweiten Finger in sie eindrang, massierte ich mit der anderen Hand ihre Klitoris. Sie war wahnsinnig eng, und ich wusste nicht, ob ich so leicht hineinpassen würde. Es gab nur eine Möglichkeit, es herauszufinden.

»Bist du bereit für mich?«

»Ja.«

»Mach deine Beine weiter auseinander, und streichel dich, während ich deinen wunderschönen Körper nehme.«

Lala begann, ihre Klitoris zu massieren, und ich ließ die Hose hinunter. Ich nahm meinen harten Schwanz heraus und spürte, dass ich allein bei dem Gedanken daran, was ich gleich tun würde, schon kommen könnte.

»Sag mir, wenn es wehtut, okay? Dann höre ich sofort auf.«

»Okay«, hauchte sie.

Ich drückte etwas Gel in meine Hand und rieb meinen Schwanz damit ein. Dann bewegte ich ihn mit langsamen kreisförmigen Bewegungen an ihrem Körper, bis ich den ersten Versuch unternahm, in sie einzudringen. Zentimeter für Zentimeter glitt ich immer tiefer hinein. Es dauerte einige Minuten, dann war ich halb drin. Ich bewegte mich langsam und beherrscht, weil ich Angst hatte, ihr wehzutun, aber auch weil ich befürchtete, jeden Moment zu kommen.

»Du bist so verdammt eng …« Ich stöhnte. »Ist es okay, wenn ich weitermache?«

Sie nickte schwer atmend. »Ja, das fühlt sich gut an.«

Sie stemmte ihre Beine auf den Sitz und hob ihren Hintern an, um mir entgegenzukommen. Schließlich war ich ganz in ihr drin und konnte mich frei bewegen.

»So ein Gefühl hatte ich noch nie zuvor in meinem Leben«, murmelte ich.

Es war die verdammte Wahrheit.

»Du kannst schneller machen …«, sagte sie.

Da bemühte ich mich, vorsichtig zu sein, und sie wollte mehr? Ich wusste nicht, ob *ich* damit umgehen konnte.

»Wenn ich in dir komme, Lala, dann denk daran, dass du mir gehörst, mir ganz allein, Süße. Okay?«

»Mmm-hmm.« Sie spannte kurz ihre Muskeln an, und ich wäre um ein Haar gekommen.

Nun glitt ich geschmeidig herein und heraus. »Sag mir, wenn du bereit bist.«

Ich machte langsam weiter, während ich abwechselnd vor Lust die Augen schloss und dann wieder meine Bewegungen in ihr beobachtete. Es war so ziemlich das Schärfste, was ich jemals zu sehen bekommen hatte.

Wenig später begann sie, sich schneller zu massieren. »Komm in mir, Holden. Ich bin bereit.«

Ihre Worte entfesselten mich vollkommen. Ich drang ein letztes Mal mit einem festen Stoß in sie ein und explodierte. Ich füllte sie, bis nichts mehr übrig war. *Oh mein Gott. Was war das denn? Es war unglaublich.*

Als wir beide allmählich wieder zu uns kamen, ließ ich den Kopf auf ihre Brust sinken.

Sie lachte. »Ich habe fast Angst davor, wenn du ihn rausziehst.«

»Keine Sorge. Ich mache dich sauber, bevor du zurückmusst.«

»Ich weiß nicht, ob du so viel tun kannst. Vielleicht muss ich auf der Arbeit eine halbe Stunde lang das Bad blockieren.« Sie lachte.

»Sorry, ja.« Ich gab ihr einen Kuss auf die Stirn. »Ich verstehe.«

»Du musst dich nicht entschuldigen. Es war ein großartiges Gefühl. Besonders, als du gekommen bist.«

»Großartig beschreibt nicht mal annähernd, wie es sich für mich angefühlt hat, meine Schöne.« Ich fuhr mit dem Daumen über ihre Lippen. »Danke für dein Vertrauen.«

Ich zog mich langsam aus ihr zurück, bevor ich ein Handtuch aus meiner Tasche nahm, das ich extra eingepackt hatte. Ich gab es ihr, und nachdem sie sich abgewischt hatte, so gut es auf dem Rücksitz eines Vans ging, warf ich einen Blick auf mein Telefon.

»Wir haben noch eine Viertelstunde bis zum Ende deiner Pause. Du sagtest, du hast schon gegessen, aber möchtest du ein Eis oder so?«

»Analsex und Eis?« Sie musste lachen. »Was bist du nur für ein Romantiker!«

»Was soll ich sagen? Ich hab's halt gern romantisch.« Ich hielt sie fest und kitzelte sie. »So ist das im Lunch-Grusel-Van, Baby.«

Lala kam direkt nach der Arbeit zu mir, und wir hatten am Abend noch ein paarmal Sex.

Es mag übertrieben erscheinen, aber wenn man das wochenlange Vorspiel bedachte, holten wir eigentlich nur Versäumtes nach.

Irgendwann nach neun kletterten wir schließlich aus dem Bett und gingen in die Küche, um zu schauen, was ich uns zu essen machen konnte.

Lala lehnte sich gegen die Theke, während ich im Kühlschrank stöberte.

»Du hast heute schon drei Punkte von meiner Liste abgehakt«, sagte sie.

»Mal überlegen … Anilingus, Anal und Sex im Auto, stimmt's?«

»Genau.« Sie kicherte.

»Nicht schlecht für einen Tag, was?«, sagte ich augenzwinkernd.

»Du bist ein Arbeitstier, Holden.« Sie seufzte, und dann änderte sich ihr Ton. »Also … Ich muss dir etwas sagen.«

Ich schloss den Kühlschrank, drehte mich zu ihr um und schenkte ihr meine ganze Aufmerksamkeit. »Was gibt's?«

Lala verschränkte ihre Finger ineinander. »Obwohl ich gesagt habe, ich bin zu allem bereit, gibt es eine Sache, die ich nicht mit dir machen würde.«

»Okay …« Ich stutzte. »Ich höre.«

»Ich weiß, ich mache vielleicht einen willigen und neugierigen Eindruck, aber ich möchte klarstellen, dass ich dich *niemals* mit jemandem teilen würde. Ein Dreier kommt also nicht infrage.«

Ich musste unwillkürlich lächeln, als ich zu ihr ging und die Hände an ihren Hintern legte. »Witzig.«

»Warum?«

»Weil ich nicht mal an jemand anders denken kann und daher auch niemals irgendwen zu uns ins Bett einladen würde, Lala. Ich will dich auch nicht teilen – weder mit einem Mann noch mit einer Frau. Mir wird schlecht bei dem Gedanken, dass dich jemand anders anfasst. So habe ich noch nie für eine Frau empfunden.« Ich gab ihr einen Kuss auf die Nasenspitze. »Außerdem habe ich sowieso eine Regel, was Dreier angeht.«

»Und die lautet?«

»Ich würde niemals von einer Frau verlangen, mich zu teilen, wenn ich nicht auch bereit wäre, sie mit jemandem zu teilen. Die Sache muss auf Gegenseitigkeit beruhen. Und ich bin unter keinen Umständen bereit, dich zu teilen.«

»Wie lange hast du diese Regel schon?«

»Ich habe sie mir gerade ausgedacht.« Ich grinste.

Sie gab mir einen Klaps auf die Brust. Unsere Blicke trafen sich, dann wurde ihre Miene wieder ernst.

Ich zog sie an mich. »Was hast du auf dem Herzen, Süße?«

Sie sah zu mir auf. »Ich möchte, dass dieses Gefühl von Unbeschwertheit niemals endet. Lass uns jeden Tag genießen, ohne zu grübeln, wohin es führt. Ich bin nicht bereit, darüber nachzudenken, wie wir das zwischen uns definieren.«

»Wir müssen dem Ganzen jetzt keinen Namen geben«, sagte ich, obwohl ich mir bereits Sorgen darüber machte, was geschah, wenn ihr Forschungsprojekt endete. »Natürlich müssen wir uns etwas überlegen, wenn dein Vertrag ausläuft, aber nicht hier und jetzt.«

»Ja.« Sie runzelte die Stirn. »Daran möchte ich jetzt nicht denken.«

»Dann lassen wir es einfach.«

Letztendlich blieb mir nichts anderes übrig, als einkaufen zu gehen, weil mein Kühlschrank ziemlich leer war. Zum Abendessen gab es Grillhähnchen, Kartoffelpüree und gedünsteten Brokkoli. Es war nichts Besonderes, aber durchaus genießbar, und Lala verputzte alles, was sie auf dem Teller hatte.

Nach dem Essen saßen wir noch eine Weile bei einem Glas Wein in der Küche, doch irgendwann sagte sie: »Wahrscheinlich sollte ich rübergehen, damit ich dich morgen früh nicht wecke, wenn ich aufstehen muss.«

Ich stellte mein Glas ab. »Bleib bei mir. Ich verspreche, ich lasse dich schlafen.«

»Ich weiß nicht, ob ich das glauben kann.« Sie tippte mir auf die Brust.

Prompt wurde ich hart. Mein Gott, sie musste mich nur mit dem Finger anstupsen, und ich konnte schon wieder loslegen. Sie hatte recht. Sie würde keinen Schlaf bekommen, wenn sie bei mir blieb. Verdammt, ich war schwach.

Aber ich gab nicht auf. »Was muss ich tun, um dich zum Bleiben zu überreden?«

In dem Moment klopfte es. Ich öffnete gedankenlos die Tür, ohne nachzusehen, wer davor stand. *Ganz schlechte Idee.* Ich hatte eine Blondine vor mir, die mir vage bekannt vorkam. *Scheiße.*

»Hallo, Holden.« Sie lächelte. »Bitte sag mir, dass du dich an mich erinnerst.«

Wie hieß sie noch mal? Piper? Wir hatten Anfang des Jahres einen One-Night-Stand gehabt. *Das ist nicht gut. Was will sie von mir?*

»Und? Kennst du mich noch?«, fragte sie.

Ich ignorierte ihre Frage. »Was machst du hier?«

»Es ist zwar schon eine Zeit lang her, seit wir nach deinem Konzert zusammen waren, aber ich war in der Gegend und dachte, ich schaue einfach mal bei dir rein und sage Hallo.« Sie sah an mir vorbei in Lalas Richtung, die eine Hand auf den Bauch gelegt hatte, als wäre ihr speiübel.

Die Frau wurde rot. »Oh … Mann, tut mir leid. Ich wollte nicht stören.«

»Ja, ich will nicht unhöflich sein, aber ich …«

»Na ja …« Sie schüttelte den Kopf und trat zurück. »Okay, vergiss, dass ich hier war.«

Piper (oder so ähnlich) drehte sich um und ging den Flur hinunter.

Aber der Schaden war bereits angerichtet. Hätte ich mich nicht wegen Lala so schlecht gefühlt, hätte ich vielleicht ein schlechtes Gewissen bekommen, weil ich einer Frau, die es nicht verdient hatte, eine dermaßen kalte Schulter gezeigt hatte. Aber in dem Moment war mir alles außer Lala egal. Ich sah sie zerknirscht an und räusperte mich.

»Das war … jemand, den ich seit mindestens einem halben Jahr nicht mehr gesehen habe, Lala – lange bevor du hier eingezogen bist. Ich …«

Ihr Gesicht wurde immer röter. »Schon gut, du musst es mir nicht erklären.«

»Wirklich nicht? Ich sehe dir nämlich an, dass es dir nicht gut geht, also muss ich es sehr wohl erklären.«

Nun bekam sie auch noch rote Flecken am Hals. *Großartig.*

Sie zuckte die Achseln. »Ich meine, es ist keine Erklärung nötig, verstehst du? Mir ist natürlich klar, was sie hier wollte.«

»Mag sein«, räumte ich ein. »Aber es ist mir völlig egal, was sie wollte. Sie ist nur ein Geist aus meiner Vergangenheit.«

Wie sehr ich mich auch bemühte, die Lage zu entschärfen, es half meiner Sache nicht. Es war schwer genug, meine Vergangenheit als Frauenheld hinter mir zu lassen, ohne dass sie im wahrsten Sinn des Wortes an meine Tür klopfte.

»Sag mir, wie du dich fühlst, Lala. Halt dich nicht zurück. Wenn du mir nicht vertraust, sag es mir.«

»Das ist es nicht.« Sie atmete geräuschvoll aus. »Ich werde einfach wütend, wenn ich an dich und andere Frauen denke, auch wenn das ein Teil deines Lebens ist, den ich nicht ausradieren kann.«

Ich ging langsam mit hochgezogenen Augenbrauen auf sie zu. »Wütend, ja? Warum lässt du deine Wut nicht einfach an mir aus?«

Lala sah mich einen Moment lang an, bevor sie mein Shirt hochzog und ihre Nägel in meine Brust krallte. »Mein Gefühl sagt, das hier gehört mir.«

»Dann nimm, was dir gehört«, forderte ich sie auf.

Sie betrachtete meinen Körper voller Verlangen. Ich hatte keine Ahnung, wohin die Reise ging. Doch dann sank Lala auf die Knie und öffnete meine Jeans.

Au ja. Ich fuhr total auf die wütende Lala ab.

Sie massierte mich, bevor sie mich tief in den Mund nahm. Sie hielt kurz inne, bevor sie ihn freigab, nur um ihn wieder aufzunehmen. Sie verschlang mich regelrecht und eroberte mich mit ihrem Mund. Natürlich kam ich ziemlich schnell und heftig, und sie schluckte bis auf den letzten Tropfen.

Als sie sich aufrichtete, leckte sie sich über die Lippen.

»Wow.« Ich rang nach Atem.

»Das droht dir, wenn hier noch mehr Frauen auftauchen.«

»Ein wütender Blowjob? Dann lasse ich sie der Reihe nach antanzen.«

Sie lachte, und ich legte die Hände um ihr Gesicht. Als wir uns hingebungsvoll küssten, schmeckte ich mich auf ihrer Zunge. Ich hob Lala hoch, und sie schlang ihre Beine um mich. Mit dem sicheren Gefühl, dass Laney Ellison mein Tod sein würde, stöhnte ich in ihren Mund.

Lala bestand trotzdem darauf, in ihrem eigenen Bett zu schlafen – wenn auch ein wenig später. Ich sehnte mich nach ihr, sobald sie gegangen war, und fühlte mich immer noch beschissen, weil Piper (Petra?) vorbeigekommen war. Lala war zwar toll damit umgegangen, doch es hatte ihr sicherlich die Gründe in Erinnerung gerufen, weshalb sie bei mir vorsichtig sein musste. Wenn der Sexrausch erst einmal nachließ, kam sie bestimmt zu dem Schluss, dass das Ganze eine schlechte Idee war. Und wer weiß, wann es so weit sein würde? Gut, sie hatte die Verlobung mit Warren gelöst, aber es war irgendwie alles zu schön, um wahr zu sein. Außerdem hatte ich das Gefühl, dass sich ihr Ex-Verlobter nicht kampflos damit abfinden würde.

Mir bereitete der Gedanke Sorgen, dass er vielleicht schon bald herkommen würde, um sie zur Vernunft zu bringen.

Am nächsten Morgen kam Owen auf dem Weg zur Arbeit bei mir vorbei.

»Wie läuft's mit der Suche nach Räumlichkeiten für den Sexclub?«, fragte ich, als ich ihm Kaffee einschenkte.

»Wir haben noch nicht das Richtige gefunden.«

»Sobald die Sache steht, musst du deinen Kunden um einen ermäßigten Mitgliedsbeitrag bitten.«

»Ich trete da doch nicht ein.«

»Komm schon! Es wäre gut für dich. Wann ist bei dir zum letzten Mal was gelaufen?«

»Warum habe ich das Gefühl, dass du mich das fragst, um nicht darüber reden zu müssen, was *du* in letzter Zeit getrieben hast? Du hast nichts von dir hören lassen, und das kann nichts Gutes bedeuten.«

Ich wollte Owen zwar nichts erzählen, aber ich war froh über seinen Besuch, weil ich seinen Rat brauchte.

Wahrscheinlich konnte er es mir am Gesicht ablesen, denn er fragte sofort: »Was hast du angestellt, Holden?«

Ich zog eine Augenbraue hoch. »Willst du das wirklich wissen?«

Er kniff die Augen zusammen. »Du hattest Sex mit Lala, oder?«

»Bevor du mich fertigmachst – sie hat ihre Verlobung gelöst.«

Ihm fiel die Kinnlade herunter. »Wirklich?«

»Ja.«

»Dein Schwanz hat wahrhaftig eine mächtige Wirkung, Catalano.« Er schmunzelte.

»Nur um es klarzustellen: Sie hat die Verlobung gelöst, *bevor* wir Sex hatten.«

»Okay ...« Er schüttelte den Kopf. »Die Einzelheiten muss ich nicht wissen. Bitte erspar sie mir, aber warum siehst du dann so down aus? Genau das wolltest du doch, oder?«

»Ich muss dich mal was fragen«, sagte ich. »Und sei ehrlich zu mir.«

»Okay.« Er nahm sich einen Stuhl, setzte sich und verschränkte die Arme vor der Brust.

»Hältst du es für möglich, dass sie mich nur für Sex benutzt, ohne sich dessen bewusst zu sein?«

Er kratzte sich am Kinn. »Diese Frage kann man unmöglich beantworten. Aber es besteht kein Zweifel daran, dass du ihr etwas gibst, das sie noch nie bekommen hat. Der Reiz des Neuen und die Aufregung spielen sicherlich auch eine Rolle. Niemand kann garantieren, dass es nicht irgendwann nachlässt. Ehrlich gesagt hängt das, was dann geschieht, von *dir* ab, Holden, und nicht von ihr.«

»Wie meinst du das?«

»Wir wissen inzwischen, was Lala will. Sie will ein aufregendes Sexleben. Aber sie will auch einen vertrauenswürdigen Mann, auf den sie sich verlassen kann. Sie will im Grunde alles, und wer könnte es ihr verdenken? Aber kannst *du* ihr ein stabiles Leben bieten? Ich meine, auch bei dir wird irgendwann die Begeisterung nachlassen.«

Ich betete zu Gott, dass es niemals dazu kam, und ich konnte es mir eigentlich auch nicht vorstellen.

»Was ist dann, Holden? Das ist für mich die große Frage. Sie wird dich wahrscheinlich nur verlassen, wenn du ihr nichts mehr bietest, wofür es sich lohnt, bei dir zu bleiben.«

Ich seufzte. »Ja …«

»Kannst du der Typ Mann sein, den Lala langfristig braucht? Das musst du dich ernsthaft fragen.« Er seufzte. »Und wenn die Antwort Ja lautet, wirst du es mit aller Kraft beweisen müssen. Ich glaube, bei deiner Vorgeschichte würde leider niemand darauf setzen, dass du ein zuverlässiger Lebenspartner sein kannst. Aber ich hoffe, du beweist uns das Gegenteil.«

19. KAPITEL

LALA

Mein Lächeln erstarb augenblicklich, als ich den Namen sah, der auf meinem Handydisplay erschien.

Warren.

Ich hatte gedacht, es wäre Holden, weil wir uns den ganzen Morgen schmutzige Nachrichten hin und her geschickt hatten. Ich überlegte, ob ich das Gespräch annehmen sollte, aber ich hatte extreme Schuldgefühle, nachdem ich vor anderthalb Wochen Schluss gemacht hatte und gleich mit einem anderen Mann ins Bett gestiegen war. Da konnte ich mich wenigstens wie eine Erwachsene verhalten und mit ihm reden.

Ich ging also ran. »Hey, Warren.«

»Hi, Laney.« Er schwieg einige Sekunden. »Ist das okay? Ich meine, darf ich dich anrufen?«

Ich spürte einen Stich ins Herz. »Natürlich. Warum nicht?«

Er seufzte. »Ich weiß nicht. Das ist alles Neuland für mich, und ich weiß nicht, wie ich mich verhalten soll.«

»Nun, wenn ich dir das Gefühl gegeben habe, es wäre nicht okay, mich anzurufen, tut es mir leid. Wie geht es dir?«

Er zögerte. »Vielleicht können wir uns über die Arbeit unterhalten oder so. Ich möchte nicht mit etwas Negativem anfangen.«

»Sicher. Ja, klar. Wie läuft es auf der Arbeit?«

»Ziemlich gut. Ich habe viel gearbeitet, und mir ist diese

Woche ein entscheidender Fortschritt in Bezug auf die von mir genetisch veränderten Immunzellen von gesunden Spendern gelungen, die ich benutze, um Blutkrebszellen von Patienten im zweiten und dritten Stadium anzugreifen.«

»Oh, wow. Glückwunsch. Erzähl mir davon.«

In den folgenden zwanzig Minuten erklärte Warren mir im Detail, wie er vorgegangen war und welche Ergebnisse er erzielen konnte. Das Gespräch fühlte sich fast normal an, so als könnten wir freundschaftlich miteinander umgehen, ohne dass es merkwürdig wurde. Doch dann gerieten wir ins Stocken, und er räusperte sich.

»Wie viel Zeit, Laney? Eine Woche, ein Monat, ein Jahr?«

Ich wusste nicht genau, was er meinte, da wir zehn Sekunden zuvor noch darüber gesprochen hatten, dass seine jüngsten Forschungsergebnisse womöglich irgendwann zu einer klinischen Studie mit Menschen führten.

»Wie viel Zeit wofür?«

»Du hast gesagt, du brauchst eine Auszeit und willst eine Weile ungebunden leben. Aber ich weiß nicht, was das bedeutet. Nur ein paar Wochen, oder brauchst du länger?«

Mir drehte sich der Magen um. »Ich weiß es nicht, Warren. Es tut mir leid, dass ich es nicht genau sagen kann, aber ich bin sehr verwirrt und fand es unfair, die Dinge einfach weiterlaufen zu lassen, obwohl ich nicht mehr in die Richtung gehen wollte, die wir eingeschlagen hatten.«

»Ich weiß, ich war kein toller Partner. Ich arbeite zu viel und war nicht aufmerksam genug. Ich habe das, was wir hatten, als selbstverständlich betrachtet.«

Ich schüttelte den Kopf. »Nein, Warren, du kannst nichts dafür. Es war mein Ernst, als ich gesagt habe, dass du nichts falsch gemacht hast. Hier geht es nur um mich. Du warst immer ein sehr guter Partner.«

»Ich hätte mit dir nach New York ziehen sollen«, sagte er mit gepresster Stimme. »Ich hätte mich beurlauben lassen können, um dir zu zeigen, dass du und deine Arbeit mir wichtiger sind, als hierzubleiben.«

»Nein, Warren. Dich trifft keine Schuld. Wenn du angeboten hättest, mit nach New York zu kommen, hätte ich es nicht zugelassen. Deine Arbeit ist sehr wichtig, und unsere Beziehung hätte die paar Monate Trennung aushalten müssen. Wo wir heute stehen, hat nichts mit New York zu tun, wirklich nicht. Ich denke, manchmal schlägt man einen Weg ein und folgt ihm, ohne genauer über die Richtung nachzudenken. Dann verfällt man in Gewohnheiten und macht einfach weiter. Mein Aufenthalt hier in New York hat einfach nur dafür gesorgt, dass ich innegehalten und einiges an mir hinterfragt habe.«

»Ich habe unsere Gewohnheiten geliebt, und ich weiß, dass der Weg, den wir eingeschlagen hatten, für mich genau der richtige war. Ich würde dich auf der Stelle heiraten, wenn es dich glücklich machen würde.«

Das war ein Schlag in die Magengrube. Aber ich hatte es nicht anders verdient. Ich hatte mich mit ihm verlobt und ihm gesagt, dass ich seine Gefühle teile, und ihm dann ohne Vorwarnung den Boden unter den Füßen weggezogen. »Es tut mir leid, Warren. Ich bedaure sehr, dass ich dir wehtue.«

»Entschuldige dich nicht. Nimm dir einfach die Zeit, die du brauchst, und komm wieder zu mir zurück. Ich werde warten. Du trägst zwar meinen Ring nicht mehr, aber mein Herz ist trotzdem bei dir. Ich bin dir treu, Liebste.«

Oh Gott. Ich legte mir eine Hand an den Bauch, weil mir flau wurde. Ich wusste nicht, wie ich reagieren sollte, und gab keine Antwort.

Schließlich brach Warren das Schweigen. »Dann will ich dich nicht länger aufhalten«, sagte er.

»Danke für den Anruf, Warren. Ich hoffe, es läuft weiter so gut bei dir auf der Arbeit.«

»Bye, Laney.«

Ich ließ das Telefon sinken und wollte gerade auflegen, als ich Warren rufen hörte: »Warte! Laney!«

Ich nahm das Telefon wieder ans Ohr. »Ja?«

»Du würdest es mir doch sagen, wenn es einen anderen Mann gäbe, oder? *Gibt* es einen?«

Völlig überrumpelt geriet ich in Panik. »Nein. Nein, Warren, da ist niemand anders.«

»Hallo, Fremde.« Billie lächelte.

Ich hatte geradeaus geschaut, als ich am Tattoostudio vorbeiging, und nicht gemerkt, dass sie aus der Tür gekommen war.

Ich stutzte. »Oh. Hey, Billie.«

»Ich war nicht sicher, ob du mich gesehen hast. Du warst total in Gedanken versunken.«

Ich versuchte zu lächeln. »Ich bin nur müde.«

Billie wackelte mit den Augenbrauen. »Wie ich hörte, bekommst du zurzeit nicht genug Schlaf.« Sie lachte. »Entschuldige, die Jungs können nichts für sich behalten. Aber ich hätte mit den Witzen wahrscheinlich warten sollen, bis du mir selbst von dir und Holden erzählst.«

Ich schüttelte den Kopf. »Schon gut. Ich wollte bei dir reinschauen, um es dir zu sagen.«

Sie sah mich kritisch an. »Was ist los?«

»Nichts.«

Billie stemmte die Hände in die Hüften. »Der Kerl bekommt von mir einen Arschtritt, wenn er dir jetzt schon zu schaffen macht.«

Ich lachte halbherzig. »Holden hat nichts angestellt. Ich schwöre.«

»Was ist dann mit dir los? Ich erkenne an deinem Lächeln, dass irgendetwas nicht in Ordnung ist. Deine Mundwinkel gehen zwar nach oben, aber der Rest deines Gesichts macht nicht mit. Normalerweise lächelst du über das ganze Gesicht.«

Ich atmete tief durch. »Warren hat heute angerufen.«

»Oh nein.« Sie rieb sich ihren Babybauch. »Ich darf leider nichts trinken, aber es klingt, als würde zumindest eine von uns ein Glas Wein für dieses Gespräch brauchen. Zwei Blocks weiter hat ein neues Café aufgemacht, wo es Wein und Süßes gibt. Was hältst du davon, wenn wir dir einen Drink besorgen und einen Brownie-Eisbecher für das Baby?«

»Das klingt super. Vielleicht brauche ich sogar Wein *und* etwas Süßes.«

Sie hakte sich bei mir unter. »Jetzt verstehen wir uns.«

Eine Viertelstunde später hatten wir drei Süßspeisen auf dem Tisch, und ich hatte mein Weinglas schon fast ausgetrunken.

»Dein Ex macht dir also das Leben schwer?« Sie schob sich einen gehäuften Löffel Brownie mit Vanilleeis in den Mund.

Ich schüttelte den Kopf. »Warren verhält sich wirklich großartig. Ich habe nur so ein schlechtes Gewissen, weil ich direkt mit Holden im Bett war. Ich bin nach der Trennung sofort zu ihm in die Wohnung gegangen.«

»Das überrascht mich nicht sonderlich. Ihr habt ziemlich lange Katz und Maus gespielt. Da muss sich einiges an Frust aufgestaut haben.«

Ich nickte. »Den haben wir in den letzten paar Tagen abgebaut.«

Billie grinste. »Das glaube ich dir gern.«

Ich schaute in mein Weinglas. »Wir haben eine fantastische Zeit zusammen, und ich habe auf jeden Fall Gefühle für Holden. Aber ich habe auch noch Gefühle für Warren. Ich bin zwar nicht mehr verlobt, aber trotzdem kommt es mir vor, als würde ich ihn betrügen.«

»Na ja, Gefühle kann man nicht einfach an- und abschalten. Es wäre gut gewesen, wenn eine gewisse Zeit zwischen der einen und der anderen Beziehung gelegen hätte. Auch wenn man selbst Schluss macht, braucht man Zeit, um darüber hinwegzukommen. Aber du und Holden …« Billie nahm noch einen Löffel und sprach mit vollem Mund. »Ich glaube nicht, dass euch irgendetwas hätte bremsen können. Ihr wart seit dem Tanz auf unserer Hochzeit auf Kollisionskurs. Es war wirklich nicht zu übersehen, wie ihr euch angeschaut habt.«

Ich trank meinen Wein aus. »Ich muss immer daran denken, was passiert wäre, wenn ich nicht nach New York gekommen wäre. Wenn ich erst nach dem Jawort gemerkt hätte, dass ich neugierig bin, was es sonst noch da draußen gibt? Hätte ich meinen Ehemann dann betrogen?«

Billie schüttelte den Kopf. »Hör auf mit dem Was-wäre-wenn-Spiel. Das führt doch zu nichts. Du musst nach vorn schauen, und nicht zurück.«

Die Kellnerin blieb an unserem Tisch stehen. »Noch einen Wein?«

»Das wäre großartig, danke.«

Als sie sich entfernte, zeigte Billie mit ihrem Löffel auf mich. »Du hast gerade gesagt, du willst sehen, was es *sonst noch* da draußen gibt. Stimmt das denn? Oder bist du eigentlich nur an Holden interessiert?«

»Weißt du, ich war immer der Typ Mensch, der genau sagen konnte, wo er in fünf oder zehn Jahren sein wollte. Zu Beginn der Highschool wusste ich schon, was ich studieren wollte, und nach meinem Abschluss hatte ich das Ziel, meine eigene Forschungsstudie zu bekommen. Vor ein paar Monaten habe ich noch meine Zukunft mit Warren klar vor mir gesehen. Aber jetzt kann ich anscheinend nicht mehr weiter planen als heute und morgen, und diese Tage will ich mit Holden verbringen.«

»Manchmal muss man einfach den Moment leben.«

Billie und ich saßen mehr als zwei Stunden lang in dem Café und redeten. In dieser Zeit trank ich vier Gläser Wein. Ich spürte die Wirkung erst, als ich aufstand und schwankte. Schlussendlich brachte mich meine schwangere Freundin nach Hause, obwohl ich eigentlich ihre Begleitung hätte sein müssen.

Vor der Haustür umarmte ich sie. »Tausend Dank, dass du mir zugehört hast.«

»Gern geschehen, meine Liebe.« Sie lächelte. »Jetzt siehst du besser aus.«

»Ich fühle mich auch besser.« Ich beugte mich zu ihr, vergaß aber zu flüstern. »Alkohol macht mich immer so wuschig. Ich glaube, ich schaue jetzt bei Holden vorbei.«

Ein Mann in den Siebzigern blieb bei uns stehen. »Ich wohne in der West Street 210, Apartment 3B, falls Holden nicht da ist.«

Billie und ich lachten uns kaputt. Als ich ins Haus ging, rief sie mir noch über die Schulter zu: »Schnapp ihn dir, Löwin.«

Holden kam mit nackter Brust und einer tief sitzenden Jogginghose an die Tür. Er hatte Drumsticks in der Hand, einen Kopfhörer um den Hals, und seine Haut glänzte.

»Oh mein Gott.« Ich hickste und hielt mir den Mund zu. »Du siehst verdammt heiß aus.«

Er warf mir ein schiefes Lächeln zu. »Bist du betrunken?«

»Kann sein.« Ich grinste und beugte mich vor. »Und ich bin total wuschig.«

Er nahm meine Hand und zog mich in die Wohnung. Ich kreischte, aber es gefiel mir.

»Ich kann es nicht erwarten, dich betrunken zu vögeln.«

Ich kicherte. »Und ich dachte, du lehnst ab, weil du zu sehr Gentleman bist, um mit einer betrunkenen Frau Sex zu haben.«

»Mein Schwanz war erst neulich auf der Rückbank eines Vans in deinem Arsch, Süße. Ich glaube, den Gentleman kannst du vergessen, wenn es um Sex mit dir geht.«

»Du bist ein Ferkel.« Ich grunzte.

»Genau. Und trotzdem klopfst du bei mir an.« Holden hob mich hoch, und während er mich ins Schlafzimmer trug, leckte ich an seiner Brust. »Mmh, salzig. Ich wusste nicht, ob es Schweiß oder Wasser vom Duschen ist.«

»Ich habe eine Stunde lang Schlagzeug gespielt. Und was hast *du* gemacht?«

»Mit Billie getrunken.«

»Dann hast du anscheinend für sie mitgetrunken.«

Ich lächelte. »Kann sein. Aber ich habe es gebraucht.«

»Schlechter Tag?«

»Warren hat angerufen und mir gesagt, dass er mir treu bleibt. Dann hat er mich gefragt, ob es einen anderen gibt.«

Holden blieb ruckartig stehen. »Was hast du ihm gesagt?«

»Ich habe die Frage verneint.«

Er setzte mich auf dem Boden ab. In meinem beschwipsten Zustand bemerkte ich nicht, dass die Stimmung umgeschlagen war. Ich ging auf die Knie und griff nach dem Bund seiner Jogginghose, doch er fing meine Hand ab und schob sie weg.

»Was ist?«, fragte ich ahnungslos. »Ich will dich im Mund haben.«

Holden griff mir unter die Arme und zog mich hoch. »Du bist zu betrunken.«

»Aber du hast gerade gesagt …«

»Ich hole dir Ibuprofen und Wasser.«

Bevor ich etwas sagen konnte, war er schon auf halbem Weg

in die Küche. Ich war zu betrunken, um zu begreifen, dass ich ihn verärgert hatte. Deshalb setzte ich mich auf die Bettkante und ließ mich nach hinten fallen. Als er nach mehreren Minuten immer noch nicht zurückgekommen war, schloss ich gähnend die Augen. Und das war das Letzte, woran ich mich erinnerte, als ich am nächsten Morgen um halb sieben aufwachte.

Ich richtete mich auf und wusste für einen Moment nicht, wo ich war. Holdens Wohnung und meine sahen sich sehr ähnlich. Aber das große Schlagzeug in der Ecke des Schlafzimmers half mir auf die Sprünge. Holden lag allerdings nicht neben mir im Bett. Ich rieb mir den Schlaf aus den Augen und ging ihn suchen.

»Hey.«

Ich fand ihn in der dunklen Küche, wo er am Tisch saß und Kaffee trank. Ich legte von hinten die Arme um ihn und gab ihm einen Kuss in den Nacken. »Was machst du hier?«

»Nachdenken.«

»Worüber?«

Er drehte sich zu mir um. »Warum hast du Warren nicht gesagt, dass du mit jemand anderem zusammen bist?«

Oh, Mist. Ich kam ruckartig zur Besinnung. Meine Erinnerungen waren etwas verschwommen, aber allem Anschein nach hatte ich ihm von dem Telefongespräch mit Warren erzählt.

Ich seufzte und setzte mich Holden gegenüber an den Tisch. »Ich habe es ihm nicht gesagt, weil ich ihn nicht verletzen wollte. Ich habe unsere Verlobung erst vor ein paar Tagen gelöst, und mit dir und mir ist alles so schnell gegangen.«

Er nickte und starrte in seine Tasse. »Du verletzt also lieber mich als ihn …«

»Nein, nein, so ist es nicht, Holden. Wirklich nicht. Es ist nur … Er hat mich mit der Frage überrumpelt, und ich hatte keine Zeit zum Überlegen. Er klang traurig, und ich tue Leuten nicht gern weh, schon gar nicht denen, die immer nur gut zu mir waren. Ich habe gar nicht daran gedacht, dass meine Antwort, mit der ich es vermeiden wollte, ihn zu verletzen, *dich* verletzen könnte. Ich will keinem von euch wehtun.«

Holden sah mir in die Augen. »Mehr hat er nicht gewollt? Er wollte nur wissen, ob du einen anderen hast?«

Ich schüttelte den Kopf. »Außerdem wollte er wissen, wie lange ich brauche. Als ich es beendet habe, habe ich gesagt, dass ich Zeit für mich brauche.«

Er runzelte die Stirn. »Dann ist es zwischen euch also nicht endgültig aus? Die Sache liegt nur auf Eis? Ihr legt eine Art Pause ein? Und ich bin bloß der Typ, den du dir aus dem Hirn vögeln musst, bevor du den Guten heiratest?«

»Nein, Holden, so ist es nicht.«

»Dann sag mir, wie es ist. Was bin ich für dich?«

»Du bist mir sehr wichtig, und das weißt du auch. Ich stehe auf dich, solange ich mich zurückerinnern kann.«

»Liebst du Warren noch?«

Von den vielen Fragen schwirrte mir der Kopf. Ich hatte mit Warren Schluss gemacht und war mit Holden ins Bett gegangen, ohne darüber nachzudenken, was ich überhaupt tat. Aber ich wollte nicht lügen. Das würde alles nur noch komplizierter machen.

»Ich weiß nicht, was ich fühle, Holden. Ich muss einige Dinge für mich klären.«

Er schob seinen Stuhl so energisch zurück, dass die Beine über die Bodenfliesen schrammten, und stand auf. »Anscheinend ist das Einzige, was du weißt, dass du mit mir vögeln willst.« Er wies in den Flur, der zu seinem Schlafzimmer führte. »Soll ich mir einen runterholen, damit ich für dich bereit bin, wenn du in Stimmung bist?«

»Holden …«

Er fuhr sich mit der Hand durch die Haare. »Wenn ich es mir recht überlege, gehe ich lieber duschen. Die Dame in der 408 hat einen verstopften Abfluss. Reparaturen sind offenbar das Einzige, wozu ich derzeit tauge.«

Am Abend war ich immer noch niedergeschlagen und kletterte mit einem Glas Wein auf die Feuertreppe. Ich hatte nichts mehr von Holden gehört, und ich konnte es ihm nicht verübeln, dass er verärgert war. Niemand möchte sich so fühlen, als wäre er nicht wichtig genug, um erwähnt zu werden. Im Lauf des Tages hatte ich viel darüber nachgedacht, warum ich Warren angelogen hatte. Und es hatte nichts mit Holden zu tun. Mein eigenes Verhalten war mir peinlich, denn ich hatte nach der Lösung meiner Verlobung nicht einmal vierundzwanzig Stunden warten können, bevor ich mit einem anderen Mann ins Bett gegangen war. Ich konnte mich einfach nicht beherrschen, wenn es um Holden Catalano ging. Und obwohl ich die schönen Seiten meiner Unbeherrschtheit egoistischerweise genossen hatte, dachte ich auch in einem fort über die damit einhergehenden Konsequenzen nach.

Ich grübelte darüber, wie ich es hätte besser machen können, während ich an meinem Wein nippte, als Holden sein Fenster öffnete. Er kletterte heraus und setzte sich so dicht neben mich, wie es das Geländer zuließ.

»Hey«, sagte er.

»Hallo.«

Er senkte kopfschüttelnd den Kopf. »Entschuldige, wie ich mich heute Morgen aufgeführt habe.«

»Ich muss mich auch entschuldigen. Ich schwöre bei Gott, es hatte nichts mit dir zu tun, dass ich Warren belogen habe. Ich wollte dich nicht verleugnen. Ich wollte ihm einfach nicht wehtun. Und ehrlich gesagt schäme ich mich ein wenig wegen meiner mangelnden Selbstbeherrschung. Ich habe dich überfallen, kaum dass ich zurück in New York war, nachdem ich gerade erst meine Verlobung gelöst hatte. Ich habe nicht darüber nachgedacht, dass andere verletzt werden könnten, wenn ich meine Gefühle nicht vorher sortiere.« Ich schniefte und kämpfte gegen die Tränen. »Ich habe einfach spontan gehandelt.«

Holden griff durch die Geländerstäbe und legte die Hand an meine Wange. »Nicht weinen, Süße.« Er lächelte. »Dein Mangel an Selbstbeherrschung ist das Beste, was mir seit langer Zeit passiert ist.«

Ich legte meine Hand auf seine. »Ich hoffe, du kannst meine Entschuldigung annehmen.«

»Nur wenn du meine annimmst. Ich verstehe, dass du etwas Zeit brauchst, und ich hätte nicht versuchen dürfen, dich zu zwingen, dieser Sache zwischen uns ein Etikett aufzudrücken. Du hast von Anfang an offen gesagt, was du willst. Lass uns einfach Spaß haben.«

Meine Schultern entspannten sich zum ersten Mal an diesem Tag. »Wirklich? Ist es dein Ernst?«

»Ja.« Er hob einen Finger. »Ich habe sogar ein kleines Entschuldigungsgeschenk für dich, mit dem man sehr viel Spaß haben kann. Ich bin gleich wieder da.«

Holden verschwand in seiner Wohnung und holte eine rote Schachtel mit einer großen weißen Schleife, die er mir durch die Geländerstäbe reichte.

»Das hier wird uns unsere kleine Meinungsverschiedenheit von heute Morgen vergessen lassen.«

Die Schachtel war nicht bedruckt. Ich schüttelte sie. »Ist es was Alkoholisches? Das Glas Wein, das ich gerade trinke, ist nach dem gestrigen Abend mit Billie mehr als genug für heute.«

»Mach es auf und sieh nach.«

»Okay!« Ich fühlte mich wie ein Kind an Weihnachten, als ich die Schleife aufzog und die Schachtel öffnete. Sie war mit Samt gefüttert und enthielt zwei Dinge, von denen ich eins erkannte. Ich lächelte und schlug mir die Hand vor den Mund.

»Oh mein Gott. Du hast mir einen Vibrator gekauft?«

»Steht auf deiner Liste. Ich glaube, es ist Nummer sechs: zusammen Sexspielzeug ausprobieren. Mir war gar nicht bewusst, dass wir nur aufschreiben müssen, was wir wollen, und schon werden unsere Wünsche wahr. Der Weihnachtsmann wird staunen, was für einen Wunschzettel er dieses Jahr von mir bekommt …«

Ich lachte. »Du bist total verrückt. Aber was ist das andere Teil hier?«

»Wir bekommen jeder ein Spielzeug, und das ist für mich.« Er zog sein Handy aus der Tasche und hielt es hoch. »Man kann es mit dem Telefon verbinden, was ich schon getan habe. Wenn es in dir ist, kann ich es von überall in der Welt vibrieren, pulsieren oder rotieren lassen.«

Meine Augen weiteten sich. »Rotieren?«

Er grinste. »Du willst es ausprobieren, was?«

Ich verbarg mein Lächeln hinter meiner Hand.

»Dieses Lächeln nehme ich als Ja«, sagte er. »Also geh jetzt und zieh dich aus. Ich will dich auf deinem Bett liegen sehen, wenn ich rüberkomme, damit ich mich angemessen entschuldigen kann.«

20. KAPITEL

LALA

Es war erstaunlich, wie viel aufregender die Wochenenden waren, seit ich sie mit Holden verbrachte. Die Arbeitswoche konnte gar nicht schnell genug vorbeigehen.

Als ich Freitag nach Hause kam, duschte ich ausgiebig, bevor ich zu ihm ging. Ich war voller Vorfreude, und meine Aufregung angesichts unserer Wochenendpläne wuchs sekündlich, obwohl ich keine Ahnung hatte, wie sie aussahen.

Erfrischt und bereit für alles, was der Abend bringen würde – fantastischen Sex hoffentlich –, ging ich nach nebenan.

Als Holden mir aufmachte, sah er unheimlich heiß aus mit seiner grauen Mütze und dem schlichten burgunderroten T-Shirt. Schon bei seinem Anblick wurden meine Nippel hart. Doch meine Erregung schwand, als ich ihm in die Augen sah und spürte, dass etwas nicht stimmte.

»Was ist los, Holden? Du siehst irgendwie bedrückt aus«, sagte ich.

Er seufzte. »Ja, wir müssen reden. Es ist etwas passiert.«

Oh nein. Mir wurde übel, während mir die schlimmsten Katastrophenszenarien durch den Kopf schossen. *Ist jetzt Schluss?* »Okay …« Ich schluckte.

»Also … unsere Managerin hat vorhin angerufen und mir gesagt, dass sie eine Reihe neuer Gigs für uns organisiert hat.«

Ich stutzte. »Das ist doch gut, oder?«

Er runzelte die Stirn. »Sie sind alle an der Westküste, Lala.«

Ich brauchte ein paar Sekunden, um es zu begreifen. Er hatte nicht West Side gesagt, sondern West*küste*. *Er geht weg?*

»Oh …« Mich packte die nackte Angst. »Wusstest du, dass so etwas im Raum steht?«

Er nickte. »Ich wusste, dass sie daran arbeitet, aber es klang immer, als würde es nicht so bald passieren. Und jetzt sagt sie uns, dass sie eine Tour mit mehreren Stopps von Oregon bis nach Südkalifornien auf die Beine gestellt hat. Anscheinend hat sie dort einen Buchungsagenten kennengelernt, der das Ganze ermöglicht hat.«

Ich holte tief Luft. »Und wann geht es los?«

Holdens Kiefer spannte sich an. »Wir sollen irgendwann nächste Woche rüberfliegen.«

Was? »Wow, nächste Woche schon.« Ich rieb mir meinen flauen Magen. »Und wie lange bist du dann weg?«

»Mindestens zwei Wochen. Die stehen auf jeden Fall fest. Aber es könnte auch länger dauern.«

Zwei Wochen waren nicht so lang, aber irgendwie wusste ich, dass es mir wie eine Ewigkeit vorkommen würde.

Holden spürte meine innere Panik offenbar, als ich sprachlos vor ihm stand.

»Weißt du was? Komm her«, sagte er und schloss mich in die Arme. »Ich habe dich noch nicht mal umarmt, bevor ich dich damit überfallen habe.« Er schmiegte sein Gesicht an meinen Hals. »Wenn nicht so etwas Großartiges zwischen uns laufen würde, wäre ich froh, auf Tour gehen zu können, aber jetzt ist alles anders. Alles, was ich will, ist, jede freie Minute mit dir verbringen, solang du in New York bist.«

Als Holden mich losließ, schaute ich auf die Straßenlaternen vor seinem Fenster hinunter, weil ich ihm nicht in die Augen sehen konnte.

»Wie ist es überhaupt möglich, dass eure Managerin euch die Auftritte so kurzfristig aufs Auge drücken kann?«

Holden kratzte sich am Kinn. »Ja, so läuft das im Musikgeschäft. Es wird erwartet, dass man alles stehen und liegen lässt, wenn sich die Gelegenheit zu einem Auftritt bietet. Ich habe Glück, dass die Jungs und ich uns einig sind, was meinen Job hier im Haus angeht. Sie wissen, die Musik steht bei mir an erster Stelle.«

Richtig. Die Musik steht an erster Stelle. Vergiss das nicht, Lala.

»Und wie ist es bei den anderen Bandmitgliedern?«, fragte ich. »Haben die auch Jobs, die sie einfach auf Eis legen können?«

»Sie machen alle etwas Ähnliches wie ich und haben Absprachen mit ihren Chefs. Wenn sich eine Gelegenheit ergibt, hat die Musik Priorität. Natürlich müssen wir für meine Aufgaben hier vorübergehend einen Hausmeisterservice engagieren, aber dafür haben wir ein Budget. Die Jungs haben immer gewusst, dass so etwas vorkommen kann und ich dann wegmuss. Also haben wir vorgesorgt.«

Ich war bestimmt die Einzige, die *nicht* damit einverstanden war, dass Holden auf Tour ging. Aber es lag nicht daran, dass ich ihm die Chance nicht gönnte. Ich wünschte ihm allen Erfolg der Welt. Ich wollte nur nicht von ihm getrennt sein, wo es mit uns gerade erst anfing.

Ich starrte benommen aus dem Fenster.

Holden legte behutsam die Hand unter mein Kinn und hob meinen Kopf, sodass ich ihm in die Augen sehen musste. »Rede mit mir, Lala.«

»Also, ich bin offensichtlich geschockt, aber ich würde dir niemals im Weg stehen. Es ist, wie es ist, und ich bin unheimlich stolz auf dich, Holden.« Ich ging auf die Zehenspitzen und gab ihm einen zärtlichen Kuss.

»Danke, Süße. Es ist eine ziemlich große Sache, weil es dort eine Menge Musikagenten gibt. Wir wollen versuchen, einige von ihnen in unsere Konzerte zu locken.«

»Klar, das versteht sich.« Ich senkte den Blick zu Boden.

Holden hob abermals mein Kinn und sah mir in die Augen. »Verreisen ist das Letzte, was ich im Moment will. Der Gedanke macht mich fertig.«

Ich fuhr mit der Hand über seine Bartstoppeln. »Es sind nur zwei Wochen, nicht wahr? Und ich werde ja noch hier sein, wenn du zurückkehrst.«

»Die zwei Wochen werden uns wie zwei Jahre vorkommen. Das wissen wir beide.«

Ich atmete aus. »Jeder Mensch in deinem Leben muss mit solchen Dingen rechnen. Ich würde deine musikalischen Ambitionen niemals behindern oder dich festbinden.«

»Also, du kannst mich jederzeit im wörtlichen Sinne festbinden. Das haben wir noch nicht ausprobiert«, scherzte er und lächelte gezwungen. »Und ich möchte, dass du ehrlich zu mir bist, wenn es dir wirklich gegen den Strich geht, auch wenn ich trotzdem wegmuss. Ich will wissen, was du denkst.«

Ich seufzte. »Es ist nur schlimm, weil ich nicht mit dir zusammen sein kann. Ich bin traurig, aber das bedeutet nicht, dass ich mich nicht wahnsinnig über diese Chance für dich freue.«

Er nahm mich in die Arme, hob mich hoch und wirbelte mich im Kreis herum. Dann legte er seufzend die Hände an meinen Po. »Pass mal auf. Wir haben noch eine Woche, bis es losgeht.« Er ließ mich wieder herunter. »Nehmen wir uns einfach vor, die beste Woche aller Zeiten daraus zu machen und uns durch nichts davon abhalten zu lassen, einander zu genießen.«

»Okay.« Ich grinste und bemühte mich, mir meine Weltuntergangsstimmung nicht anmerken zu lassen.

Ich war nicht darauf gefasst gewesen, obwohl ich es hätte sein müssen. Das war das Problem. Mit dieser Neuigkeit hatte mir die Realität eine Ohrfeige verpasst, um mir bewusst zu machen, wie es war, die Freundin eines Musikers zu sein. Wahrscheinlich war es besser, es jetzt zu erfahren als später. Mir musste klar sein, auf was ich mich einließ.

An diesem Abend zog Holden alle Register, um mich von seiner bevorstehenden Tour abzulenken. Er ging mit mir in ein schönes italienisches Restaurant, das ich schon seit Längerem ausprobieren wollte. Es hieß *Vincente's Trattoria*. Ich beschloss, mich zu entspannen und die Zeit mit ihm zu genießen – zumal ich jetzt wusste, wie kostbar sie war.

Im Schein des gedämpften Lichts und berieselt von leiser italienischer Musik war es mir gerade gelungen, all meine Probleme zu vergessen, als eine hübsche Kellnerin zu uns an den Tisch kam.

Statt uns zu begrüßen, sah die attraktive Brünette Holden an und sagte: »Oh.«

Ich brauchte nicht lange, um zu begreifen, was los war.

»Ich wusste nicht, dass du hier arbeitest«, sagte er schließlich.

»Ich habe erst vor ein paar Wochen angefangen.« Sie wandte sich mir zu. »Äh, hallo, ich bin Sasha … eine Freundin von Holden.«

Eine Freundin. Klar.

Sie schüttelte offenbar verlegen den Kopf. »Also, was möchtet ihr trinken?«

Es entstand eine Pause, bevor Holden sagte: »Ich hätte gern ein Glas Cabernet.« Er sah mich an. »Lala?«

Ich schluckte. »Ich nehme ein Glas Chardonnay.«

Sasha räusperte sich. »Bringe ich sofort.«

Als sie ging, legte ich mir meine Stoffserviette auf den Schoß. »Ich würde ja fragen, wer sie ist, aber ich kann es mir denken.«

Holden sah mich eindringlich an. »Ich wusste nicht, dass sie hier arbeitet. Sonst hätte ich dich nicht hergebracht.«

»Warum?« Ich zuckte mit den Schultern und versuchte, Ruhe zu bewahren. »Ich meine, was macht das schon? Ich habe auch bei deinen Gigs schon Frauen gesehen, mit denen du etwas hattest. In dieser Stadt können wir anscheinend nirgendwohin gehen, ohne ihnen zu begegnen.« Ich schnaubte.

Ich wusste zwar, dass mir Bitterkeit und Eifersucht nicht standen, aber ich konnte meine Gefühle einfach nicht verbergen. Ich hatte schon genug mit der Nachricht zu kämpfen gehabt, dass er zwei Wochen auf Tour ging, und die Situation gerade war wie Öl aufs Feuer.

Holden ergriff meine Hand. »Es tut mir furchtbar leid.«

Meine Gefühle drohten außer Kontrolle zu geraten. Es platzte einfach aus mir heraus. »Mit wie vielen Frauen genau hast du eigentlich geschlafen?«

Seine Augen weiteten sich.

Ich konnte nicht aus meiner Haut. Es hatte mich schon immer interessiert.

»Ich habe keine Probleme, darüber zu reden, Lala. Du weißt, ich bin ein offener Mensch. Aber das Thema geht dir an die Nieren, und ich frage mich, warum du es ausgerechnet jetzt anschneidest, wo du sowieso schon so aufgewühlt bist.«

Mein Herz hämmerte in meiner Brust. »Na ja … Ich habe so eine irre Zahl im Kopf, und vielleicht ist es gar nicht so schlimm, wie ich denke.«

Holden errötete leicht. Er war tatsächlich unangenehm berührt. Das war nicht meine Absicht gewesen. Ich wusste, ich war zu weit gegangen, aber nun schien es kein Zurück mehr zu geben.

»Die Wahrheit ist … Ich weiß nicht genau, mit wie vielen Frauen ich geschlafen habe«, sagte er nach einer Weile. »Ich habe sie nicht gezählt. Ich war immer vorsichtig, aber es waren … viele. Ich will dich nicht belügen.«

»Hunderte?«, fragte ich von Neugier getrieben.

Er schwieg.

Oh mein Gott. Tausende?

»Nicht Hunderte«, sagte er. »Aber … Dutzende vielleicht, wenn ich schätzen müsste.« Er atmete aus und schüttelte den Kopf. »Früher hat es mir nichts ausgemacht, dafür verurteilt zu werden. Aber mir ist sehr wichtig, was für eine Meinung *du* von mir hast.« Seine Miene war ernst. »Es ist schlimm für mich, dass meine Vergangenheit mich verfolgt. Aber ich war nun mal, wie ich war. Und ich hoffe, du weißt, dass mir nie etwas so wichtig war, wie jetzt mit dir zusammen zu sein.«

Mir wurde eng in der Brust. Ich war ein schrecklicher Mensch. Wie hatte ich ihn nur so an den Pranger stellen können? Plötzlich riss der Nebel der Eifersucht auf, und ich erkannte meinen Fehler.

»Gott, es tut mir so leid, Holden. Jetzt schäme ich mich wirklich für mich selbst, wie ich mit der Situation umgegangen bin.«

»Es war dein gutes Recht, danach zu fragen. Ich verstehe dich, Süße, wirklich. Mich hat allein schon der Gedanke an dich und Warren fertiggemacht, und es wäre mir vollkommen unerträglich, wenn du etwas mit dem Kellner gehabt hättest, der uns gerade bedient. Ich weiß, was Eifersucht ist, und ich bedauere, dass du wegen meiner Vergangenheit schon mehrfach darunter leiden musstest.«

»Du brauchst dich nicht entschuldigen, Holden.«

Als Sasha mit unseren Getränken kam, schwor ich mir, ruhig zu bleiben. Ich versuchte zu akzeptieren, dass sie hübsch war. Ich versuchte zu akzeptieren, dass sie mit Holden geschlafen hatte, und bemühte mich, es zu vergessen und sie zu behandeln wie jede andere Kellnerin – und nicht wie eine Frau, die mit meinem Freund gevögelt hatte.

Ist er denn mein Freund?

Nachdem sie die Vorspeisen gebracht hatte, sagte Holden: »Ich weiß es zu schätzen, dass du versuchst vorzugeben, alles wäre in Ordnung. Aber die roten Flecken an deinem Hals sagen alles, Lala. Sie zeigen mir, dass dir die Situation zu schaffen macht.«

Verdammt. »Ich bin gar nicht unbedingt ihretwegen so durcheinander«, erklärte ich. »Es ist einfach so, dass meine Gefühle für dich intensiver werden, und jetzt reagiere ich auf jede Kleinigkeit sensibel, weil du auf Tour gehst. Ich weiß, es ist nicht lange, aber es zeigt mir, wie mein Leben aussehen würde, wenn wir zusammen wären.« Ich trank einen großen Schluck Wein. »Daran muss ich mich einfach gewöhnen.«

Er schluckte und verstand offenbar, worauf ich hinauswollte, auch wenn ich es nicht explizit gesagt hatte: Mich quälte immer noch die Frage, ob er der Typ Mann für ein solides Leben sein konnte.

In der folgenden Woche verbrachten wir jede Nacht miteinander und gaben uns alle Mühe, nicht daran zu denken, dass er schon bald auf Tour gehen würde. Wir aßen jeden Abend zusammen, wenn ich von der Arbeit nach Hause kam, und hatten jede Menge Sex.

Doch an dem Abend vor seiner Abreise holte uns die Wirklichkeit ein. Nur auf eine Sache hatten wir in dieser Woche verzichtet: Wir hatten nicht beieinander übernachtet, weil ich immer früh rausmusste und wusste, dass wir nicht zur Ruhe kommen würden, wenn wir die Nacht miteinander verbrachten. Aber an diesem Abend war alles anders.

Wir hatten nach dem Essen Ordnung gemacht, und Holden legte von hinten die Arme um mich.

»Ich weiß, du musst früh aufstehen, aber ich muss heute unbedingt in deinem Bett schlafen«, sagte er.

Ich drehte mich zu ihm um. »Du kannst wohl Gedanken lesen. Natürlich. Heute Nacht brauche ich keinen Schlaf. Ich brauche nur dich.«

»Seit einiger Zeit bist du alles, was ich brauche.« Holden küsste mich leidenschaftlich und trug mich in mein Schlafzimmer. Während er mich auszog, fuhr ich mit den Fingern durch seine Mähne, dann zog ich ihm sein Shirt aus. Ich konnte ihn nicht schnell genug in mir haben.

Als wir splitternackt waren, ließen wir uns aufs Bett fallen. Holden hielt meine Hände über meinem Kopf fest, bevor er mit einer schnellen Bewegung in mich eindrang. Ich stöhnte leise vor Wonne.

»Ich will dich nicht verlassen«, sagte er leise, während er sich langsam bewegte.

Ich genoss jeden einzelnen Stoß. Schließlich wusste ich nicht, ob es das letzte Mal Sex für die nächsten zwei Wochen war.

Unsere Körper bewegten sich im Einklang, und Holden sah mir die ganze Zeit über tief in die Augen. Es war das Heißeste, was er je getan hatte – so einfach und doch so intensiv.

Gott im Himmel. Es machte mir Angst, wie sehr ich diesem Mann verfallen war.

»Du bist so ungeheuer schön«, flüsterte er mir zu, während er sich in mir bewegte. »Du wirst mir verdammt fehlen … so, so sehr.«

Damit war es um mich geschehen. »Komm, Holden«, wisperte ich atemlos.

Er verdrehte stöhnend die Augen, und ich spürte, wie er sich in mir ergoss, während er meinen Hals und meine Brust mit Küssen bedeckte.

Wir hatten in den vergangenen Tagen auf viele Arten Sex gehabt, aber dieses Mal war etwas Besonderes. Es fühlte sich anders an, und ich traute mich nicht, es ihm gegenüber zu erwähnen. Denn dann hätte ich auch den Grund nennen müssen: Es fühlte sich nicht mehr wie reiner Sex an, sondern wir machten Liebe. Ich wollte ihn nicht vergraulen.

Nachdem Holden ein Handtuch geholt hatte, kam er zurück zu mir ins Bett, schlang die Arme um mich und zog mich an sich. In dieser Nacht hatten wir keinen Sex mehr. Und trotz der sorgenvollen Gedanken, die in meinem Kopf herumspukten, schlief ich friedlich in seinen Armen ein.

Am folgenden Morgen konnte ich meine Traurigkeit nicht mehr verbergen. Holden sollte ungefähr eine Stunde nach meinem Aufbruch zur Arbeit von einem Wagen abgeholt werden, der ihn zum Flughafen bringen würde. Und nun mussten wir uns voneinander verabschieden, denn ich war schon spät dran.

Wir saßen uns mit leerem Blick gegenüber, während wir unseren Kaffee tranken.

Er schüttelte den Kopf. »Ich habe keine Lust, dich zu verlassen. Bitte sag mir, dass wir jeden Abend telefonieren und du dir in Bezug auf mich keine Sorgen machst. Ich verspreche dir, dass ich keine Dummheiten mache.« Er seufzte. »Ja, früher war ich, wie ich war. Aber so bin ich jetzt wirklich nicht mehr, Lala. Ich will nicht, dass du dich stresst, wenn ich unterwegs bin.«

Dass er das Gefühl hatte, mir dieses Versprechen geben zu müssen, bereitete mir noch mehr Bauchschmerzen. Es war meine Schuld, weil ich mich in letzter Zeit recht unsicher gezeigt hatte.

»Ich vertraue dir, Holden. Ich werde zwar manchmal eifersüchtig, aber das hat nichts mit mangelndem Vertrauen zu tun.«

Er nahm meine Hände. »Ich möchte, dass du mich anrufst, wann immer du mich brauchst – ohne Rücksicht darauf, ob ich vielleicht gerade beschäftigt bin.« Holden öffnete seinen Rucksack, zog ein Blatt Papier heraus und gab es mir. »Ich habe einen detaillierten Tourplan mit allen Orten für dich ausgedruckt, die wir besuchen, dazu die jeweilige Kontaktinfo, falls du mich aus irgendeinem Grund nicht auf meinem Handy erreichen kannst.«

Was für eine hinreißende Geste. Wahrscheinlich hatte er noch nie in seinem Leben einen Tourplan für jemanden ausgedruckt.

»Und die Jungs wissen alle, dass du heute abreist, ja?«

Er nickte. »Sie haben einen Hausmeisterservice engagiert, der mich vertritt.« Er breitete die Arme aus. »Komm her. Ich muss dich ein letztes Mal in den Armen halten.«

Nachdem ich meinen Kopf mehrere Minuten lang an seine Brust geschmiegt hatte, sah ich zu ihm auf.

Holden gab mir einen letzten Kuss auf den Mund. »Du fehlst mir jetzt schon ganz furchtbar, dabei bin ich noch nicht mal weg.«

»Ich empfinde genau das Gleiche.« Ich schaute zur Uhr. »Mist, ich muss los.«

»Okay«, murmelte er.

Ich küsste meinen wunderbaren Vielleicht-Freund ein allerletztes Mal, warf einen letzten Blick auf sein schönes Gesicht und verließ meine Wohnung. Ich fühlte mich leer und machte mir trotz Holdens Zusicherungen Sorgen um die Zukunft.

21. KAPITEL

HOLDEN

»Verdammt, was ist mit dir los, Catalano?«, sagte Dylan, unser Bassist. »Hast du eine Geschlechtskrankheit oder was?«

Ich schaute zu ihm hinüber, während ich mein Schlagzeug abbaute. »Wovon zur Hölle redest du?«

Er zeigte auf die Frau, die gerade herübergekommen war, um mir zu sagen, wie sehr ihr die Show gefallen hatte ... und um mich zu einem Drink einzuladen.

»Ach, das. Kein Interesse.«

»Wirklich?«, hakte Monroe nach. »Sie ist genau dein Typ: lange Haare, große Titten, hübscher Arsch. Ganz abgesehen davon, dass ihre vollen Lippen praktisch eine Einladung zum Blowjob sind.«

Ich schmunzelte, schüttelte aber den Kopf. »Ich habe zurzeit nur einen Typ, Jungs – eine gewisse blonde Intelligenzbestie, die zu Hause auf mich wartet.«

Dylan sah die anderen an und zog eine Augenbraue hoch. »Ich setze einen Fünfziger darauf, dass er die zwei Wochen nicht durchhält.«

»Und ich einen Hunderter darauf, dass er es nicht mal bis Oregon schafft, ohne einen geblasen zu kriegen«, erklärte Kevin und packte seine Gitarre ein.

Monroe zog ein Bündel Scheine aus der Hosentasche und ließ sein Mikrofon in der Hand rotieren. Er zeigte auf zwei

Frauen, die mir bisher nicht aufgefallen waren. Sie schauten lächelnd in meine Richtung, und die eine saugte anzüglich an dem Trinkhalm in ihrem Glas.

»Oregon? Die beiden sind garantiert Zwillinge. Sie haben in der ersten Reihe gesessen. Die in Rot hat ein Zungenpiercing. Ich wette zweihundert darauf, dass er die Nacht nicht übersteht.«

Ich löste kopfschüttelnd die Spannschraube meiner Basstrommel. »Ich nehme all eure Wetten an, ihr Deppen. Das Einzige, was ich auf dieser Tour nachts mit ins Bett nehmen werde, ist mein iPad, damit ich mit meinem Mädchen facetimen kann.«

Dylan nickte. »Er hat sich eindeutig einen Tripper eingefangen.«

Nachdem wir das Equipment in den Van geladen hatten, kehrten meine Kollegen in die Bar zurück, um etwas zu trinken, aber ich beschloss, Feierabend zu machen. Mir war nur allzu bewusst, welche Aufmerksamkeit wir bekommen würden, wenn wir nach dem Auftritt noch blieben, und ich wollte mich dieser Situation nicht aussetzen. Nicht dass ich in Versuchung kommen würde – ich war ein rundum zufriedener Mann –, doch es erschien mir bereits falsch, mit Frauen abzuhängen, von denen ich wusste, dass sie Lust auf eine schnelle Nummer hatten. Die anderen konnten scherzen, so viel sie wollten, aber ich war glücklich damit, auftreten zu können und mich danach in mein Zimmer zurückzuziehen, um meinem Mädchen von meinem Tag zu erzählen. Und genau das tat ich jetzt.

»Ach, du liebe Zeit. Zieh dir schleunigst ein Shirt über.« Lalas Gesicht erschien auf dem Display. Sie lächelte. »Es ist unfair, dass ich mir das ansehen und dann allein zu Bett gehen muss.«

Ich hatte nur meine Retropants an und saß am Kopfende des Betts. Ich verschränkte die Hände hinter dem Kopf und achtete darauf, dass meine Bizepse gut zu sehen waren.

»Soll das heißen, dass dir gefällt, was du siehst, Süße?«

Lala seufzte. »Ich wünschte, ich könnte *lecken*, was ich gerade sehe.«

Ich lächelte. »Wie war dein Tag?«

»Arbeitsintensiv. Ich war in einem der Pflegeheime, mit denen ich zusammenarbeite, um nach den Studienteilnehmern zu sehen.«

»Und? Alles in Ordnung?«

Sie nickte. »Ich arbeite wirklich gern mit älteren Menschen. Sie haben so viele Geschichten zu erzählen. Mr Wentz zum Beispiel. Er war siebenundfünfzig Jahre verheiratet. Er hat seine Frau mit drei Jahren kennengelernt, als sie mit ihrer Familie in das Nachbarhaus in Chicago einzog. Sie waren dicke Freunde, und im Teenageralter haben sie sich dann total ineinander verliebt. Als sie sechzehn war, wurde ihr Vater wegen seines Jobs in die Schweiz versetzt. Sie wollten heiraten und zusammenbleiben, aber die Eltern haben es nicht erlaubt, und weil sie so weit auseinander wohnten, verloren sie schließlich den Kontakt. Acht Jahre später – sie waren inzwischen beide mit jemand anderem verlobt – trafen sie sich zufällig in Manhattan in der U-Bahn. Er war geschäftlich für einen Tag dort, und sie war zu Besuch bei ihrem kranken Großvater. Mr Wentz sagte, in dem Moment habe sein Herz wieder angefangen zu schlagen. Und noch am selben Abend löste er seine Verlobung und kündigte seinen Job, weil man ihm nicht gestattete, länger in New York zu bleiben. Er meinte, er wollte sie nicht noch einmal aus den Augen verlieren.«

»Wow. Dann war es wohl Schicksal. Eine tolle Geschichte, wenn auch nicht so beeindruckend wie die, in der dieser Typ die Frau ihrem Verlobten entreißt, indem er sich in einem Club wie ein Vollidiot verhält.«

Lala lachte. »Wie war das Konzert heute? Ich habe nicht damit gerechnet, so früh von dir zu hören. Um wie viel Uhr wart ihr fertig?«

Ich zuckte die Achseln. »Vor einer halben Stunde etwa. Ich war schnell noch unter der Dusche, bevor ich dich angerufen habe.«

»Ich dachte, ihr trinkt hinterher noch einen zusammen?«

»Machen wir auch meist. Die Jungs sind geblieben, aber ich hatte keine Lust. Ich wollte lieber ins Hotel und dich anrufen.«

Sie lächelte. »Das freut mich. Ich habe heute viel an dich gedacht.«

»Ja?«

»Ich habe mir überlegt, dass wir nach deiner Rückkehr vielleicht einen Wochenendausflug machen könnten.«

»Ich bin dabei. Wohin?«

»Ins Hudson Valley. In meiner Kindheit waren wir mal zu einer Hochzeit im Mohonk Mountain House eingeladen. Ich glaube, die Übernachtungen sind da ziemlich teuer, wir können also auch woanders wohnen, aber es gibt viele schöne Wanderwege dort, und die Aussicht von den Bergen ist fantastisch. Ich fände es schön hinzufahren, solang das Wetter noch warm ist.«

»Dann hast du also an einen Ausflug nur zu zweit gedacht, hm?«

»Ja, findest du das seltsam?«

Es schenkte mir Hoffnung, dass sie darüber nachdachte, Dinge mit mir zu unternehmen wie Wandern in den Bergen. Ich liebte zwar den Sex mit ihr, aber ich wollte mehr. Und das war das erste richtige Zeichen dafür, dass sie das vielleicht auch wollte.

»Nein, kein bisschen. Das wäre toll. Ich bin gern draußen in der Natur, und dann habe ich etwas, worauf ich mich freuen kann. Ich bin erst vier Tage unterwegs, und du fehlst mir jetzt schon.«

Sie sah mich liebevoll an. »Du fehlst …«

Ihr Handy begann zu klingeln. Es lag wohl direkt in ihrer Nähe, denn ich dachte kurz, es wäre meins.

»Äh, warte mal eben … Okay, Holden? Es sind meine Eltern, und bei uns ist es ja schon ziemlich spät. Ich will nur schnell hören, ob alles in Ordnung ist.«

»Ja, natürlich. Mach nur.«

Ich sah zu, wie sie das Gespräch annahm. »Hallo?«

Ich bekam lediglich mit, was sie sagte, aber ich musste den Anrufer auch gar nicht hören. Nach Lalas Gesicht zu urteilen gab es keine guten Nachrichten.

»Was? Ist sie okay? Wo ist sie?«

Verdammt. Es geht um ihre Mutter.

Lala schlug die Hand vor den Mund, während sie lauschte. »Ich komme, so schnell ich kann. Bist du im Krankenhaus?«

Pause.

»Nein, ich *will* kommen, Dad. Um diese Uhrzeit wird die Fahrt nicht so lange dauern. Ich rufe dich an, kurz bevor ich da bin.«

Eine weitere Pause.

»Okay, bis dann.«

Als sie das Gespräch beendete, hatte ich bereits Herzrasen.

»Was ist passiert?«

»Meine Mutter …« Ihr kamen die Tränen. »Sie hatte einen Herzinfarkt, Holden.«

»Verdammt. Wie geht es ihr?«

Lala stand mit dem iPad auf, ging ins Schlafzimmer und begann, Kleider in eine Tasche zu werfen. »Mein Dad hat gesagt, sie ist jetzt stabil, aber sie haben eine Arterienverstopfung festgestellt. Der Krankenwagen hat sie mitgenommen, und morgen wird sie wahrscheinlich operiert.« Sie rieb sich die Stirn. »Gott sei Dank habe ich den Wein nicht getrunken, auf den ich vorhin Lust hatte, sonst könnte ich jetzt nicht Auto fahren. Ich habe mir noch nie Gedanken darüber gemacht, was ich in einem Notfall tun würde.«

»Darüber musst du jetzt nicht nachdenken. Einer von den Jungs könnte dich immer fahren.«

»Holden, was ist, wenn meine Mutter …?« Ihre Stimme brach.

Scheiße. Ich wäre gern bei ihr gewesen, um sie zu halten, zu begleiten und ihr zur Seite zu stehen. »Es wird alles wieder gut, Süße.«

»Das kann man nicht wissen!«

Ich raufte mir die Haare. »Im Moment geht es ihr gut, und sie ist in einem Krankenhaus, wo sie die Hilfe bekommt, die sie braucht. In welchem ist sie?«

»Im Jefferson.«

»Das ist ein großartiges Krankenhaus. Es ist bekannt für seine Kardiologie. Sie ist in guten Händen.«

»Ich muss aufhören.« Sie sah sich um und zog den Reißverschluss ihrer Reisetasche zu. »Ich muss zusehen, dass ich loskomme.«

»Vielleicht sollten wir doch lieber einen von den Jungs fragen? Ich möchte nicht, dass du so aufgelöst in der Dunkelheit fährst.«

»Nein, schon gut.«

Ich runzelte die Stirn. »Kannst du mir vorher wenigstens noch einen Gefallen tun?«

»Was?«

»Setz dich hin.«

»Ich kann nicht. Ich muss los, Holden.«

»Nur eine Minute … versprochen.«

Sie nahm seufzend Platz. »Und jetzt?«

»Atme bitte mal tief durch.«

Sie holte kurz Luft.

Ich lächelte. »Tiefer. Schließ die Augen und atme dreimal ganz tief ein und aus.«

Es passte ihr nicht, aber trotzdem tat sie, worum ich sie gebeten hatte. Ich beobachtete sie dabei, und als sie die Augen öffnete, lächelte ich sie an.

»Danke. Sie kommt wieder in Ordnung. Fahr bitte vorsichtig, ja?«

»Ja.« Sie nickte. »Okay.«

»Ruf mich an, sobald du da bist. Oder schreib mir. Lass mich einfach wissen, wie es Mrs E geht und dass du gut angekommen bist.«

Sie nickte. »Mache ich. Bis dann.«

Ich hatte keine Sekunde geschlafen. Lala hatte weder angerufen noch geschrieben. Die Fahrt von Manhattan nach Philadelphia hätte in der Nacht nicht länger als zweieinhalb Stunden dauern sollen, aber inzwischen waren vier vergangen, ohne dass sich Lala gemeldet hatte. Mir gingen alle möglichen Schreckensszenarien durch den Kopf.

Sie hatte einen Unfall.

Mrs E hatte noch einen Herzinfarkt und hat es nicht überlebt.

Lala und ihr Vater sind zu durcheinander, um irgendjemanden anzurufen.

Verdammt. Es war furchtbar, dass ich nicht bei ihr sein konnte. Und obwohl es selbstsüchtig und unreif war, fragte ich mich unwillkürlich, was passieren würde, wenn Lala wieder in Philadelphia war. Würde sie Trost bei Warren suchen? Ihre Mutter – die für mich fast mein Leben lang wie eine zweite Mutter gewesen war – befand sich in einem ernsten Zustand im Krankenhaus, und ich war so egoistisch und dachte nur daran, dass Lala sich in der Nähe ihres Ex aufhielt. Mit dieser Erkenntnis fühlte ich mich nur noch beschissener.

Weitere Stunden vergingen. Ich versuchte mir einzureden, dass sie vielleicht am Bett ihrer Mutter eingeschlafen war und alles in Ordnung war. Ich marschierte in meinem Hotelzimmer auf und ab, bis es in Philadelphia sieben Uhr war, eine halbwegs akzeptable Uhrzeit, um dort anzurufen.

Lalas Telefon klingelte einmal, dann sprang direkt die Mailbox an. Ich hätte sie lieber persönlich erreicht, hinterließ ihr aber eine Nachricht.

»Hallo Süße. Bei euch ist es jetzt sieben Uhr. Ich wollte nur nachhören, wie es dir geht und wie es läuft. Gib mir einfach Bescheid, sobald du kannst.« Ich hielt inne. »Ich denke an dich und deine Mom, und es tut mir leid, dass ich nicht bei dir bin.«

Eine halbe Stunde später musste ich packen. Wir wollten uns zum Frühstück unten treffen, bevor wir in die nächste Stadt aufbrechen mussten. In dem Moment, als ich mein Zimmer verlassen wollte, bekam ich eine Nachricht. Ich blieb stehen, um sie zu lesen.

Lala: Entschuldige, dass ich nicht angerufen habe. Mom ist stabil, aber sie hat noch Vorhofflimmern, und der Herzschlag ist unregelmäßig. Auf der Intensivstation darf man keine Handys benutzen, deshalb hatte ich es ausgeschaltet. Ich wollte die Station nicht verlassen, um den Arzt nicht zu verpassen. Jetzt hat die Visite endlich begonnen. Sie gehen von Patient zu Patient und sind gerade drei Betten von uns entfernt. Hoffentlich sind sie schnell bei uns. Ich versuche danach, dich anzurufen.

Holden: Okay. Ich drücke die Daumen.

Während wir frühstückten, unser Equipment in den Van luden und losfuhren, hörte ich nichts mehr von ihr. Ich wollte nicht nerven, aber nach zweieinhalb Stunden Fahrt schrieb ich ihr noch einmal.

Holden: Entschuldige, ich wollte nur mal hören. Hast du schon mit den Ärzten gesprochen?

Wenige Minuten später klingelte mein Telefon. Ich saß hinten und teilte mir die Rückbank mit zwei Gitarrenkoffern und Dylan. Kevin war vorn bei Monroe, der am Steuer saß. Von Privatsphäre keine Spur.

»Hallo?«

»Hey, tut mir leid, dass ich mich nicht früher melden konnte. Ich habe die Intensivstation jetzt zum ersten Mal seit meiner Ankunft verlassen. Ich mache einen kurzen Spaziergang an der frischen Luft.«

»Kein Problem. Ich wollte nur wissen, wie es deiner Mutter geht. Und wie du klarkommst.«

Sie atmete geräuschvoll aus. »Mom wurde vor ein paar Minuten in den OP gebracht. Sie bekommt einen Bypass. Mit einer Angioplastie ließ sich die Verstopfung nicht beheben.«

»Scheiße. Tut mir echt leid, Baby. Aber sie ist jung und stark. Sie schafft es ganz bestimmt.«

»Die Ärzte sind optimistisch, aber ich habe trotzdem Angst. Und Mom hatte auch Angst, als sie abgeholt wurde.«

»Ja, natürlich. Das ist ja auch beängstigend.«

Im Hintergrund war plötzlich eine männliche Stimme zu hören. »Hey. Wie geht es Jean?«

»Oh … hallo Warren. Was machst du denn hier?«

Ich lauschte mit zusammengebissenen Zähnen.

»Meine Mutter hat von der Nachbarin deiner Eltern gehört, dass ein Krankenwagen vor dem Haus stand. Sie hat mich angerufen, und ich habe dich angerufen, aber nur die Mailbox erreicht. Dann habe ich Bill angerufen, und er hat mir alles erzählt.«

»Mein Dad?«

»Ich habe vor einer halben Stunde mit ihm gesprochen.«

»Oh, das hat er mir gar nicht erzählt.«

So fest, wie ich die Zähne zusammenbiss, hätte mir leicht einer abbrechen können. Erstens war Warren vor Ort und ich nicht, und dann auch noch … *Bill?* Nicht Mr Ellison, wie ich ihn nannte. Und ich hatte natürlich auch nicht die Telefonnummer von Lalas Vater. Mir wurde einmal mehr bewusst, welche Rolle Warren in Lalas Leben gespielt hatte, im Leben ihrer ganzen Familie.

»Telefonierst du?«, fragte Warren.

»Oh … Mist. Ja. Warte bitte.«

Sie sprach wieder ins Telefon. »Hey. Äh … Warren ist gerade gekommen.«

»Habe ich gehört.«

»Oh … okay.«

Die unterschiedlichsten Emotionen wallten in mir auf. Ich wusste nicht, wohin mit ihnen, und schwieg eine Weile.

»Bist du noch da?«, fragte Lala.

»Ja.«

Sie senkte die Stimme. »Tut mir leid.«

Ich runzelte die Stirn, riss mich aber ihr zuliebe zusammen. »Du musst dich nicht entschuldigen, Süße. Ich bin froh, dass jemand für dich da ist. Und ich lasse dich jetzt in Ruhe, damit du zurück zu deinem Dad kannst.«

»Bist du sicher, dass du okay bist?«

Ich war der Letzte, um den sie sich in diesem Moment sorgen sollte. »Natürlich. Ruf mich später an und halt mich auf dem Laufenden. Okay?«

»Ist gut.«

»Ich hoffe, die OP verläuft gut.«

»Danke.«

»Bis dann.«

Dylan sah mich von der Seite an. Ich hatte den anderen noch nicht erzählt, was los war. »Alles in Ordnung?«

»Die Mutter meiner Freundin hatte letzte Nacht einen Herzinfarkt. Jetzt wurde sie gerade zu einer Bypass-Operation abgeholt.«

»Scheiße. Tut mir leid, Mann.« Er schwieg einen Augenblick, dann grinste er mich an. »Freundin, hm? Ich glaube nicht, dass ich dieses Wort jemals aus deinem Mund gehört habe.«

Das Verrückte war, dass ich es völlig unbewusst gesagt hatte. Aber tief in meinem Herzen war Lala tatsächlich … *mein Mädchen.* Nur wusste ich leider nicht genau, ob sie in mir ihren Freund sah … und gerade in diesem Moment war ein Mann bei ihr, der sie sicherlich immer noch wollte.

22. KAPITEL

HOLDEN

»Sieh an, wen haben wir denn da!«, sagte Dylan.

Wir waren gerade beim Aufbau für unseren zweiten Abend in Oregon, und als ich mich umdrehte, sah ich unsere Managerin Daisy auf die Bühne zukommen.

Sie warf die Arme in die Luft. »Überraschung!«

Einer nach dem anderen gingen wir zu ihr und begrüßten sie. Daisy war wirklich cool. Sie war nun fast schon zwei Jahre unsere Managerin. Unmittelbar vor dem Vertragsabschluss hatte ich eine kleine Affäre mit ihr gehabt, die nur zwei Monate währte, weil Daisy in Kalifornien lebte und einen Mann zum Heiraten suchte und ich an der Ostküste war und nur eine gute Zeit haben wollte. Aber wir hatten uns freundschaftlich getrennt, wobei die Vergangenheit nie ein Problem gewesen war, seit wir zusammenarbeiteten. Und mittlerweile war sie verlobt.

»Wie geht's, Daze?« Ich küsste sie auf die Wange. »Du siehst wie immer klasse aus.«

Sie lächelte. »Und du siehst wie immer aus wie ein Rockstar. Schön, dich zu sehen, Holden.«

»Was führt dich nach Portland?«, fragte Dylan. »Du reist doch nicht ohne Grund so weit in den Norden.«

»Das stimmt. Hier oben ist es viel zu kalt. Aber ich mache eine Ausnahme, um meine Lieblingsband spielen zu sehen und euch eine gute Nachricht zu überbringen.« Sie klatschte in die Hände. »Wenn ihr in ein paar Tagen in San Francisco seid, kommt jemand von einer Plattenfirma, um euch zu sehen. Und nicht von irgendeiner, sondern von einer großen mit einer Menge Grammy-Gewinnern unter Vertrag: Interlude.«

»Heilige Scheiße«, sagte Dylan. »Interlude ist riesig!«

»Ich habe denen euer neuestes Demo geschickt, und einem der Scouts haben ein paar Songs so gut gefallen, dass er euch live hören will.«

Dylan hob Daisy hoch und wirbelte sie im Kreis herum, während ich und die anderen uns abklatschten.

Nachdem wir uns eine Weile unterhalten hatten, wurde es Zeit weiterzumachen. Daisy setzte sich an einen Tisch seitlich der Bühne, und die Jungs begannen sich einzuspielen. Ich ging zu ihr hinüber.

»Hey, Daze? Kannst du mir einen Gefallen tun und auf mein Handy aufpassen?«

Sie lächelte. »Ich soll die Anrufe von Groupies annehmen und dafür sorgen, dass sie zu unterschiedlichen Zeiten in dein Zimmer kommen?«

»Nein. Ich warte auf einen Anruf von jemandem. Du könntest mir einfach ein Zeichen geben, wenn es klingelt. Du musst nicht rangehen. Aber wenn der Anruf kommt, machen wir eine kurze Pause, damit ich zurückrufen kann.«

»Sicher, natürlich.«

Ich gab ihr mein Telefon. »Danke.«

Sie musterte mich aufmerksam. »Alles okay, Holden?«

Ich zuckte die Achseln. »Mir ging's schon mal besser.«

»Möchtest du darüber reden?«

»Vielleicht später. Wir müssen anfangen.«

»Okay.«

Ich zeigte auf mein Handy. »Lala. So heißt die Frau, auf

deren Anruf ich warte. Gib mir einfach Bescheid, wenn der Name auf dem Display erscheint.«

»Alles klar, Holden.«

Im Verlauf der nächsten anderthalb Stunden schaute ich mindestens hundertmal zu Daisy hinüber. Aber Lala rief nicht an. Als wir fertig waren, setzten sich die Jungs zu Daisy an den Tisch, um etwas zu trinken. Ich hatte überhaupt keine Lust auf Party, aber der Rest der Band war eindeutig in Feierlaune, und ich wollte kein Spielverderber sein. Also machte ich mit. Nach zwei Runden quatschte jeder von den anderen mit irgendeiner Frau, und Daisy und ich blieben allein zurück. Sie hatte schon ein paar Drinks intus, was sehr ungewöhnlich für sie war.

»Wie wär's mit einem Tequila?«, fragte sie, als die Kellnerin zu uns kam.

Ich hielt mich seit fast einer Stunde an meinem zweiten Bier fest. Bevor ich ablehnen konnte, wandte sie sich der Kellnerin zu. »Zwei Don Julio, bitte. Und ich nehme noch einen Tequila Sour.«

Als die Kellnerin gegangen war, zog ich eine Augenbraue hoch. »Du lässt es heute ganz schön krachen. Heißt das, du hast ein gutes Gefühl, was den Typen angeht, der unseren Auftritt sehen will?«

Sie stieß einen schweren Seufzer aus. »Ich habe gestern Abend mit Rob Schluss gemacht.«

»Mit deinem Verlobten? Warum? Ich dachte, er wäre so ein guter Kerl.«

»Ist er auch. Er ist super. Deshalb ist es mir auch so schwergefallen, ihm den Laufpass zu geben.«

»Was war denn das Problem?«

»Die Chemie hat einfach gefehlt. Ich habe alles Mögliche versucht, damit es wieder knistert, aber vergebens.« Sie schüttelte den Kopf. »Ich bin zu jung für eine langweilige Ehe. Ich mag Sex viel zu sehr.«

Ich trank mein Bier aus. »Das ist scheiße. Man kann vieles erzwingen, aber die Chemie kann man nicht beeinflussen.«

Die Kellnerin brachte unsere Getränke. »Willst du noch ein Bier?«, fragte sie.

»Nein, danke.«

Daisy hob ihr Glas. »Auf guten Sex, wie wir ihn früher hatten.«

Ich stieß mit ihr an, sagte aber nichts, um keinen falschen Eindruck zu erwecken.

»Also, wer ist diese Lala, auf deren Anruf du gewartet hast?«

»Eine Frau, mit der ich mich treffe.«

»Und *du* wartest auf *sie* und nicht umgekehrt? Das klingt nicht nach dem Holden Catalano, den ich kenne.«

Ich lächelte. »Ja, es ist wirklich etwas Neues. Und ich bin nicht gerade begeistert davon, derjenige zu sein, der vergeblich auf einen angekündigten Anruf wartet.«

»Sie muss etwas Besonderes sein.«

Ich nickte. »Das ist sie.«

»Und bei euch stimmt die Chemie?«

»Allerdings.«

Sie musste lachen. »Ich wette, es hat sich noch nie eine Frau darüber beschwert, dass mit dir die Chemie nicht stimmt. Du bist viel zu sexy.« Sie zeigt auf mein Gesicht. »Die Augen, die Bartstoppeln, die ganze Scheißegal-Ausstrahlung. Zur Hölle, sogar eine verdammte Beanie-Mütze sieht heiß aus, wenn *du* sie trägst.« Daisy kippte die Hälfte ihres Drinks hinunter.

»Vielleicht solltest du ein bisschen langsamer machen?«

»Scheiß drauf, heute lasse ich mich volllaufen.«

Eine Stunde später hatte sie ihr Ziel erreicht. Irgendwie war ich zu ihrem Aufpasser geworden und musste ihr in das Uber helfen, das uns zum Hotel brachte. Sie war derart betrunken, dass ich sie beim Aussteigen stützen musste, damit sie nicht auf die Nase fiel. Bei ihrem Zimmer angekommen öffnete ich die Tür und schaltete das Licht ein. Sie machte zwei Schritte hinein und ließ ihre Handtasche fallen. Der gesamte Inhalt purzelte heraus. Ich half ihr zum Bett, bevor ich alles vom Boden aufsammelte. Dann legte ich die Sachen einschließlich der Tasche und ihres Telefons auf den Beistelltisch und ging ans Fußende, um ihr die Sandalen auszuziehen.

»Also, Daze, du bist in deinem Zimmer. Ich verschwinde jetzt. Kommst du zurecht?«

Sie lächelte mit geschlossenen Augen. »Wohin willst du? Willst du nicht mit mir vögeln? Ich bin wieder Single, weißt du.«

Wahrscheinlich sprach der Alkohol aus ihr. Aber ich hatte null Interesse an irgendeiner anderen Frau als Lala, ob betrunken oder nüchtern. Ich fühlte mich schon unbehaglich, weil ich allein mit einer anderen Frau in einem Hotelzimmer war. Also beugte ich mich zu Daisy herunter und gab ihr einen Kuss auf die Stirn.

»Ich werde morgen früh nach dir sehen.«

Als ich die Tür hinter mir zuzog, glaubte ich, sie bereits schnarchen zu hören.

In meinem Zimmer angekommen war ich froh, endlich allein zu sein. Ich konnte nicht länger warten, ich musste mit Lala reden. Dass sie sich nicht meldete, machte mich wahnsinnig. Diese Nacht brauchte ich unbedingt Schaf, und so wollte ich es gleich bei ihr versuchen, obwohl sie versprochen hatte, mich anzurufen. Ich streifte meine Schuhe ab und trank eine halbe Flasche Wasser, dann setzte ich mich aufs Bett und nahm mein Telefon zur Hand.

Aber … mein Sperrcode funktionierte nicht.

Ich versuchte es ein zweites Mal, dann noch ein drittes, dann drehte ich das Telefon um.

Ein lila Gehäuse? Meins war schwarz. *Verdammt*, das war nicht mein Telefon. Ich hatte es in der Hand gehalten, als ich Daisys Sachen aufgesammelt hatte – einschließlich ihres Telefons, und offenbar hatte ich aus Versehen das falsche eingesteckt.

Verdammt.

Es war mir unangenehm, sie zu wecken, aber ich brauchte mein Handy dringend, denn ich kannte Lalas Nummer nicht auswendig. Ohne mir die Schuhe wieder anzuziehen ging ich in den Flur und klopfte bei Daisy.

Keine Reaktion.

Großartig. Einfach großartig.

Ich klopfte noch einmal lauter, dann ging ich mit dem Mund dicht an den Türspalt.

»Daisy! Ich bin's, Holden. Wir haben unsere Handys vertauscht! Kannst du bitte aufmachen?«

Als ich das dritte Mal klopfte, ging eine Tür auf, jedoch nicht die, vor der ich stand.

»Wie soll man bei dem Lärm schlafen, verflucht noch mal?«, rief ein älterer Mann.

Ich hob die Hand. »Tut mir leid.«

Er knallte die Tür zu, und ich ließ die Schultern hängen. Dann legte ich ein Ohr an die Tür und lauschte in der Hoffnung, dass der Aufruhr Daisy geweckt hatte, aber ich hörte sie nur laut schnarchen.

Scheißleben.

Am folgenden Morgen wartete ich bis sieben Uhr, dann versuchte ich es erneut bei Daisy. Ich hatte wieder nicht geschlafen, und es machte mich wahnsinnig, mein Telefon nicht bei mir zu haben und mit Lala reden zu können, während sie all das durchmachen musste.

Daisy war immer ein Morgenmensch gewesen, und ich hoffte, das hatte sich nicht geändert. Ich klopfte leise an, um den Mann im Nebenzimmer nicht noch einmal zu verärgern. Glücklicherweise öffnete sie diesmal die Tür. Sie trug noch die Sachen vom Vorabend und sah beschissen aus.

»Entschuldige, dass ich dich schon so früh stören muss.« Ich reichte ihr ihr Telefon. »Aber wir haben offenbar unsere Handys verwechselt. Ich habe das falsche mitgenommen, als ich gestern dein Zimmer verlassen habe.«

Sie nickte. »Ja, stimmt. Ich wollte gerade runtergehen und versuchen, dem Mann am Empfang deine Zimmernummer abzuschwatzen, nachdem ich eben eine Paracetamol genommen habe und sie langsam anfängt zu wirken.«

Sie ging ins Zimmer zurück und holte mein Handy, während ich die Tür offen hielt und wartete. »Mir war nicht klar, dass es nicht meins ist, als vor ein paar Minuten ein Anruf kam. Davon bin ich wach geworden.«

»Mein Telefon hat geklingelt? Wer war es?«

»Lala.«

Ich schloss die Augen und ließ den Kopf hängen. »Scheiße.«

»Ja, tut mir leid. Ich habe ihr gesagt, dass du nicht hier bist und dein Telefon wohl bei mir vergessen hast, als du mir gestern ins Zimmer geholfen hast, aber sie schien es nicht so recht zu glauben.«

Super. Einfach super. »Okay. Danke, Daisy. Wir sehen uns später beim Checkout, ja?«

Sie nickte. »Tut mir leid, dass ich gestern so betrunken war. Ich hoffe, ich habe nichts Unanständiges oder Anstößiges gemacht. An einen Teil des Abends erinnere ich mich nur verschwommen.«

Ich setzte ein Lächeln auf. »Ach was. Alles in Ordnung.«

Statt in mein Zimmer zurückzukehren ging ich nach unten, um mir einen Kaffee zu holen und frische Luft zu schnappen. Bei dem Gespräch mit Lala musste ich wacher sein, als ich mich gerade fühlte. Ich ging die verpassten Anrufe durch und stellte fest, dass sie vergangene Nacht zweimal angerufen hatte, und dann noch einmal am Morgen, als Daisy drangegangen war. Mir war klar, dass es in Anbetracht meiner früheren Frauengeschichten nicht gut aussah. Doch ich klammerte mich an die Hoffnung, dass wir in den vergangenen zwei Monaten Vertrauen zueinander aufgebaut hatten. Diese Hoffnung ging augenblicklich den Bach runter, als sie das Gespräch in schroffem Ton annahm.

»Ja?«

»Hey, Baby.«

»Im Ernst, Holden? Du begrüßt mich, als wäre nichts passiert? Oder hat dein Groupie vergessen, dir zu sagen, dass ich angerufen habe?«

Ich schloss die Augen. »Das war kein Groupie, sondern Daisy, unsere Managerin.«

»Die in deinem Bett war …«

»Nein, sie war nicht in meinem Bett. Sie war in ihrem. Und ich war in meinem – und habe nicht geschlafen, weil ich dich nicht anrufen konnte. Ich habe versehentlich Daisys Telefon eingesteckt und meins bei ihr liegen gelassen. Sie hatte zu viel getrunken, und ich habe sie auf ihr Zimmer gebracht, wo sie ihre Tasche hat fallen lassen, sodass alles auf den Boden fiel. Ich habe die Sachen eingesammelt und das falsche Telefon mitgenommen.«

»Oh? Ich verstehe. Dann bist du also ein Gentleman?«

Ich musste nicht fragen, ob sie es sarkastisch meinte. »Ich sage dir die Wahrheit, Lala.«

»Wie auch immer …«

»Nein, nicht wie auch immer. Es ist wahr, dass nichts passiert ist. Und ich denke, du solltest mir glauben. Ich habe dir nie einen Grund gegeben, meine Treue dir gegenüber in Zweifel zu ziehen.«

»Das brauchst du auch nicht. Deine Vergangenheit sagt alles, Holden.«

Es stand mir nicht zu, wütend zu werden. Ich wusste genau, wie sich die Sache darstellte. Aber aus irgendeinem Grund machte es mich sauer, dass sie meine Vergangenheit als Ursache für ihr mangelndes Vertrauen angab.

»Warum glaubst du mir nicht, Lala? Ich weiß, du hältst mich für einen verdammten Frauenheld, weil ich mehr Erfahrung habe als du. Aber ich habe kein einziges Mal eine Frau betrogen, mit der ich eine Beziehung hatte. Ich habe Affären gehabt, wenn ich Single war. Ich weiß, du hörst es nicht gern, aber ich kann es nicht ungeschehen machen.«

»Nein, das kannst du nicht«, sagte sie.

»Apropos herumtreiben, wo hast *du* vergangene Nacht geschlafen? Als wir das letzte Mal gesprochen haben, war Warren bei dir, und du wolltest mich zurückrufen. Mein Telefon hat den ganzen Tag nicht geklingelt. Willst du zurück zu ihm? Bist du schon fertig mit mir? Hast du bekommen, was du wolltest, und jetzt schießt du mich ab?«

»Ich kann das jetzt nicht.« Lala schniefte. »Meine Mutter ist auf der Intensivstation, und noch mehr Stress ertrage ich nicht.«

Verdammt. Ich habe sie zum Weinen gebracht. »Tut mir leid, Süße. Ich wollte dich nicht aus der Fassung bringen. Ich … Ich bin nur so frustriert, weil du mir nicht glaubst. Wenn dir bewusst wäre, wie viel ich an dich denke, würdest du dich nicht fragen, ob ich vielleicht bei einer anderen Frau war. Ich bin total verrückt nach dir, Lala.«

»Es tut mir auch leid.«

»Können wir das Gespräch noch mal neu anfangen?«

»Ich kann jetzt nicht. Ich muss wieder rein, wegen der Visite. Sie hatte gerade angefangen, als mein Telefon klingelte, und ich bin kurz rausgegangen.«

»Okay. Aber sag mir noch schnell, wie es deiner Mutter geht.«

»Sie konnten die Stenose beheben, und sie hat den Eingriff gut überstanden. Aber es war eine Operation am offenen Herzen, also wurde der Brustkorb geöffnet. Deshalb hat sie noch Schmerzen und ist ziemlich erschöpft. Aber die Ärzte meinen, sie wird vollständig gesund.«

»Oh, Gott sei Dank.«

»Ja.«

»Ich beende das Gespräch nur ungern, aber ich verstehe natürlich, dass du wieder zu ihr reinmusst. Alles gut zwischen uns? Ich schwöre, es ist nichts passiert, Lala. Das würde ich dir niemals antun.«

»Ja, alles gut zwischen uns.« Allzu überzeugt klang sie nicht.

»Rufst du mich später an?«, fragte ich.

»Ja.«

»Also gut. Bis dann, Süße.«

»Hey. Entschuldigt bitte, dass ich euch so früh zusammengetrommelt habe.«

Zwei Tage waren vergangen, und ich hatte meinen Bandkollegen um neun Uhr geschrieben und sie gebeten, sich mit mir in der Empfangshalle zu treffen. Wir hatten geplant, erst nach der Checkout-Zeit um elf in Richtung San Francisco aufzubrechen. Es war eine lange Fahrt, und am morgigen Abend war der Gig, zu dem der Musikproduzent kommen sollte.

Ich rieb mir den Nacken und erklärte: »Ich muss mir den Tag heute freinehmen. Aber ich möchte euer Einverständnis haben.«

Die anderen flippten aus.

»Freinehmen? Was soll das heißen?«, fragte Kevin. »Morgen Abend kommt der Produzent. Ohne Schlagzeuger können wir nicht auftreten.«

»Ich weiß. Und ich verspreche, pünktlich da zu sein. Ich habe einen Mittagsflug für heute gebucht, und morgen komme ich mit dem Mittagsflug von der Ostküste, der wegen der Zeitverschiebung um fünfzehn Uhr eintrifft. Wir fangen erst um zweiundzwanzig Uhr an, also habe ich ein ordentliches Zeitpolster.«

»Und wenn dein Rückflug gecancelt wird?«

»Dann nehme ich einen anderen. Zur Not steige ich auch zweimal um. Und wenn ich wegen starkem Wind oder einem anderen Grund nicht direkt nach San Francisco fliegen kann, nehme ich den nächstgelegenen Flughafen und fahre die restliche Strecke mit einem Mietwagen. Ich lasse euch nicht im Stich.«

Dylan schüttelte den Kopf. »Lass uns bloß nicht hängen, Kumpel.«

»Niemals.«

»Du hast uns noch nie sitzen lassen«, sagte Monroe. »Und wenn du sagst, du wirst da sein, dann kommst du auch.«

Ich nickte und sah Dylan an. Er sah nicht so überzeugt aus, nickte aber.

Kevin runzelte die Stirn. »Willst du uns nicht wenigstens sagen, was so wichtig ist?«

»Lalas Mutter ist im Krankenhaus.« Ich hielt inne und wollte es eigentlich dabei belassen, aber dann besann ich mich eines Besseren. »Und als sie neulich morgens angerufen hat, ist Daisy an mein Telefon gegangen. Ich war gar nicht bei ihr. Wir hatten am Vorabend aus Versehen unsere Handys vertauscht. Aber es hat keinen guten Eindruck gemacht, vor allem wegen meiner Vergangenheit. Wir haben geredet, aber die Situation ist verkorkst, und ich will es nicht dabei belassen. Ich muss sie persönlich sehen.«

Dylan nickte. »Soll ich dich zum Flughafen fahren?«

»Ja, wenn es dir nichts ausmacht. Das wäre großartig.«

Neun Stunden später fuhr ich vor dem Jefferson Hospital vor. Ich ging in den Warteraum vor der Intensivstation und schrieb Lala. Sie wusste nichts von meinem Kommen, und ich hatte keine Ahnung, ob sie überhaupt hier war ... oder ob Warren noch bei ihr war.

Holden: Bist du noch im Krankenhaus?«

Sie antwortete wenige Minuten später.

Lala: Ja, wahrscheinlich gehe ich in ein bis zwei Stunden. Dad will heute über Nacht bleiben.
Holden: Kannst du mal kurz in den Warteraum gehen? Da wartet eine Überraschung auf dich.
Lala: Eine Überraschung im Warteraum? In welchem? Und wie überhaupt?
Holden: In dem, der gleich vor der Intensivstation ist.
Lala: Okay.

Ich wartete in der Tür am Ende des Korridors, der zur Intensivstation führte, damit ich sie sofort sah, wenn sich die Doppeltür öffnete. Eine halbe Minute später war es so weit, und Lala machte große Augen.

»Oh mein Gott.« Sie kam auf mich zugelaufen.

Ich schloss sie fest in die Arme und hob sie hoch.

»Was machst du hier?«

»Ich wollte nach dir sehen.«

»Aber ihr habt morgen Abend euren großen Auftritt, zu dem der Produzent kommt.«

Ich nickte. »Ja, ich werde rechtzeitig zurück sein. Ich nehme morgen den Mittagsflug.«

Sie sah mir in die Augen. »Unglaublich, dass du hergekommen bist.«

»Tut mir leid, dass es nicht eher ging.« Ich zog sie an mich und küsste sie. »Entschuldige, dass ich dich aus der Fassung gebracht habe, Lala.«

Sie sah mich mit zärtlichem Blick an. »Danke für dein Kommen. Es bedeutet mir sehr viel.«

Die Doppeltür zur Intensivstation öffnete sich erneut. Lala stand mit dem Rücken zu ihr, aber ich sah den Mann, der herauskam, bevor er mich sah ... bevor er *uns* sah.

»Dein Vater«, raunte ich Lala zu.

Sie löste sich von mir und zog ihr Top zurecht. Mr Ellison bemerkte seine Tochter am Ende des Korridors und lächelte. Dann fiel sein Blick auf mich, und sein Lächeln erstarb.

Bill wird mir seine Handynummer wohl nicht so bald geben. »Hey, Mr Ellison.«

»Holden. Was machst du denn hier?«

Ich sah Lala an, und das Gesicht, das sie machte, bestätigte meine Vermutung, dass ihre Eltern nichts von uns wussten. Ich lächelte so freundlich ich konnte und reichte ihm die Hand.

»Ich bin wegen eines Auftritts hier und habe von Mrs E gehört. Ich wollte mich nach ihr erkundigen und nach Lala sehen.«

Er erwiderte mein Lächeln. »Das ist sehr nett von dir. Jean geht es inzwischen viel besser. Danke der Nachfrage.«

»Freut mich zu hören.«

»Ich bin unterwegs zur Toilette, du könntest also kurz bei ihr reinschauen. Es dürfen immer nur zwei Personen bei ihr sein. Lala kann dich mitnehmen.«

Ich nickte. »Vielen Dank.«

Ich folgte Lala den Flur hinunter zum Zimmer ihrer Mutter. Mrs Ellison schlief, doch sie sah wesentlich besser aus, als ich gedacht hatte. »Sie sieht wirklich gut aus.«

»Ich habe sie ein bisschen geschminkt und ihr die Haare gemacht. Meine Mutter ist altmodisch. Sie würde nicht wollen, dass sie jemand ohne Make-up sieht.«

»Was immer sie glücklich macht.«

Wir blieben eine Weile, bis Mr Ellison zurückkehrte, und plauderten danach noch ein bisschen miteinander. Lala war seit dem Abend zuvor im Krankenhaus, und Mr Ellison wollte die heutige Nachtschicht übernehmen.

»Dann verschwinde ich jetzt, Dad«, sagte Lala. »Ich will keinen Ärger kriegen, weil wir zu dritt hier sind. Und ich bin wirklich müde. Das ganze Piepen und Klingeln der Geräte hat mich letzte Nacht wieder wachgehalten.«

Mr Ellison nickte. »Geh dich ausschlafen.«

»Ich bin morgen zur Visite wieder da.«

»Alles klar, Liebes.«

Ich gab Lalas Vater die Hand. »Ich gehe dann auch. Hat mich gefreut, Sie zu sehen, Mr Ellison. Ich hoffe, Ihre Frau kommt schnell wieder auf die Beine.«

Er schenkte mir ein aufrichtiges Lächeln. »Du bist bald dreißig, Junge. Ich würde sagen, du kannst mich jetzt Bill nennen.«

Sieh an, sieh an … Vielleicht besteht ja doch noch Hoffnung.

23. KAPITEL

LALA

Am folgenden Morgen hatten Holden und ich keine Lust, aufzustehen und der Realität ins Auge zu sehen.

Ich konnte immer noch nicht fassen, dass er extra hierhergeflogen war.

Nachdem wir am vergangenen Abend in meinem Elternhaus eingetroffen waren, hätten wir uns fast wieder gestritten, doch dann hatte er mich gepackt und leidenschaftlich geküsst. Anschließend hatte er mich in mein altes Zimmer getragen und mit mir Liebe gemacht wie an dem Abend, bevor er New York verlassen hatte – langsam, sinnlich und auf eine Weise, die mir bewusst machte, dass mein Herz rettungslos verloren war.

Die Morgensonne schien zum Fenster herein. Während wir so beieinander lagen, wurde ich immer nervöser, weil es mich drängte, noch einmal auf die Frau, die an sein Telefon gegangen war, zu sprechen zu kommen. Ich glaubte ihm seine Erklärung und war trotzdem in Unruhe – wegen der Situation an sich und wegen meiner Reaktion darauf.

»Du solltest dich frühzeitig zum Flughafen aufmachen, damit du deinen Flug nicht verpasst«, sagte ich.

»Ich will vorher noch mit dir zum Krankenhaus fahren.«

»Das brauchst du nicht, Holden.«

»Doch. Ich will jede Sekunde für dich da sein, bis ich wirklich wegmuss.« Er sah mir prüfend in die Augen. »Du hast Angst, mich mitzunehmen, oder? Keine Sorge. Ich denke mir noch eine Geschichte für deinen Vater aus.«

»Das solltest du nicht tun müssen.«

»Ja, aber wir haben keine andere Wahl, weil deine Eltern nicht über uns Bescheid wissen.« Er zuckte mit den Schultern. »Keine große Sache.«

Es gab noch einen anderen Grund, warum Holdens Besuch im Krankenhaus heute womöglich problematisch werden könnte.

»Warren hat gesagt, er kommt vielleicht heute Morgen vorbei.«

Holden holte tief Luft und atmete langsam wieder aus. »Okay. Wie auch immer … Ich erzähle ihm dieselbe Geschichte.« Er verdrehte die Augen. »Ich finde es scheiße, dass dir nicht egal ist, was er denkt. Aber ich verstehe es. Du kannst gerade nicht noch mehr Dramen gebrauchen, und ich kann mein Ego für einen Tag zurückstellen.«

»Danke für dein Verständnis.« Ich fuhr mit dem Finger über seine Brust. »Apropos, ich muss mich noch bei dir entschuldigen für meine Reaktion auf die Frau, die an dein Telefon gegangen ist.«

»Nein, das musst du nicht. Du hast reagiert, wie ich im umgekehrten Fall garantiert auch reagiert hätte. Das Ganze war einfach ein dummer Zufall. Ich kann es dir nicht verdenken, dass du ausgeflippt bist.«

»Wenn sie deine Managerin ist, warum hat sie mir nicht einfach gesagt, wer sie ist? Das hätte sie doch leicht tun können. Aber sie klang irgendwie unseriös, ehrlich gesagt.«

Holden richtete den Oberkörper auf und wandte sich mir zu. »Daisy ist meine Managerin, aber … wir hatten früher mal kurz was miteinander.«

Mir wurde flau im Magen. »Natürlich«, murmelte ich und rückte von ihm ab.

»Verdammt.« Er schloss kurz die Augen. »Ist es dir lieber, wenn ich dich belüge, Lala?«

»Nein, ist es nicht.«

»Sie und ich, wir haben das beide hinter uns gelassen. Sie hat sich Anfang des Jahres verlobt. Ich habe mich wirklich für sie gefreut, weil ich dachte, er ist ein netter Kerl. Aber dann hat sie mir erzählt, dass sie sich vor Kurzem von ihm getrennt hat. Vielleicht hat sie gehofft, zwischen uns würde auf der Tour was laufen. Aber als sie Andeutungen in die Richtung gemacht hat, habe ich ihr von dir erzählt.« Er seufzte. »Na ja, vielleicht hat sie aus Boshaftigkeit oder Enttäuschung nicht gesagt, wer sie ist, weil ich sie abgewiesen habe.«

Ich nickte. »Danke für die Erklärung. Entschuldige, dass ich so gereizt bin. Du hast dir auch eine Menge gefallen lassen müssen, was Warren angeht. Wir müssen einander vertrauen.«

»Sieh mir in die Augen und sag mir, dass du mir vertraust, Lala. Ich muss es hören, bevor ich wieder zur Band zurückkehre.«

Ich setzte mich rittlings auf ihn und legte die Hände an seine stoppeligen Wangen. »Ich vertraue dir, Holden. Wirklich.«

Er legte seine Hände auf meine. »Ich bin hergekommen, damit es dir besser geht, und nicht, um dir noch mehr Stress zu machen.«

»Dass du die Tour unterbrochen hast, um mich zu sehen, bedeutet mir unendlich viel.«

Nachdem wir uns aufgerafft und das Bett verlassen hatten, machte Holden uns Rührei und Kaffee, und dann mussten wir auch schon los.

Der Krankenhausbesuch verlief reibungsloser als gedacht, denn Warren tauchte nicht auf. Es war eine große Erleichterung für mich.

Holden tischte meinem Vater die Geschichte auf, dass ich ihm angeboten hätte, ihn heute zum Flughafen zu fahren. Nicht auszudenken, was mein Vater gesagt hätte, wenn er gewusst hätte, dass Holden die Nacht mit mir verbracht hatte.

Ungeachtet unserer kleinen unangenehmen Lüge erhielten wir die beste Nachricht aller Zeiten: Meine Mutter hatte die Intensivstation verlassen, und ihr Zustand war stabil. Als es Zeit wurde, Holden zum Flughafen zu fahren, traute ich mich, das Krankenhaus zu verlassen, ohne das Gefühl zu haben, es könnte etwas passieren, während ich nicht da bin.

Als wir den Abflugbereich des Flughafens von Philadelphia erreicht hatten, umarmte Holden mich. Die Haare, die unter seiner Mütze hervorschauten, flatterten im Wind.

»Dein Besuch ist viel zu schnell vergangen«, sagte ich. »Ich wünschte, du müsstest nicht weg.«

»Ich kann dir gar nicht sagen, wie gern ich bleiben würde, Süße. Es ist echt Mist.«

Ich sah zu ihm auf. »Wenn meine Mutter sich weiter so gut erholt, fahre ich in ein paar Tagen wieder nach New York.«

»Okay.« Er drückte mich ganz fest. »Ruf mich an, egal um welche Uhrzeit. Im Ernst, Lala. Du stehst bei mir an erster Stelle. Alles andere spielt im Moment keine Rolle.«

»Zeig's ihnen heute Abend. Ich werde an dich denken.«

»Ich werde jede verdammte Sekunde an *dich* denken.« Holden hob mich schwungvoll hoch, und ich musste kichern.

Er sah mir in die Augen. »Ich …« Er zögerte und setzte mich wieder ab.

Mein Herzschlag beschleunigte sich.

»Ich werde dich so sehr vermissen«, sagte er schließlich.

Und sofort verspürte ich einen enttäuschten Stich in meinem Herzen.

Ein paar Tage später packte ich in meinem Elternhaus die Koffer. Meine Mutter wurde bald entlassen, und ich konnte wieder zurück nach New York.

Es war eine große Erleichterung, dass Mom sich wieder von all dem erholen würde, und ich war unheimlich froh, dass ich bei ihr sein konnte, auch wenn ich dadurch mit meinem Forschungsprojekt in Rückstand geraten war. Letztlich spielte es keine Rolle. Nichts war wichtiger als die Familie.

Mein Vater erschien in der Tür zu meinem Zimmer. »Kann ich reinkommen?«

»Natürlich.« Ich legte das T-Shirt aus der Hand, das ich zusammengefaltet hatte. »Ich wusste nicht, dass du da bist.«

»Ich bin gerade nach Hause gekommen, um ein paar Dinge zu holen und den Kühlschrank aufzufüllen.« Er sah mir einen Moment schweigend beim Packen zu. »Wie lange läuft das schon mit dir und Holden Catalano?«

Ich erstarrte. »Warum fragst du?«

»Ich habe dich in seinen Armen gesehen, als er im Krankenhaus aufgetaucht ist, Lala. Und ich bin nicht blöd. Glaubst du, ich könnte nicht zwei und zwei zusammenzählen? Du löst deine Verlobung mit einem feinen Kerl. Du wohnst in New York neben Holden. Er taucht plötzlich im Krankenhaus auf, weil er zufällig in der Stadt ist. Denkst du, dein Vater wäre blind?«

Ich atmete tief durch. »Okay. Ja, Holden und ich, wir sind zusammen.« Nachdem ich es zugegeben hatte, fiel eine große Last von mir ab.

Er zog eine Augenbraue hoch. »Willst du damit sagen, du hast Warren seinetwegen verlassen?«

»Nein. Ich meine, Holden war eventuell das letzte Puzzleteil zu meiner Entscheidung, aber ich habe die Verlobung gelöst, weil ich schlicht und einfach noch nicht bereit bin, mich bis an mein Lebensende zu binden, Dad. Holden und ich ... Wir haben Spaß. Mal sehen, wohin es führt.«

»Mein Gott, Laney. Ich muss dir wohl nicht erklären, warum das wirklich eine schlechte Idee ist.«

»Ich weiß, dass du Vorurteile gegen Holden hast, Dad. Aber wir haben uns wirklich gern. Ich kann nicht mit hundertprozentiger Sicherheit sagen, was dabei herauskommt, aber ich vertraue ihm. Er wird mich nicht verletzen.«

»Ich weiß, er war deinem Bruder ein verdammt guter Freund, aber sein Ruf eilt ihm voraus. Ich hoffe, du weißt, was du tust.«

»Nein, tatsächlich weiß ich *nicht* genau, was ich tue.« Ich lachte. »Aber ich bin glücklich. Auf eine Weise, wie ich nie zuvor glücklich war. Ich fühle mich ...« Ich hielt inne. »Lebendig.«

Er nickte. »Nun, dann muss ich das akzeptieren.«

Die Türklingel unterbrach unser Gespräch.

»Erwartest du jemanden?«, fragte ich.

»Nein.«

Dad und ich gingen zusammen zur Tür.

Als er sie öffnete, stand Warren vor uns. Er trug ein kurzärmeliges Hemd und eine Fliege.

»Hallo Bill. Ich wollte mich kurz von Laney verabschieden, bevor ich zur Arbeit muss.«

Mein Vater trat zur Seite. »Komm rein, Junge.«

»Hey.« Ich winkte ihm zu.

»Hi.« Ein trauriger Ausdruck huschte über Warrens Gesicht.

Mein Vater nahm seine Schlüssel. »Ich, äh, lasse euch zwei mal allein. Ich will noch einkaufen, bevor Mom nach Hause kommt. Ich bin rechtzeitig zurück, bevor du fahren musst, Liebes.«

»Okay, Dad.«

Als er gegangen war, sah ich zu Warren auf, der nervös seine Finger knetete.

»Du wirkst beunruhigt. Ist alles okay?«, fragte ich.

»Nein«, sagte er. »Nichts ist okay, Laney.«

»Komm, setz dich.«

Er setzte sich mir gegenüber auf die Couch.

»Rede mit mir, Warren.«

»Nun …« Er seufzte. »Ich habe ihn – den Job in Kalifornien.«

»Wirklich?« Ich lächelte. »Das ist fantastisch!«

Es gab keinerlei Anzeichen von Freude in seinem Gesicht. »Ist es das?«

»Ja.«

»Es mag eine einmalige Chance sein, aber ich würde sofort ablehnen, wenn wir dadurch wieder zusammenkämen. Mir ist klar, dass du nie nach Kalifornien wolltest. Und du bedeutest mir mehr als ein Job.«

Mir wurde eng in der Brust. »Du musst ihn annehmen.«

Er ließ den Kopf hängen. »Ich schätze, ich weiß, was das bedeutet.«

Meine Stimme zitterte. »Es tut mir so leid, Warren.«

Er hob den Blick, um mich anzusehen. »Ich kann nur hoffen, dass du zu mir ziehen möchtest, wenn du wieder zur Vernunft kommst. Ich habe immer noch Hoffnung, was uns angeht, obwohl ich weiß, dass du nicht ehrlich zu mir warst. Auch wenn du mir das Herz gebrochen hast, kann ich uns nicht aufgeben.«

Es dauerte einen Moment, bis seine Worte bei mir ankamen. »Was meinst du damit, dass ich nicht ehrlich zu dir war?«

Sein Blick war durchdringend. »War *er* der Grund, warum du mich verlassen hast?«

Ich schluckte. »Wer?«

»Holden.«

Mein Mund öffnete und schloss sich mehrmals. »Wie …«

Er starrte mit leerem Blick an mir vorbei. »Vor ein paar Tagen war ich im Krankenhaus und habe euch gesehen. Er war bei dir und hat dich in den Armen gehalten, was eigentlich meine Aufgabe gewesen wäre. Ihr wart in einer Ecke hinter einem Getränkeautomaten – wahrscheinlich hattet ihr euch da versteckt. Ihr wusstet vermutlich nicht, dass ich aus dieser Richtung kommen würde, aber ich war vorher noch auf der Toilette. Ihr wart zu beschäftigt, um mich zu bemerken.« Warren rieb sich die Schläfen. »Ich bin wieder gegangen, weil ich keine Lust hatte, mich zum Narren zu machen.«

Es zerriss mir das Herz. »Es tut mir sehr leid, Warren. Ich hätte dir sagen müssen, dass ich mich mit ihm treffe. Aber er ist nicht der Hauptgrund, warum ich die Beziehung beendet habe. Es geht eher darum, dass ich mehr Lebenserfahrung sammeln muss, bevor ich mich endgültig binde. Aber …«

»Und *er* war zufällig da, als du diese Entscheidung getroffen hast, oder was?« Warren stand auf. »Ich muss gehen, sonst komme ich zu spät zu einem Meeting.« Er ging zur Tür, drehte sich aber noch einmal um. »Ich werde dich nicht für deine Entscheidung verurteilen. Er wäre nicht der Typ Mann, den ich für dich wählen würde. Er ist nur eine Phase, Laney. Und du *wirst* zur Vernunft kommen, davon bin ich überzeugt. Ich werde darauf warten, aber ich weiß nicht, ob ich ewig warten kann.«

Spätabends kehrte ich nach New York zurück. Ich fühlte mich schrecklich und war psychisch völlig erschöpft. Gleichzeitig freute ich mich darüber, dass Warren den Job in Kalifornien bekommen hatte. Er verdiente eine Ortsveränderung, eine neue Umgebung, in der ihn nicht alles an mich erinnerte.

Allerdings hatte sich seine Bemerkung, Holden sei nur eine Phase, in meinem Kopf festgesetzt, während ich lange allein in meinem Auto gesessen hatte.

Nachdem ich geduscht und mir etwas Bequemes angezogen hatte, machte ich es mir auf dem Sofa gemütlich und beschloss, mir die Instagram-Seite von After Friday anzusehen. Die Band hatte Fotos von den letzten Gigs gepostet, auch von dem Abend, an dem Holden aus Pennsylvania zurückgekehrt war. Er hatte mir erzählt, dass der Auftritt ziemlich gut gelaufen war und der Musikproduzent ihrer Managerin versprochen hatte, sich bei ihr zu melden.

Sie hatten offenbar jemanden beauftragt, ungestellte Aufnahmen zu machen, denn sie sahen alle fantastisch aus – Monroe, wie er ins Mikrofon schmachtete, Dylan, wie er mit geschlossenen Augen Bass spielte. Besonders gut gefielen mir die Fotos von Holden, die ihn zeigten, wie er im Neonlicht am Schlagzeug saß und seine Drumsticks zwischen den Fingern herumwirbelte. In seinen Augen lag so viel Leidenschaft, und in diesem Moment fehlte er mir wahnsinnig. Ich hätte alles dafür gegeben, ihn bei mir zu haben.

Kaum war mir dieser Gedanke gekommen, klingelte mein Telefon. Es war ein FaceTime-Anruf von Holden, den ich auf der Stelle annahm. »Hey! Woher wusstest du, dass ich an dich denke?«

»Bist du wieder in New York?«

»Ja. Der Verkehr war mörderisch, und ich bin noch nicht lange hier.«

»Verdammt. Bei dir ist es fast elf, das ist ja ätzend. Aber ich bin froh, dass du heil nach Hause gekommen bist.«

Wie Holden mir erzählt hatte, stand der Band für den letzten Teil der Reise ein Tourbus zur Verfügung, und ich konnte sehen, dass er auf einer schmalen Sitzbank lag. Seine Haare standen in alle Richtungen ab, und ich wünschte mir nichts mehr, als mit den Fingern hindurchzufahren.

»Was steht heute bei dir auf dem Programm?«, fragte ich.

»Wir haben einen freien Abend. Die Jungs wollen durch die Clubs ziehen, aber ich bestelle mir einfach eine Pizza, bleibe im Bus und schaue Filme.«

»Warum gehst du nicht mit ihnen aus?«

»Kein Interesse. Ich bin total erledigt und will einfach nur mit dir quatschen.«

»Syphilis!«

Ich legte den Kopf schräg. »Hat da gerade jemand ›Syphilis‹ gesagt?«

»Das war Monroe. Ignorier ihn.«

»Chlamydien!«

»Wer war das?«

»Dylan.«

»Warum sagt er so was?«

»Es ist ein Running Gag von den Jungs, dass ich wegen einer Geschlechtskrankheit nicht mit ihnen feiern gehe. Ich habe ihnen schon erklärt, warum ich kein Interesse daran habe, hier mit irgendeiner Frau rumzumachen, aber sie haben zu viel Spaß daran, mich aufzuziehen. Und jetzt, wo sie mich mit dir reden sehen, flippen sie so richtig aus. Bitte beachte sie gar nicht.«

Ich lachte. »Ist ja verrückt.«

Er stand plötzlich auf und ging durch den Bus. »Warte kurz. Ich gehe nach hinten ins Schlafzimmer. Da haben wir Ruhe vor ihnen.«

Er legte sich auf ein Bett. »Ah. Viel besser.« Dann zog er einen Spitzentanga unter sich hervor und hielt ihn hoch. »Anscheinend hatte Monroe hier vorhin ein bisschen zu viel Spaß.«

»Iiih.« Ich lachte und erinnerte mich daran, dass er mir gesagt hatte, sie würden sich mit dem Schlafraum abwechseln und sonst die Schlafkojen benutzen.

»Ich wünschte, ich würde mit dir in diesem Bett liegen.«

»Warum tun wir nicht so als ob, meine Schöne?« Er zog sich sein Shirt aus, sodass ich seine prachtvolle tätowierte Brust sehen konnte. Der Mann war ein Kunstwerk.

Jede Faser in meinem Körper begann zu kribbeln. Ich hatte ihm eigentlich erzählen wollen, was mit Warren vorgefallen war, aber einfach alles zu vergessen schien mir eine viel bessere Idee zu sein.

»Kann jetzt einer bei dir reinplatzen?«, fragte ich.

»Nein, ich habe abgeschlossen.«

Ich zog sofort mein Shirt aus.

Holden fiel die Kinnlade hinunter. Damit hatte er wohl nicht gerechnet. »Willst du mich umbringen?«

»Ich dachte, wenn ich mir deine tolle Brust anschauen kann, würdest du meine vielleicht auch gern sehen.«

»Du weißt, wie sehr ich deine Brüste liebe, aber es ist pure Folter, weil ich sie nicht küssen kann. Trotzdem bin ich dabei, wenn du es durchziehen willst, Lala.«

Ich begann meine Brustwarzen mit den Fingerspitzen zu umkreisen.

»Oh … dann geht es also los?« Er öffnete offenbar seine Hose, bevor er sein Telefon schräg nach unten hielt. »Siehst du, was du angestellt hast?«

Er war steinhart.

Mit jeder Sekunde wuchs meine Erregung. »Ich will sehen, wie du ihn streichelst.«

»Oh, du böses Mädchen. Ich liebe es, wenn du so redest.« Er grinste. »Und ich besorg's mir natürlich für dich, aber nur, wenn du das Gleiche für mich tust.«

Ich hielt das Telefon über mich, damit er sehen konnte, wie ich meine Shorts abstreifte und anfing, meine Klitoris zu massieren.

Holden legte den Kopf in den Nacken, während er sich selbst bearbeitete, und stöhnte. »Lass das Handy so, damit ich dir zusehen kann. Das ist verdammt heiß, Lala.«

Ich schloss die Augen und verlor mich in unserem Spiel.

»Ich komme«, stieß er mit einem Mal hervor.

Ich schaute auf das Display, um mir seinen Orgasmus anzusehen.

Ich ließ in der gleichen Sekunde los und spürte, wie sich die Muskeln zwischen meinen Beinen zusammenzogen, während ich mich dem Glücksgefühl hingab, das ich nach diesen langen Tagen dringend benötigt hatte.

Ich seufzte zufrieden. »Das war gut.«

Er war außer Atem. »Das müssen wir öfter machen, solang ich unterwegs bin.«

»Jetzt bin ich ja zu Hause, da geht das.«

»Ja, es wäre wohl nicht so gut gewesen, mit mir zu facetimen, als du in Pennsylvania warst und dein Vater jederzeit hereinkommen konnte.«

Apropos … Zumindest diesen Teil der Geschichte konnte ich ihm jetzt erzählen. »Wo du gerade von meinem Vater sprichst …«

Holden zog seine Hose hoch und richtete sich auf. »Was ist?«

»Nun, er hat gesehen, wie wir uns im Krankenhaus umarmt haben, und den Rest hat er sich zusammengereimt.«

Er schloss die Augen. »Scheiße.«

»Es ist okay. Ich habe zugegeben, dass wir zusammen sind, und er hat es akzeptiert.«

»War es tatsächlich so einfach, oder verschweigst du mir etwas?«

Ich wollte nicht lügen ... »Er ist besorgt wegen deines Rufs, aber das ist verständlich, wenn man bedenkt, wie wild du es immer getrieben hast in all der Zeit, die er dich nun schon kennt.«

Holden raufte sich die Haare und schien über etwas nachzudenken.

»Was denkst du gerade?«

»Ich denke, wenn ich an seiner Stelle wäre, würde ich mich umbringen wollen.«

Schließlich erzählte ich ihm doch noch, dass Warren den Job in Kalifornien bekommen und ich ihm gestanden hatte, was zwischen Holden und mir lief.

Wir unterhielten uns noch eine Weile, bis ich müde wurde. Die Zukunft war zwar ungewiss, doch während ich Holdens Stimme zuhörte, schloss ich in dem sicheren Wissen die Augen, dass ich vorerst nichts anderes brauchte als solche Momente mit ihm.

24. KAPITEL

LALA

Ich war wahnsinnig aufgeregt.

Mit einem letzten Blick in den Spiegel atmete ich tief durch. *Ich sehe gut aus … Nein, nicht gut, sondern richtig heiß.* Nach dreizehn Tagen würde Holden heute endlich nach Hause kommen. Um das gebührend zu feiern, hatte ich mir etwas Neues im Wäschegeschäft gekauft. Zuerst hatte ich ein hübsches weißes Babydoll-Nachthemd anprobiert, das meiner Persönlichkeit wahrscheinlich eher entsprochen hätte, aber dann hatte ich beschlossen, meine Komfortzone zu verlassen und etwas anzuprobieren, das Holden sicherlich gefallen würde. Schließlich hatte ich mich für einen roten String-Body mit Neckholder, offenem Schritt und seitlichen Ausschnitten entschieden, aus dem meine Brüste geradezu herausquollen. Strapse, Netzstrümpfe und hochhackige Sandaletten mit putzigen Kunstfellpuscheln rundeten das Outfit ab. Ich konnte es nicht erwarten, Holdens Gesicht zu sehen, wenn er seine Wohnung betrat und mich dort in diesem Aufzug vorfand.

Zum Glück musste ich nicht lange warten. Nicht mal eine halbe Stunde später hörte ich einen Schlüssel in der Wohnungstür. Ich lehnte mich so sexy, wie ich konnte, gegen die Küchentheke und wartete. Mein Herz hüpfte vor Freude, als die Tür aufging und Holden hereinkam. Aber es setzte einen Schlag aus, als ich sah, dass er nicht allein war …

»Oh, Scheiße«, sagte Holden, drehte sich ruckartig um und hielt seinem Bassisten die Augen zu.

Ich lief sofort ins Schlafzimmer hinüber. Gott sei Dank hatte er so schnell reagiert, denn ich war von hinten genauso nackt wie von vorn. Beschämt nahm ich meine Klamotten von der Kommode, zog mir das Shirt, das ich vorher angehabt hatte, über den Kopf und stieg in meine Jeans. Ich hatte sie halb hochgezogen, als Holden zur Tür hereinschaute.

Ich schloss die Augen. »Bitte sag mir, dass sich in deinem Wohnzimmerboden ein Loch aufgetan hat, in dem ich verschwinden kann.«

»Zieh die Hose wieder aus«, sagte er. »Und das Shirt auch.«

Ich schüttelte mit zugekniffenen Augen den Kopf. »Ich fürchte, der Moment ist vorbei. Es tut mir so leid. Ich wusste nicht, dass du jemanden mitbringst.«

»Er ist weg. Und jetzt zieh die Klamotten wieder aus, damit ich dich in dem Outfit anschauen kann.«

»Es ist mir zu peinlich, Holden.«

»Dir muss rein gar nichts peinlich sein, Süße. Aber du hast höchstens noch fünf Sekunden, um dich auszuziehen, sonst mache ich es.«

Ich öffnete zögernd die Augen. Die Art und Weise, wie Holden mich ansah, pushte mein Selbstwertgefühl augenblicklich. Seine Augen waren dunkel, und es hatte etwas Gefährliches an sich, wie er auf seine Unterlippe biss.

Ich schüttelte erneut den Kopf. »Ich kann nicht fassen, was da gerade passiert ist.«

»Vergiss es. Denk nur an jetzt. Du hast keine Ahnung, wie sehr du mir gefehlt hast.« Holden hielt inne und legte den Kopf schräg. »Weißt du, wie großartig es ist, dass du in diesem Aufzug auf mich gewartet hast? Wie ungeheuer sexy du ausgesehen hast?«

Ich weiß nicht, wie er es hinbekam, aber ich verbannte den Moment in der Küche aus meinem Gedächtnis und begann, seinen Worten zu glauben. Unter seinem glühenden Blick fühlte ich mich unglaublich begehrenswert. Deshalb zog ich die Sachen wieder aus, die ich mir übergeworfen hatte.

Holden fuhr sich mit der Hand durchs Haar, als er seinen Blick an mir auf und ab wandern ließ. »Herrgott, ich bin der größte Glückspilz der Welt.« Er schüttelte den Kopf. »Ich habe dich absolut nicht verdient, aber ich bin viel zu egoistisch, als dass es mich noch kümmern würde.«

Die Luft knisterte, als Holden auf mich zukam. Hätte ich noch Zweifel gehabt, ob er nur versuchte, mir ein gutes Gefühl zu geben, waren sie in dem Moment zum Teufel, als ich die Beule in seiner Hose bemerkte. Es sah so aus, als könnte der Reißverschluss seiner Erektion kaum noch standhalten.

Holden hob mich mit einem Arm hoch, und während ich die Beine um seinen Körper schlang, gab er mir einen stürmischen Kuss, der schnell außer Kontrolle geriet.

»Heilige Scheiße«, stöhnte er. »Ich kann sogar durch meine Klamotten und den Schritt deines Bodys spüren, wie feucht du bist.«

»Kannst du nicht.« Ich saugte an seiner Unterlippe. »Weil dieser Body keinen Schritt hat.«

»Ich will dich fesseln. Letzte Woche habe ich jede Nacht davon geträumt, deine Hände festzubinden. Aber dich in diesem Outfit zu fesseln, übersteigt meine kühnsten Träume.« Er sah mich an. »Bist du damit einverstanden, Süße?«

Ich schluckte. »Ja.«

Ein verwegenes Lächeln spielte um seine Lippen. »Dann ab mit dir aufs Bett«, sagte er und legte mich auf die Matratze. Dann ging er zur Kommode und nahm einen Gürtel aus einer Schublade. Er legte ihn in der Mitte zusammen und zog ihn ruckartig auseinander, sodass ein lauter Peitschenknall durch den Raum hallte. Es war das Erotischste, was ich jemals gehört hatte.

»Arme über den Kopf. Hände verschränken.«

Er blickte kopfschüttelnd auf mich hinunter, als ich seiner Aufforderung folgte. »Ich könnte dich so den ganzen Tag anschauen, Süße.«

Holden zog sich aus, ohne die Augen von mir abzuwenden. Der Anblick seiner schönen gebräunten Haut, die mit sexy Tattoos geschmückt war, steigerte meine Erregung. Sein Sixpack war perfekt, und seine Arme waren mit Muskeln bepackt, über die dicke Adern liefen. Doch als er seine Jeans und seine Unterhose auszog, bekam ich angesichts *seiner* Erregung einen trockenen Mund. Er kam ins Bett und setzte sich rittlings auf meine Taille, um sich vorzubeugen und den Ledergürtel um meine Handgelenke festzuziehen.

»Versuch mal, dich zu befreien«, sagte er, als er fertig war.

Ich versuchte meine Hände voneinander zu lösen, aber es ging nicht.

Holden lächelte. »Zieh nicht zu fest, sonst scheuert das Leder an deiner Haut. Für das nächste Mal muss ich etwas Weicheres besorgen.«

»Okay.«

Er legte mir ein Kissen unter den Kopf, sah sich im Zimmer um und verließ das Bett. »Warte bitte einen Moment.« Er öffnete den Schrank, nahm den Spiegel ab, der innen an der Tür hing, und stellte ihn quer auf die Kommode am Fußende des Betts.

»Kannst du dich so sehen?«, fragte er.

Ich nickte. »Einen Teil von mir.«

»Welchen Teil?«

»Die obere Hälfte.«

Er schob den Spiegel hin und her. »Und was siehst du jetzt?«

»Die untere Hälfte.«

Er lächelte. »Perfekt. Mach die Beine auseinander. Ich will, dass du dabei zusiehst ...«

»Äh, okay.« Ich brachte kaum noch ein Wort heraus, als er wieder ins Bett kam und sich zwischen meine Beine legte. Er pustete sanft über meine erhitzte Haut, und mich überlief ein Schauder. Seine Augen funkelten, als er zu mir aufsah und begann, mich von einem Ende bis zum anderen zu verwöhnen.

»Oh Gott«, wimmerte ich.

Seine Zunge suchte meine Klitoris, dann saugte er fest an ihr. Ohne daran zu denken, dass meine Hände gefesselt waren, streckte ich sie nach ihm aus, und der Ledergürtel drückte gegen meine Handgelenke. Der Schmerz fuhr mir direkt zwischen die Beine.

Oh wow. Ich hatte nicht geahnt, dass mir ein bisschen Schmerz gefiel. Holden drang mit der Zunge in mich ein, und ich zerrte wieder an dem Gürtel, diesmal etwas fester.

Ich stöhnte. »Holden ...« Mein Orgasmus rollte unfassbar schnell heran. »Langsamer ... bitte ...«

Stattdessen wurde er immer schneller. Holden saugte und leckte und nahm zwei Finger hinzu, als ich kam. Ich schrie so laut, dass mich wahrscheinlich die Leute drei Etagen tiefer auf der Straße hören konnten.

Ich keuchte atemlos, während Holden an meine Seite kam.

Seine Augen funkelten. »Schau an, mein Mädchen wird gern gefesselt.«

»Ich denke, das liegt nur an dir«, hauchte ich.

Er strich mir eine Haarsträhne aus der Stirn. »Das ist gut. Denn für mich gibt es auch nur noch dich.«

»Wie geht es deiner Mutter?« Eine Stunde später lagen Holden und ich einander zugewandt im Bett. Wir fanden erst jetzt Zeit zum Reden, seit er zur Tür hereingekommen war.

Ich schob die Hände unter meine Wange. »Wirklich prima. Sie hatte gestern einen Kontrolltermin, und die Wunde verheilt gut, und ihre Vitalfunktionen sind stabil. Sie muss erst in drei Monaten wieder hin. Aber sie nimmt nun Blutverdünner ein und muss aufpassen, dass sie nicht stürzt oder so, weil eventuelle Blutungen damit leider etwas schwerer zu stillen sind.«

»Wow. Ist die Luftpolsterfolie schon angekommen?«

Ich sah ihn verdutzt an.

Holden lächelte. »Ich dachte, du hast ein paar Rollen davon bestellt, um sie darin einzuwickeln, damit sie nirgendwo anstößt.«

Ich lachte. »Oh, das würde ich tun, wenn ich könnte. Der Moment, als der Anruf kam, war einer der schrecklichsten meines Lebens. Ich denke, ich fahre in zwei Wochen wieder nach Philadelphia.«

»Dann komme ich mit. Während du Zeit mit deiner Mutter verbringst, kann ich dafür sorgen, dass mich dein Vater als Erwachsener kennenlernt. Nachdem du ihm gesagt hast, dass wir zusammen sind, sollte ich ihm zeigen, dass ich nicht mehr der Teenager bin, den er früher kannte.«

Es war ein schöner Gedanke, aber … »Ich weiß nicht, ob das so eine gute Idee ist. Ich glaube, mein Vater ist noch nicht so weit.«

Holden runzelte die Stirn. »Warum nicht?«

»Ich weiß nicht. Meinem Gefühl nach ist es dafür noch zu früh.«

»Zu früh nach deiner Trennung von Warren? Oder zu früh, weil du dir noch nicht sicher bist, ob ich mich tatsächlich verändert habe?«

Ich wollte seine Gefühle nicht verletzen, aber ich musste ehrlich sein. Ich biss mir auf die Lippe. »Vielleicht ein bisschen von beidem?«

Holden dachte darüber nach. »Kannst du dir eine Zukunft mit mir vorstellen, Lala?«, fragte er schließlich. »Ich verstehe, dass es zu früh für dich ist, etwas Ernstes anzufangen, aber kannst du dir vorstellen, dass irgendwann mal mehr aus uns wird?«

Ich legte die Hände auf seine Brust. »Holden ...«

»Du siehst aus, als hättest du Angst zu antworten, weil du mich nicht vor den Kopf stoßen willst. Aber ich möchte, dass du mir immer die Wahrheit sagst.«

Ich nickte. »Es ist nicht so, als *wollte* ich keine Zukunft für uns sehen, aber ich kann mir nicht so recht vorstellen, wie sie aussehen würde. Dein Lebensstil unterscheidet sich so grundlegend von meinem, und ich kenne dich gar nicht anders. Es ist schwer vorstellbar, dass du in einer langfristigen monogamen Beziehung glücklich sein könntest.«

Holden senkte den Blick und nickte. »Es gefällt mir nicht, dass du es so siehst, aber es ist nachvollziehbar. Du kennst nur den Menschen, den ich dir gezeigt habe. Und ehrlich gesagt wusste ich selbst bis vor Kurzem nicht, dass ich auch eine andere Seite habe.« Er sah mir in die Augen. »Ich muss dir beweisen, dass ich mich geändert habe. Das geht nicht von heute auf morgen, aber gibst du mir die Chance dazu? Bleibst du dafür offen?«

Ich kannte Holden praktisch mein Leben lang und konnte ihn ziemlich gut einschätzen. Er hatte das Herz am rechten Fleck. Ich war mir nur nicht so sicher, ob er es sich nicht doch anders überlegen würde, wenn der Spaß eines Tages nachließ. Eine Beziehung zu führen war nicht einfach, vor allem dann nicht, wenn einer der Beteiligten so viel unterwegs war wie er.

Davon abgesehen war er Schlagzeuger und sah unglaublich gut aus, und die Frauen hatten sich ihm schon immer an den Hals geworfen. Ich wollte diese Bedenken nicht haben, aber mein innerer Selbstschutzmechanismus hatte Angst. Holden Catalano war der einzige Mann, der mich mit einem Bissen verschlingen und – falls er mich wieder ausspuckte – vernichten konnte. Das wusste ich genau.

Aber Holden sah mich an und wartete auf eine Antwort. Also schenkte ich ihm trotz meiner Unsicherheit ein zuversichtliches Lächeln. »Na klar.«

»Du meine Güte«, sagte ich, als ich nach Hause kam, und legte meine Schlüssel auf die Küchentheke. »Als ich die Tür aufgemacht habe, dachte ich, ich wäre in der falschen Wohnung. Ich habe dich gar nicht erkannt.«

Holden stand in der Küche am Herd, auf dem es aus drei Töpfen dampfte. Er hatte eine Strickjacke und eine Stoffhose an und seine wilde Mähne ordentlich nach hinten gekämmt. Und er trug eine Hornbrille, obwohl ich nicht glaubte, dass er eine Sehschwäche hatte. Im Grunde war er angezogen wie Warren.

Er kam zu mir herüber und legte mir meine Pantoffeln vor die Füße. »Guten Abend, Liebling.«

Liebling? Ich kniff die Augen zusammen. »Was führst du im Schilde, Catalano? Hast du versehentlich etwas kaputtgemacht oder neues Sexspielzeug gekauft, das du ausprobieren willst?«

Er gab mir einen kurzen Kuss auf den Mund. »Ich führe gar nichts im Schilde. Ich wollte meine Lady nur nach einem langen Arbeitstag mit einem schönen Dinner zu Hause begrüßen.«

»Mmm.«

Holden legte mir eine Hand in den Rücken und führte mich

ins Wohnzimmer. »Das Essen ist in zwanzig Minuten fertig. Möchtest du ein Glas Sauvignon Blanc?«

»Gern.«

Er verschwand und kehrte kurz darauf mit dem Wein zurück. Nachdem er mir das Glas gegeben hatte, führte er mich zur Couch, dann legte er meine Beine auf den Tisch und schob ein Kissen darunter. »Ich bin gleich wieder bei dir. Ich muss nur schnell nach den Hähnchen-Cordon-bleus und dem Safranreis sehen.«

Ich zog die Augenbrauen hoch. »Bist du sicher? Meinst du nicht eher Chicken Nuggets und Pommes?«

Holden ging in die Küche und drehte an den Herdknöpfen, dann kam er zurück. Er setzte sich ans andere Ende der Couch, weitmöglichst von mir entfernt. Ich hätte ja noch geglaubt, dass er einen neuen Kleidungsstil ausprobieren wollte und insgeheim ein guter Koch war, aber Holden Catalano hielt normalerweise keinen Meter Abstand zu mir, wenn wir uns den ganzen Tag nicht gesehen hatten.

»Und? Was sagst du zu den politischen Unruhen in Bosnien?«

Ich lachte. »Wie bitte?«

»Na ja, du weißt, dass die drohende Sezession für Instabilität in dem Balkanstaat sorgt.«

Ich trank einen Schluck Wein. »Nein, das weiß ich nicht. Offenbar bin ich da nicht auf dem neuesten Stand.«

»Kein Problem. Wie siehst du die Finanzkrise? Ein ziemlich großer Hedgefonds hat gerade davor gewarnt, dass eine Hyperinflation zu einem Zusammenbruch unserer Wirtschaft führen könnte.«

»Hast du dir den Kopf angeschlagen, Holden?«

»Nein, aber ich habe die *New York Times* heute von vorn bis hinten durchgelesen.«

Meine Augenbrauen schossen nach oben. »Von vorn bis hinten? Wie lange dauert das?«

»An die sechs Stunden.«

»Warum um Himmels willen hast du sechs Stunden damit zugebracht, die *Times* zu lesen?«

Holden zuckte mit den Schultern. »Du bist klug. Ich möchte mit dir über solche Themen reden können.«

»Das musst du nicht. Ich mag dich, wie du bist, Holden.«

Er drohte mir mit dem Zeigefinger. »Ah ... Das stimmt leider nicht. Du brauchst mehr von mir, um dich davon zu überzeugen, dass ich ein guter Partner sein kann, und ich will dir zeigen, dass ich dir geben kann, was du brauchst.«

Ich stellte grinsend meinen Wein ab, krabbelte zu ihm und setzte mich auf seinen Schoß. Ich rutschte hin und her, bis ich die richtige Stelle gefunden hatte. »Du gibst mir doch schon genau das, was ich brauche.«

Komischerweise biss Holden nicht an. Seine Miene wurde ernst. »Wirklich, Lala. Ich möchte Essen für dich kochen, dich ausführen, tiefgehende Gespräche mit dir führen ... Ich will dir zeigen, dass ich mehr bin als ein guter Sexpartner.«

Ich schüttelte den Kopf. »Darauf habe ich dich nie reduziert.«

Er schaute auf seinen Schoß hinunter. »Manchmal kommt es mir aber so vor.«

Ich wollte aufstehen, aber Holden hielt mich fest. »Nein, geh nicht weg. Lass uns reden.«

Ich schüttelte abermals den Kopf. »Es tut mir leid, Holden. Mir war nicht bewusst, dass ich dir das Gefühl gebe, nur ein Stück Fleisch zu sein. Jetzt habe ich Schuldgefühle.«

»Das musst du nicht haben. Mir ist klar, warum es in unserer Beziehung vor allem um Sex geht. Anders hast du mich ja nie kennengelernt. Aber es war mein Ernst, als ich gestern gesagt habe, dass ich mehr will. Ich will viel mehr, Lala.«

»Warum?«

»Weil ich …« Er hielt inne und räusperte sich. »Weil ich dich sehr mag.«

Ich bekam einen Adrenalinstoß. Wollte Holden mir etwa sagen, dass er mich *liebte*?

Er strich mir eine Locke hinters Ohr. »Hör zu, Süße, vielleicht habe ich etwas übertrieben und wollte die Dinge zu schnell ändern. Aber ich möchte wirklich gern versuchen, den Schwerpunkt unserer Beziehung zu verlagern und dir zu zeigen, dass ich mehr für dich sein kann, als du denkst.«

»Du bedeutest mehr für mich als nur Sex.«

»Darf ich es dir beweisen? Würdest du mir einen Gefallen tun?«

»Natürlich. Welchen?«

»Wir verzichten zwei Wochen lang auf Sex.«

Meine Augen weiteten sich. Ob vor Erstaunen, weil Holden plötzlich so lange Enthaltsamkeit üben wollte, oder weil ich nicht sicher war, ob *ich* es so lange aushalten konnte, wusste ich nicht. Der Mann war wie eine Droge für mich.

»Im Ernst?«, fragte ich. »Meinst du keinen Verkehr oder … gar nichts?«

»Wie wär's, wenn wir beim Küssen bleiben?«

Ich hatte ihm bereits das Gefühl gegeben, als ob er nur für körperlichen Spaß taugte, und durfte mir auf keinen Fall anmerken lassen, wie frustrierend der Gedanke an zwei Wochen ohne Sex für mich war. Deshalb rang ich mir ein Lächeln ab. »Ja, gut. Wie du willst.«

Holden wirkte erleichtert. Er beugte sich zu mir vor und küsste zärtlich meine Lippen. »Danke.«

Einen Augenblick später stand er auf, um das Essen zu servieren. Es war köstlich, und danach kuschelten wir uns auf der Couch aneinander und sahen uns einen unglaublich guten

Film an, den er ausgesucht hatte. Als ich gähnte, gab er mir einen Kuss auf die Schulter.

»Ich werde gehen. Du brauchst deinen Schlaf.«

»Du bleibst nicht hier?«

Er richtete sich auf. »Besser nicht.«

Ich zog einen Schmollmund. »Okay.«

Holden rieb seine Nase an meiner. »Du bist süß, wenn du enthaltsam bist.«

»Pass auf, dass ich nicht vor lauter Verzicht schlechte Laune bekomme.«

Er lachte, stand auf und reichte mir die Hand. »Komm, begleite mich zur Tür, damit du die Sicherheitskette einhängen kannst.«

An der Tür gab er mir einen kleinen Kuss auf den Mund.

»Du hast gesagt, Küssen ist erlaubt. Dann küss mich wenigstens richtig.«

Seine Lippen zuckten, aber er legte mir die Hand in den Nacken und zog mich an sich. Dann überraschte er mich mit einem derart leidenschaftlichen Kuss, dass ich verdutzt blinzelte, als er sich von mir löste.

»Gute Nacht, Süße«, sagte er lächelnd.

»Äh … ja. Gute Nacht.«

Als er weg war, lehnte ich benommen den Kopf gegen die geschlossene Tür. *Das werden verdammt lange zwei Wochen.*

25. KAPITEL

HOLDEN

»Freiwillig auf Sex verzichten, spinnst du?« Owen biss in den Apfel, den er aus meinem Kühlschrank geklaut hatte, als er am folgenden Abend auf dem Heimweg von der Arbeit bei mir vorbeischaute.

Weil Lala noch nicht nach Hause gekommen war, schlug ich die Zeit tot und befriedigte die Neugier meines Freundes in Bezug auf meine idiotische Entscheidung.

»Nicht zu fassen, dass es *meine* Idee war.« Ich schüttelte den Kopf.

»Da hast du dich wohl ins eigene Fleisch geschnitten.« Er lachte. »Ich kenne allerdings jemanden, der sich darüber freuen würde.«

»Wer?«

»Ryan. Er wäre begeistert, dass du die Finger von ihr lässt.«

»Wahrscheinlich hast du recht.« Ich seufzte. Owen hatte einen wunden Punkt getroffen. Ich hatte wahrhaftig schon geträumt, Ryan wäre von den Toten auferstanden, um mich zu erwürgen.

Ein Klopfen an der Tür riss mich aus meinen Gedanken.

Als ich öffnete, stand Brayden mit einem schiefen Grinsen im Gesicht vor mir.

»Was gibt's, Mann?« Ich winkte ihn herein.

»Ich will nur mal nach dir sehen. Owen hat mir geschrieben,

ich soll runterkommen. Er meinte, du hast womöglich den Verstand verloren.«

»Noch habe ich ihn nicht verloren.« Ich verdrehte die Augen. »Mit der Betonung auf *noch*.«

Brayden lehnte sich gegen die Küchentheke. »Was ist denn los?«

Owen antwortete für mich. »Er will beweisen, dass es zwischen ihm und Lala nicht nur um Sex geht, und hat eine Entscheidung getroffen. Er verweigert ihr für zwei verdammte Wochen sein bestes Stück.«

Brayden riss die Augen auf. »Wann ist Catalano erwachsen geworden? Wir waren wohl alle zu beschäftigt, um es mitzukriegen.« Er schmunzelte. »Aber im Ernst … auf Sex verzichten? Wird das nicht ein bisschen … herausfordernd für dich?«

»Schon der erste Tag war schwierig – für uns beide. Ich glaube, Lala kommt schlechter damit klar als ich.«

»Es ist bestimmt hart, so sehr wegen seines Körpers begehrt zu werden, hm?«, meinte Owen.

»Bisher hatte ich damit keine Probleme, du Idiot. Aber bei ihr ist es anders. Es klingt kitschig, aber …« Es war mir peinlich, es auszusprechen. »Ich will, dass sie mich meinetwegen mag.«

»Wer sind Sie, und was haben Sie mit Holden gemacht?«, scherzte Brayden.

»An schlauen Gesprächsthemen hat es Lala mit ihrem Ex bestimmt nicht gemangelt«, sagte ich. »Ich möchte auch geistig für sie anregend sein, nicht nur körperlich.«

»Und was ist, wenn *du* plötzlich anders empfindest, wenn der Sex jetzt gestrichen ist?«, fragte Brayden.

Ich schüttelte den Kopf. »Das wird nicht passieren. Auch ohne Sex möchte ich rund um die Uhr mit Lala zusammen sein. Ich liebe es, einfach mit ihr zu reden, Zeit mit ihr zu verbringen. Darin waren wir schon immer gut – schon bevor wir durch den Wahnsinnssex abgelenkt wurden.«

»Soll ich jetzt Mitleid mit dir haben?«, spottete Brayden.

Dann klopfte es noch einmal. Ich hoffte inständig, dass es nicht Lala war. Die Gesichter der Jungs hätten ihr verraten, worüber wir gerade redeten.

Zum Glück war es nur Colby. »Wie geht's?«

»Hey, Mann«, sagte ich.

»Brayden hat mir geschrieben, ich soll herkommen, weil du irgendwie merkwürdig drauf bist.«

Ich wandte mich Brayden zu. »Willst du mich verarschen?«

Brayden zuckte die Achseln. »Tut mir leid, aber es ist merkwürdig.«

Nachdem die anderen ihn ins Bild gesetzt hatten, fasste Colby mir an die Stirn. »Bist du sicher, dass du okay bist, Kumpel?«

»Ich habe möglicherweise den Verstand verloren«, räumte ich ein.

»Ach was.« Brayden schlug mir auf die Schulter. »Ich denke, unser Junge wird erwachsen.«

Colby schmunzelte. »Das ist, als würde Owen eines Tages aufwachen und feststellen, dass es Wichtigeres im Leben gibt als Arbeit. Ich würde ihn nicht wiedererkennen.«

Owen nahm einen Bissen von seinem Apfel und redete beim Kauen. »Hey, mach mich nicht fertig, weil ich – im Gegensatz zu euch – aktuell niemanden habe, für den es sich lohnt, die Arbeit zu vernachlässigen. Außerdem habe ich beschlossen, nie zu heiraten. Die meisten Frauen wollen Kinder, und diese blöden Teenagergören von 410 haben mich zu der Entscheidung gebracht, lieber darauf zu verzichten.«

»Was haben sie jetzt wieder angestellt?«, fragte ich.

»Heute Morgen habe ich sie im Aufzug gesehen. Sie haben mich gefragt, ob ich ihnen einen Zwanziger wechseln könne, und ich hatte genug Kleingeld und habe ihnen den Gefallen getan. Als ich an der Bahnstation ankam, habe ich dann festgestellt, dass meine Brieftasche weg war. Und meine verdammte Uhr. Sie haben gelacht, als ich total sauer zu ihnen nach oben marschiert bin. Sie meinten, es sei nur Spaß gewesen, aber ich fand das echt nicht witzig.«

Ich schmunzelte. »Zumindest setzen wir keine Kinder auf die Straße, wenn wir sie irgendwann wegen Mietrückstand zwangsräumen. Im Gefängnis bekommen sie freie Mahlzeiten und ein Bett.«

»Um noch mal auf unseren sexuell enthaltsamen Kollegen hier zurückzukommen«, sagte Brayden. »Was passiert denn nach den zwei Wochen? Sagen wir mal, du beweist, dass du eine tolle Beziehung ohne Sex führen kannst. Und was dann? Sind damit alle Probleme gelöst?«

Ich dachte einen Moment darüber nach. »Ich weiß es nicht. Die größte Herausforderung wird auf mich zukommen, wenn die Band durchstartet.«

»Apropos …« Colby hatte sich ein Bier geholt und öffnete es. »Du hast noch gar nicht erzählt, wie es an der Westküste gelaufen ist. Hat sich etwas daraus ergeben?«

»Das kann man wohl sagen. Die Tour war unheimlich erfolgreich.«

»Und du hast tatsächlich mit keiner Frau rumgemacht?«, fragte Brayden.

»Natürlich nicht«, gab ich etwas beleidigt zurück. »Das würde ich Lala nicht antun.«

»Braver Junge«, sagte er.

»Es ist mir überhaupt nicht schwergefallen. Ich wollte einfach nicht.«

»Was kommt denn als Nächstes?«, unterbrach Colby. »Wird sich jemand mit euch in Verbindung setzen?«

»Es gab mindestens zwei interessierte Musikproduzenten. Wir warten darauf, etwas von ihnen zu hören. Das macht mich ziemlich nervös.«

»Also, ich bin stolz auf dich, weil du nie aufgegeben hast«, sagte Owen. »Es scheint sich endlich auszuzahlen.«

»Pass auf, was du dir wünschst …« Brayden lachte. »Es könnte alles auf einen Schlag in Erfüllung gehen.«

Ich nickte. »Genauso kommt es mir gerade vor. Mit meinem Privatleben und meiner Karriere läuft es großartig, aber im Grunde schließt das eine das andere aus.«

Die Jungs blieben noch eine Stunde und machten sich über mich lustig, dann ließen sie mich allein. Trotz allem hatte es gutgetan, mir bei ihnen Luft zu machen.

Bevor ich zu Lala ging, stellte ich mich unter die Dusche und holte mir einen runter. Das würde ich in den nächsten Tagen wohl öfter tun müssen, obwohl es nicht gegen mein Verlangen half, wenn sie direkt vor mir stand.

Auf dem Weg nach nebenan wuchs meine Aufregung, und ich musste mich ziemlich zusammenreißen. Für einen Moment hatte ich fast vergessen, dass es keinen Sex geben würde. Stattdessen würde ich ihr einen weiteren Abend voller »platonischem Spaß« bieten.

Als sie die Tür öffnete, fiel mein Blick sofort auf ihre Brust. Lalas Brustwarzen zeichneten sich deutlich unter ihrem dünnen weißen T-Shirt ab.

»Hallo, mein Schöner. Du hast mir den ganzen Tag gefehlt.«

Ich biss die Zähne zusammen. »Lala, was soll das?«

»Was meinst du?«

»Deine Brustwarzen starren mich an, als hättest du ein zweites Paar Augen. Ich würde sie verdammt gern küssen, und das ist *nicht* gut.«

»Oh.« Sie schaute an sich hinunter. »Anscheinend habe ich vergessen, einen BH anzuziehen.«

Ihr Gesicht wurde rot, als ich sie anstarrte.

»Ist das so? Oder willst du mich quälen?«

Sie lächelte schelmisch.

»Das habe ich mir gedacht.«

Ihre blonden Locken waren heute besonders wild – genau wie ich es liebte. Ich stellte mir vor, sie zu einem Zopf zu bündeln und daran zu ziehen, während ich sie von hinten nahm. Und Gott ... Weil ich derart fixiert auf ihre Brust gewesen war, hätte ich fast übersehen, dass sie diesen süßen kurzen Lederrock angezogen hatte, den sie auch schon bei meinen Auftritten getragen hatte.

Ich begann förmlich zu sabbern, als ich sie an mich zog. »Verdammt. Komm her.«

Ich grub meine Finger in ihre Haare, als wir uns küssten, und als Lala stöhnte, wurde ich hart. Ich musste schwer an mich halten, um sie nicht zur Küchentheke zu tragen und mein »Gelübde« zu brechen. Ich würde in Schwierigkeiten geraten, wenn ich der Sache nicht rechtzeitig einen Riegel vorschob, daher löste ich mich widerstrebend von ihr.

»Was ist?«, fragte sie. »Ich dachte, Küssen ist okay.«

»*Nur* Küssen gibt es mit dir nicht. Ich weiß, ich habe gesagt, wir können uns küssen ... aber das macht es für mich gerade schwerer.«

Sie schaute auf meinen Schritt. »Das sehe ich.« Sie seufzte. »Es ist schwieriger, als ich dachte. Mich macht alles viel mehr an als sonst. Als du mir heute Nachmittag geschrieben hast, hat mein Körper schon auf deinen Namen auf dem Display reagiert. Wie zum Teufel kann man von einer Nachricht erregt werden, die man noch nicht mal gelesen hat?«

»Tja, umso nötiger ist es, dein Hirn darauf zu konditionieren, mich *nicht* sofort mit Sex in Zusammenhang zu bringen.«

Lala hielt kurz inne und wurde dann ernst. »Um was geht es hier wirklich? Hast du tatsächlich Sorge, dass ich nur das Eine von dir will? Wenn ja, fände ich es nämlich etwas beleidigend nach all den Jahren, in denen nicht das Geringste zwischen uns gelaufen ist.«

Verdammt. »Natürlich weiß ich, dass du mich auch noch aus anderen Gründen magst. Aber ich denke, dieser Teil unserer Beziehung könnte Dinge verdecken, vor denen du die Augen verschließt.«

»Zum Beispiel?«

Scheiße. Was mache ich hier?

»Willst du mich warnen oder so was? Ich bin verwirrt, Holden.«

Will ich das?

»Pass auf … Beim Sexverzicht geht es darum, dass wir auch auf einer anderen Ebene zueinanderfinden, und außerdem solltest du dir in dieser Zeit bewusst machen, auf was du dich mit mir einlässt. Wenn wir uns ständig um den Verstand vögeln, ist es schwer für dich, klar zu sehen.«

Warum versuchte ich, alles zu sabotieren? Offenbar konnte ich mich nicht bremsen. Ich raufte mir die Haare.

»Ich habe das Gefühl, dass es mit After Friday allmählich losgeht. Ich weiß, meine Abwesenheit war nicht leicht für dich. Aber das ist vielleicht erst der Anfang, Lala. Es wird hart für dich, wenn ich häufiger unterwegs bin. Was ist, wenn du nicht damit klarkommst?«

»Du legst mir Worte in den Mund, Holden. Natürlich habe ich darüber nachgedacht. Aber ich weiß, dass ich, wenn ich meine Gedanken auf die Zukunft richte, die Momente verliere, die wir *jetzt* haben. Also blende ich die Realität vielleicht absichtlich aus, weil ich keine Sekunde von der Zeit mit dir verschwenden will.«

Ich schüttelte den Kopf und senkte den Blick. »Tut mir leid, dass ich die Stimmung verdorben habe.«

»Entschuldige dich nicht dafür, dass du ehrlich bist. Du sagst offen, was dir Sorgen bereitet, und ich habe offen gesagt, dass ich noch nicht bereit bin, mich mit dem Thema zu befassen. Auch wenn uns nicht immer gefällt, was der andere sagt, sollten wir jederzeit darüber reden, was uns beschäftigt.« Sie zupfte an meinem Hemd. »Und wenn wir offen und ehrlich zueinander sind, nutzen wir die sexfreie Zeit viel besser, als wenn du dich als Mr Rogers verkleidest und vorgibst, jemand zu sein, der du nicht bist.«

Ich brach meinen Schwur, sie nicht mehr zu küssen, und gab ihr einen Kuss auf den Mund. »Ich will dich einfach nicht verlieren. *Darum* geht es hier eigentlich«, sagte ich leise ganz nah an ihren Lippen.

»Ich weiß«, wisperte sie.

In meinem Inneren tobte das reinste Gefühlschaos. Ich drückte meinen Mund in ihren Nacken und saugte an ihrer zarten Haut. Ich brauchte ihre Nähe wie die Luft zum Atmen. »Ich habe so eine Lust auf dich.«

Sie lachte. »Hat jemand einen Schalter in dir umgelegt, Catalano?«

»So ist das eben, wenn man …« *Jemanden liebt.* Verdammt. Jedes Mal, wenn es mir auf der Zunge lag, passte es irgendwie nicht. Jetzt war nicht der richtige Zeitpunkt – ich hatte den Abend schon versaut.

Ich fing noch mal neu an. »So ist das eben, wenn man jemanden so sehr begehrt wie ich dich, Süße«, sagte ich und riss mich am Riemen. »Aber ich halte mich an den Plan.«

»Ich werde nicht so tun, als würde ich mich darüber freuen.«

Ich wechselte das Thema, um nicht schwach zu werden. »Ich habe da was, das uns vielleicht auf andere Gedanken bringt …«

»Was?«

»Ich möchte mit dir über deinen Vater sprechen.«

»Ja, okay. Könnte klappen.« Sie kicherte und rutschte ein Stück zur Seite. »Was ist mit ihm?«

»Ich will keinen Druck machen, was ein Treffen mit deinem Vater angeht, aber ich hoffe insgeheim, dass du deine Meinung darüber änderst.«

»Warum ist es dir so wichtig?«

»Aus zweierlei Gründen, denke ich.« Ich hielt inne. »Erstens ist Ryan nicht hier, um mir seinen Segen zu geben. Ich weiß immer noch nicht, ob er sich über uns freuen oder mich umbringen würde, und meistens habe ich das Gefühl, dass Letzteres zutrifft.« Ich seufzte. »Mir bleibt also nur, mich bei deinem Vater beliebt zu machen.«

»Und zweitens?«

»Ich will nicht lügen … Es ärgert mich irgendwie, wie gut sich dein Vater mit Warren versteht. Es liegt daran, dass er ihm vertraut. Und mir vertraut er garantiert noch nicht.«

»Er hatte auch viel Zeit, um dieses Vertrauen zu Warren aufzubauen. Du solltest nicht das Gefühl haben, dass du dich damit beeilen musst. Das kommt mit der Zeit. Du kannst nichts sagen oder tun, um sein Vertrauen einfach so auf der Stelle zu gewinnen.«

»Na, danke.«

»Ich meine, er lernt dich zwangsläufig besser kennen, wenn wir zusammen sind, und irgendwann vertraut er dir dann. Du kannst es nicht von jetzt auf gleich erzwingen.«

»Verstehe.« Ich atmete tief durch. »Okay, ich habe einen Vorschlag. Es ist schon viel zu lange her, seit ich zuletzt bei meinen Eltern war. Du hast gesagt, du willst demnächst noch mal nach

Hause. Wir könnten zusammen fahren, und ich bleibe bei meinen Eltern. Meine Mutter sagt ständig, ich soll sie besuchen. Danach komme ich dich abholen und kann vielleicht noch ein Stündchen bleiben, bevor wir wieder zurückfahren.«

»Hast du an dem Wochenende keine Gigs?«

»Ich werde der Band und Daisy sagen, dass ich an den Tagen nicht zur Verfügung stehe, und basta.« Um ihr zu zeigen, dass es mir ernst war, griff ich zu meinem Telefon. »Ich werde ihnen sofort schreiben, um ihnen Bescheid zu geben.«

Nachdem Lala in ihren Kalender geschaut und mir die drei Tage genannt hatte, an denen sie nach Hause wollte, schickte ich eine Gruppennachricht mit dem genauen Termin ab.

Kurz darauf bekam ich eine Antwort von unserer Managerin.

Daisy: Tut mir leid, an dem Wochenende kannst du dir nicht freinehmen. Wir haben gerade die Nachricht erhalten, dass Seal Records ein Demo mit euch in L. A. aufnehmen will, und genau während dieser drei Tage haben sie das Studio gemietet. Sorry!

Ein Adrenalinstoß durchfuhr mich, als ich zurückschrieb.

Holden: Und der Termin lässt sich nicht ändern?
Daisy: Nein. Ansonsten ist das Studio ausgebucht. Und wir wollen den Leuten nicht dumm kommen, indem wir uns von Anfang an wie ein Haufen Diven aufführen. Nicht verhandelbar.

Ich stand wie erstarrt da und schaute fassungslos auf mein Display.

»Holden, was ist?«

»Süße … Es tut mir so leid. Ich kann nicht glauben, dass ich es sage, aber ich kann nicht nach Pennsylvania fahren«, erklärte ich mit Bauchschmerzen.

»Warum?«

»Daisy hat mir gerade mitgeteilt, dass eine Plattenfirma in Kalifornien ein Demo mit uns aufnehmen will. Sie haben das Studio genau während der Zeit gemietet, zu der du nach Hause willst.«

Sie machte einen Satz auf mich zu und schlang die Arme um meinen Hals. »Oh mein Gott. Das ist doch fantastisch!«

Sicher, es war eine gute Nachricht, aber übermäßig begeistert war ich nicht. Ich griff nach dem letzten Strohhalm. »Du kannst es wohl nicht auf ein andermal verlegen?«

»Nein. An dem Montag haben wir frei. Da ist irgendein gesetzlicher Feiertag, von dem ich noch nie gehört habe, deshalb kann ich ein langes Wochenende daraus machen. Weil ich ohnehin schon hinterherhinke, kann ich mir keinen anderen Tag freinehmen.«

Ich biss die Zähne zusammen. »Mann, jetzt bin ich echt angepisst.«

»Es ist schon gut.« Sie strich mir über den Arm. »Nur kein Stress.«

Ich wollte Lala unbedingt beweisen, dass ich für sie da war. Aber wie konnte ich meine Band im Stich lassen, nachdem wir jahrelang daran gearbeitet hatten, an diesen Punkt zu kommen? Es war wahrhaftig eine einmalige Gelegenheit.

Mein Bauchgefühl sagte mir, dass ich mir wahrscheinlich etwas vormachte, wenn ich im Ernst glaubte, Musikkarriere machen und gleichzeitig der richtige Mann für Lala sein zu können.

26. KAPITEL

LALA

»Und die nächste Evaluation nehmen wir in sechzig Tagen vor. Wenn Sie sich die letzte Seite der Präsentation ansehen, finden Sie dort eine Auflistung aller Kontrollpunkte wie die Überprüfung des Hormonspiegels, eine kognitive Bewertung und die Untersuchung der allgemeinen Gesundheit.« Ich hielt inne und sah die fünf Mitglieder des Teams vom Nationalen Gesundheitsinstitut an, die über die Fördergelder entschieden – für mich alles neue Gesichter bis auf Dr. Reston, die auch in dem Team gewesen war, das mein Forschungsstipendium bewilligt hatte. »Hat jemand eine Frage?«

Sie schüttelten alle den Kopf und sahen einander an. Dr. Reston lächelte. »Das überrascht mich nicht. Normalerweise habe ich nach einer Präsentation eine ganze Liste von Fragen. Aber zu Laneys Studienbericht habe ich keine einzige. Sie ist unglaublich sorgfältig.« Sie schloss die Mappe, die sie vor sich liegen hatte. »Ich werde es mir bis zu unserem nächsten Treffen zur Aufgabe machen, mir Fragen zu überlegen, die Sie nicht schon beantwortet haben.«

Ich lächelte. »Ich bin jederzeit per E-Mail oder Telefon zu erreichen, wenn Ihnen eine einfällt.«

Alle erhoben sich. Es war schon nach sechzehn Uhr, und so verabschiedeten sich die Teammitglieder der Reihe nach. Nur Dr. Reston blieb. Sie half mir beim Aufräumen des Konferenzraums, und als wir fertig waren, wies sie auf den Tisch, an dem wir gesessen hatten.

»Haben Sie noch einen Moment Zeit, Laney?«

»Klar, natürlich.«

Wir setzten uns einander gegenüber.

»Ist alles in Ordnung?«, fragte sie.

Und ich hatte gedacht, es wäre gut gelaufen … »Ja. Tut mir leid. War meine Präsentation nicht gut?« Ich schüttelte den Kopf. »Ich wusste, ich hätte die Einleitung überarbeiten und die Noradrenalin-Studie ansprechen sollen, die kürzlich in Deutschland abgeschlossen wurde.«

Dr. Reston hob beschwichtigend die Hände. »Ihre Präsentation war mehr als hinreichend. Ich wünschte, jeder Empfänger von Fördergeldern würde sich bei der Darstellung seines Projekts so viel Mühe geben. Viele Forschende haben die Wissenschaft im Griff, aber PowerPoint ist für sie schwieriger als Quantenphysik.«

Meine Schultern entspannten sich etwas. »Oh, okay.«

Sie legte den Kopf schräg. »Vielleicht hätte ich klarstellen sollen, dass ich nicht wegen Ihrer Arbeit gefragt habe. Es war eher eine persönliche Frage. Sie wirken … Ich kann es nicht genau benennen, aber Sie wirken anders als bei unseren letzten Treffen. Ich dachte, vielleicht stimmt irgendetwas nicht, hier in der Einrichtung oder in Ihrem Privatleben? Sie sind nicht ganz so schwungvoll wie sonst, und mir scheint, Sie schlafen zu wenig. Ich frage nicht in dienstlicher Funktion, sondern von Frau zu Frau. Wir Frauen in der Wissenschaft müssen mehr füreinander da sein als bloße Kolleginnen und uns gegenseitig unterstützen, und ich weiß, Sie haben neulich ein paar Tage freigenommen.«

»Oh.« Ich schüttelte den Kopf. »Das ist sehr freundlich von Ihnen, Dr. Reston.«

»Nennen Sie mich bitte Barbara.«

Ich nickte. »Das ist sehr freundlich von Ihnen, Barbara. Mir war nicht klar, dass ich so leicht zu durchschauen bin. Aber Sie haben recht, ich habe in letzter Zeit wirklich nicht so gut geschlafen. Ich hatte mir freigenommen, weil meine Mutter gesundheitliche Probleme hatte. Sie hatte einen Verschluss im Herzen und wurde operiert, was ziemlich beängstigend war. Meine Mutter und ich stehen uns sehr nah. Wir haben meinen Bruder vor acht Jahren verloren und sind einander eine große Stütze.«

»Tut mir sehr leid, das zu hören. Ich kann mir vorstellen, dass Sie eine besondere Bindung haben. Lebt sie hier in New York?«

»Nein, in Philadelphia, mit meinem Vater. Deshalb hatte ich mir freigenommen – um im Krankenhaus sein zu können.«

Barbara nickte. »Das ist hart. Meine Eltern haben an der Westküste gelebt, bevor mein Vater krank wurde. Wir haben ihn vor einigen Jahren an den Krebs verloren. Es war schwer für mich, nicht die ganze Behandlungszeit über bei ihm sein zu können. Aber ich hoffe, ich habe Sie nicht mit der Bemerkung beleidigt, dass man Ihnen den Schlafmangel ansieht. Sie sehen so hübsch aus wie immer, nur strahlen Ihre Augen nicht so wie sonst.«

Sie hatte ja keine Ahnung. Ich hatte niemandem im Institut erzählt, dass ich meine Verlobung gelöst hatte und mit einem Kerl schlief, in den ich seit zwanzig Jahren verschossen war, der wahrscheinlich aber nicht der Richtige für mich war. Und außerdem – wie sollte ich schlafen können, wenn ich jede Nacht so aufgewühlt war wegen Holdens Sexverzichtsstrategie.

»Ich bin Ihnen wirklich dankbar, dass Sie sich die Zeit nehmen, sich nach mir zu erkundigen«, sagte ich. »Aber ich verspreche, dass mich persönliche Umstände nicht von meiner Forschungsarbeit abhalten werden.«

Barbara lächelte. »Diesbezüglich mache ich mir keine Sorgen, Laney. Aber Sie haben meine Nummer. Rufen Sie mich an, wenn Sie Gesprächsbedarf wegen der Arbeit oder persönlichen Angelegenheiten haben. Wir Wissenschaftler sehen die Dinge anders als die meisten anderen Leute, da ist es schön, eine Freundin zu haben, die nicht denkt, dass man den Verstand verloren hat, wenn man ein Venn-Diagramm heranzieht, um jede Kleinigkeit ausführlich zu analysieren.«

Ich lachte. »Vielen Dank. Das ist sehr freundlich von Ihnen.«

»Wissen Sie, möglicherweise könnten Sie den Rest Ihrer Vorlaufforschung in Philadelphia zu Ende bringen. Zumindest die Datenerfassung und -analyse kann extern erledigt werden. Sie bräuchten vielleicht nur zur nächsten Gesprächs- und Untersuchungsrunde herkommen. Wenn Sie möchten, bitte ich beim Förderausschuss um die Genehmigung einer Standortveränderung, damit Sie nicht jeden Tag in dieses Gebäude kommen müssen und früher nach Hause können. Ihre Studie dauert ja noch ein paar Monate, nicht wahr?«

Oh. Wow. Ich wusste nicht, was ich sagen sollte. Natürlich wäre ich gern in der Nähe meiner Mutter, um sie bei ihrer Genesung zu unterstützen. Es wäre eine Entlastung für meinen Vater, der noch Vollzeit arbeitete und schon einige Wochen Urlaub genommen hatte. Aber es würde auch bedeuten, dass ich mich von Holden entfernen musste. Allein bei dem Gedanken zog sich mein Herz zusammen. »Kann ich darüber nachdenken und Ihnen Bescheid geben?«

»Selbstverständlich. Überlegen Sie sich, was Ihnen die Arbeit erleichtern würde.«

Am Abend gingen Holden und ich zum Dinner in ein schickes Restaurant. Mit Schlips und Kragen sah er verdammt sexy aus. Aber noch ein anderes Detail an seinem Outfit brachte mich völlig aus dem Konzept. Ich klappte die Speisekarte auf, ohne sie wirklich zu lesen.

»Was nimmst du?«, fragte ich.

Holden sah auf. »Das, was du nimmst. Ehrlich gesagt kann ich nicht klar denken, wenn ich dich in diesem Kleid sehe.«

In der Hoffnung, dass wir uns ein paar Drinks zum Essen gönnen würden und Holden dadurch unvorsichtiger wurde, hatte ich das heißeste Kleid angezogen, das ich besaß. Wir hatten zwölf von vierzehn Tagen Sexverzicht hinter uns, und ich stand kurz vor der Explosion. Ich legte die Speisekarte wieder auf den Tisch.

»*Du* kannst nicht klar denken? Du weißt, was du anhast, oder?«

Holden schaute an sich hinunter. »Ein Clownskostüm?«

Ich lachte. »Nein. Und du gefällst mir mit Hemd und Krawatte. Aber das meine ich nicht.« Ich beugte mich vor und sagte mit gesenkter Stimme: »Du trägst den Gürtel, mit dem du mir neulich die Hände gefesselt hast.«

Holden stöhnte. »Verdammt, fang bitte nicht davon an. Mein Schwanz hat sich noch nicht von deinem Kleid erholt.«

Ich biss mir auf die Unterlippe. »Ich soll also nicht davon reden, dass du mich gefesselt hast und ich dir zusehen konnte, wie du mich leckst?«

Seine Augen verdunkelten sich. Mir war klar, dass ich ihn reizte. »Laney …«

»Laney? Oh Mann. Das klingt ziemlich ernst. Weißt du, was *mir* im Ernst vorschwebt? Ich würde dir nur zu gern die Krawatte abnehmen und dich bitten, mich damit zu fesseln. Würde dir das gefallen, Holden? Wenn ich betteln würde? Ich kann auch auf die Knie gehen, wenn du möchtest …«

Nach seinem glühenden Blick zu urteilen sah es aus, als könnte ich ihn diesmal rumkriegen. Ich beugte mich noch etwas weiter vor, um den Sack zuzumachen, indem ich ihm schilderte, was ich in der Damentoilette dieses schicken Restaurants so alles auf Knien mit ihm machen konnte, aber in dem Moment vibrierte mein Handy auf dem Tisch. Seit dem Herzinfarkt meiner Mutter konnte ich es einfach nicht mehr ignorieren.

Ich las den Namen auf dem Display. Damit hatte ich nicht gerechnet. *Dr. Reston*. Barbara.

Holden sah die Veränderung in meinem Gesicht und warf einen Blick auf mein Telefon. »Scheiße. Ist es deine Mutter?«

Ich schüttelte den Kopf. »Nein. Dr. Reston gehört zu den Mitgliedern des Teams, das über die Fördergelder entscheidet, und war heute bei der Präsentation dabei.«

»Musst du rangehen?«

Ich nickte und griff zu meinem Handy. »Sollte ich wohl besser. Es ist ungewöhnlich, dass sie mich nach Dienstschluss anruft.«

»Nur zu.«

Ich nahm das Gespräch an. »Hallo?«

»Hi, Laney. Hier ist Barbara Reston.«

»Hallo Barbara. Ist alles in Ordnung?«

»Ja, tut mir leid, Sie so spät zu stören. Aber ich habe gerade meine E-Mails durchgesehen und wollte Ihnen die gute Nachricht gleich mitteilen.«

»Die gute Nachricht?«

»Sie haben ja gesagt, Sie wollten es sich überlegen, ob Sie Ihre Vorlaufstudie von zu Hause aus weiterführen, aber ich habe dem Ausschuss trotzdem schon mal geschrieben. Ich dachte nicht, dass ich so schnell eine Antwort bekomme, aber die Mitglieder waren sich in ihrer Entscheidung einig. Alle sind der Meinung, dass Sie Ihre Arbeit großartig machen und nichts gegen einen Ortswechsel spricht.«

»Oh … wow.«

»Es liegt natürlich bei Ihnen. Aber ich dachte, es erleichtert Ihnen vielleicht die Entscheidung, wenn Sie wissen, dass es grundsätzlich möglich ist, wieder nach Pennsylvania zu gehen. So, und jetzt will ich Sie nicht länger aufhalten. Ich wollte Sie nur wissen lassen, dass wir einverstanden sind, egal wie Sie sich entscheiden.«

»Das ist wirklich großzügig von Ihnen.«

»Wie gesagt, wir Wissenschaftlerinnen müssen zusammenhalten. Wenn ich sonst noch etwas tun kann, um es Ihnen leichter zu machen, lassen Sie es mich einfach wissen.«

»Ich danke Ihnen vielmals, Barbara.«

Als ich das Handy weglegte, sah Holden mich mit einem erwartungsvollen Lächeln an. »Von meiner Warte aus klang das ziemlich großartig.«

»Äh. Ja. Es war eine gute Nachricht. Sie waren tatsächlich sehr zufrieden mit meiner heutigen Präsentation«, sagte ich. Es war keine Lüge, aber auch nicht der Grund für den Anruf. Doch ich wollte das Angebot von Dr. Reston jetzt nicht mit Holden besprechen. Ich musste mir zuerst darüber klar werden, was ich wollte. »Dr. Reston wollte mir nur Bescheid geben. Sie weiß, wie unsicher ich immer wegen der Präsentationen bin.«

»Natürlich hast du die Leute umgehauen. Mein Mädchen ist wie Lois Lane und Superman in einer Person. Klug, stark und sexy.«

Ich lächelte, obwohl ich mich schrecklich fühlte, weil ich nicht die Wahrheit gesagt hatte. Außerdem war ich wegen Barbaras Nachricht während des Essens ein wenig abgelenkt, denn mein Hirn wog die Vor- und Nachteile ihres Angebots ab. Vielleicht hätte ich sogar ein Venn-Diagramm erstellen müssen. Doch nach ein paar Gläsern Wein hatte ich das Thema aus meinem Kopf verbannt und konnte mich auf mein gut aussehendes Date konzentrieren.

Es war ein schöner klarer Abend, und Holden und ich gingen vom Restaurant zu Fuß nach Hause. Wir fuhren mit dem Aufzug in den dritten Stock, und ich schloss meine Wohnungstür auf. Aber Holden folgte mir nicht hinein.

Er blieb in der Tür stehen und zeigte mit dem Daumen hinter sich. »Ich gehe nach nebenan und leg mich schlafen.«

»Was? Warum?«

Er ließ seinen Blick an mir auf und ab wandern. »Weil ich zu kämpfen habe, wenn ich dich in diesem Kleid sehe … mit diesen hohen Schuhen.«

Ich legte meine Tasche weg, ging zurück zur Tür und packte ihn am Kragen. »Jetzt sind zwölf Tage vergangen. Das sind mehr oder weniger zwei Wochen, meinst du nicht?« Ich ging auf die Zehenspitzen, küsste ihn und flüsterte ihm zu: »Ich habe keine Unterwäsche an.«

Holden stöhnte. »Verdammt, Lala. Ich wünschte auch, es wäre vorbei. Aber wir schlagen uns tapfer, und ich will nicht, dass es so aussieht, als könnte ich etwas nicht einmal zwei Wochen durchhalten, wozu ich mich verpflichtet habe.«

»Ich weiß, dass du es noch zwei Tage schaffen würdest. Du musst es mir nicht beweisen.«

»Doch, ich denke, ich muss es uns beiden beweisen.«

Ich schmollte. »Aber wir verreisen bald beide. Bekomme ich dich überhaupt noch zu sehen, bevor ich nach Philadelphia zu meinen Eltern fahre und du zu den Aufnahmen nach Kalifornien musst? Dein Flug geht Freitag ganz früh, und du weißt nicht mal, wie lange du wegbleibst.«

Holden fuhr mit dem Daumen über meine Unterlippe. »Glaub mir, Süße, du wirst mich sehen *und* spüren. Ich habe vor, dich so wund nach Hause zu schicken, dass du jedes Mal an mich denken musst, wenn du dich hinsetzt.«

Ich seufzte. »Okay.«

»Und jetzt küss mich und hilf mir, indem du die Tür verriegelst und meinen Generalschlüssel über Nacht hierbehältst.«

Holden: Leg dich noch ein bisschen aufs Ohr. Ich bin um Mitternacht bei dir, und dann wirst du nicht mehr viel Schlaf bekommen.

Nun las ich die Nachricht schon zum dritten Mal, seit ich sie am Nachmittag erhalten hatte. Und jedes Mal wurde ich ganz kribbelig vor Freude. Weil wir beide am folgenden Morgen abreisen würden, hatte ich am Abend letzte Besorgungen gemacht, gepackt und noch ein paar dringende Sachen für die Arbeit erledigt. Vor der Abreise wollte ich keine Sekunde der Zeit verschwenden, die Holden und ich zusammen verbringen konnten.

Es war fünf vor zwölf, und ich hatte nur noch eins zu tun: auf Barbaras E-Mail antworten. Am Morgen hatte sie mir erneut geschrieben, um mir mitzuteilen, dass sie bei der Universität von Pennsylvania in Philadelphia nachgefragt hatte und ich, falls ich mich dazu entschied, früher nach Hause zu gehen, die Räume der dortigen Verwaltung in Anspruch nehmen könne – für die Büroarbeit, zum Drucken und Kopieren. Es gab also eigentlich keinen Grund, das Angebot abzulehnen, jedenfalls keinen arbeitsbezogenen. Trotzdem war ich noch nicht bereit, eine Entscheidung zu treffen. Und so schrieb ich ihr, dass ich mich am Montag wieder bei ihr melden würde und mein Ausflug nach Hause mir hoffentlich bei der Entscheidungsfindung half.

Nachdem ich auf Senden geklickt hatte, schaute ich auf die Zeitangabe an meinem Laptop, die in diesem Moment von 23:59 auf 0:00 umsprang. Nur Sekunden später klopfte es. Holden musste schon vor der Tür gewartet haben.

Ich warf lächelnd meinen Laptop auf die Couch und hob fast die Tür aus den Angeln, als ich sie aufriss.

Holden lehnte sich lässig gegen den Türrahmen. Mit seiner Beanie auf dem Kopf, die ich so liebte, sah er *irre* heiß aus. In einer Hand hielt er Plüschhandschellen und in der anderen ein zusammengerolltes Seil.

»Zeit zum Spielen …«, sagte er.

Ich sprang ihm in die Arme, sodass er lachend ein paar Schritte rückwärts stolperte. »Hallo, meine Schöne.«

Während er mich leidenschaftlich küsste, trug er mich hinein. Ich bekam vage mit, wie er die Tür mit dem Fuß hinter uns schloss.

Holden brachte mich schnurstracks ins Schlafzimmer. Wir konnten uns nicht schnell genug ausziehen, aber als ich mich aufs Bett legte und Holden zu mir kam, ließen wir uns Zeit. Er verschränkte seine Hände mit meinen, küsste sie und nahm sie über meinem Kopf zusammen. Dann sah er mir lange in die Augen.

»Du hast mir so gefehlt«, flüsterte er.

»Du mir auch.«

»Ich weiß nicht, was dir die letzten zwei Wochen gezeigt haben, aber mir haben sie gezeigt, dass ich nie wieder so lange ohne dich sein möchte.«

Ich verdrängte den Gedanken an Barbaras Angebot, der mir in diesem Moment in den Sinn kam, und legte meine Hand an seine Wange. »Mir hat der Sex zwar gefehlt, aber ich habe trotzdem jeden Augenblick genossen, den wir in den letzten zwei Wochen zusammen verbracht haben, Holden.«

Er schloss kurz die Augen. Als er sie öffnete, waren sie feucht und voller Gefühl. Er nickte und schluckte, bevor er mich tief küsste und in mich eindrang. »Verdammt.« Holden bewegte sich langsam in mir. »Das ist … unglaublich. Du fühlst dich so gut an.«

Er küsste mich, bis ich außer Atem war, dann sah er mich an.

Seine dunklen Pupillen waren riesengroß, sein Blick war ungeheuer gefühlvoll. Alles ringsum wurde unwichtig, während wir uns im Gleichtakt bewegten.

Ich hätte mir gewünscht, der Moment würde nie enden, aber schon bald darauf war ich kurz vor dem Höhepunkt. Holdens Miene spannte sich an, als er versuchte, sich zurückzuhalten. Seine Stöße wurden schneller und fester, und unsere Körper glänzten vor Schweiß.

»Holden …«

»Gut so. Komm mit mir zusammen. Gleichzeitig …«

Prompt zogen sich meine Muskeln zusammen, und Holden spürte es.

»Verdammt. Nimm mich. Spür mich tief in dir drin …«

Ich erlebte stöhnend den besten Orgasmus meines Lebens. Holden machte weiter, bis mein Körper aufhörte zu beben.

Danach waren wir beide völlig erschöpft.

»Wow, das war …«

Holdens Lippen zuckten. »Lange überfällig.«

Nach einer Weile machte er Anstalten aufzustehen. Ich hielt ihn fest. »Wohin willst du?«

»Ich hole dir ein Handtuch.«

Ich schüttelte den Kopf. »Noch nicht. Ich will dich noch in mir behalten.«

Er gab mir lächelnd einen Kuss auf den Mund. »Das ist gut. Denn du bist schon ganz tief in mir drin.«

Ich wachte voller Panik auf und stützte mich im Dunkeln auf die Ellbogen. »Oh, mein Gott. Wir sind eingeschlafen. Holden, wach auf. Wie spät ist es? Dein Flug …«

Aber Holden war schon längst wach. Er lag vollständig bekleidet neben mir und schaute an die Decke. »Es ist halb sechs. Ich habe noch ein paar Minuten.«

Ich legte mir die Hand aufs Herz. »Gott sei Dank. Wir haben den Wecker nicht gestellt, und ich dachte, wir hätten verschlafen.«

»Ich habe den Wecker gestellt. Als ich vor ein paar Stunden zur Toilette gegangen bin, habe ich gemerkt, dass ich mein Telefon zu Hause gelassen habe. Ich konnte deins nicht finden und habe den Laptop aus dem Wohnzimmer geholt und die Weckfunktion eingestellt. Er ist vor einer Weile losgegangen, aber ich habe sowieso nicht mehr geschlafen.«

Ich legte mich wieder hin und wandte mich ihm zu. »Oh. Gut, dass du dran gedacht hast. Aber es tut mir leid, dass du nicht wieder einschlafen konntest.«

»Schon gut.« Holden klang irgendwie bedrückt.

»Du bist doch bestimmt müde, oder?«

»Eigentlich nicht.«

»Stimmt etwas nicht?«

Er zuckte mit den Schultern, dann schüttelte er den Kopf. »Ich habe nur den Kopf voll.«

»Möchtest du darüber reden?«

»Nein, ich gehe nach nebenan, um Kaffee zu machen und mein Telefon und meinen Koffer zu holen.«

»Okay.«

Als Holden weg war, zog ich das T-Shirt über, das er am vergangenen Abend getragen hatte, und schnupperte daran. Hoffentlich musste er es nicht mitnehmen, denn es roch wahnsinnig gut, und ich wollte es gern für eine Weile behalten. Wenige Minuten später war er mit seinem Gepäck und zwei Bechern Kaffee zurück. Seinen hatte er schon zur Hälfte ausgetrunken.

»Das Uber kommt gleich«, sagte er.

»Oh. Okay. Ich hatte gehofft, wir hätten noch einen Moment Zeit für einen Abschiedskuss.«

Holden leerte seinen Becher, stellte ihn in die Spüle und kam zu mir herüber. Er umfing mein Gesicht mit den Händen und presste seine Lippen auf meine. »Wir sehen uns bald wieder.«

Irgendetwas war nicht in Ordnung. »Bist du sicher, dass alles okay ist? Habe ich etwas Falsches gesagt oder getan?«

»Nein, alles ist gut. Ich rufe dich an, sobald ich kann, okay?«

Was für ein deprimierender Abschied. Ich nickte und versuchte zu lächeln, aber es misslang mir gründlich. »Okay. Guten Flug.«

Nachdem ich die Tür geschlossen hatte, ließ ich die Schultern hängen. Ich weiß nicht, was ich erwartet hatte, doch nach der intensiven Nacht hatte ich gedacht, unser Abschied würde emotionsgeladener sein. Es war jedoch eher so verlaufen, wie Warren und ich uns voneinander verabschiedet hätten. Ohne große Gefühle. Es war okay, wirklich. Es war nur nicht Holdens Art.

Aber wie auch immer. Wahrscheinlich war er nur genauso niedergeschlagen wie ich wegen der räumlichen Trennung. Ich dachte kurz daran, wieder ins Bett zu gehen, aber da ich schon einmal auf war, beschloss ich, früher nach Philadelphia aufzubrechen und den Berufsverkehr zu umgehen. Ich duschte also schnell, trocknete mir die Haare und packte meine letzten Toilettensachen ein. Danach holte ich meinen Laptop aus dem Schlafzimmer, wobei mir einfiel, dass ich noch eine E-Mail an meine Assistentin schicken musste.

Beim Aufklappen sah ich, dass er im Stand-by-Modus war, aber als er hochgefahren war, erstarrte ich.

Oh nein.

Holden musste beim Einstellen der Weckfunktion dasselbe auf dem Monitor gesehen haben wie ich jetzt – die E-Mail von Barbara Reston, die folgendermaßen anfing:

Großartige Neuigkeiten! Wir können Sie nächste Woche schon nach Philly zurücklassen, und wir haben sogar einen Arbeitsraum für Sie in einem Verwaltungsgebäude gefunden.

Das war dann wohl die Erklärung für Holdens gedrückte Stimmung beim Abschied …

27. KAPITEL

HOLDEN

Die Fahrt zum Flughafen ging praktisch an mir vorbei. Meine Gedanken rasten, sodass es mir vorkam, als hätte sie nur wenige Minuten gedauert.

Wir warteten am Gate, um an Bord unseres Fliegers zu gehen, als Monroe sich auf den Platz neben mir fallen ließ. »Hey, Mann. Alles klar?«

»Ja«, entgegnete ich knapp und beobachtete unser Flugzeug auf dem Rollfeld.

Er musterte mich kurz und gab mir dann einen Donut aus der fettigen Tüte, die er mitgebracht hatte. »Hör mal, diese Reise sollte eigentlich eine Supersache sein. Warum siehst du so deprimiert aus, verdammt?«

Ich biss von dem Donut ab. »Nichts für ungut, aber du würdest es nicht verstehen.«

In den vielen Jahren, die ich Monroe mittlerweile kannte, hatte er noch nie eine Beziehung gehabt. Er hätte mich nur zur Schnecke gemacht, wenn er gewusst hätte, was mir zu schaffen machte.

»Dieses Geschäft ist ohne eine Freundin wesentlich einfacher. Das weißt du, oder?«

Anscheinend war er doch nicht so ahnungslos in Bezug auf das, was mich beschäftigte. Ich schaute zu ihm hinüber. »Danke für die Erkenntnis. Und ja, das weiß ich.«

»Ich habe immer gedacht, du wärst der Letzte von uns, der in diese Falle tappt.«

»Es ist keine Falle, wenn man freiwillig drin ist.« Ich lehnte mich zurück und verschränkte die Arme vor der Brust.

»Das ist echt ein beschissenes Timing, Catalano. Endlich geht es für die Band richtig los. Es wäre eine Sache, wenn du auf zwei Hochzeiten gleichzeitig tanzen könntest – wenn du verstehst, was ich meine. Aber was du hier versuchst, wird langfristig nicht funktionieren – du kannst der Frau nicht treu bleiben, wenn wir vermutlich schon bald wieder unterwegs sein werden. Es läuft darauf hinaus, dass du mit einem Groupie fremdgehst, und dann fühlst du dich beschissen. Es ist besser, Schluss zu machen, bevor es dazu kommen kann.«

Ich hätte ihn wegen seiner Mutmaßungen am liebsten wüst beschimpft, entschied mich aber für die simple Wahrheit. »Ich würde sie nie betrügen.«

»Hör mal, ich habe sie ja schon gesehen«, sagte er kauend. »Sie ist klug, ein braves Mädchen, und sie würde unseren Lebensstil niemals ertragen. Befreie sie besser gleich aus ihrem Elend.«

Seine Meinung von Lala ärgerte mich. Sie war so viel mehr als nur »klug« und ein »braves Mädchen«.

»Was ist überhaupt der Stand der Dinge?«, fragte er, als wäre er tatsächlich interessiert, aber ich wusste, dass dem nicht so war.

Ich wollte meine Energie nicht darauf verschwenden, es jemandem zu erklären, der es nie verstehen würde. Monroe war ein Freund, aber für dieses Gespräch war er der Falsche.

Wir wurden vom Klingeln meines Telefons unterbrochen.

Lala. Ich stand auf und ging ein paar Meter zur Seite, bevor ich das Gespräch annahm. »Hey.«

»Hi. Habt ihr schon eingecheckt?«, fragte sie.

»Ja. Wir warten am Gate darauf, dass wir an Bord gehen können. Was gibt's? Bist du unterwegs?«

»Nein, ich wollte gerade aufbrechen, aber dann ist mir etwas aufgefallen, und ich musste dich noch mal schnell anrufen.« Sie hielt inne. »Hast du zufällig die E-Mail auf meinem Laptop gesehen, in der es um einen Standortwechsel nach Philadelphia geht?«

Ich räusperte mich. »Ja.«

»Das habe ich befürchtet. Du warst so komisch heute Morgen, und dann habe ich gesehen, dass die Mail auf meinem Laptop noch geöffnet war.« Sie seufzte. »Holden, das war nicht meine Idee. Dr. Reston hat gemerkt, dass ich in letzter Zeit ziemlich angespannt war. Als ich ihr von meiner Mutter erzählt habe, hat sie aus eigenem Antrieb nachgeforscht, ob ich von Philadelphia aus arbeiten könnte. Ich habe sie nicht darum gebeten.«

Ich fuhr mir mit der Hand durch die Haare. »Warum hast du es mir gegenüber nicht erwähnt?«

»Es war nur so eine Idee von ihr. Ich habe nicht geglaubt, dass etwas daraus wird.«

»Ich werde nicht das Arschloch sein, das dich zu überreden versucht, in New York zu bleiben, wenn du näher bei deiner Mutter sein möchtest, Laney.«

Ich hatte sie wieder einmal Laney genannt. Neulich im Restaurant war mir das schon mal passiert. Ganz ohne Absicht. Anscheinend kam es einfach aus mir heraus, wenn ich sauer war.

»Du scheinst trotzdem zu denken, ich hätte es angestoßen«, sagte sie.

»Das habe ich nicht gesagt. Aber denk darüber nach. Du wirst New York sowieso irgendwann wieder verlassen, nicht wahr? Ich meine, wenn du auf der Arbeit nicht du selbst bist und es den Leuten auffällt … Vielleicht brauchst du eine Veränderung.«

Vielleicht *musste* sie jetzt nach Philadelphia zurückkehren, damit wir herausfanden, ob es funktionieren konnte. »Je eher wir uns damit befassen, wie die Normalität für uns aussehen würde, desto besser, denke ich.«

Ihre Stimme brach. »Du meinst, ich ganz allein in Philadelphia und du auf Tour?«

Ich schaute mich am Gate um. »Sieh doch, wo ich bin, Süße – auf einem Flughafen, statt dich nach Hause zu begleiten. Die Band und meine Musikkarriere haben Vorrang. Es wäre unfair von mir, dich dazu zu überreden, in New York zu bleiben, wenn ich jederzeit so wie jetzt plötzlich wegmuss.«

Sie hüllte sich in Schweigen.

»Es tut mir leid. Ich hätte dir sagen sollen, dass ich die E-Mail gesehen habe«, sagte ich schließlich. »Und ich *habe* voreilige Schlüsse gezogen. Aber eigentlich wollte ich, dass du es mir selbst sagst. Jetzt ist alles gut.«

»Alles gut?« Sie lachte verärgert. »Warum fühlt es sich dann nicht so an?«

Ich schloss die Augen und blies frustriert den Atem aus. Ich hätte den Flughafen am liebsten sofort verlassen, um zu ihr zurückzufahren.

»Ich wäre damit klargekommen, wenn du es mir einfach gesagt hättest, Lala. Du musstest es mir nicht verheimlichen.«

»Ich habe es *nicht* verheimlicht …«

»Wie du dich auch entscheidest«, sagte ich, »ob du in New York bleibst oder früher nach Philly zurückgehst, es wird nichts an dem ändern, was das Schicksal für uns bereithält, Süße.«

»Es klingt aber so, als wolltest du mich ermutigen zu gehen.«

Vielleicht drängte ich sie unbewusst dazu, aber nicht weil ich sie loswerden wollte, sondern um möglichst schnell herauszufinden, ob wir langfristig eine Chance hatten. Mit Lala in New York fühlte ich mich wie in einer Fantasie auf Zeit. Es hatte nichts mit unserer späteren Realität zu tun.

Ich hörte sie schwer atmen. Ich wollte sie nicht aufregen, bevor sie losfuhr. Sie sollte um Himmels willen keinen Unfall bauen. Ich würde mir das nie verzeihen können.

»Hör zu, Lala ... Bitte stress dich nicht, okay? Du wirst schon bald zu einer Entscheidung gelangen, ob du früher wieder umziehst – vielleicht wenn du siehst, wie es deiner Mutter geht. Aber mach die Entscheidung nicht von mir abhängig ... Es hat keinen Einfluss auf unsere ...«

Ich zögerte. *Beziehung?* Ich wollte glauben, dass wir eine Beziehung hatten und keine Affäre, aber das würde die Zukunft zeigen.

»Fahr vorsichtig«, fuhr ich fort. »Genieß den Besuch bei deinen Eltern, und versuch dir keine Gedanken über irgendetwas anderes zu machen. Versprich mir, dass du dich nicht kopflos auf den Weg machst.«

»Glaubst du mir, dass ich es dir nicht bewusst verheimlicht habe?«

»Ja, Lala, wirklich. Okay?«

»Okay«, wisperte sie kaum hörbar.

Endlich wieder frische Luft.

Seit wir in L.A. gelandet waren, hatten wir die ganze verdammte Nacht lang in diesem dunklen Studio gesteckt und an dem Demo gearbeitet. Zum Nachdenken hatte ich keine Sekunde Zeit gehabt.

Allerdings war die Ablenkung gut gewesen, weil ich dadurch nicht über Lala gegrübelt hatte. Ich hatte ein schlechtes Gewissen, weil ich bei unserem gestrigen Telefonat etwas schroff zu ihr gewesen war. Den halben Flug über hatte ich an nichts anderes gedacht, bevor ich schließlich einen Songtext geschrieben hatte, um nicht vollkommen in meinen trüben Gedanken zu versinken.

Ich wollte keine Sekunde früher von ihr getrennt sein als unbedingt nötig. Doch statt ihr das zu sagen, hatte ich mich verhalten, als wäre mir egal, wann sie umzog. Als wäre sie mir nicht so wichtig. Ich wusste mittlerweile nicht mehr genau, ob ich sie vor mir schützen wollte oder mich vor ihr.

Aber ich hatte es nun lange genug ausgehalten – mehr als vierundzwanzig Stunden –, ohne ihre Stimme zu hören. Das musste jetzt ein Ende haben.

Palmen wiegten sich im Wind, als ich das Gebäude mit dem Gefühl verlassen hatte, aus einem finsteren Loch heraus ans Tageslicht zu treten. An die Wand des Aufnahmestudios gelehnt sah ich den weißen Hollywood-Schriftzug in der Ferne, als ich mein Telefon aus der Tasche zog, um sie anzurufen.

»Hey …«, meldete sie sich. »Wie ist es gelaufen?«

»Wir sind eben fertig geworden. Ich bin total erledigt, aber wir haben echt ein paar gute Sachen aufgenommen.«

»Das freut mich unheimlich, Holden.«

Im Hintergrund hörte ich Besteck klappern. »Esst ihr gerade?« Ich rutschte an der Wand nach unten und setzte mich auf den Boden.

»Ja, ist aber kein Problem. Ich bin so froh, dass es gut gelaufen ist.«

»Wenn ich dieses Wochenende schon nicht bei dir sein kann, dann soll es zumindest produktiv und nicht für die Katz sein. Dafür habe ich mir den Arsch abgearbeitet.« Ich schaute zur Sonne auf und seufzte. »Du fehlst mir, verdammt. Entschuldige, dass ich bei unserem letzten Telefonat so ein Arsch war.«

»Ist schon okay. Du warst aufgebracht. Tut mir leid, dass ich dich verärgert habe.«

»Lala, hör zu. Ich …« Ich war im Begriff, ihr zu erklären, warum ich nicht wollte, dass sie früher nach Philadelphia zurückzog, als ich eine gewisse Stimme im Hintergrund hörte. Eine männliche Stimme. Und es war nicht die ihres Vaters.

Mein Puls beschleunigte sich, und ich kniff die Augen zusammen. »Wer ist denn gerade alles bei dir?«

»Moment bitte«, sagte sie. Ich hörte Geraschel, dann war sie wieder da. »Ich bin vom Tisch weggegangen.«

Ich raufte mir die Haare. »Warum?«

»Es war Warren, den du gerade gehört hast«, flüsterte Lala mir zu. »Ich wollte nicht vor seiner Nase über ihn reden.«

Mittlerweile kochte ich vor Wut. »Was macht er denn bei euch?«

»Er ist vorbeigekommen, um sich vor seiner Abreise nach Kalifornien zu verabschieden. Anscheinend brauchen sie ihn dort früher als ursprünglich geplant. Ich wollte nicht, dass er zum Essen bleibt, aber meine Eltern haben darauf bestanden.« Als ich nichts sagte, fragte sie: »Bist du sauer?«

»Warum sollte ich sauer sein? Dir würde es ja auch nichts ausmachen, wenn ich jetzt mit einer meiner Exen zu Abend essen würde, oder?«

Es war eine unfaire Bemerkung, aber ich konnte nicht anders.

»Ich hab's kapiert. Tut mir leid, wenn ich dich verärgert habe. Das kommt in letzter Zeit anscheinend öfter vor.«

Ich lauschte einen Augenblick lang den Verkehrsgeräuschen vom Mulholland Drive und atmete tief durch, um mich zu beruhigen.

»Nein, Süße.« Ich rieb mir meine müden Augen. »*Mir* tut es leid. Es ist schon schlimm genug für mich, dass ich dieses Wochenende nicht bei dir sein kann, aber dass er jetzt statt meiner bei euch am Tisch sitzt, ist eine bittere Pille. Aber du kannst ja nichts dafür, dass er unangekündigt vorbeigekommen ist.«

»Ich konnte es nicht übers Herz bringen, ihn fortzuschicken. Ich sehe ihn jetzt wahrscheinlich zum letzten Mal – womöglich für immer.«

Das bezweifle ich. »Glaub mir, er hofft darauf, dass du es ihm noch auszureden versuchst. Deshalb ist er gekommen, Lala.«

Ich verkniff es mir, mehr dazu zu sagen. Ich tat so, als ginge es um Warren, obwohl er eigentlich nicht das Problem war. Das Problem war *ich*. Die Sache mit Warren würde mich nicht so verunsichern, wenn ich mir sicher wäre, der Richtige für Lala zu sein. Er war in diesem Moment bei ihr und ihren Eltern, und ich hockte vor einem Aufnahmestudio in L.A., während einer meiner Bandkollegen in einem Auto schräg gegenüber von einer Frau einen Blowjob bekam.

Je eher wir wussten, ob es mit uns klappen konnte, desto besser.

»Ich denke, du solltest das Angebot annehmen, von Philadelphia aus zu arbeiten«, stieß ich hervor.

»Das sagst du jetzt nur, weil du sauer wegen Warren bist. Das verstehe ich. Aber gib mir bitte keine Ratschläge, wenn du wütend bist.«

»Ich bin zwar nicht begeistert, dass er da ist, aber deshalb habe ich es nicht gesagt. Wenn es mit uns funktionieren soll, darf die Entfernung zwischen Philadelphia und New York keine Rolle spielen.«

Nun hörte ich die Stimme ihrer Mutter im Hintergrund. »Warum bist du hier drin, Laney? Ist alles okay? Ich habe gerade den Nachtisch serviert.«

»Ja. Ich komme sofort, Mom. Alles gut.«

Einfach super.

»Ich muss Schluss machen«, sagte sie.

Ich kaute an der Innenseite meiner Wange. »Okay.«

»Rufst du mich später noch mal an?«, fragte sie.

»Ich versuch's.«

Lala beendete das Gespräch, ohne noch etwas zu sagen. Ich konnte es ihr nicht verübeln. *Ich versuch's?* Ich hatte mich schon wieder wie ein Idiot aufgeführt – und ich hasste mich dafür.

Nachdem ich mindestens fünf Minuten ins Leere gestarrt hatte, stand ich schließlich auf.

»Hey, Holden«, hörte ich jemanden rufen.

Als ich mich umdrehte, kam eine üppige Blondine auf High Heels auf mich zu. Sie war eine der wenigen Frauen, die bei unserer Session dabei gewesen waren. Ich wusste nicht, wer sie war, denn während der Aufnahme waren immer wieder andere Leute hinter der Glasscheibe aufgetaucht. Sie konnte von der Plattenfirma sein oder einfach mit dem Studio zu tun haben.

»Hi«, sagte ich.

Sie musterte mich. »Mann, du weißt, wie man mit Schlagzeugstöcken umgeht. Du warst großartig.«

»Danke. Sehr nett von dir.«

»Ihr harmoniert verdammt gut miteinander, und ihr habt eine super Arbeitsmoral. Keiner hat sich beschwert, als ihr Aufnahmen wiederholen musstet, obwohl der Techniker schuld war. Das gibt es selten.«

»Na ja, wir haben hier nicht viel Zeit und wollen, dass das Demo so gut wie möglich wird.«

»Das ist hoffentlich erst der Anfang. Etwas sagt mir, dass es nicht euer letzter Besuch sein wird.«

Ich hätte sie gern gefragt, wer sie überhaupt war, wollte sie aber auch nicht beleidigen, falls sie jemand Wichtiges war.

»Ich würde euch gern besser kennenlernen, solang ihr in L.A. seid. Habt ihr heute Abend schon etwas vor?«

Ich wollte ihr gerade sagen, dass ich es nicht wusste, als Dylan wie aus dem Nichts auftauchte. Er kam regelrecht auf uns zugeschossen. »Nein, haben wir nicht. Wir gehören ganz dir.«

»Wunderbar.« Sie schmunzelte. »Carrie und ich schicken einen Wagen, der euch am Hotel abholt.« Sie zog eine Augenbraue hoch. »Sagen wir um acht?«

»Perfekt.« Dylan strahlte.

Sie wandte sich mir lächelnd zu. »Bis später, Holden.«

Sobald sie außer Sichtweite war, fuhr ich Dylan an: »Was sollte das denn? Wer ist sie überhaupt?«

Er sah mich groß an. »Das weißt du nicht?«

»Sie hat uns zwar eine Weile zugesehen, aber ich habe keine Ahnung, wer sie ist.« Ich zuckte die Achseln.

»Sie hat sich dir nicht vorgestellt, weil du wissen solltest, wer sie ist, Blödmann.« Er gab mir einen Klaps auf den Kopf. »Das ist Alana Styles. Sie ist die Chefin der A&R-Abteilung von Seal Records. Sie könnte im Alleingang entscheiden, ob wir den Deal bekommen.«

Mir fiel die Kinnlade herunter. »Oh, Mist. Okay. Ich hatte keine Ahnung.«

»Du tust heute Abend besser, was sie will, und das meine ich ernst.«

Ich erstarrte. »Willst du mir damit sagen, dass ich mit ihr schlafen soll?«

»Was immer du tun musst, um den Sack zuzumachen.«

Ich gab ihm einen Schubs. »Vergiss es, Mann.«

Er geriet leicht ins Stolpern, und seine Miene wurde ernst. »Holden, hör zu. Ich habe mitbekommen, wie sie gegenüber der anderen Frau von dir geschwärmt hat – die andere heißt Carrie und arbeitet im PR-Bereich. Alana hat immer wieder betont, wie talentiert du bist. Du musst der Band zuliebe tun, was immer sie will.«

»Wer will hier was?«, fragte Monroe, der endlich aus dem Auto gestiegen war, in dem er mit der Frau zugange gewesen war.

»Alana Styles will etwas«, sagte Dylan. »Und Holden wird es ihr geben.«

»Seeehr schön.« Monroe lachte. »Ich habe sie eben hier gesehen. Was hat sie gesagt?«

Allem Anschein nach war ich der Einzige, der nicht wusste, wer Alana war.

»Sie schickt einen Wagen, der uns um acht am Hotel abholt«, erklärte Dylan.

Monroe grinste von einem Ohr zum anderen und klatschte mit Dylan ab. »Yeah, verdammt.«

»Wie stehen meine Chancen, dass ich mich krankmelden kann?«, fragte ich.

Sie sahen mich beide ernst an.

»Gut, das könntest du natürlich machen«, sagte Monroe. »Aber dann müsste ich heute Nacht, wenn du schläfst, deine Eier am Bett festtackern.«

Ich ließ den Kopf hängen. »Ich glaube wirklich nicht, dass die Frau mich will. Sie ist eine große Nummer und war im Studio vollkommen professionell. Und selbst wenn sie mich wollte, würde ich nicht mit ihr schlafen. Aber sicherheitshalber sollte ich vielleicht wirklich nicht mitkommen.«

Dylan sah mich böse an. »Der alte Holden hätte das heute Abend für uns klargemacht.«

»Mir ist klar, dass es wichtig ist, aber ich werde mich nicht für euch prostituieren, Schwachkopf«, fuhr ich ihn an.

Das Traurige war, dass er recht hatte. Vor der Geschichte mit Lala hätte ich nicht lange gefackelt und mit jeder Frau geschlafen, um meine Karriere zu fördern. Ich hätte den Sack zugemacht. Das musste ich mir etwas beschämt eingestehen.

»Wisst ihr was? Denkt euch doch selbst aus, was ihr ihr erzählen wollt. Aber ab sofort bin ich offiziell krank.« Ich ging davon, bevor sie noch etwas sagen konnten.

Als ich bemerkte, dass ich meine Jacke im Studio vergessen hatte, ging ich wieder hinein. Einer der Techniker war noch da.

»Macht ihr jetzt zu?«, fragte ich.

Er drehte sich in seinem Sessel zu mir um. »Nein. In einer Stunde kommt noch jemand. Bis dahin chille ich ein bisschen.«

Mir kam eine Idee. »Hast du was dagegen, wenn ich hier ein bisschen rumspiele? Ich habe einen Song, den ich gern mal a cappella ausprobieren würde.«

Er grinste. »Du singst?«

Die Frage war berechtigt, denn bisher hatte er mich nur am Schlagzeug gesehen.

»Ab und zu. Im Flieger habe ich einen Text geschrieben, und ich habe so eine Melodie im Kopf. Ich bin neugierig, wie es klingen würde.«

Er drückte ein paar Knöpfe und zeigte auf die Kabine. »Dann rein mit dir.«

Ich stellte mich vors Mikrofon und rief den Text auf meinem Handy auf.

Can you meet me tonight?
On the rooftop under the moonlight.
I have a secret and can only pray,
When I say it, you don't run away.

I've tried so hard not to cross the line.
Tried not to wish you were mine.
But I'm telling you as a friend,
Loving me is a dead end.

La … La … La … La
This is my warning.
Will you look at me the same in the morning?

La … La … La … La
Tell me you'll stay.
Even if I warn you to walk away.

Now I'm going out on a limb,
Admitting you'd be safer with him.
But even if that's true,
He won't love you like I do.

I won't take offense.
I know we don't make sense.
The truth cuts like a knife.
But you'll still be the love of my life.

La … La … La … La
This is my warning.
Will you look at me the same in the morning?

La … La … La … La
Tell me you'll stay.
Even if I warn you to walk away.

La … La … La … La
I love you. I love you. I love you.

28. KAPITEL

LALA

Eine knappe Woche später stand ich in meinem Schlafzimmer und suchte nach dem Klebeband, um den nächsten Karton zu verstärken. Das Chaos erinnerte mich an meinen Einzug, als sämtliche Kartons unten aufgeplatzt waren, weil ich uraltes Klebeband verwendet hatte. Statt genervt zu reagieren, wie es Warren oder mein Vater getan hätten, hatte Holden mich dazu gebracht, darüber zu lachen. Es gehörte zu den Dingen, die ich an Holden so sehr liebte – er regte sich nicht über Kleinigkeiten auf. Eine Autopanne mitten im Nichts? Für ihn ein Abenteuer und kein Grund zum Jammern. Ein Blackout mitten in einem Song? Kein Problem, einfach ein Schlagzeugsolo einlegen und dem Publikum ein unwiderstehliches Lächeln zuwerfen. Es gelang ihm immer unheimlich gut, sich jeder Situation anzupassen, und er war der Ansicht, dass auf die Art jeder das Ziel erreichen konnte, das ihm bestimmt war.

Der Gedanke machte mich traurig, denn mit dieser lässigen Ungezwungenheit schien er nun auch mit uns umzugehen. Aber sollte eine Beziehung so aussehen? Sollte man nicht um die Dinge kämpfen, die einem wichtig waren? So hatte ich mir das immer vorgestellt. Und wenn ich recht hatte, was sagte es dann darüber aus, wie wichtig ich Holden war? Offenbar nicht wichtig genug.

Eine Träne kullerte mir über die Wange, während ich den

nächsten Pullover zusammenlegte und in einen Karton legte. Ich packte nur ungern. Ich war nicht bereit, New York zu verlassen. Aber Holden war seit unserem Telefonat in der vergangenen Woche, als er gesagt hatte, ich solle nach Philadelphia zurückkehren, sehr distanziert gewesen, und wo ich nicht erwünscht war, wollte ich nicht bleiben.

Nachdem ich meine letzten Klamotten aus dem Schrank eingepackt hatte, beschloss ich, eine Pause zu machen und mir ein Glas Wein zu gönnen. Während ich es mir einschenkte, klopfte es. Ich dachte, es wäre einer von den Jungs, der nach mir sehen wollte, weil ich Owen gegenüber meine Abreise am Sonntag erwähnt hatte. Aber als ich die Tür öffnete, blieb mir beim Anblick des schönen Mannes im Flur das Herz stehen.

»Holden? Was machst du denn hier? Ich dachte, du kommst erst morgen Abend?«

»Wir sind gestern etwas früher fertig geworden als geplant, und ich habe noch einen Flug erwischt.«

Als er mir über die Schulter schaute, erstarb sein Lächeln. »Was machst du?«

Ich drehte mich zu den Kartonstapeln um. »Ich habe angefangen zu packen.«

Holden schien überrascht zu sein. Ich wusste jedoch nicht warum, weil er doch derjenige gewesen war, der mir geraten hatte, nach Hause zurückzukehren.

Ich machte die Tür weiter auf und trat zur Seite. »Komm rein.«

Er steckte die Hände in die Hosentaschen und senkte den Kopf. »Ich muss duschen und auspacken. Ich wollte dir nur Bescheid geben, dass ich wieder da bin.«

»Oh … okay.«

Er hob den Blick, schaute aber an mir vorbei. »Sehen wir uns später?«

Mir war, als wäre ich von einem Bulldozer überrollt worden.

»Ja, sicher.«

Kein Kuss. Keine Umarmung. Gar nichts.

Vor ein paar Wochen wären wir beide zehn Sekunden nach seiner Ankunft nackt gewesen.

Ich schloss die Tür mit Tränen in den Augen. Ich hatte insgeheim gehofft, dass es eine Flucht-Kampf-Reaktion bei Holden auslösen würde, wenn er mich packen sah. Das war leider auch passiert, nur hatte er nicht so reagiert, wie ich es mir gewünscht hatte. Holden war davongelaufen, so schnell er konnte.

Irgendwie gelang es mir, mich nicht vollständig in Tränen aufzulösen. In den nächsten zwei Stunden hörte ich keinen Mucks von Holden. Ich überlegte hin und her, wie ich mit der Situation umgehen sollte. Sollte ich einfach meine Sachen ins Auto packen und fahren, ohne mich zu verabschieden, oder sollte ich nach nebenan gehen und ihm sagen, dass meine Gefühle stärker geworden waren und er darum kämpfen musste, dass ich blieb. Letztendlich tat ich etwas, worauf ich nicht stolz war. Und wenn es nicht klappte, würde es mir wahrscheinlich noch beschissener gehen. Ich versuchte es mit Sex.

Klopf. Klopf. Klopf.

Holden öffnete die Tür, und sein Blick landete augenblicklich auf meinem Dekolleté. Es war ja auch nicht zu übersehen, denn ich hatte noch schnell einen Push-up-BH und ein tief ausgeschnittenes Top angezogen.

Verzweifelte Situationen erfordern verzweifelte Maßnahmen.

Ich wickelte mir eine Haarsträhne um den Finger. »Hey. Meinst du, du könntest mir mit ein paar Kartons helfen? Ich habe sie ein bisschen zu voll gemacht und würde sie gern an der Tür aufstapeln. Ich fürchte, sie platzen, wenn man sie nicht richtig trägt.«

»Natürlich.« Er riskierte abermals einen Blick in mein Dekolleté, bevor er die Tür hinter sich zuzog und mir folgte. Im Wohnzimmer sah er sich um, die Händen an den Hüften. »Welche willst du gestapelt haben?«

»Die im Schlafzimmer.«

Er schluckte und runzelte die Stirn. »Oh.«

Seine stumpfe Reaktion versetzte mir einen Stich ins Herz, aber ich gab mir alle Mühe, so zu tun, als hätte sie mein Ego nicht angekratzt. Mit schwingenden Hüften ging ich ins Schlafzimmer, weil ich wusste, dass Holden eine Schwäche für meine enge Yogahose hatte. Ich bückte mich sogar, ohne die Knie zu beugen, und wühlte in einem Karton, sodass mein Hintern nicht zu übersehen war. Ich merkte, dass Holden einige Male hinschaute, aber er schien eher traurig als angetörnt zu sein. Und als es nichts mehr gab, wobei ich seine Hilfe hätte brauchen können, wollte ich immer noch nicht aufgeben.

»Danke für deine Hilfe«, sagte ich. »Wie wäre es mit einem Glas Wein?« Als Holden zögerte, fuhr ich schweres Geschütz auf, um sicherzugehen, dass er nicht Nein sagte. »Ich kann dir von meiner Mutter erzählen, und ich würde gern von dir hören, wie es in Kalifornien im Studio gelaufen ist.«

Er nickte, wirkte aber nicht gerade glücklich. »Klar.«

Im Verlauf der nächsten Stunde unterhielten wir uns und brachten uns gegenseitig auf den neuesten Stand, aber es war, als würde ich mit Owen oder Colby reden. Holden saß auf dem Sessel der Couch gegenüber und machte keinerlei Anstalten, mich anzufassen. So wenig körperliche Verbindung zu ihm hatte ich noch nie gespürt. Da war mit fünfzehn auf dem Dach meines Elternhauses schon mehr zwischen uns gewesen. Außerdem schien er es eilig zu haben, meine Wohnung wieder zu verlassen. Also unternahm ich einen allerletzten Versuch, indem ich die Arme hob und so tat, als müsste ich mich mal so richtig recken und strecken. Holden warf zwar einen Blick auf meinen entblößten Bauch, aber dann runzelte er die Stirn und rieb die Hände an seiner Jeans.

»Es ist spät. Ich sollte gehen.«

Na, das war ja ein Schuss in den Ofen.

Als er weg war, hatte ich einen Riesenkloß im Hals. Sein Verhalten hatte Verzweiflung und Traurigkeit in mir zurückgelassen, und um zwei Uhr in der Nacht starrte ich immer noch im Dunkeln an die Decke und suchte vergeblich nach Antworten. Deshalb richtete ich mich schließlich auf und griff nach meinem Telefon.

Es gab nur einen Weg, Antworten zu bekommen, und dazu musste ich direkt zur Quelle gehen. Ohne mir die Chance zu geben, meine Meinung zu ändern, schickte ich Holden eine Nachricht, obwohl es mitten in der Nacht war.

Lala: Hey. Bist du wach?

Er antwortete schnell.

Holden: Ja. Ich glaube, mein Rhythmus ist wegen der Zeitverschiebung im Eimer, und weil ich auf dem Nachtflug geschlafen habe. Was ist deine Ausrede?
Lala: Treffen wir uns in ein paar Minuten auf der Feuertreppe?

Die Punkte tanzten im Kreis, verschwanden und begannen sich wieder zu bewegen.

Holden: Okay.

Ich holte eine Flasche Wein und zwei Gläser, bevor ich das Fenster öffnete und hinauskletterte. Holden saß bereits auf seiner Seite.

»Hey«, sagte ich leise.

»Du solltest schlafen«, sagte er.

»Mir geht so viel durch den Kopf, und ich muss mit dir reden, Holden.«

Unsere Blicke begegneten sich, und er nickte.

Ich hatte einiges auf dem Herzen, aber meine Gedanken waren ein einziges Chaos. Ich nahm mir einen Moment Zeit, um mich zu sammeln, während ich uns Wein einschenkte und Holden ein Glas durch die Geländerstäbe reichte.

»Danke«, sagte er.

Ich nickte und holte tief Luft. »Warum hast du mich vorhin nicht geküsst, Holden? Wir haben uns eine Woche lang nicht gesehen.«

Er schaute zu Boden. »Ich wollte dir nicht auf die Pelle rücken. Du hast im Augenblick so viel um die Ohren.«

»Aber ich *wollte,* dass du mir auf die Pelle rückst. Ich denke, das habe ich ziemlich deutlich gezeigt.«

Als sich unsere Blicke kreuzten, sah ich kurz das vertraute Funkeln in seinen Augen. Aber dann wandte er sich ab. »Sex macht es nur noch schwerer. Ich möchte nicht, dass du traurig bist oder dich schlecht fühlst, wenn du New York verlässt. Dein Glück bedeutet mir mehr als mein eigenes.« Er hielt einen Moment inne. »Vergangene Woche habe ich häufig an Ryan gedacht. Ich habe ihm versprochen, immer auf dich aufzupassen, und das versuche ich zu tun. Ich möchte nichts sagen oder tun, was dein Leben komplizierter macht. Das ist einer der Gründe, warum ich eben so wortkarg war. Ich will es nicht vermasseln.«

»Sei einfach du selbst, Holden. Du kannst nichts vermasseln, wenn du gute Absichten hast.«

Er schnaubte spöttisch. »Hast du noch nie das Sprichwort gehört ›Der Weg zur Hölle ist mit guten Vorsätzen gepflastert‹? Das bin ich, Lala. Ich *bin* der Weg zur Hölle.«

Wir verfielen beide in Schweigen. Schließlich trank er sein Weinglas in einem Zug leer.

»Wie hast du dich gefühlt, als du Warren zu Hause wiedergesehen hast?«

Ich runzelte die Stirn. »Es war traurig. Er hat geweint und mir gesagt, dass er mich immer noch liebt. Und bevor er ging, hat er mir ein zeitlich unbegrenztes Flugticket nach Kalifornien geschenkt, damit ich ihn jederzeit besuchen kann, wenn ich will. Es ist schwer, jemanden leiden zu sehen, an dem einem etwas liegt.«

Holden nickte. »Meinst du, es war ein Fehler, dass wir zusammengekommen sind? Im Prinzip habe ich mich zwischen euch gedrängt und euch auseinandergebracht.«

Ich schüttelte den Kopf. »Das stimmt nicht. Was zwischen uns passiert ist, wollte ich genauso sehr wie du, vielleicht sogar noch mehr. Auf gewisse Weise werde ich Warren immer lieben. Er war sehr gut zu mir und lange Zeit ein großer Teil meines Lebens, aber durch das Zusammensein mit dir ist mir klar geworden, dass etwas Wichtiges gefehlt hat.« Die Stimmung war derart traurig und bedrückt geworden, dass ich versuchte, sie aufzulockern. »Du weißt schon, guter Sex zum Beispiel.«

Holden nickte. »Na ja, wenigstens für etwas bin ich gut.«

»Das war nur Spaß, Holden. Ja, der Sex mit dir war großartig, aber es war mehr als das.«

»Ja …«

Nun kippte *ich* meinen Wein hinunter. Ich war mit kleinen Fragen um die eine große Frage herumgetanzt, die ich mich nicht zu stellen traute. Aber ich musste es wissen.

»Was wird aus uns, wenn ich wieder in Philadelphia bin?«

Holden schüttelte den Kopf. »Ich weiß es nicht. Wollen wir es nicht einfach auf uns zukommen lassen?«

Es zerriss mich innerlich, aber ich rang mir ein Lächeln ab. »Okay. Das klingt gut.«

Kurz danach zeigte Holden mit dem Daumen in Richtung seiner Wohnung. »Ich bin total erledigt von der Reise. Ich lege mich wohl am besten schlafen.«

»Oh. Ja. Natürlich.«

Obwohl ich gern länger mit ihm geredet hätte, stand ich auf, als Holden es tat, und öffnete mein Fenster. »Gute Nacht. Hoffentlich kannst du jetzt schlafen.«

»Du hoffentlich auch. Gute Nacht, Süße.«

Auf halbem Weg durchs Fenster bekam ich Panik und erstarrte. »Warte! Holden?«

Er hielt mit einem Bein auf der Fensterbank inne. »Ja?«

»Ich fahre am Sonntag. Meinst du, wir können uns morgen sehen, weil es meine letzte Nacht hier ist?«

»Das fände ich schön.«

»Ich auch.«

Auf wundersame Weise schaffte ich es, mich zusammenzureißen, als ich in meine Wohnung kletterte und Zähneputzen ging. Aber als ich unter die Bettdecke krabbelte, überwältigten mich meine Gefühle, und ich fing an zu weinen.

Und weinte.

Und weinte.

29. KAPITEL

HOLDEN

»Hallo, Fremder.« Billie lächelte mich an.

»Wie geht's, Mrs Lennon?« Ich schaute zu ihrem Kollegen Deek hinüber und nickte ihm zu. »Alles klar, Mann?«

Er arbeitete gerade an einem Totenkopftattoo für einen Typen, der auch ohne die Komplett-Tätowierung seines Kopfs gruselig ausgesehen hätte.

Deek hob das Kinn. »Wie steht's, Rockstar?«

»Wo warst du?«, fragte Billie. »Ach, warte. Ich weiß *genau*, wo du warst. Bei der süßen kleinen Lala.« Als sie mein Gesicht sah, stellte sie ihre Maschine ab und steckte sie in die Halterung. »Oh, nein. Was ist passiert?«

Ich versuchte ihrem Blick auszuweichen und zuckte die Achseln. »Nichts. Ich wollte dich nur fragen, ob du mir ein besonderes Restaurant empfehlen kannst.«

Sie sah mich aus zusammengekniffenen Augen an. »Was ist der Anlass?«

»Lalas letzter Abend hier. Sie zieht wieder zurück nach Philadelphia, um in der Nähe ihrer Mutter zu sein. Morgen reist sie ab.«

»Scheiße.« Billie nahm einen Lappen und wischte die überschüssige Tinte vom Arm ihres Kunden. »Ich bin in fünf Minuten fertig. Gehst du mit mir ein Eis essen? Ich habe schon seit dem Aufstehen Lust auf Erdnussbutter-Schoko-Eis.«

Es war ja nicht so, als hätte ich etwas Besseres zu tun. »Sicher.«

Eine Viertelstunde später standen wir in einer altmodischen Eisdiele, die ein Stück den Block hinunter lag. Billie leckte sich die Lippen, als das Mädchen hinter der Theke zwei große Kugeln ihres Lieblingseises auf ein Hörnchen drückte, und rieb sich ihren runden Babybauch.

»Wie geht es dir?«, fragte ich.

»Ziemlich gut, wenn man bedenkt, dass ich seit einem Monat keine Nacht mehr durchgeschlafen habe.« Sie tätschelte ihren Bauch. »Der Knirps hat sich auf meiner Blase niedergelassen. Drei Stunden vor dem Schlafengehen esse und trinke ich nichts mehr, und trotzdem muss ich mindestens zweimal zum Pinkeln aufstehen. Letzte Nacht war ich sauer auf Colby, weil er geschnarcht hat, und da habe ich ihn getreten und *aus Versehen* geweckt.«

Ich zog eine Augenbraue hoch. »Aus Versehen?«

»Na ja. Ich wollte ihn nur ein bisschen anstupsen und nicht wecken.«

Ich schmunzelte. »Ich muss sagen, es gefällt mir, dass ihm eine halbe Portion wie du die Quittung für das verpasst, was er früher mit mir gemacht hat. Er ist ein Jahr älter als ich und hat mir immer in den Hintern getreten, als wir sechs und sieben waren, einfach nur zum Spaß.«

Billie zeigte auf einen der Tische in der Eisdiele. »Wollen wir uns hinsetzen? Den nächsten Kunden habe ich erst in einer halben Stunde.«

»Okay.« Ich nahm meinen Erdbeershake und setzte mich ihr gegenüber, während sie genüsslich ihr Eis schleckte.

»Dann erzähl doch mal«, sagte sie. »Was ist mit dir und Lala los? Ich dachte, ihr habt Spaß miteinander.«

»Hatten wir auch. Aber mehr war es für sie nicht.« Ich schüttelte den Kopf. »Ich bekomme wohl jetzt die Quittung für meine Art, wie ich in den letzten zehn Jahren mit den Frauen umgegangen bin.«

»Aber du hast echte Gefühle für sie, oder?«

Ich fuhr mir mit der Hand durch die Haare. »Ich bin in sie verliebt. Ich denke, ich war es schon mein ganzes Leben lang.«

Billie griff sich ans Herz. »Oh mein Gott. Sag nicht solche Sachen. Denn abgesehen davon, dass ich ständig pinkeln muss, bin ich auch noch superemotional. Ich glaube, ich heule gleich.«

»Dann sind wir schon zwei.« Ich seufzte. »Mann, es ist echt scheiße, als Sexobjekt benutzt zu werden.«

»Ich glaube nicht, dass Lala das gemacht hat. Ihr hattet viel Spaß zusammen, nicht wahr? Ich meine, auch außerhalb des Schlafzimmers?«

Ich zuckte die Achseln. »Ja, aber das genügt nicht.«

»Hast du ihr gesagt, was du für sie empfindest?«

Ich schüttelte den Kopf. »Ich will es ihr nicht noch schwerer machen.«

»Woher weißt du denn, ob Lala nicht genauso empfindet wie du?«

»Sie hat es mir schon mehrmals gesagt. Gestern Abend habe ich sie gefragt, ob sie es bedauert, Warren verlassen zu haben, und sie hat es verneint. Ihr sei durch das Zusammensein mit mir klar geworden, dass in ihrer Beziehung etwas fehlte – *zum Beispiel guter Sex*.«

»Das klingt aber danach, als wäre dies nur eine Sache von mehreren.«

Ich zuckte wieder die Achseln. »Es ist nicht das erste Mal, dass sie mir klargemacht hat, was wir sind. Außerdem ist ihre Mutter krank, und sie hat gerade erst eine langfristige Beziehung beendet. Ich habe sie praktisch dazu gedrängt, mit mir ins Bett zu gehen. Ich bin nur ihr Lückenbüßer.«

»Das sind aber eine Menge Mutmaßungen, Holden.«

»Ich mutmaße nicht. Sie macht mir mit ihren Taten ziemlich klar, was sie empfindet. Eigentlich hätte sie noch ein paar Monate in New York bleiben müssen. Aber sie hat die Gelegenheit gleich beim Schopf gepackt, als sie den Vorschlag bekam, früher nach Hause zurückzugehen. Ich kenne mich nicht besonders gut mit Beziehungen aus, aber ich bin ziemlich sicher, dass man zu jemandem *hin*läuft, wenn man in ihn verliebt ist, und nicht von ihm *weg*.«

Billie leckte an ihrem Eis und schüttelte den Kopf. »Ich denke, du machst einen Fehler, wenn du so viel unausgesprochen lässt.«

»Wenn wir zusammengehören, wird sie zu mir zurückfinden.«

Billie schürzte die Lippen. »Du weißt doch, dass es Schwachsinn ist, jemanden gehen zu lassen, nur um zu schauen, ob er zurückkommt, oder? Wenn man jemanden liebt, kämpft man um ihn. Zur Not bindet man ihn fest, um ihn nicht zu verlieren.«

Ich wünschte, sie hätte recht, aber Lala wollte von mir höchstens beim Vögeln am Kopfteil des Betts festgebunden werden.

Am Abend machten wir uns auf den Weg zu unserem Dinner in dem Nobelrestaurant *One if by Land, Two if by Sea*, um ihren letzten Abend in New York zu feiern. Aber war es überhaupt eine Feier? Ich war eher in Endzeitstimmung.

Ich hatte uns einen Wagen bestellt.

Wir saßen auf der Rückbank, und Lala legte den Kopf auf meine Schulter, während wir schweigend zu den Lichtern der Großstadt hinausschauten. Ich hatte meine Nase in ihren weichen Locken vergraben. Ich war wie betäubt und konnte immer noch nicht begreifen, dass sie morgen weg sein würde.

Dann vibrierte mein Handy. Als ich auf das Display schaute, sah ich eine Gruppennachricht der Bandmanagerin, und das erste Wort lautete DRINGEND!

Ich öffnete sie.

Daisy: DRINGEND! Leute, ihr müsst sofort zum Palace kommen. Die Band, die heute dort spielen sollte, hat abgesagt. Ich wurde gefragt, ob ihr verfügbar seid. Natürlich habe ich Ja gesagt. Die Show beginnt in einer Stunde. Die haben auch Instrumente im Haus, falls ihr keine Zeit habt, eure Sachen zu holen.

»Scheiße«, murmelte ich.

Lala hob den Kopf. »Was ist?«

Ich wollte es ihr nicht erklären, weil ich nicht vorhatte, hinzufahren. Aber ich musste es ihr sagen.

»Unsere Managerin will, dass wir sofort im Palace aufkreuzen und da auftreten.«

»Im Palace?« Lala machte große Augen. »Das kenne ja sogar *ich*. Der Hammer! Da musst du hin.«

Obwohl mein Telefon inzwischen vor Nachrichten meiner begeisterten Bandkollegen überquoll, blieb ich dabei, dass ich Lala nicht noch einmal im Stich lassen wollte, wie ich es an dem Wochenende getan hatte, als sie zu ihren Eltern gefahren war.

»Nein. Vergiss es. Es ist dein letzter Abend hier. Ich sage ihr, dass ich nicht kann.«

Ich hatte die Finger schon auf den Tasten, als Lala nach meiner Hand griff. »Das geht nicht. Wenn du nicht spielst, spielt keiner.«

»Das stimmt nicht«, sagte ich. »Sie finden leicht einen anderen Schlagzeuger, der mich ersetzen kann. In unseren Kreisen gibt es jede Menge Jungs, die nur auf eine solche Gelegenheit warten.«

Sie schüttelte den Kopf. »Nein, Holden. Die Band braucht *dich*«, erwiderte sie und seufzte. »Du bist nicht so weit gekommen, um jetzt dieses Wahnsinnsangebot abzulehnen, im Palace zu spielen. Und wieso denkst du überhaupt, ich würde lieber essen gehen, als dich vor meiner Abreise noch einmal spielen zu sehen? Wir würden den Abend ja trotzdem gemeinsam verbringen. Und ich liebe es wirklich, dich auf der Bühne zu sehen. Es macht mir so viel Freude.«

Mir schnürte sich die Brust zusammen. Es gab zwei Dinge auf dieser Welt, die *mir* Freude machten: die Musik und Lala.

Bevor ich weitere Einwände erheben konnte, wandte sie sich an den Fahrer. »Würden Sie uns bitte zum Palace fahren? Ich weiß, es ist genau die andere Richtung. Entschuldigen Sie bitte. Es gab eine Planänderung bei uns.«

Der Mann nickte und machte an der nächsten Kreuzung kehrt.

Als wir vor dem Club ankamen, musste alles ganz schnell gehen. Monroe traf kurz nach uns ein, gefolgt von Dylan und unserem Gitarristen Kevin. Lala sah uns beim Aufbau zu, und innerhalb von einer halben Stunde standen wir auf der Bühne und legten los.

Ich empfand den Auftritt als besonders intensiv, nicht nur wegen meines Gemütszustands, sondern weil ich Lala gut im Publikum erkennen konnte. Ihre Reaktion auf mein Solo war für mich der schönste Moment. Ich fragte mich, ob ich sie heute zum letzten Mal bei einem Gig dabeihatte, versuchte aber, den Gedanken zu verdrängen.

Song für Song drosch ich auf das Schlagzeug ein, um meinen Frust abzulassen. Und wir rockten den Saal gewaltig. Die Menge flippte nach jedem Song vollkommen aus, und ich hielt es für möglich, dass wir noch einmal im Palace spielen durften, weil wir uns so gut präsentiert hatten.

Als wir mit unserem Set durch waren, konnte ich die Bühne nicht schnell genug verlassen. Ich warf meine Stöcke hin und lief hinunter zu Lala.

Sie umfing mein Gesicht mit den Händen. »Du bist unglaublich, Holden. Weißt du, wie schön du am Schlagzeug anzusehen bist?«

Ich hob sie hoch, wirbelte sie herum und küsste sie lange und leidenschaftlich. »Alles, was ich heute da oben gemacht habe, war nur für dich. Mich hat nur interessiert, dass du mir zusiehst.«

»Machst du Witze?« Sie fuhr mit den Fingern durch meine Haare. »Ich konnte die Augen nicht von dir lassen.«

Ich setzte sie wieder auf dem Boden ab. »Komm, lass uns verschwinden.«

Ich legte den Arm um sie, als wir den Club verließen, ohne uns von den anderen zu verabschieden.

»Eigentlich bin ich nicht besonders hungrig«, sagte sie. »Ich will nur mit dir nach Hause – weil es die letzte Nacht ist, in der ich das sagen kann.«

Sie hatte meine Gedanken gelesen. Ich wollte nichts anderes, als mit ihr nach Hause fahren und sie die ganze Nacht lieben – um sie so gut zu verabschieden, wie ich konnte.

Und das tat ich dann auch.

Am nächsten Morgen stand ich als Erster auf, um Kaffee für Lala zu machen, weil sie früh aufbrechen wollte. Und während er durchlief, kam ich auf die Idee, ein paar Dinge in ihrer Wohnung umzustellen.

Ihre Augen weiteten sich, als sie aus dem Schlafzimmer kam und sah, was ich angestellt hatte.

»Warum sind die Küchenstühle vor der Tür aufgestapelt?«

Ich warf ihr achselzuckend ein schiefes Grinsen zu. »Ich

dachte, wenn du hier nicht rauskommst, kannst du auch nicht wegfahren.«

Sie schüttelte den Kopf und kam lachend auf mich zu, um mich zu umarmen.

Ich hob sie hoch. »Ich bin völlig durch den Wind, Lala. Es war der reinste Irrsinn, dich zu ermuntern, früher umzuziehen.«

Als wir uns küssten, entschied ich, dass ich sie vor ihrer Abfahrt noch einmal haben musste. Ich drängte sie gegen die Küchentheke, zog meine Hose ein paar Zentimeter hinunter und schob ihren Slip zur Seite, bevor ich ihre Beine spreizte und in sie eindrang.

»Soll ich aufhören?«, fragte ich mit rauer Stimme.

»Nein …« Sie krallte keuchend die Finger in meine Haare. »Bitte … Wage es nicht aufzuhören.«

Lala kam meinen immer heftigeren Stößen mit der Hüfte entgegen.

»So ist es gut. Gib's mir«, stöhnte ich.

Das konnten wir besonders gut: die Realität mithilfe von Sex verdrängen.

»Ich will nicht, dass du gehst«, raunte ich ihr zu und versenkte mich noch tiefer in ihr.

Als ich spürte, wie sich ihre Muskeln um mich herum zusammenzogen, entfuhr mir ein kehliger Laut, während Lalas Orgasmus durch die Küche hallte. Ich kam so heftig, dass ich regelrecht Sterne sah.

Während wir allmählich runterkamen, sagte ich: »Am besten bleibe ich einfach in dir. So kann ich dich auch davon abhalten, zurück nach Philadelphia zu gehen.«

Sie legte die Hände an meine Wangen. »Warum willst du plötzlich, dass ich bleibe? Ich dachte, du hältst den Umzug für richtig?«

Ich konnte ihre Verwirrung gut verstehen. »Ich weiß, ich habe dich ermuntert zu gehen, damit wir herausfinden können, ob es wirklich funktionieren könnte. Aber jetzt, wo es so weit ist, würde ich am liebsten die Zeit zurückdrehen.«

»Es war die beste Zeit meines Lebens, Holden. Aber ich verstehe dich. Sie war von vornherein befristet.«

»Es ist nicht das Ende, Lala. Wir müssen nur zu einer neuen Normalität finden.« Ich gab ihr einen Kuss auf die Nasenspitze und zog mich schließlich widerstrebend aus ihr zurück.

Lala ging ins Schlafzimmer, um sich anzuziehen, während ich Bagels für uns zurechtmachte.

Es war ein stilles Frühstück. Ich sah, dass es draußen zu nieseln begann, was gut zu unserer Stimmung passte.

Danach brachte ich ihre Sachen zum Auto. Wir blieben auf dem Gehweg stehen, weil keiner von uns als Erster Auf Wiedersehen sagen wollte.

Ich kratzte mich am Kinn. »Ich hätte deine Autobatterie abklemmen sollen. Dann könntest du jetzt nicht fahren.« Ich zog sie an mich und küsste sie ein letztes Mal auf den Mund. »Ruf mich an, sobald du angekommen bist. Und fahr vorsichtig.«

»Mache ich.«

Mit einem Mal kam die Sonne heraus, obwohl es immer noch regnete – die perfekte Symbolisierung meiner verdammten Unschlüssigkeit.

Ich drückte Lala ganz fest, dann ließ ich sie endgültig los.

30. KAPITEL

LALA

Warum bin ich bloß zurückgekommen?

Es hatte sich so vieles verändert, seit ich zuletzt in meiner Wohnung war. Mein Kühlschrank war leer. Die Bude war eiskalt. Mir fehlte die Wärme meines New Yorker Apartments. Aber vor allen Dingen war Holden nicht nebenan. Das war auf jeden Fall das Schlimmste.

Wie ich mir gedacht hatte, war es ein bittersüßes Gefühl, wieder in Philadelphia zu sein. Ehrlich gesagt eher bitter als süß. Das einzig Gute war, dass ich meine Mutter am Abend zuvor gesehen hatte. Sie schien mehr Energie zu haben als bei meinem letzten Besuch, und ich war froh, dass es mit ihrer Gesundheit bergauf ging.

Ich hatte den Großteil des Tages damit verbracht, auszupacken und mein Apartment wieder wohnlich zu machen. Aber was ich auch tat, es kam mir trotzdem kalt und trist vor. Ich hatte die Fotos von Warren und mir weggeräumt, weil ich hoffte, dass Holden mich bald besuchen kam, und ich wollte nicht, dass er sie sah. Mir wurde eng in der Brust, wenn ich an Warren dachte, und daran, wie arg ich ihn verletzt hatte. Vielleicht hatte ich es verdient, mich so beschissen zu fühlen.

Vor meiner Abfahrt hatte ich die Snacks aus meinem Vorratsschrank in eine Einkaufstasche gepackt. Ich war eben erst dazu gekommen, sie auszuräumen, und entdeckte dabei eine kleine Überraschung. Holden hatte einen seiner schwarzen Hoodies mit einer angehefteten Nachricht darin versteckt.

Wenn ich dir fehle, kannst du ihn nachts überziehen. (Das ist nur fair, weil ich dir einen Satz Unterwäsche geklaut habe.)

Ich steckte lächelnd meine Nase in das Sweatshirt und atmete seinen wunderbaren Geruch ein. Dann zog ich ihn an und machte den Reißverschluss bis obenhin zu. Es war wie eine warme Umarmung von Holden. Diesen Hoodie würde ich nicht so schnell wieder ausziehen.

Ich griff nach meinem Telefon, um ihm zu schreiben, aber dann fiel mir ein, dass er einen Gig hatte. Ich wollte ihn nicht stören.

Und so las ich die Nachricht noch einmal, die er mir am Nachmittag geschickt hatte.

Holden: Ich habe dein Apartment gerade zur Vermietung freigegeben, und jetzt könnte ich kotzen. Ich vermisse dich schon total. Wie ist es möglich, dass du noch nicht mal vierundzwanzig Stunden weg bist?

Das hatte ich mich auch den ganzen Tag gefragt.

Um mich von meiner depressiven Stimmung zu befreien, beschloss ich, zu meinen Eltern zu fahren. Es war schon nach ihrer Abendessenszeit, und wahrscheinlich würden wir einfach nur vor dem Fernseher sitzen oder uns unterhalten.

Sie hatten es sich im Wohnzimmer gemütlich gemacht, als ich die Haustür mit meinem Schlüssel öffnete.

Meine Mutter richtete sich auf. »Laney! Ich wusste nicht, dass du kommst, sonst hätte ich dir etwas vom Essen stehen lassen. Ich habe schon alles weggeräumt.«

»Ich habe keinen Hunger, Mom. Mir ist irgendwie ein bisschen übel. Ich wollte nur Gesellschaft haben.«

Sie kniff die Augen zusammen. »Dir ist übel?«

»Ich glaube ehrlich gesagt, es liegt nur daran, dass ich deprimiert bin. Ich habe keinen Appetit und ein flaues Gefühl im Magen.«

»Das sind die Nerven.« Mein Vater nickte.

»Ich muss dir nicht sagen, dass wir uns freuen, dich wieder hier zu haben, aber was nützt das, wenn du nicht glücklich damit bist?« Meine Mutter runzelte die Stirn.

Mein Vater stellte den Fernseher leiser. »Ich habe schon gestern bei deiner Ankunft gemerkt, dass etwas nicht stimmt, Laney. Hat es mit Holden zu tun?«

Ich setzte mich auf die Couch und legte die Beine hoch. »Wir befinden uns in einer komischen Situation. Seine Musikkarriere nimmt gerade Fahrt auf, und ich bin wieder hierhergezogen. Wir müssen uns darüber klar werden, wie es von nun an weitergehen kann.«

Meine Mutter schenkte mir ein mitfühlendes Lächeln. »Er ist dir wirklich ans Herz gewachsen, hm?«

Sie hatte recht, aber es war noch mehr. »Ich liebe ihn«, platzte es aus mir heraus – weil es die Wahrheit war.

»Wow.« Meine Mutter sah mich mit offenem Mund an.

Dad seufzte. »Okay.«

»Weiß er es?«, fragte Mom.

»Ich habe ihm nicht gesagt, dass ich ihn liebe, weil ich es zuerst von ihm hören will. Ich will ihn nicht verschrecken, und er soll sich nicht verpflichtet fühlen. Wenn er auch so empfindet, muss es von ihm kommen, ohne Druck von meiner Seite.«

»Du bist nicht sicher, ob er dich auch liebt?«, fragte mein Vater.

»Ich weiß, dass ich ihm sehr wichtig bin, aber bisher ist er immer davor zurückgeschreckt, es auszusprechen, obwohl ich in manchen Situationen hätte schwören können, dass er es jeden Moment sagt. Vielleicht hat er Angst. Oder … er empfindet nicht das Gleiche.« Ich seufzte. »Aber ich weiß auch nicht, ob es logistisch zwischen uns funktionieren würde, ganz egal, was wir füreinander empfinden.«

Meine Mutter sah mich fragend an. »Was soll das denn heißen … *logistisch?* Gibt es eine Methode, mit der man feststellen kann, ob etwas perfekt in eine ordentliche Kiste passt? Wer bestimmt das?«

Ihr Kommentar gab mir zu denken. *Ja, wer bestimmt das?*

»Ganz egal, wie das Leben deiner Meinung nach aussehen sollte.« Mom sah mir in die Augen. »Die Frage ist: Was willst *du*, Laney?«

Ich stutzte und überlegte einen Moment. »Im Augenblick will ich eigentlich nichts anderes, als mit ihm zusammen zu sein. Aber es ist nicht allein *meine* Entscheidung. Er müsste entscheiden, ob er den Druck einer Beziehung haben will, während es mit seiner Karriere gerade aufwärts geht.«

Meine Mutter zog ihre Wolldecke zurecht und stellte mir noch eine Frage: »Wie stellst du dir eine Zukunft mit Holden vor?«

Irre.

Sexy.

Fantastisch.

Unberechenbar.

»Er wäre praktisch permanent unterwegs. Ich wäre oft allein.« Ich schaute zur Seite. »Ich weiß nicht, wie man ein Familienleben mit jemandem führt, der die halbe Zeit weg ist.«

»Soldatenfamilien schaffen es«, merkte sie an.

»Will Holden Kinder?«, fragte mein Vater.

»Ich glaube, eine Zukunft mit Kindern hat er für sich nie gesehen.«

Sie zuckte die Schultern. »Wünsche und Bedürfnisse ändern sich mit dem Alter.«

»Das stimmt«, pflichtete ich ihr bei. »Aber ich habe es mit Heiraten und Kindern auch nicht so eilig.«

»Für mich klingt es, als ob euch beide hauptsächlich die Angst zurückhält«, sagte sie. »Darf ich dir einen Rat geben?«

»Natürlich, Mom.«

»Seit dieser Herzgeschichte habe ich viel über mich und das Leben gelernt. Diese Erfahrung hat meinen Blick auf gewisse Dinge verändert.«

Ich nickte.

»Meiner Meinung nach denken wir manchmal viel zu viel nach, statt einfach unserem Herzen zu folgen und den Moment zu genießen.«

»Meinst du, ich denke zu viel darüber nach?«

Sie grinste. »Lala, ich habe dich noch nie so verliebt gesehen, nicht einmal zu den besten Zeiten deiner Beziehung mit Warren, und auch nicht, als er um deine Hand angehalten hat. Das will schon etwas heißen. Du kannst über Holden sagen, was du willst, aber er weckt besondere Gefühle in dir, und damit haben sich seit Ryans Tod alle in dieser Familie schwergetan.« Ihr Lächeln verblasste. »Wir waren alle jahrelang innerlich taub. Und auch wenn es langfristig mit Holden nicht funktioniert, solltest du die Erfahrung als das genießen, was sie ist: ein wichtiges Kapitel in deinem Leben. Kapitel dauern nicht ewig. Aber manchmal führen sie zu weiteren Kapiteln, die wiederum zu einem Happy End führen.«

»Mein Leben ist ein Buch? Willst du das damit sagen, Mom?« Ich schmunzelte.

Sie lachte. »Jeder Mensch tritt aus einem bestimmten Grund in unser Leben. Wir wissen nur noch nicht, ob Holden eine Nebenfigur ist, oder langfristig der Hauptdarsteller.«

»Ich will dir eines sagen«, warf mein Vater ein. »Hätte man mir vor Jahren gesagt, dass du irgendwann mit Holden Catalano zusammenkommst, hätte ich es nicht für möglich gehalten. Ich glaube auch jetzt noch nicht so richtig, dass wir dieses Gespräch führen.« Er seufzte. »Aber wie ich bereits sagte, Laney, ich vertraue deinem Urteil.«

»Wenn sie ihn liebt …«, sagte meine Mutter. »Sie muss einfach nur ihre Erwartungen in Bezug auf die Zukunft anpassen.« Sie wandte sich mir zu. »Als du mit Warren zusammen warst, hast du dir ein Leben vorgestellt, in dem du vielleicht nur Teilzeit arbeitest und dein Mann jeden Abend pünktlich nach Hause kommt. Eine Zukunft mit Holden würde wahrscheinlich anders aussehen. Vielleicht nicht so planbar, aber ebenso erfüllend. Vielleicht müsstest du zu Hause etwas mehr Verantwortung übernehmen. Aber wenn ihr füreinander bestimmt seid, wirst du letztendlich auch dazu bereit sein.«

Sie hatte recht. Ich hatte schon viel darüber nachgedacht, wie eine Zukunft mit Holden aussehen könnte und welche Opfer ich bringen würde, damit er sich seinen Lebenstraum erfüllen konnte. Aber natürlich spielte das alles keine Rolle, wenn er nicht so empfand wie ich und nicht wollte, dass ich diese Opfer brachte. Holden dachte anscheinend, er wäre nicht der Richtige für mich. Aber hatte *ich* da nicht auch ein Wörtchen mitzureden?

»Ich freue mich über deine Sichtweise, Mom. Ich habe immer gedacht, du würdest eine Beziehung zwischen Holden und mir nicht gutheißen, aber es ist beruhigend zu wissen, dass du mich unterstützen würdest, wenn ich Dinge in meinem Leben ändere, um mit ihm zusammen zu sein.«

Sie schmunzelte. »Außerdem sollte ich erwähnen, dass ich seiner Mutter neulich im Supermarkt begegnet bin.«

»Ach ja?«

»Ja, es war sehr interessant. Zuerst haben wir uns ein bisschen komisch angesehen. Wir ahnten wohl beide, was die jeweils andere denkt, und wussten aber nicht, was wir sagen dürfen.«

Ich lachte. »Unangenehm, hm?«

Mom nickte. »Schließlich hat sie davon angefangen. Sie wollte wissen, ob ich letzthin mit dir gesprochen habe, und ich habe nachgehakt, warum sie fragt. Sie meinte, sie sei neugierig, ob du zufällig etwas über Holden gesagt hättest. Ich habe eingestanden, dass etwas zwischen euch läuft, ich aber nicht über den aktuellen Stand Bescheid weiß. Sie sagte, sie habe die Hoffnung aufgegeben, dass Holden eine nette Frau findet. Deshalb wollte sie sich nicht zu sehr freuen angesichts der Aussicht, ihr könntet zusammen sein. Aber sie wollte mich wissen lassen, dass Holden ein unglaubliches Glück hätte, wenn er dich bekäme. Sie hofft, er ändert sich eines Tages und wird solide.«

Natürlich vermisste ich Holden jetzt noch mehr. Er hatte mit seiner Mutter über mich gesprochen, und das war eine große Sache.

Ich ließ meine Eltern im Wohnzimmer zurück und ging an den Ort, den ich häufig aufsuchte, wenn ich nachdenken musste: Ryans altes Zimmer. Ich sah mir die Pinnwand mit den Fotos von ihm und seinen Freunden an.

»Ach, Ry. Ich wüsste zu gern, was du von alldem hältst. Ich frage mich oft, ob Holden und ich den Mut gehabt hätten, etwas anzufangen, wenn du hier wärst. Vielleicht hätten wir Angst gehabt, dich zu verletzen. Aber ich gehe mal davon aus, dass du nicht sauer auf uns bist.« Mir kamen die Tränen. »Ich wünschte, ich könnte mit dir reden. Ich wünsche mir so vieles, wenn es um dich geht, großer Bruder.«

Ich betrachtete das Foto, auf dem Ryan und Holden Arm in Arm zu sehen waren. Ihre Augen waren glasig, als hätten sie getrunken.

Ich nahm mein Handy und schrieb Holden, obwohl ich nicht wusste, ob sein Gig schon vorbei war.

Lala: Du hast gar nicht erwähnt, dass du deiner Mutter von uns erzählt hast.

Er antwortete sofort.

Holden: Warum? Hat sie etwas gesagt?
Lala: Meine Mutter hat sie beim Einkaufen getroffen, und sie haben um den heißen Brei herumgeredet, bis sie beide zugegeben haben, dass sie von uns wissen.
Holden: Ich erzähle meiner Mutter nicht so viel. Nur die wichtigsten Sachen.

Mein Herz schlug höher. Ich strahlte, während ich zurückschrieb.

Lala: Verstehe.

Die kleinen Punkte bewegten sich eine Weile im Kreis, bevor seine nächste Nachricht kam.

Holden: Lala … Ich weiß nicht, ob ich das kann.

Mir wurde flau, und ich bekam kaum Luft. *Was kann er nicht? Will er Schluss machen?*

Holden: Allzu lange halte ich es nicht aus, dich nicht zu sehen.

Ich atmete tief durch. Wenn meine Beinahe-Herzattacke kein Hinweis auf meine wahren Gefühle war, was dann?

31. KAPITEL
HOLDEN

Owen musterte mich von oben bis unten, als er mir die Tür öffnete.

»Harte Nacht gehabt?«

»Harte *sechzehn* Nächte.« Ich konnte nicht glauben, dass es schon so viele waren und ich Lala immer noch nicht gesehen hatte.

Der Kartentisch war für unsere monatliche Pokerrunde mitten im Wohnzimmer aufgebaut. Colby warf mir eins der Biere zu, die er gerade aus dem Karton in den Minikühlschrank packte. »Du siehst schrecklich aus, Kumpel.«

Ich runzelte die Stirn. »Danke.«

Er zuckte die Achseln. »Eigentlich noch viel schlimmer. Übrigens sieht bei mir neuerdings rein gar nichts mehr schrecklich aus. Billie meinte, ich könnte mich untenrum mal ein bisschen aufhübschen. Als ich mich nicht schnell genug darum gekümmert habe, hat sie mich zur Eisdiele gelockt und mich in das benachbarte Waxing-Studio geführt. Dort hatte ich dann einen Termin für ein ›Bro-zillian‹, während sie ihr Eis aß.«

»Wie bitte?« Owen legte schützend die Hände auf seinen Schritt. »Dir hat jemand heißes Wachs auf den Sack geschüttet und es dann wieder abgezogen?«

»Eigentlich war es gar nicht so schlimm, wie ich dachte. Das mit dem heißen Wachs hat mir irgendwie gefallen. Es hat sich warm und angenehm angefühlt, als würden weiche Hände die Eier umfangen. Auf das Abziehen hätte ich allerdings verzichten können.«

Ich schüttelte den Kopf. »Wie sind wir bloß auf dieses Thema gekommen?«

Colby stand auf, machte sich ein Bier auf und zeigte mit der Dose auf mich. »Dein Gesicht sieht wesentlich schlimmer aus als mein hübscher Sack.«

Brayden kam aus der Küche. Er schaute zwischen mir und Colby hin und her und hob die Hände. »Das glaube ich dir sofort.«

Ich lachte. Es war vielleicht das erste Mal seit mehr als zwei Wochen, und vermutlich brauchte ich das hier. Die Jungs setzten sich an ihre gewohnten Plätze am Tisch, und Brayden teilte die Chips im Austausch gegen Bargeld aus.

Als ich an der Reihe war, hob er das Kinn. »Warum sieht Colbys Sack besser aus als dein Gesicht? Oder will ich das lieber nicht wissen?«

Ich seufzte. »Ich möchte nicht darüber reden.«

Er zuckte die Achseln. »Ist mir recht. Und jetzt gib mir deine fünfzig für die Chips, damit ich die Karten ausgeben kann.«

Ich zog mein Portemonnaie aus der Gesäßtasche und warf das Geld auf den Tisch. Brayden steckte es in die leere Kaffeekanne, in der wir die Chips aufbewahrten, und teilte die erste Runde Karten aus. Ich warf mechanisch einen Chip in die Tischmitte und nahm meine Karten auf. Aber ich hätte ums Verrecken nicht sagen können, was ich auf der Hand hatte. Und wahrscheinlich versank ich danach tief in meinen Gedanken, während die anderen ihre Einsätze machten und weitere Karten aufnahmen, denn plötzlich flog mir ein Chip ins Gesicht.

Ich rieb mir die Nase. »Was soll das?«

»Willst du noch Karten oder nicht, mein Hübscher?«, fragte Brayden.

»Ja.« Ich betrachtete mein Blatt, konnte mich aber nicht ausreichend konzentrieren, um eine Entscheidung zu treffen. »Ach, nein, eigentlich nicht, danke.«

Owen saß links von mir. Er lehnte sich mit dem Stuhl nach hinten und schaute mir in die Karten.

»Du hast nichts auf der Hand, du Idiot«, sagte er. »Nimm verdammt noch mal ein paar Karten.«

Ich musterte mein Blatt erneut und nickte. Aber entscheiden konnte ich mich immer noch nicht.

Deshalb gab ich auf und schüttelte den Kopf. »Ich bin in Lala verliebt, und ich glaube, ich hab's versaut.«

Brayden warf stöhnend seine Karten in die Luft. »Oh, verdammt.«

Owen runzelte die Stirn. »Was zum Teufel hast du getan?«

Colby schnaubte. »Es wird mir wirklich keine Freude machen, dir dein hübsches Gesicht einzuschlagen. Hast du sie etwa betrogen?«

Ich hob die Hände. »Nein, nichts dergleichen. Ich meine, ich habe es versaut, indem ich sie dazu ermuntert habe, wieder umzuziehen. Das hätte ich nicht tun sollen.«

»Moment. Nur damit ich dich richtig verstehe«, sagte Brayden. »Es war nicht Lalas Entscheidung, nach Philadelphia zurückzugehen? Du hast sie dazu gebracht?«

»›Dazu gebracht‹ ist vielleicht übertrieben. Aber ich habe ihr gesagt, sie soll es ruhig machen. Auf jeden Fall habe ich nichts getan, um sie daran zu hindern.«

»Warum um alles in der Welt hast du das gemacht, wenn du in sie verliebt bist?«

Ich rieb mir den Nacken. »Weil ich ein Idiot bin?«

»Tja, das ist ja nichts Neues«, sagte Owen. »Aber im Ernst,

Mann, wieso sagst du ihr, sie soll gehen, wenn du willst, dass sie bleibt?«

Ich stieß einen tiefen Seufzer aus und schüttelte den Kopf. »Ich habe es für das Richtige gehalten. Das habe ich mir zumindest eingeredet. Aber vielleicht war ich einfach zu feige, um ihr zu sagen, wie ich tatsächlich empfinde, und sie zu bitten, bei mir zu bleiben. Im Grunde habe ich einfach das Gefühl, sie nicht verdient zu haben. Sie ist so klug und schön und ... unverdorben. Ein Teil von mir findet, dass sie mit Warren zusammen sein sollte.«

»Du lieber Himmel.« Colby schüttelte den Kopf. »Ich hätte nicht gedacht, dass ich das noch erlebe.«

»Dass ich mich verliebe?«

»Nein. Dass mal jemand dein Selbstvertrauen erschüttert, du Egomane. Mit achtzehn hast du gedacht, du könntest unsere superheiße dreißigjährige Englischlehrerin ins Bett kriegen.«

Ich lächelte halbherzig. »Miss Renzo hatte ihre Hand auf meinen Oberschenkel gelegt. Sie wollte mich.«

»Siehst du?«, sagte Colby. »In Bezug auf Frauen hast du nie an dir gezweifelt. Meinst du etwa, ich hätte das Gefühl, gut genug für Billie zu sein? Natürlich nicht. Aber darüber musst du hinwegkommen. Wenn man eine Frau liebt, schickt man sie nicht fort, weil man meint, man wäre ihrer nicht würdig. Man strengt sich sein restliches Leben lang an, der Mann zu werden, der gut genug ist, um an ihrer Seite zu sein.«

Ich wollte daran glauben, dass ich ein Mann sein konnte, der Lala würdig war. Aber ich war mir dessen nicht sicher. »Und wenn ich es vermassele?«

Brayden zeigte auf sich und die anderen beiden. »Dann kriegst du es mit uns zu tun. Das sind wir Ryan schuldig.«

Owen suchte meinen Blick. »Wenn du Lala verletzt, bekommst du definitiv Prügel. Aber ich lehne mich weit aus dem

Fenster und sage etwas, wovon ich nie gedacht hätte, dass ich es einmal sage … Ich denke, wenn Ryan hier wäre und hören könnte, wie du für seine Schwester empfindest, würde er dir seinen Segen geben. Und deshalb hast du meinen.«

Colby nickte. »Meinen auch.«

Brayden zuckte die Achseln. »Dito. Also sei kein Feigling und sag der Frau, was du empfindest. Und vielleicht könnten wir dann jetzt endlich aufhören, über Gefühle und Waxing zu reden, und Karten spielen?«

Ich lächelte. »Ja, machen wir.«

Ich war zwar unsicher, ob das Problem damit gelöst war, aber es war gut zu wissen, dass die Jungs glaubten, es könnte mit mir und Lala klappen. Jetzt musste ich nur noch mich selbst davon überzeugen …

Am nächsten Morgen lag ich im Bett und überlegte, ob ich am Wochenende nach Philadelphia fahren sollte, um Lala meine Gefühle zu offenbaren, als mein Telefon vibrierte. Es war unsere Managerin Daisy. Ich las die Nachricht in der Voransicht und runzelte die Stirn.

Daisy: Hoffentlich hat niemand Pläne fürs Wochenende …

In letzter Zeit hatte sie wirklich ein übles Timing.

Aber wenn das nicht ein Wink des Schicksals war, das mir riet, Lala meine Liebe nicht zu gestehen, was dann? Ich seufzte und überlegte mir eine Antwort. Doch als ich mein Telefon entsperrte und die ganze Nachricht öffnete, sah ich, dass sie noch viel länger war.

Daisy: Hoffentlich hat niemand Pläne fürs Wochenende. Es gibt einen neuen Club, der mehreren Promis gehört, in dem man eigentlich keine Chance auf einen Auftritt hat. Aber die Tochter von einem der Besitzer hat euch neulich spielen gesehen und ihrem Vater gesagt, dass er euch unbedingt auf die Bühne holen muss.

Bevor ich zum Schreiben kam, antworteten meine Bandkollegen.

Dylan: Ich bin dabei. Wo ist der Laden?
Monroe: Von mir aus auf dem Pluto. Ich bin auch dabei.

Unsere Managerin antwortete.

Daisy: Er ist ein bisschen günstiger gelegen. In Philadelphia.

Ich richtete mich auf und spürte das Adrenalin in meinen Adern. Vielleicht hatte das Schicksal doch andere Pläne …

Holden: Bin auf jeden Fall dabei.

Nachdem wir alle geantwortet hatten, schickte uns Daisy die Daten für den Auftritt am Samstagabend. Völlig begeistert von der glücklichen Fügung schrieb ich Lala auf der Stelle eine Nachricht.

Holden: Hey. Wir sind gerade für einen Auftritt am Samstagabend in Philadelphia gebucht worden. Ich freue mich darauf, zu Hause zu spielen, aber am allermeisten freue ich mich auf dich. Wir sind die Ersten im Programm, sollten also um neun anfangen und um zehn, halb elf fertig sein. Komm zu der Show, und danach verdrücken wir uns.

Ich legte das Telefon nicht einmal ab, während ich auf ihre Antwort wartete.

Lala: Oh, das ist super. Ich versuche es zu schaffen.

Sie versucht es?

Es war, als hätte ich den Titelsong von *Rocky* gehört, um gleich die Treppe hinaufzulaufen und mir oben mein Mädchen zu schnappen, doch dann rutschte die Nadel kratzend über die Platte.

Ich schrieb zurück.

Holden: Hast du schon was vor?

Ich beobachtete, wie die Punkte herumtanzten, dann ein, zwei Minuten verschwanden und wieder zurückkehrten.

Lala: Ich muss ein bisschen Arbeit aufholen.

In vier Tagen, um neun Uhr am Samstagabend? Sie konnte sich trotz der langen Vorankündigung nicht mal ein paar Stunden freischaufeln? Jeglicher Optimismus, den ich eben noch verspürt hatte, verpuffte auf der Stelle.

Es ist so weit. Das ist der Anfang vom Ende.

Sie hätte mir auch schreiben können, dass sie sich die Haare waschen musste. Aber etwas in mir scheute sich davor, sie sofort zur Rede zu stellen – aus Angst, sie würde noch heute Schluss machen. Ich musste sie wenigstens noch ein letztes Mal sehen, falls sie es tatsächlich vorhatte. Also hielt ich mich zurück.

Holden: Okay. Frohes Schaffen.

Ihre Antwort war ein Smiley. *Ein verdammtes Emoji.*

Im Verlauf der nächsten Tage grübelte ich unfassbar viele Stunden darüber, wie ich mit der Situation umgehen sollte. Ich überlegte hin und her, ob ich Lala meine ewige Liebe erklären oder ihr das Leben leichter machen sollte, indem ich die Sache offiziell beendete und Lala freigab. In meinem Kopf herrschte das reinste Chaos. Ich wusste nur, dass ich das Richtige für Lala tun und es ihr nicht noch schwerer machen wollte.

Im Endeffekt beschloss ich, dass ich sie persönlich sehen musste, um herauszufinden, was das Richtige war. Deshalb fuhr ich einen Tag früher nach Philadelphia, ohne ihr Bescheid zu sagen, weil ich hoffte, dass es mir bei meiner Entscheidung half, wenn ich sie überraschte. Ich wollte sehen, wie sie reagierte, wenn sie mir die Tür öffnete, nachdem wir uns ganze drei Wochen nicht gesehen hatten.

Mein Herz hämmerte in meiner Brust, als ich am Freitagabend bei ihr eintraf, und während ich den Weg zu dem Haus hochging, in dem sie wohnte, trat mir der Schweiß auf die Stirn, obwohl es alles andere als warm draußen war. Vor ihrer Tür angekommen wischte ich mir die Hände an meiner Hose ab und atmete tief durch.

Klopf. Klopf. Klopf.

Doch es war nicht Lala, die mir öffnete.

Es war … *ihre Mutter.*

Ich versuchte, meine Enttäuschung zu verbergen und höflich zu reagieren. »Oh. Hallo Mrs E.«

»Holden? Laney hat gar nicht erwähnt, dass du kommst.«

Ich schob die Hände in die Hosentaschen. »Wahrscheinlich weil sie es nicht weiß. Ich dachte, ich überrasche sie.«

»Oh. Nun, sie ist gerade nicht zu Hause. Ich warte auf eine Lieferung für sie, die am frühen Nachmittag kommen sollte, aber der Wagen hatte eine Reifenpanne und verspätet sich um ein paar Stunden.«

»Arbeitet Lala noch?«

Mrs E schüttelte den Kopf. »Sie hat einen Arzttermin und wollte ein paar Besorgungen machen.«

»Oh. Okay.« Ich setzte ein Lächeln auf. »So ist das eben mit Überraschungen. Aber ich freue mich, Sie wiederzusehen, Mrs E. Sie sehen gut aus.«

»Möchtest du … auf eine Tasse Tee hereinkommen? Es dauert wahrscheinlich noch eine Weile, bis Lala wiederkommt, aber vielleicht können wir uns ein bisschen unterhalten?«

»Sicher. Sehr gern.«

Als Kind hatte ich mehr oder weniger bei den Ellisons gewohnt. Dennoch fühlte ich mich plötzlich unbehaglich, was vielleicht etwas mit meiner Befürchtung zu tun hatte, dass sie mich hereinbat, um mir zu sagen, dass ich die Finger von ihrer Tochter lassen sollte.

Wir plauderten ein wenig, während sie Tee machte, und ich gab mir alle Mühe, mein Shirt nicht unter den Armen durchzuschwitzen.

»Bitte schön …« Mrs E stellte zwei Tassen auf den Küchentisch und setzte sich mir gegenüber. Sie lächelte warmherzig. »Mein Mann sagte, er kommt unter Umständen vorbei, um mir Gesellschaft zu leisten. Wir sind also vielleicht nicht lange allein. Ich hoffe, du hast nichts dagegen, dass ich offen und ehrlich bin und nicht wie die Katze um den heißen Brei herumschleiche.«

Verdammt. Jetzt kommt's. Ich schluckte und nickte. »Natürlich nicht. Wir kennen uns doch schon sehr lange, Mrs E. Sprechen Sie aus, was immer Ihnen auf der Seele liegt.«

»Danke, Holden.« Sie räusperte sich. »Normalerweise mische ich mich nicht ein. Aber ich weiß, du hast Gefühle für meine Tochter, und ich weiß auch, wie nah du meinem Sohn standest.«

Ich senkte beschämt den Kopf. »Es tut mir wirklich leid, Mrs E. Ich weiß, dass Ryan mich umbringen würde, wenn er hier wäre. Und mir ist auch klar, dass ich für Eltern nicht der Idealvorstellung von einem festen Freund entspreche.« Ich schüttelte den Kopf. »Ich wollte nicht, dass es passiert. Das schwöre ich.«

Mrs E tätschelte mir die Hand. »Ich möchte dir eine Geschichte erzählen. Ich weiß nicht, ob du dich daran erinnerst, aber ungefähr eine Woche vor seinem Tod hatte Ryan begonnen, unten auf der Couch zu schlafen, weil er zu schwach war, um nach oben in sein Zimmer zu gehen.«

Mir wurde das Herz schwer. »Ich erinnere mich.«

»Nun, an diesem Tag warst du bei uns, und Ryan war auf der Couch eingeschlafen. Laney harkte draußen auf dem Rasen das Laub zusammen, und du bist hinausgegangen, um ihr zu helfen. Das hast du zumindest gesagt.« Mrs E lächelte liebevoll. »Aber als du draußen warst, hast du ein Bündel Laub zusammengerafft und sie damit beworfen. Ihr habt eine richtige Blätterschlacht im Vorgarten veranstaltet und einander fast eine Stunde lang lachend und kreischend wie die Schulkinder gejagt.«

Ich lächelte. »An den Tag erinnere ich mich gut.«

»Vermutlich weißt du aber nicht, dass Ryan währenddessen wach wurde. Er hatte Durst und ging in die Küche. Ich hatte im Zimmer nebenan Wäsche zusammengelegt, und als ich herauskam, hat er dich und Laney durchs Fenster beobachtet.« Sie blickte aus Lalas Küchenfenster hinaus und legte eine Hand auf ihr Herz. »Er hatte ein ebenso riesiges Lächeln im Gesicht wie ihr beide. Und weißt du, was er gesagt hat?«

»Was?«

Sie drehte sich mir wieder zu und sah mich an. »Er meinte, dass ihr zwei schon seit Jahren schwer verknallt ineinander seid.«

Ich sah sie mit offenem Mund an. »Er wusste es?«

Sie nickte. »Er meinte, du wärst nicht der Richtige für seine Schwester.«

Ich zog die Augenbrauen zusammen.

»Aber dann hat er gesagt, dass du hoffentlich eines Tages eine Frau findest, die dich ändert, und dass Laney hoffentlich diese Frau sein wird.«

Mir kamen die Tränen. »Wirklich?«

»Wirklich.« Sie hielt lachend den Zeigefinger hoch. »Um ehrlich zu sein, hat er mir danach noch gesagt, dass mein Mann dir eine Tracht Prügel verpassen soll, wenn du dich *nicht* änderst und seiner kleinen Schwester nachstellst.«

Ich lächelte. »Das klingt mehr nach Ryan.«

Mrs E drückte meine Hand. »Nur du weißt, ob du der Mann geworden bist, den Laney unseres Wissens nach braucht. Aber ich hielt es für wichtig, dir zu sagen, dass Ryan glaubte, du hättest das Zeug dazu.« Sie hielt inne. »Und ich glaube es auch, Holden.«

Unsere Blicke trafen sich. »Wirklich?«

Sie nickte. »Wirklich.«

Alle Hoffnung, die ich nach dem Gespräch mit Mrs Ellison gehegt hatte, war am nächsten Tag längst erloschen. Lala hatte mir abends noch geschrieben, als sie nach Hause gekommen war. Ihre Mutter hatte ihr von meinem Besuch erzählt, aber sie war zu müde, um mich noch zu sehen, wie sie schrieb. Und heute Morgen hatte sie gesagt, sie müsse zur Arbeit. Sie hatte versprochen, mir Bescheid zu geben, wenn sie Feierabend machte, aber es kam keine Nachricht, auch wenn ich mein

Handy noch so oft checkte. Trotzdem klammerte ich mich an das Fünkchen Hoffnung, dass sie einfach sehr beschäftigt war und zu unserem Gig auftauchen würde. Doch sie kam nicht.

Gegen Ende unseres Auftritts fühlte ich mich elend und wollte nur noch nach Hause. Aber Monroe verkündete dem Publikum, dass wir gern noch einen neuen Song vorstellen würden – den Song, den ich über Lala geschrieben hatte. Ich war wirklich nicht in der Stimmung dafür und schüttelte den Kopf.

»Heute nicht, Kumpel.«

Er winkte mich trotzdem nach vorn und rief dem Publikum zu: »Unser Drummer ist heute ungewöhnlich schüchtern und braucht ein wenig Zuspruch. Was meint ihr, Leute? Wollt ihr einen *brandneuen* Song hören, der noch nie öffentlich gespielt wurde? Wenn unser sexy Drummer für euch bei seinem Heimspiel singen soll, dann gebt jetzt mal ordentlich Laut!«

Die Menge klatschte und johlte. Ich hätte Monroe am liebsten eine reingehauen. Aber er war nicht ohne Grund unser Frontmann. Er war eine Rampensau und trieb die Leute dazu an, mich ans Mikrofon zu rufen. Als sie alle »Hol-den, Holden« skandierten, blieb mir nichts anderes übrig, als hinter meinem Schlagzeug hervorzukommen. Ich hatte mir gewünscht, dass Lala den Song als Erste von mir hören würde – von meinen Bandkollegen einmal abgesehen –, aber wie es aussah, sollte das wohl nicht sein. Und so schloss ich die Augen, als die Musik anfing, und legte mein Herz in jedes einzelne Wort, das ich geschrieben hatte. Erst als ich fertig war und die Augen öffnete, merkte ich, dass mir Tränen über die Wangen liefen – und ich sah *Lala* in der Nähe des Ausgangs stehen. Auch sie hatte geweint. Ich blinzelte mehrmals, um mich zu vergewissern, dass ich sie mir nicht einbildete. Aber sie war wirklich da.

Ich drückte meinem Bassisten das Mikro in die Hand und

verließ ungeachtet der Standing Ovations des Publikums die Bühne. »Wir machen eine Pause. Ich bin gleich zurück.«

Ich konnte nicht schnell genug bei ihr sein und drängelte mich durch die Menge. Ich ignorierte die Leute, die mir gratulieren und mich mit Komplimenten überhäuften, denn ich hatte nur Augen für Lala.

Als ich endlich bei ihr war, umfing ich ihr Gesicht mit den Händen. »Ich dachte, du kommst nicht.«

Sie schniefte. »Wollte ich auch nicht. Es tut mir leid, Holden. Es tut mir so furchtbar leid.«

Ich schluckte. Es tat höllisch weh, aber mir war wichtiger, dass sie nicht traurig war. Ich wischte mit den Daumen über ihre Wangen. »Ist schon gut. Ich verstehe es. Wir können Freunde bleiben, Süße. Wir bleiben immer in Kontakt. Weine nicht.«

»Ich will nicht in Kontakt bleiben, Holden.«

Mein Kiefermuskel zuckte. Ich musste auf der Stelle hier weg. Nachdem ich gerade mein Herz auf der Bühne entblößt hatte, war ich viel zu emotional. Ich wollte nichts sagen, was ich später bedauern würde.

»Okay. Wie du willst. Mach's gut, Lala.«

Ich drehte mich abrupt um und machte zwei Schritte, doch Lala hielt mich am Arm fest. »Holden, warte!«

»Warum? Was gibt es noch groß zu sagen? Dass ich dich so sehr liebe, dass es schmerzt? Dass ich nichts mehr essen kann? Dass ich nicht mehr klar denken kann? Dass ich ohne dich keine Lust mehr habe, morgens aufzustehen?« Meine Stimme wurde lauter. »Sag es mir, Lala. Wolltest du das von mir hören?«

Sie schüttelte den Kopf. »Nein.«

»Was gibt es denn noch?«

Lala holte tief Luft. »Ich bin schwanger, Holden. Mit deinem Kind.«

32. KAPITEL

HOLDEN

Die Welt begann sich in einem atemberaubenden Tempo um mich herum zu drehen. Alle Geräusche und Lichter im Club rückten in weite Ferne, während ich Lalas Worte zu begreifen versuchte.

Hatte sie wirklich gesagt, was ich zu hören geglaubt hatte?

Sie ist schwanger?

Mein Herz raste, als ich sie an die Hand nahm und mit ihr nach draußen ging. Ich musste es noch einmal hören, ohne Ablenkung.

Wir gingen um die Ecke des Gebäudes, bis wir abgesehen von vorbeifahrenden Autos allein waren.

Meine Hände zitterten, als ich ihr Gesicht umfing. »Lala … sag noch mal, was du da drinnen gesagt hast, damit ich weiß, dass ich nicht halluziniere.«

»Ich bin schwanger, Holden.«

»Bist du sicher?«

»Ich habe mehrere Tests gemacht, und die Ärztin hat es bestätigt. Als du bei mir vorbeigekommen bist und mit meiner Mutter gesprochen hast, war ich gerade bei ihr.«

Die Nachricht hätte mich nicht überraschen dürfen. Wir waren nicht immer vorsichtig gewesen – ein Risiko, das ich mit anderen Frauen niemals eingegangen wäre. Ich hatte mich hinreißen lassen.

Benommen fragte ich: »Wie lange weißt du es schon?«

»Vor zwei Wochen ist mir aufgefallen, dass mir ständig übel war, seit ich New York verlassen habe. Zuerst dachte ich, es sind die Nerven, aber dann kam mir der Verdacht, dass womöglich etwas anderes dahintersteckt.«

Ich nickte, denn allmählich ergab ihr Verhalten mehr Sinn für mich.

»Deshalb warst du so zurückhaltend mir gegenüber.«

»Ja.«

»Warum hast du mir nicht gesagt, was los ist, Lala? Ich wäre für dich da gewesen.«

Sie schüttelte den Kopf »Ich musste mir hundertprozentig sicher sein, bevor ich dich damit konfrontiere.«

Ich schloss die Augen, um das erst einmal sacken zu lassen.

Lala … war schwanger mit meinem Baby.

Unser Baby.

Ich werde Vater.

Was?

Heilige Scheiße.

Heilige Scheiße.

Heilige Scheiße.

Sie riss mich aus meinen Gedanken. »Ich wollte dir sagen, dass ich beschlossen habe, es zu behalten, Holden. Das Timing ist wirklich schlecht, und du bist mit Sicherheit noch nicht bereit …«

»Moment, jetzt mal langsam.« Ich trat einen Schritt zurück. »Hast du echt gedacht, ich würde es jemals in Betracht ziehen, unser Baby nicht zu behalten?« Mein Herz raste. »Ich bin vielleicht noch nicht *bereit*, Vater zu sein, aber Lala …« Ich hob ihr Kinn. »Sieh mich an. Sieh mir in die Augen. Ich muss dir etwas erklären.«

Sie nickte, und ihr kamen wieder die Tränen, als sie zu mir aufsah.

»Diese Nachricht ist das Beste, was mir *jemals* passiert ist. Dass jetzt mein Baby in dir heranwächst, ist wichtiger als die Musik, wichtiger als *irgendetwas* anderes. Es ist ...« Ich hielt inne und überlegte, wie ich es formulieren sollte. »Es ist alles, was ich je wollte, ohne mir dessen bewusst zu sein.«

Ihre Augen weiteten sich. »Du freust dich darüber?«

Ich legte meine zitternde Hand auf ihren Bauch. »Ich bin so verdammt glücklich, Süße. So glücklich.«

»Gott, ich bin so erleichtert.« Sie legte ihre Hand auf meine. »Ich habe befürchtet, es wäre eher eine böse Überraschung für dich, und war bereit, es notfalls allein aufzuziehen.«

»Wenn du es aus irgendeinem Grund nicht gewollt hättest, wäre es deine Entscheidung gewesen. Aber es hätte mich umgebracht, Lala. Weil ich dieses Baby jetzt schon liebe, nachdem ich erst ein paar Minuten von ihm weiß.« Ich sah ihr in die Augen. »Und ich liebe *dich* so sehr. Ich konnte es bisher nicht aussprechen. Ich habe es mit dem Song versucht, aber es war längst überfällig, dass ich es dir von Angesicht zu Angesicht sage.« Ich nahm die Hand von ihrem Bauch und legte sie an ihre Wange. »Ich liebe dich, Lala. Und ich verspreche dir, ich werde tun, was immer nötig ist, damit es funktioniert. Ich werde dir das Leben bieten, von dem du immer geträumt hast.«

Ihre Augen glänzten. »Alles, wovon ich vor der Zeit mit dir geträumt habe, ist hinfällig, Holden. *Du* bist mein Traum.« Sie wischte sich über die Augen. »Dein Song vorhin hat mir Mut gemacht, dir endlich zu sagen, was los ist. Ich wollte nicht, dass du mir aus den falschen Gründen sagst, dass du mich liebst. Aber dank des Songs weiß ich nun, dass du mich schon geliebt hast, bevor du von der Schwangerschaft erfahren hast ... Das war einfach perfekt.«

Ich strich ihr mit dem Daumen über die Wange. »Ich liebe dich schon sehr lange, Süße. Ich wollte dich nur nicht verschrecken.«

Sie löste sich von mir. »Ich muss dir noch etwas sagen …«

»Okay …«

»Ich möchte nicht, dass du irgendetwas änderst. Ich könnte es nicht ertragen, wenn du deine Karriere aufgeben würdest, für die du so hart gearbeitet hast, weil du dich verpflichtet fühlst, fest an einem Ort zu bleiben. Ich will dich natürlich bei uns haben, aber noch bevor ich festgestellt habe, dass ich schwanger bin, habe ich mir überlegt, dass ich meine Erwartungen anpassen muss, damit es funktioniert. Wenn ich dich in meinem Leben haben will, muss ich akzeptieren, dass du vielleicht nicht immer präsent bist.«

Ich blinzelte. »Ich kann gerade überhaupt nicht an die Musik denken. Das alles kommt mir plötzlich völlig unwichtig vor.« Ich schüttelte den Kopf. »Eines kann ich dir sagen: Ich möchte nicht länger von unserem Kind – oder von dir – getrennt sein. Ich muss mir also überlegen, was das in Bezug auf die Band bedeutet, aber nicht heute. Heute will ich mich einfach nur freuen. Oh Gott, Lala … Wir bekommen ein Baby!« Ein breites Lächeln hob meine Mundwinkel. »Etwas Großartigeres gibt es doch gar nicht. Ich habe unheimlich Schiss … aber ich bin furchtbar glücklich.«

Sie strahlte. »Ich bin auch wahnsinnig glücklich, und Angst habe ich auch. Aber ich weiß genau, du wirst unserem Kind der allerbeste Vater sein. Obwohl wir beide keine Ahnung davon haben, was uns erwartet.«

Unser Kind.

Es war surreal im besten Sinne.

Ein verwahrloster Typ kam auf uns zu. »Haben Sie ein bisschen Kleingeld für mich?«

»Alter, ich habe gerade erfahren, dass ich Vater werde.« Ich riss die Arme hoch und wiederholte es: »Ich werde Vater!«

Der Mann warf mir ein zahnloses Grinsen zu. »Ist ja super, Mann.«

Ich griff in meine Tasche und gab ihm ein Bündel Scheine. »Heute ist der beste Tag meines Lebens, und hoffentlich rettet das hier Ihren Tag.«

Der Mann betrachtete das Geld in seiner Hand und begann zu weinen. »Sie wissen gar nicht, was das für mich bedeutet.«

Ich klopfte ihm auf die Schulter. »Passen Sie auf sich auf.«

»Sie auch. Und herzlichen Glückwunsch!«, sagte er, bevor er davonhumpelte.

Als er weg war, ließ der Schock allmählich nach und wurde von purer Freude verdrängt.

»Ich werde Vater!«, rief ich laut über die Straße.

»Verpiss dich!«, brüllte jemand aus einem Fenster auf der anderen Seite.

Lala wischte sich die Lachtränen aus den Augen.

Ich schlang die Arme um sie und gab ihr einen Kuss auf die Stirn. »Komm, wir gehen nach Hause.«

Am späten Abend, als wir in Lalas Bett waren, legte ich meinen Kopf sachte an ihren Bauch. Vor lauter Aufregung hatte ich vorher nicht daran gedacht, sie zu fragen, wie lange sie schon schwanger war, und eben hatte sie mir gesagt, sie sei etwa in der sechsten Woche. Der Gedanke, dass ihr Bauch nun von Woche zu Woche dicker wurde, schenkte mir unvorstellbare Glücksgefühle. Das Verrückte war, dass ich mir Lala in meinen wildesten Fantasien schwanger mit meinem Baby vorgestellt hatte, aber ich hatte nie zu hoffen gewagt, dass es tatsächlich wahr werden könnte.

»Wer weiß es sonst noch?«, fragte ich. »Ich meine, abgesehen von halb Philadelphia, nachdem ich es vorhin hinausgeschrien habe.«

Ihr Bauch bebte, als sie lachte. »Meine Eltern. Sonst niemand.«

Bei dem Gedanken, dass mich ihr Vater wahrscheinlich umbringen wollte, schoss mir das Adrenalin durch die Adern.

Ich schauderte. »Wie hat es dein Vater aufgenommen?«

»Er war schockiert, genau wie ich. Aber ich denke, wenn er erfährt, wie du reagiert hast, beruhigt er sich. Er weiß, dass ich dich liebe.«

Ich hob den Kopf. »Echt?«

»Ja, ich habe es ihm gesagt. In den letzten Wochen haben wir viel über dich geredet, auch bevor ich wusste, dass ich schwanger bin.« Sie spielte mit meinen Haaren. »Er wusste, wie sehr mir die räumliche Trennung von dir zu schaffen gemacht hat. Ich konnte es nicht verbergen.«

Es machte mich stolz, dass sie ihrem Vater ihre Liebe zu mir gestanden hatte. Das war nicht zu leugnen.

»Wir warten am besten mindestens bis zur zwölften Woche, bevor wir es allen anderen sagen«, erklärte sie.

Ich nickte. »Okay … du meinst also, es ist zu früh, um es den Jungs und Billie zu erzählen?«

Es würde mich umbringen, diese Neuigkeit noch sechs Wochen für mich zu behalten. Ich war nicht gut darin, Geheimnisse zu bewahren – ganz im Gegenteil.

Sie seufzte und schien hin- und hergerissen zu sein. »Also, es heißt immer, man soll bis zur zwölften Woche warten, weil vorher alles Mögliche passieren kann.« Offenbar war ihr meine Enttäuschung aufgefallen. »Okay … aber nur den Jungs und Billie. Und deinen Eltern. Aber sonst keinem.«

Ich grinste. »Cool.«

Sie rieb sich den Bauch. »Es ist jetzt gerade mal so groß wie eine Bohne.«

Ich bekam es mit der Angst zu tun. *Das ist verdammt klein.* So unglaublich zerbrechlich. Der Gedanke, dass unserem Baby etwas Schlimmes zustoßen könnte, war erschreckend. Ich nahm mir vor, nicht daran zu denken und fest daran zu glauben, dass alles gut wurde.

»Ich würde dich am liebsten in Watte packen, Lala.«

»Dann kämst du aber nicht mehr an mich ran«, entgegnete sie augenzwinkernd.

»Stimmt. Was für eine dumme Idee! Vergiss es.« Ich drückte sie. »Ich muss dir etwas sagen …«

»Okay …«

»Auch wenn du mir nicht gesagt hättest, dass du schwanger bist … Ich wollte dich auf jeden Fall besuchen, bevor ich wieder nach Hause fahre, und dir vorschlagen, dass wir tun, was immer nötig ist. Die letzten Wochen waren nämlich unerträglich für mich. Wir haben zwar keinen konkreten Plan, aber wir sind ein Team. Und jetzt … sind wir eine *Familie*. Es gibt rein gar nichts, was ich nicht tun würde, damit es klappt.«

Lala lächelte mich an. »Ich danke dir.«

»Ich danke *dir*.« Ich wandte meine Aufmerksamkeit wieder ihrem Bauch zu und flüsterte: »Hey, kleine Bohne. Ich bin's, dein Daddy. Ich glaube nicht, dass du mich schon hören kannst, aber du sollst wissen, dass ich bei dir bin. Ich werde von nun an immer dafür beten, dass du gesund heranwächst. Ich will den Frieden da drin nicht so früh stören, aber mach dich schon mal bereit für ganz viel Musik in den kommenden Monaten. Ich werde nämlich für dich singen, ob es dir gefällt oder nicht. Und wenn du rauskommst, wirst du mit deinen kleinen Fäusten trommeln.«

Lala lachte.

»Und ich möchte mich im Voraus dafür entschuldigen, wie schlecht ich auf dich vorbereitet bin«, fügte ich hinzu. »Ich bin wahrscheinlich der Letzte, den du dir als Vater aussuchen würdest. Einmal habe ich fast ein Meerschweinchen mit Chips umgebracht. Aber ich verspreche, ich werde es mit meiner Liebe zu dir wettmachen, dass ich nicht perfekt bin.«

Am nächsten Tag hatte ich noch ein paar Stunden Zeit, bevor ich nach New York zurückkehren musste. Weil Lala mir erlaubt hatte, es meinen Eltern zu sagen, hatte ich sie morgens besucht und ihnen nicht nur erzählt, dass ich verliebt in Laney Ellison war, sondern auch, dass wir ein Baby bekommen würden. Meine Mutter war fast in Ohnmacht gefallen, während mein Vater nur fassungslos gelacht hatte. Trotz ihrer merkwürdigen Art, es zu zeigen, waren beide überglücklich – zumal ich ihr einziges Kind war.

Ich hatte bereits geplant, am folgenden Wochenende wieder nach Philadelphia zu fahren, um Lala zu sehen. Aber vor meiner Heimfahrt musste ich noch etwas Wichtiges erledigen. Es konnte nicht bis zum nächsten Mal warten – und ich musste es allein tun.

Es war bewölkt, als ich am Friedhof ankam. Wann immer ich in meiner Heimatstadt war, besuchte ich Ryans Grab, aber mein heutiger Besuch war vielleicht der wichtigste von allen.

Ich kniete mich hin und legte ein Eis im Hörnchen vor seinen Grabstein. Die meisten Leute nahmen Blumen mit auf den Friedhof, aber ich brachte Ryan jedes Mal sein Lieblingseis mit.

Ich holte tief Luft und schaute in den Himmel. »Ich will nicht lange drumherum reden.« Ich richtete den Blick wieder auf den Grabstein und atmete aus. »Ich habe deine kleine Schwester geschwängert, Ry.«

Ich hielt inne und wartete seine wütende Reaktion oben im Himmel ab – zumindest stellte ich sie mir so vor, wahrscheinlich ein paar Flüche in meine Richtung und ein »*Wie konntest du mir das antun?*«.

»Hättest du dir jemals träumen lassen, das aus meinem Mund zu hören?«, fuhr ich fort. »Oder hast du es vielleicht schon mal geträumt, und es war dein größter Albtraum?« Ich schüttelte den Kopf. »So oder so, ich habe es jedenfalls nicht für möglich gehalten, dass ich dir das jemals gestehen muss.«

Dann fiel mir das Gespräch mit Lalas Mutter ein. Vielleicht schätzte ich Ryans Reaktion in Wahrheit falsch ein.

»Ich möchte glauben, was deine Mutter mir gesagt hat. Sie meinte, du wärst unter der Bedingung mit unserer Beziehung einverstanden, dass ich mich ändere. Aber es ist schwer einzuschätzen, ob du der Meinung bist, dass ich mich *ausreichend* geändert habe.«

Ich zupfte an ein paar Grashalmen. »Ich bin hier, um dir zu sagen, dass ich mich tatsächlich geändert habe. Ich bin nicht sicher, ob jemand anderer als Lala mich dazu hätte bewegen können, mich ändern zu *wollen*, Ryan. Aber die Liebe schafft so etwas. Vor all den Jahren, als dir aufgefallen ist, wie ich sie angesehen habe, war die Zeit noch nicht reif. Damals war ich nicht der Richtige für sie.«

Ein Flugzeug flog hoch am Himmel über mich hinweg.

»Die Sache ist die … Ich weiß nicht, ob ich jemals der Mann sein werde, den sie verdient. Aber ich weiß, ich liebe sie und unser Baby mehr, als ich jemals etwas geliebt habe. Das sollst du wissen. Und du musst mir vertrauen. Ich passe auf sie auf, Bro. Wirklich. Ich werde dich nicht enttäuschen.« Ich schmunzelte. »Oh! Und falls du irgendetwas damit zu tun hattest, dass Warren den Job in Kalifornien bekommen hat, dann danke ich dir.«

Ich hatte mir fest vorgenommen, nicht zu weinen, aber mir kamen die Tränen, als ich daran dachte, wie ungerecht das Leben ist.

»Das alles hätte dir passieren müssen, Ryan. Du bist der Einzige von uns, der immer wusste, dass er eines Tages eine Familie gründen möchte. Es macht mich jeden Tag fertig, wenn ich daran denke, dass du das nicht erleben durftest. Ich bin es dir schuldig, die Sache nicht zu verbocken, weil du nicht die Möglichkeit hattest, Vater zu werden. Mein Kind ist deine Nichte oder dein Neffe, was ich verdammt cool finde. Und wenn es wie Lala aussieht, wird es auch dein Gesicht haben.« Ich schüttelte den Kopf. »Also, es ist schon seltsam, aber mir wird gerade erst bewusst, dass ich jemanden liebe, der aussieht wie du. Bitte überanalysiere das jetzt nicht, okay?«

Ich wischte mir über die Augen. »Jedenfalls hoffe ich, du hasst mich jetzt nicht. Ich meine, machen wir uns nichts vor … Wenn du tatsächlich alles sehen kannst, was hier unten passiert, riskiere ich schon seit einer ganzen Weile Kopf und Kragen.«

Ich berührte den Grabstein und sagte: »Ich liebe dich, Mann. Ich werde dich immer lieben. Und mein Kind wird erfahren, was für ein großartiger Typ sein Onkel war. Ich kann es nicht erwarten, ihm die Geschichten aus unserer Kindheit zu erzählen. Ich verspreche, es wird dabei nicht um das gehen, was wir verloren haben, sondern um das, was wir zusammen hatten, als du hier warst. Weil es nicht deine Krankheit war, die dich ausgemacht hat, Ryan. Und ich werde verdammt noch mal dafür sorgen, dass du nicht deshalb in Erinnerung bleibst. Du warst derjenige, der uns Jungs zusammengehalten hat, und jeder von uns hätte mit dir den Platz getauscht, wenn wir dich auf diese Weise hätten hierbehalten können. Wir lieben dich so sehr.«

Nun liefen mir wieder die Tränen übers Gesicht. Es war verdammt richtig gewesen, allein zu kommen. Ich stand auf.

»Mach's gut, Kumpel. Ich komme bald wieder. Versprochen.«

Als ich zum Auto ging, fegte mir eine Windböe meine Eagles-Kappe vom Kopf. Sie segelte so schnell davon, dass ich hätte lossprinten müssen, um sie einzufangen. Doch ich lächelte nur und ließ sie fliegen. Es war Ryans Lieblingskappe gewesen. Er hatte immer versucht, sie mir zu klauen.

Und offenbar hatte er es jetzt geschafft.

33. KAPITEL

LALA

Ich leckte mir die Lippen.

Das sieht verdammt heiß aus.

Holden wischte sich mit einem Zipfel seines T-Shirts den Schweiß von der Stirn. Dann griff er erneut zum Vorschlaghammer und schaute zu mir herüber, doch als er mein Gesicht sah, legte er ihn ab.

»Schon wieder?«

Ich biss mir auf die Lippe und zuckte mit den Schultern. »Ich kann nichts dafür. Das sind die Schwangerschaftshormone. Du spannst deine Muskeln an, auf deinem Sixpack glänzt der Schweiß, und du zeigst Nestbauverhalten. Das ist wahnsinnig sexy.«

Er zog die Augenbrauen hoch. »Nestbauverhalten?«

»Ja, du baust ein Nest. Es ist unglaublich anziehend, wenn ein Mann körperlich arbeitet, um die Ankunft seines Kindes vorzubereiten. Wäre es total verrückt, wenn ich dich bitten würde, dir auf die Brust zu trommeln und zu sagen: ›Ich Tarzan, du Jane‹?«

Holden zog seine Arbeitshandschuhe aus. »Wie wär's, wenn wir gemeinsam ein bisschen verrücktspielen?«

Ich kicherte. Neuerdings war ich unersättlich. Ich konnte nicht genug von diesem Mann bekommen, vor allem seit er letzte Woche begonnen hatte, die Wand zwischen seiner

Wohnung und meiner alten einzureißen, nachdem ich endgültig wieder nach New York gezogen war. Es machte mich total an, ihn einen Vorschlaghammer schwingen zu sehen, um mehr Platz für unsere Familie zu schaffen. Wer hätte das gedacht?

Holden kam zu mir herüber und schlang die Arme um meine Taille. »Dir ist schon klar, dass ich dir ein Kind nach dem anderen machen muss, weil du dich in der Schwangerschaft zu einer kleinen Nymphomanin entwickelst.«

»Kein Problem. Ich will ganz viele Kinder von dir haben.«

»Aber jetzt müssen wir uns beeilen. Ich muss duschen, bevor ich dich anrühre, und in einer Stunde haben wir schon deinen Zwölf-Wochen-Vorsorgetermin.«

»Duschen? Auf keinen Fall. Ich will dich verschwitzt.«

Holden grinste und hob mich hoch. »Dein Wunsch ist mir Befehl, Süße.«

Im Schlafzimmer zogen wir einander aus und ließen uns knutschend aufs Bett fallen. Am Morgen waren wir langsam und zärtlich in den Tag gestartet, doch jetzt brauchte ich es schnell und hart. Deshalb wand ich mich unter ihm heraus und ging auf alle viere. Sofort kniete sich Holden hinter mich und fasste mir zwischen die Beine. Als er feststellte, dass ich bereit war, stöhnte er.

»Ich liebe es, wie feucht du bist, bevor ich dich überhaupt anrühre.«

»Keine Zeit fürs Vorspiel«, keuchte ich. »Ich brauche dich jetzt sofort.«

Wie feucht und bereit ich auch sein mochte, für Holden war es immer eng. Nach dem ersten Vorstoß umspannten meine Muskeln jeden prächtigen Zentimeter von ihm, während er in mich hineinglitt. Mit einem erneuten Stöhnen zog er sich halb zurück.

»Ich sehe dir gern ins Gesicht, während ich in dir bin, aber dieser Anblick ist auch ziemlich atemberaubend.« Er zog sich noch ein paar Zentimeter zurück und drang ganz langsam wieder in mich ein. »Herrgott, das könnte ich mir ewig ansehen.«

Nachdem er seinen Rhythmus gefunden hatte, wurde er immer schneller und leidenschaftlicher. Er beugte sich vor und legte einen Arm um meinen Bauch, um meine Klitoris zu massieren.

»Komm, Süße, komm! Lass mich deinen heißen Körper füllen.«

Die Mischung aus schmutzig und süß löste den Orgasmus aus, auf den ich bereits zugesteuert war. Ich stöhnte genießerisch. Und danach war ich völlig erschöpft und konnte mich kaum aufrecht halten, während Holden schließlich auch zum Höhepunkt kam. Er grub die Finger in meine Schultern und presste die Hüften fest gegen mich. Ich spürte die Nachbeben in unseren vereinten Körper noch lange nachdem er gekommen war. Dann drehte er sich mit mir gemeinsam, sodass wir auf die Seite rollten und nicht auf dem Bauch landeten. Ich lächelte in mich hinein, weil Holden sich bemühte, auf das Baby aufzupassen.

Er drückte mir von hinten einen Kuss auf die Schulter. »Ich habe mal eine blöde Frage, obwohl ich es wahrscheinlich eigentlich wissen sollte.«

»Welche?«

»Wie lange bleiben meine Schwimmer in dir lebendig?«

Ich drehte mich zu ihm um. »Sperma kann bis zu fünf Tage im weiblichen Fortpflanzungstrakt überleben. Warum fragst du?«

Er grinste. »Weißt du, wie oft wir es in den letzten fünf Tagen gemacht haben? Die Ultraschalltechnikerin wird wahrscheinlich beim Blick auf den Monitor denken, sie würde in ein überfülltes Fischglas gucken.«

Ich lachte. »Deine Schwimmer sind zwar sehr leistungsfähig, aber trotzdem sind sie winzig klein. Und apropos Ultraschall: Geh duschen, damit wir nicht zu spät kommen. Ich dusche nach dir.«

»Warum duschen wir nicht zusammen?«

»Weil wir dann nicht so bald wieder rauskommen.«

»Ich kann mich beherrschen. Ich meine, wir hatten heute schon dreimal Sex, da werde ich es wohl schaffen, ein, zwei Stunden lang meine Hände bei mir zu behalten.«

Ich schubste Holden aus dem Bett. »*Deinetwegen* war ich auch nicht in Sorge.«

Vierzig Minuten später waren wir in der Frauenarztpraxis. Dr. Resnick untersuchte mich rasch, und dann kam eine Technikerin und rollte ein Gerät herein. Aufgeregt war ich ohnehin, aber nun wurde ich plötzlich nervös. Nachdem sie alles aufgebaut hatte, strich sie mir Gel auf den Bauch.

Holden stand neben mir und hielt meine Hand ganz fest. Er schien genauso nervös zu sein wie ich.

Die Technikerin fuhr mit dem Gerät über meinen Bauch, und laute Herztöne hallten durch den Raum. Sie drehte an ein paar Knöpfen.

»Kräftiger Herzschlag. Hundertachtundvierzig Schläge pro Minute.«

Holden quetschte meine Hand zusammen. »Ist alles in Ordnung?«

»Ich mache jetzt ein paar Messungen, und dann sehen wir uns die Anatomie an. Aber erst mal sieht alles super aus.«

»Danke, dass Sie das sagen«, meinte ich. »Sonst wären mir die Finger abgestorben.«

Ich sah Holden an, der eine Weile brauchte, um zu begreifen, was ich meinte. Als es klick machte, lockerte er seinen Griff.

»Oh, Mist. Entschuldige.«

Die Technikerin und ich tauschten ein Lächeln aus.

Sie untersuchte noch ein paar Minuten meinen Bauch, dann drückte sie etwas fester und zeigte mit der anderen Hand auf den Monitor.

»Augen, Nase, Mund. Kleines Kinn.«

Ich war begeistert, wie gut alles zu sehen war. »Wow, das sieht aus wie ein richtiger Mensch.«

Sie bewegte das Gerät, und eine Hand mit fünf Fingern erschien auf dem Bildschirm. »Ich glaube, er winkt.«

»Er?«, sagte Holden. »Es ist ein Junge?«

»Nein, entschuldigen Sie.« Die Technikerin schüttelte den Kopf. »Das ist mir so rausgerutscht. Ich kann noch nicht erkennen, ob es ein Junge oder ein Mädchen ist. Das Geschlecht können wir bei der Zwölf-Wochen-Untersuchung noch nicht sehen.«

Sie zeigte uns die Wirbelsäule, die Knie und Füße. Es war fantastisch. Ich hatte natürlich gewusst, dass ich schwanger war, aber ein menschliches Wesen in meinem Bauch zu sehen war faszinierend.

Plötzlich schnappte die Technikerin nach Luft und setzte das Gerät ab.

»Was ist?«, fragte ich.

Sie schüttelte den Kopf. »Ach, du liebe Güte. Nichts. Ich muss mich nochmals entschuldigen. Ich wollte Sie nicht erschrecken. Ich habe mir die Fortpflanzungsorgane angeschaut, und wie gesagt kann man das Geschlecht in der zwölften Woche eigentlich noch nicht sehen. Aber bei diesem Baby kann ich es.«

Ich sah sie groß an. »Wirklich?«

Sie lachte. »Ich glaube, diese kleine Erdnuss zieht eine ziemliche Show ab, um sein Geschlecht zu verraten. Die Beine sind weit gespreizt, sodass die Geschlechtsorgane gut zu sehen sind.«

Holden und ich sahen uns an.

»Es ist eindeutig dein Kind«, sagte ich.

»Heißt das, es ist ein Junge?«

Sie schaute zwischen uns hin und her. »Wollen Sie es überhaupt wissen?«

»Nein«, sagte ich, und Holden sagte im selben Moment: »Ja.«

Die Frau lächelte. »Ich kann es auch nur einem von Ihnen sagen, wenn Sie möchten.«

Ich schüttelte den Kopf. »Auf keinen Fall. Wenn Sie es *ihm* erzählen, können Sie es mir auch gleich sagen. Der Vater des Kindes kann kein Geheimnis der Welt für sich behalten. Vor sechs Wochen haben wir uns darauf geeinigt, es nur dem engsten Umfeld zu verraten und die zwölfte Woche abzuwarten, bevor wir es allen anderen sagen. Und jetzt stehen jeden Tag irgendwelche fremden Leute vor der Tür, die mir gratulieren wollen.«

Holden zuckte mit den Schultern. »Was soll ich sagen? Ich freue mich einfach. Ich möchte der ganzen Welt erzählen, dass wir ein Baby bekommen.«

Ich wusste, er meinte das ernst, und daher konnte ich es ihm nicht übelnehmen, dass er es überall ausgeplaudert hatte. Die Ultraschalltechnikerin beendete ihre Untersuchung. Nachdem sie das Gerät zurück in die Halterung gehängt hatte, gab sie mir ein Bündel Papiertücher, damit ich mir den Bauch abwischen konnte. Dann reichte sie mir einige Fotos, die der Drucker ausgespuckt hatte.

»Auf keinem davon ist das Geschlecht zu sehen. Ich lasse Ihnen noch ein paar Minuten Zeit. Wenn Sie zu dem Schluss kommen, dass Sie es wissen wollen, sagen Sie einfach am Empfang Bescheid. Die rufen mich dann.«

»Danke.«

Ich betrachtete lächelnd die Bilder, während sie das Ultraschallgerät bereit für den Transport machte. Es war ein unwirkliches Gefühl, die ersten Fotos unseres Kindes in der Hand zu halten. Die Ausdrucke bestanden aus schwarzen Rechtecken mit einem schmalen weißen Rahmen, auf dem unten eine Reihe kleine Buchstaben und Zahlen standen. Ich glaubte, sie entziffern zu können, aber ich lag bestimmt falsch. Unsicher, ob es vielleicht nur Einbildung war, hielt ich mir die Bilder näher an die Augen.

Das kann nicht sein.

Die Technikerin war schon halb aus der Tür. »Moment!«, rief ich.

Sie blieb stehen.

Ich hielt ihr die Bilder hin und zeigte auf den Rand. »Was steht da unten? Ist das Ihr Name?«

Sie beugte sich vor und kniff die Augen zusammen. »Oh, nein. Das ist der Name der Praxis. Es ist eine Abkürzung.«

Ich stutzte. »Wirklich?«

»Ja, warum?«

»Ach, ich habe ihn einfach noch nie so abgekürzt gesehen. Danke.«

»Keine Ursache.«

Als sie die Tür hinter sich schloss, drehte ich mich zu Holden um.

»Du wirst es nicht glauben …«

»Was denn?«

Ich zeigte ihm die Fotos. »Schau mal.«

Holden fielen fast die Augen aus dem Kopf, als er es sah. »Wie heißt noch mal die Praxis?«

»*Resnick, Yanez and Nussbaum*.«

RYAN stand unter jedem Foto.

»Heilige Scheiße«, sagte Holden. »Dann ist er anscheinend doch einverstanden.«

Mir kamen die Tränen. »Und wenn es ein Junge ist, haben wir schon einen Namen für ihn.«

EPILOG
HOLDEN

Ein halbes Jahr später

Der sterile Geruch des Wartebereichs des Krankenhauses stieg mir in die Nase. Ich hatte Lalas Zimmer gerade verlassen, als ich Colby kommen sah. Er trug eine Babyschale und hatte seine ganze Familie im Schlepptau.

Ich hob die Hand. »Hey, Lennons. Wie geht's?«

Ich hatte gewusst, dass Colby und die anderen Jungs heute vorbeischauen wollten, aber es überraschte mich, auch Billie, Saylor und das Baby zu sehen.

Billy umarmte mich. »Wir hatten keinen Babysitter, aber ich musste trotzdem kommen.«

»Freut mich, dass du da bist.« Ich gab ihr einen Kuss auf die Wange.

»Wie geht es Lala?«, fragte Colby.

»Gut.« Ich schaute zu ihrer Zimmertür hinter mir. »Aber jetzt schlafen sie beide.«

»Oh nein.« Billie machte eine enttäuschte Miene. »Dann kommen wir ungelegen?«

»Sie wachen bestimmt bald auf, wenn es euch nichts ausmacht, ein Weilchen zu warten.«

»Wir können warten!«, sagte Saylor und hüpfte aufgeregt auf der Stelle. »Ich will das Baby sehen!«

»Prima.« Ich zerzauste ihr das Haar. »Es kommt mir vor, als wärst *du* gestern erst das Baby gewesen.«

Wir begaben uns in die Sitzecke, und ich erzählte ihnen von Lalas langen Geburtswehen, die mehr als vierundzwanzig Stunden gedauert hatten, bis sie heute Morgen endlich entbunden hatte.

Wenig später tauchte Brayden auf.

Ich wandte mich ihm zu. »Hey.«

Wir begrüßten uns mit Handschlag.

»Wie geht's den beiden?«, fragte er.

»Super. Sie schlafen nur gerade.«

Ich selbst hatte in den letzten Tagen nicht viel Schlaf bekommen. Aber es spielte keine Rolle. Ich war im siebten Himmel und wollte keinen Moment meines Lebens verpassen.

»Wie wär's mit Kaffee?« Brayden klopfte mir auf die Schulter. »Du siehst aus, als könntest du einen brauchen.«

»Danke, Mann. Ich nehme gern einen.«

Als er gegangen war, trat Owen aus dem Aufzug und kam zu uns herüber.

»Glückwunsch, Daddy!« Er lächelte. »Warum sitzt ihr alle hier draußen?«

»Lala und das Baby schlafen. Ich schaue gleich mal, ob sie vielleicht aufgewacht sind.«

Owen nickte und atmete aus. Seine Krawatte war gelöst und sein Haar zerzaust. Er sah aus, als wäre er ein bisschen durch den Wind. Ich fragte mich, ob es mit der Lage im Haus zu tun hatte. Als bei Lala die Wehen einsetzten, war mir nichts anderes übrig geblieben, als meine Aufgaben an ihn abzugeben.

»Danke, dass du für mich eingesprungen bist«, sagte ich.

»Du hattest mir gar nicht erzählt, dass solch eine Granate in der 410 lebt.«

»Granate?« Ich lachte. »Die Dame mittleren Alters mit den verrückten Kindern, die einen wahnsinnig machen?«

»Nein.« Er schüttelte den Kopf. »Die Frau, die mir die Tür geöffnet hat, war etwa Mitte zwanzig.«

Ich kratzte mich verdutzt am Kinn. Wir hatten schon so manchen Ärger mit den Teenagern gehabt, die wir Frick und Frack getauft hatten. Bevor es mit den Wehen losgegangen war, hatte ich zu der Familie hingehen wollen, um sie nach mehreren neuen Zwischenfällen und einer weiteren ausbleibenden Miete abzumahnen. Owen hatte angeboten, das zu übernehmen, als ich mit Lala ins Krankenhaus fahren musste.

»Da wohnt niemand in diesem Alter. Es sind nur Maureen, die Mutter, und ihre Kinder. Hast du dich vielleicht in der Tür geirrt?«

»Nein, Frick und Frack waren da.« Er seufzte. »Sie sieht umwerfend aus und hat eine ziemlich große Klappe – echt der Hammer. Sie geht mir nicht aus dem Kopf.« Er schmunzelte. »Zumal sie mir die Tür vor der Nase zugeknallt hat.«

»Wow.« Ich lachte. »Sie hat also Eindruck auf dich gemacht. Du warst nicht mehr so an einer Frau interessiert, seit … Ich kann mich nicht mal dran erinnern.«

Er schüttelte den Kopf. »Du verstehst das nicht. Ich hatte nicht gedacht, dass ich sie noch mal wiedersehe.«

Ich kniff die Augen zusammen. »Wiedersehe?«

Owen sah sich um und senkte die Stimme. »Letzte Woche hatte ich einen schweren Tag auf der Arbeit. Weil ich mich nicht entspannen konnte, bin ich in die Bar ein Stück die Straße runter gegangen. Da habe ich sie getroffen. Wir hatten beide zu viel getrunken. Ich war schon lange nicht mehr so heiß auf eine Frau. Sie wollte mir ihren Namen nicht sagen, was ich ein bisschen merkwürdig fand, aber egal. Wir sind dann in dem Hotel nebenan gelandet und …« Er seufzte. »Es war der beste Sex meines Lebens. Aber sie hat sich rausgeschlichen, bevor ich sie überreden konnte, mir ihren Namen und ihre Telefonnummer zu sagen.«

Mir fiel die Kinnlade herunter. »Im Ernst?«

»Du kannst dir also vorstellen, wie geschockt ich war, als sie mir die Tür geöffnet hat.« Er atmete tief durch. »Jedenfalls hat sie mich rausgeworfen, ehe ich herausfinden konnte, wer sie ist und warum sie offenbar in der 410 wohnt.«

»Worüber tuschelt ihr beiden da?« Brayden kam mit zwei Bechern Kaffee zurück.

Owen warf mir einen Blick zu, der eindeutig sagte, dass Brayden die Geschichte noch nicht kannte und er jetzt keine Lust darauf hatte, dass unser Freund sich über ihn lustig machte.

»Die geheimnisvolle Frau in der 410«, sagte ich nur.

Er gab mir einen der Becher. »Oh ... die scharfe Braut?«

Owen sah ihn groß an. »Du kennst sie?«

»Nein, aber ich habe sie schon ein paarmal gesehen.«

Owen wandte sich ihm interessiert zu. »Wer ist sie?«

Brayden nahm den Deckel von seinem Kaffeebecher. »Ich weiß nicht, ob sie zu Besuch ist oder so. Vielleicht ist sie ja der Babysitter. Aber ich habe sie einige Male kommen und gehen sehen.«

»Sind Frick und Frack nicht zu alt für einen Babysitter?«, fragte ich.

»Glaub mir, die brauchen mehr als einen Babysitter. Das sind richtige Tyrannen«, sagte Owen.

»Sie sind bestimmt nicht schlimmer, als wir in diesem Alter waren.« Ich schmunzelte.

»Jedenfalls habe ich sie neulich mit mehreren Einkaufstüten gesehen«, sagte Brayden. »Ich habe ihr meine Hilfe angeboten, aber sie wollte nicht.«

Owen zog eine Augenbraue hoch. »*Natürlich* wolltest du ihr helfen.«

Brayden zuckte die Achseln. »Kannst du es mir verübeln?«

Ich sah vom einen zum anderen. »Muss ich jetzt dazwischengehen, wenn ihr euch um sie prügelt, oder was?«

»Mr Catalano?« Eine Krankenschwester kam zu uns herüber.

Ich drehte mich zu ihr um. »Ja?«

»Ich war gerade drin, um die Vitalfunktionen Ihrer Frau zu prüfen. Sie ist wach und hat nach Ihnen gefragt.«

Meine Frau. Nur hatten wir noch nicht geheiratet.

»Danke.« Ich nickte, und nachdem ich den anderen Bescheid gesagt hatte, ging ich zu ihr ins Zimmer.

Lala klang müde, als ich eintrat. »Hey.«

Sie hatte das Baby an ihre Brust gelegt. Ihre Locken waren zerzaust, aber sie hatte noch nie schöner ausgesehen als in diesem Moment, da sie unser Baby stillte.

»Die anderen sind draußen und wollen euch sehen«, sagte ich und stellte meinen Kaffee ab.

»Wirklich?« Sie richtete sich auf. »Hol sie rein.«

»Du bist gerade erst aufgewacht. Ich dachte, ich lasse dir ein bisschen Zeit.«

Meine hübsche Tochter nuckelte eifrig an Lalas Brust. Sie hatte den Dreh sofort rausgehabt. Ich strich zärtlich mit dem Daumen über den weichen Flaum an ihrer Wange.

»Sie ist so ein tolles Mädchen«, sagte ich leise.

»Sie liebt Essen. Und ich hatte mir solche Sorgen gemacht, dass ich Probleme damit haben würde.«

Ihre kleine Hand ballte sich auf Lalas Brust zur Faust. Ich fuhr behutsam mit dem Finger über ihr Neugeborenenarmband und lächelte angesichts des Namens, der darauf stand: Hope Ryann Catalano. Wir hatten beschlossen, Ryan als Namensoption zu behalten, falls wir irgendwann einen Jungen bekommen würden.

»Die Schwester hat dich übrigens ›meine Frau‹ genannt. Daran müssen wir unbedingt arbeiten«, sagte ich zu Lala.

Sie lächelte. »Stimmt. Ich fühle mich ausgeschlossen. Meine zwei Lieblingsmenschen sind Catalanos. Ich will auch dazugehören.«

Lala und ich hatten uns dazu entschieden, in naher Zukunft eine Riesenhochzeit zu feiern, und wollten mit der Planung beginnen, wenn sich die Aufregung etwas gelegt hatte und wir uns an unser neues Leben als Eltern gewöhnt hatten. Die Dinge hingen buchstäblich in der Luft – im guten Sinne. Lala wollte zwischen ihren Forschungsprojekten eine Pause einlegen, um bei Hope zu Hause zu bleiben, und wusste noch nicht, was sie in ein paar Monaten tun würde. Und ich? Meine Musikkarriere hing auch noch in der Luft.

Die Band hatte keine Angebote aus Kalifornien bekommen, und ich musste mir vorerst keine Sorgen darum machen, dass ich die Jungs im Stich ließ. Denn seit dem Augenblick, da meine Tochter geboren wurde, war mir klar, dass ich keine Sekunde ihres Aufwachsens verpassen wollte. Und wenn die Band auf Tour ging, mussten sie sich einen anderen Schlagzeuger suchen, weil ich dann aufhören würde. Ich sah es nicht als Versagen an. Es war meine freie Entscheidung. Ich wusste, dass Lala mich niemals bitten würde, die Band zu verlassen, aber das spielte keine Rolle. Es gab nur einen Ort, an dem ich sein wollte, und zwar bei meiner Familie. Die Musik würde immer ein Teil meines Lebens bleiben. Sie würde nur nicht mehr mein Leben *sein*.

»Sag mir, wenn du bereit für den Ansturm unserer Freunde bist«, sagte ich.

Sie bedeckte ihre Brust. »Bereit.«

Also ging ich in den Flur und gab den anderen grünes Licht.

Colby hatte seinen Sohn aus der Babyschale genommen. Der kleine Maverick hatte für ein Baby, das erst ein paar Monate alt war, schon ziemlich viele schwarze Haare auf dem Kopf. Er sah aus, als trüge er ein Toupet.

»Schaut euch seine Mähne an!« Ich lachte.

Billie strich ihm über den Kopf. »Ja, oder? Woher hat er die bloß?«

Die ganze Gruppe betrat das Zimmer und bewunderte minutenlang mit vielen Ohs und Ahs die kleine Hope. Es war verrückt, dass wir mittlerweile drei Kinder in unserer Mitte hatten.

Ich sah meine Tochter an und zeigte auf Colbys Sohn. »Die beiden werden zusammen aufwachsen. Wehe, er kommt auf dumme Gedanken.«

»Ich glaube, das würde Ryan ziemlich witzig finden.« Brayden lachte.

Owen nickte. »Ja. Er hätte seine helle Freude daran, dass Holden seine Tochter vor Colbys Sohn beschützen muss – weil er Lala nicht vor dir schützen konnte. Rache ist süß, weißt du?«

Lala sah auf. »Na, zum Glück haben wir noch ein bisschen Zeit, bis wir uns über diese Liebesgeschichte Gedanken machen müssen.«

»Aber wisst ihr, worüber ihr euch viel früher Gedanken machen dürft?«, fragte Colby.

Ich zog eine Augenbraue hoch. »Worüber?«

»Sobald die kleine Hope hier Nagetiere erkennen kann, wird Onkel Colby ihr eins schenken. Vielleicht sogar zwei oder drei.«

Billie lachte. »War ja klar.«

»Ist nur fair«, sagte ich.

Unsere Freunde blieben nicht lange. Sie merkten wahrscheinlich, wie müde Lala und ich waren. Ich freute mich darauf, morgen nach Hause zurückzukehren. Unsere Mütter hatten wir in einer leeren Wohnung im Haus einquartiert. Sie wollten eine Weile bleiben und uns helfen. An Liebe und Unterstützung mangelte es uns ganz sicher nicht.

Lala schaltete *Jeopardy!* ein, als Hope in ihren Armen eingeschlafen war. Ich setzte mich zu ihr auf die Bettkante und schaute abwechselnd auf den Fernseher und das kleine Gesicht meiner Tochter. Sie sah Lala so ähnlich. Ich fragte mich, ob sie auch solche wilden Locken bekommen würde. Bisher hatte ich gedacht, dass ich Lala mehr liebte, als ich jemals irgendeinen anderen Menschen lieben konnte. Aber nun war Hope da. Hätte ich sie für immer in Watte packen können, um sie zu beschützen, hätte ich es getan. Ich hatte mir vorgenommen, auf dem Heimweg nicht schneller als fünfzehn Stundenkilometer zu fahren.

»Heute war der beste Tag meines Lebens«, sagte ich.

»Für mich auch«, sagte Lala und wandte sich mir zu. »Errätst du, welcher der zweitbeste war?«

»Also, du hast mal gesagt, es war der beste Tag deines Lebens, als ich dir vom Dach deines Elternhauses aus einen Antrag gemacht habe.«

»Stimmt.« Sie zwinkerte mir zu.

Wir hatten unseren Eltern in Pennsylvania einen Wochenendbesuch abgestattet. Lala war einkaufen gefahren, und ich war mit einem großen »Willst du mich heiraten?«-Schild bei den Ellisons aufs Dach geklettert, damit sie mich bei ihrer Rückkehr gleich sehen würde.

»Weißt du …«, sagte ich. »Ich hätte dich gern bei mir da oben gehabt, aber ich hatte zu viel Angst, dass du ausrutschst und stürzt oder so und dem Baby etwas passiert.«

»Hättest du mich gebeten, mit dir nach oben zu kommen, hätte ich Verdacht geschöpft. Es war perfekt, wie es war. Ich hatte wirklich nicht damit gerechnet.«

»Zu den besten Dingen im Leben gehören die, auf die man nicht gefasst ist, hm?« Ich lächelte Hope an. »Ja, ich rede von dir, Kleine. Du bist die Überraschung meines Lebens.«

Unsere Tochter krähte und sah zu mir auf.

»Sie hat Ryans Augen«, sagte ich.

»Ich weiß. Genetik ist eine faszinierende Sache, nicht wahr?«

Ich runzelte die Stirn. »Er hat mir wirklich gefehlt, als die anderen alle da waren.«

»Mir auch«, sagte Lala leise.

Wir wandten unsere Aufmerksamkeit wieder der Sendung zu. Nach ein paar Minuten gab es eine Kategorie, die »Fernsehserien« hieß.

Die vorgegebene Antwort lautete: *Eine ABC-Soap, die in Washington Heights spielt.*

Einer der Kandidaten drückte auf den Buzzer und sagte: »Was ist *Ryan's Hope*?«

Lala und ich sahen uns an.

Er gab uns immer wieder zu verstehen, dass er bei uns war.

DANKSAGUNG

Ein großes Dankeschön an die vielen großartigen Blogger, Bookstagrammer und BookToker, die *Men of Manhattan – My Best Friend's Sister* bekannt gemacht haben. Eure Begeisterung spornt uns an, und wir sind euch ewig dankbar für eure Unterstützung.

Außerdem sagen wir Danke …

an unsere Felsen in der Brandung Julie, Luna und Cheri: Danke für eure Freundschaft und dass ihr tagtäglich für uns da seid.

an Jessica: Danke, dass du dafür gesorgt hast, dass Lala und Holden für die Welt bereit waren. Wir sind sehr glücklich darüber, dich als Lektorin zu haben.

an Elaine, eine grandiose Korrektorin, Formatiererin und Freundin: Wir schätzen deine Arbeit sehr!

an Julia: Wir danken dir dafür, dass du unser »Adlerauge« bist und darauf achtest, dass unsere Manuskripte blitzsauber sind.

an unsere wundervolle Agentin Kimberly Brower: Danke, dass du uns hilfst, unsere Bücher international zu verbreiten. Wir sind schon gespannt, wo Holden und Lala landen werden.

an Kylie und Jo von *Give Me Books Promotions*: Unsere Bücher wären ohne eure harte Arbeit und eure engagierten Werbemaßnahmen gar nicht denkbar.

an Sommer: Danke dafür, dass du Holden auf dem Cover zum Leben erweckt hast. Wir sagen es oft, aber dieses Cover ist vielleicht sogar unser liebstes.

an Brooke: Danke für die Organisation dieser Veröffentlichung und dafür, dass du uns jeden Tag eine Menge von unserer endlosen Aufgabenliste abnimmst.

Nicht zuletzt danken wir unseren Leserinnen und Lesern: Wir schreiben weiter, weil ihr Lust auf unsere Geschichten habt. Wir freuen uns schon sehr auf unser nächstes Abenteuer mit den *Men of Manhattan*! Und wie immer danken wir euch für eure Begeisterung, Liebe und Treue. Wir lieben und schätzen euch sehr!

Alles Liebe,
Penelope und Vi

Men of Manhattan – My Best Friend's Sister
enthält potenziell triggernde Inhalte.

Diese sind: *Erbrechen, emotionale und körperliche Untreue, verstorbene Familienmitglieder und Trauer, Alzheimer, Krankheitsfall (Herzinfarkt) in der Familie*

Außerdem möchten wir darauf hinweisen, dass dieses Buch folgende Themen behandelt:

ungeplante Schwangerschaft